U0653413

世界文学名著名译典藏

全译插图本

麦琪的礼物

〔美〕欧·亨利◎著　李文俊　梅绍武　屠珍　王义国◎译

THE GIFT OF THE MAGI

长江出版传媒｜长江文艺出版社

图书在版编目（CIP）数据

麦琪的礼物 / （美）欧·亨利著；李文俊等译. -- 武汉 : 长江文艺出版社， 2018.5
（世界文学名著名译典藏）
ISBN 978-7-5702-0248-5

Ⅰ. ①麦… Ⅱ. ①欧… ②李… Ⅲ. ①短篇小说－小说集－美国－近代 Ⅳ. ①I712.44

中国版本图书馆 CIP 数据核字(2018)第 031576 号

责任编辑：施柳柳　　责任校对：陈　琪

封面设计：格林图书　　责任印制：邱　莉　　胡丽平

出版：长江出版传媒 | 长江文艺出版社

地址：武汉市雄楚大街 268 号　　邮编：430070

发行：长江文艺出版社

电话：027—87679360

http://www.cjlap.com

印刷：长沙鸿发印务实业有限公司

开本：880 毫米×1230 毫米　1/32　　印张：10.125　　插页：4 页

版次：2018 年 5 月第 1 版　　2018 年 5 月第 1 次印刷

字数：249 千字

定价：32.00 元

镀金时代的人世百图

李文俊

欧·亨利（O. Henry，1862—1910），原名威廉·西德尼·波特（William Sidney Porter），是二十世纪初美国著名的短篇小说作家。他于美国内战期间出生于北卡罗来纳州的一个叫格林斯波罗的小镇。他的父亲是位经济状况很差的医生，且还嗜酒。小威廉三岁时母亲病逝，便由婶母、祖母与姑妈照顾。他上的小学是姑妈自己办的，但是在那里学到的变格、变位异常多样的拉丁文却使他终生受用，他通过那种变位、变格复杂的语言，获得了一种语感，这对他后来写作上叙述与语言的诡异多变，显然具有影响。另外，姑妈上语文课时，常常自己把某篇名作编为故事讲给学生听，但她只开一个头，然后便让学生一个接一个把故事延续下去。在最后，她才把那篇原作念给学生听。这样的编故事训练对小威廉日后的写作显然会有启发。小威廉性格内向，喜欢阅读课外书籍。据他自称，十三岁至十九岁时，读得最入味的两部书是：英国十七世纪作家罗伯特·伯顿的《忧郁的解剖》与英译本《一千零一夜》。前面那本书也许能解释他后来何以那么喜欢用曲里拐弯的长句子与不查词典就不会明白确切意义的“big words”。后面的那部书自然启发他学着把故事也编得同样天花乱坠、引人入胜。

至于小威廉的科学知识，那还得归功于他十五岁至十九岁时给一位当药剂师的叔叔当学徒的生涯。但是药房给予他的不止是科学知识。美国的药房除了卖药，也卖报纸、杂志、香烟和各种小食物，并且有个“苏打水喷泉”，什么人都可以坐下来喝饮料吃冰激凌。那里是社会新闻与小道消息的集散地。小威廉在这儿不但能听到各式各样的行话俚语，更重要的是有机会熟悉社会，了解人生。

不过当药剂师的学徒终非正途。威廉十九岁时，在医生夫妇的邀约下，跟随他们上得克萨斯州去看望他们在那里混得不错的儿子。威廉在牧场里有时帮着放牧，有时帮着做饭，因为多少算是个吃闲饭的，他得在牧人聚在一起吃晚饭时说些有趣的事儿，帮助大家开胃。这又锻炼了他讲故事的才能。这一段生活使威廉对于牛仔生活有所了解。他还在这个毗邻墨西哥的地方学会了西班牙语，他之所以日后潜往拉丁美洲不是没有原因的。当时，他已经开始写一些小东西，也画一些卡通漫画。他后来的作品总让人觉得带点儿漫画风格，也与此有关。

一八八七年，二十四岁的威廉进入得州首府奥斯汀的一家地产公司当簿记，后又在土地局办公室里做制图员，工资是每月一百元。这使他有条件结婚了。他于当年和一位名叫阿素尔·埃斯蒂司的十九岁姑娘在未经女方父母同意的情况下结婚。婚后那短短几年是他一生中最快活的阶段。但是两次难产（只有一个女儿活了下来）与患有肺病（这种病威廉自己也有），使他的太太身体十分虚弱，也使家庭经济负担日益沉重。威廉进了当地的一家银行做出纳，月薪仍是一百美元。一八九四年是威廉进一步往文学发展的关键性的一年。当地有一家倒闭的小报馆与印刷厂要出让，威廉与人合伙，盘了下来，并且在其基础上办了一份叫《滚石》的周报。报上主要的消息、评论、文章的作者包括排版者只有一位，那就是还兼着银行职务的威廉。《滚石》印数为一千五百份，在当时当地，已算是销量不小了。

《滚石》因为资金周转不灵，仅仅“滚动”了一年。但是上面还是发表了一些较好的文章。欧·亨利后来走红时，还有出版家想起从那里发掘作家的早期作品，收辑出版。

对于威廉·西德尼·波特亏空钱财、出逃以及终于入狱的事情，我国过去的介绍文章里都语焉不详。现根据资料，将具体情况概述如下：

为了将《滚石》维持下去，威廉先是向岳父与朋友借钱，这当然不是长远之计。据一本文学词典说：“最后，他将自己的创作才能朝银行的账本上延伸——因此，至少是，查账人告发了他。他的朋友们同意帮他偿还所挪用的五千多元中的大部分。但是，尽管银行的主管人对这样的做法表示可以接受，可查账者却不依不饶，而一个大陪审团也同意确有理由立案审查。在等候审判的状况下，胆小又不懂事的波特认为还是暂时避一避风头为妙。他来到得州的另一座城市——休斯敦，为《休斯敦邮报》当了一个时期的专栏作家与画家。一八九六年夏天，开庭审判期临近了。威廉又往更远的地方躲藏。他先是在新奥尔良待了几个星期，接着便去了洪都拉斯的港口城市特鲁希略。不到一年，传来妻子病危的消息，他于一八九七年一月二十三日回到奥斯汀。妻子死后，他接受审判，因为挪用公款与潜逃罪被判五年监禁。这已经算是最轻的判决了。虽然波特一直声称自己无罪，也有许多人相信如此。但是看来他确实为了维持《滚石》的出版挪用了银行的一些款项。至于他的出逃更是无可否认的。”（据一九八二年“Dictionary of Literary Biography”中 Kent Bales 所写条目）

按说，五千元仅仅相当于当时一个银行小职员五十个月的工资，实在不能算多。当时银行管理混乱，挪用是常有的事。如果波特不出走，应该有希望得到从轻发落的。不过倘若那样，波特先生便会成为众多为还债而苦度余生的小人物中的一个，而美国文学史上就不会有一个叫欧·亨利的写小人物的幽默作家了。

威廉初次得以在全国性大刊物上公开发表的作品是《拉伐峡谷的奇迹》，是他在开庭前投出去的。等到一八九八年九月十八日登出时，他已经被关进监狱了。这是唯一的一篇他用本名 W. S. Porter 发表的作品。他其他的作品都用笔名，笔名中用得最多的就是 O. Henry。这里需要提醒读者的是，按照他的最初想法，

O的后面是并无表示缩写的那个符号“.”的。因此“O”多少表示有点儿惊叹的意思，仿佛一个人与某个叫亨利的人不期而遇，或是听他说了句奇怪的话、某个异想天开的故事，忍不住惊诧地叫了一声：“哦，亨利！”这大概就是我们的作家想要达到的效果了。

关押威廉的地方是位于哥伦布的俄亥俄州监狱。由于具有一定的医药知识，这个囚号为30664的犯人入狱后即被监狱医生选拔为助手，大夫下班后干脆由他来接诊。不久后，因为狱中的工作需要，在很赏识他的那位大夫的推荐下，他又当上了帮监狱长管账的簿记。他在狱中看到了许多命运不济的人，听说了许多悲惨的故事。至于他自己，基本上并未受到什么折磨，相反，还能抽出时间来读书与写作。但是，他始终未能从一种受屈辱的心理中摆脱出来，他还曾考虑过自杀。恐怕还是文学创作给了他一条精神上的出路。他先是将那篇《拉伐峡谷的奇迹》加以重写，改名为《一个下午的奇迹》，投给某家通俗文学刊物，得以发表。接着，在圣诞节即将来临时，他写了一篇应景作品《吹口哨的狄克的圣诞节袜子》，被销路很广的《麦克吕尔》杂志采用。这是他第一篇用“欧·亨利”为笔名发表的作品。他在狱中一共写了十四篇小说。可以说，从此时起，他正式开始了他的文学创作道路。

威廉因为表现良好，服满三年零三个月即被提前释放。出狱后，他在社会上用的名字是“Syd Porter”，发表作品时则用笔名“O. Henry”。波特在匹兹堡与岳父母和女儿一起住了一段时间，于一九〇二年春天在纽约定居下来。他又结过一次婚，但这是一次不幸的结合，后来两人分开了。他坚持要让女儿念完大学，因为没有受到高等教育是他自己的终身遗憾。晚年时他花钱如流水，酗酒、嗜赌，给小账尤其大手大脚，但同时又欠着一屁股的债。这显然是一种为了掩盖痛苦而变得扭曲的生活状态。

一九〇三年，他与《纽约星期日世界报》签约，每周供给该报一篇小说，小说除了该报发表之外，其他加入报业辛迪加的各地报纸均可刊用。这件事对于欧·亨利的小说创作具有决定性的影响。他在两年内一共为该报写了一百一十三篇小说（另外还写了二十五篇较长的小说供其他刊物发表）。既然是在周报发表，它们必须不能太长，要有趣，可以很悲惨，但是总得苦中有乐，或苦尽甘来，给人以意外的惊喜。当然还得不能雷同，以免读者见而生厌。更重要的是，交稿要快。这样的发表需求自然会影响乃至决定欧·亨利的创作面貌。

一九〇四年，欧·亨利出版了他的第一部作品《白菜与国王》，是以洪都拉斯为背景的，说是长篇小说，其实仍然是一个个松散的故事。欧·亨利知道自己不擅长写长篇，此后再未写过长篇。但此时离他去世也只有短短的六年了。一九〇六年出版的小说集《四百万》奠定了他的声誉。此后，每年他都有两部集子出版，但一九〇七年以后，他的创作力明显衰退了。他一共写了三百篇小说。他于一九一〇年六月三日病危被送进医院时，院方需要登记姓名，他说："就叫我丹尼斯好了。"（美国当时有一种流行的说法，用以表示自己没有说谎。那就是："我要是说瞎话，就叫我丹尼斯好了。"）据传两天后临死时，他对护士说的最后一句话是："把灯开亮，我不要在黑暗当中回家。"这就是欧·亨利，即使死到临头了，他也忍不住要说俏皮话。

欧·亨利的小说从内容题材分，大致有这么几个方面。一小部分作品涉及拉丁美洲的生活。另一部分是描写美国西部草原和牧牛人生活的。还有一些作品是写骗子的。但数量最大、最为人称道的则是写大都市生活的。其中以描写纽约曼哈顿市民生活的作品最为著名。他把那儿的街道、小饭馆、破旧的公寓的气氛渲染得十分逼真，故有"曼哈顿的桂冠诗人"之称。他将自己的一部短篇集题名为《四百万》，意思是他要写的是纽约的四百万普通人，而不是有人说只有四百个的"社会名流"。当然他笔下也出现过为所欲为的"肥皂大王"（见《财神与爱神》），但那只是为了显示与调侃“有钱能使鬼推磨”这一现象。由于欧·亨利一生困顿，始终与失意落魄的小人物为伍，又能以别出心裁的艺术手法表现他们复杂的感情，因此，他最出色的短篇小说应可列入世界优秀短篇小说之林。美国学术界长期以来美学观念虽历经嬗变，但一直对他有意无意冷淡疏忽，这恐怕也是有失公允的。随便列举几点他思想上不深刻、逻辑上不周全之处，那是很容易的。但是，文学艺术是需要广阔空间的。玄思式的未必都很高超，搞笑型的也不一定都很恶俗。欧·亨利毕竟用独特的幽默笔调，反映出镀金时代各个方面遭到扭曲的生活，他呼唤真诚的感情，要求恢复正常的人性，他在本质上还是反映出了时代的精神的（如《带家具出租的房间》中的荒诞悲剧色彩），这些都是不容否认的。他的作品甚至已经“超前”地触及到人性异化这样的现代主题，如《一个忙忙碌碌的经纪人的浪漫史》。另外，他在幽默文学的开拓上，在对短篇小说这种艺术形式的探索上，都作了相当的努力，这恐怕亦是难以轻易排除的。直至今日，欧·亨利的作品仍在美国与全世界被广泛阅读，至少说明在广大读者心目中，他的地位是得到确认的。英国著名短篇小说家H. E. 贝茨也认为，欧·亨利对短篇小说的创作仍然拥有“惊人的持久影响”。而在不久前在今天的美国，詹姆斯·瑟尔伯、伍迪·艾伦们，仍然在写欧·亨利式的小说并获得好评。这种种现象，总值得研究文学的人去认真思索吧。

欧·亨利是美国作家中被翻译得最多之中的一位。中国读者也是从很早起就有机会接触他的作品。我记得，自己儿时在父亲的书柜中曾见到商务印书馆出版的欧·亨利作品中英对照本，译者是伍光建先生。其他译者的选本亦不在少数，我自己上初中时也读到过一种。（想不到多年后我自己译的《警察和赞美诗》很“欧·亨利式”地被收入国家的高中语文课本。）中华人民共和国成立后，王仲年先生质量不错的译本曾多次印刷出版，近年来又出现了诸家译本。本人在应约编选一种新译选本时，并非没有踌躇。但后来考虑，在翻译所表达的语言上，每一代人都会有新一些的更接近年轻读者的用法，而在对原文的理解上，依靠新的研究成果以及在前人基础上对原文更加细心的琢磨，后来者也可讨得一些便宜。另外，作为负责编选的人，我也很希望在选目与序言的撰写上能做出自己的特色。这多层的苦心谅来不至于全属多余吧。承各位朋友允诺参加翻译，更蒙梅绍武、屠珍贤伉俪赴美探亲之际帮我查索资料，使我的这新的选本似乎多少还有些闪光点。至于是否真的如此，那就有待读者方家做出最终的判决了。

这部书收了欧·亨利小说一百又一篇，在编完全书写序时，我像是透过作家的泪与笑，看到了十九世纪末二十世纪初仍在镀金时代余风中的美国人的百幅生活图景。此时忽然想起大学时代教过我文学课的老师靳以先生一部集子的书名：《人世百图》，觉得借用以概括本书真是再恰当不过。于是便移植过来作为序言标题的主要成分，前面再冠以与欧·亨利作品反映的时代大致相符的一个限制词。我感到，靳以先生作于抗战时期那些辛辣的短篇在某个意义上也是与欧·亨利的作品一脉相承的。我在这里也算是表示对逝世倏忽已四十六载的老师的虔诚敬意吧。

目录

Contents

麦琪[1]的礼物

李文俊◎译

一元八角七分。就这么多。其中有六毛钱还全是钢镚儿。这些小钱都是每回一分两分从卖杂货、卖菜、卖肉的那里死劲儿抠下来的，当时这样锱铢必较，人家嘴上不说，肚子里怎么损她是可想而知的，到最后她脸上也不免有些挂不住了。黛拉数了三遍，都是一元八角七分。可第二天就是圣诞节了。

明摆着是一点办法都没有，除了倒往那张破旧的小榻上去哭上一顿。黛拉也就是这样做了。这不免使一种哲学思考油然而生：人生三大元素无非是哭泣、抽噎与微笑，其中占压倒优势的还得算是抽噎。

女主人的悲伤正从第一阶段降至第二阶段，趁这个当口，就让我们来对这个家作一番巡视吧。一套带家具的出租房，租金每周八元。这地方并不真的乞求你给它一个说法，但是对于寻找丐帮窝点的人来说，乞丐那个词儿，也确实已经到你嘴边了。

楼下门廊里有一个信箱，但是从来不见有一封信投进去，有一个电铃揿钮，但是没有活人能把它揿响。边上还贴了一张名片，印着“詹姆斯·狄林翰·杨”这个名字。

---

① 指《圣经》中向新出生的耶稣奉献礼物的东方三贤人。

“狄林翰”，夹在当中的名号，还是当初主人每周拿三十元手头阔绰时，一高兴往里加的。如今收入缩水，成了二十元，这几个字也显得蔫头耷脑了，仿佛正在郑重考虑，是不是别那么张牙舞爪，就老老实实，用一个“狄”字得了。不过每次詹姆斯·狄林翰·杨先生回家进入套间时，他那位太太，也就是方才介绍过的“黛拉”，总是亲热地叫他“吉姆”，并且紧紧地拥抱他。这一切自然是非常美好的。

黛拉哭完了，拿起破粉扑儿，把脸收拾了一下。她站在窗前，呆呆地瞅着一只灰猫沿着灰色的围篱进入那个灰蒙蒙的后院。明天就是圣诞节了，她只有一块八毛七分钱可以用来给吉姆买一件礼物。几个月以来，她紧攒慢攒，也就只有这个数。每星期二十块钱很不经花，花销总比她计算的要多。每回都是这样。只有一块八毛七分能给吉姆买礼物。她的吉姆。在构想给他买件什么像样的东西上，她度过了多少快乐时光呀。一件既讲究又珍稀和贵重的东西——总得大致够水平，能配得上吉姆的身份才行。

房间两个窗户之间的墙上有一面壁镜。列位看官想来是见识过八元租金套间里的壁镜的。一位细瘦异常还得身手不凡的人，仰仗多次的快速拼接，才可能对自己的形体有个大致上不错的印象。黛拉亏得身材苗条，总算是掌握了这门技艺。

她突然从窗前把身子一扭，站到壁镜跟前。她的双目灼灼发光，可是二十秒钟之内她的脸又变得黯然失色。她迅速地解开头发，让一头秀发直直地垂披下来。

列位看官须知，有两样东西，是詹姆斯·狄林翰·杨夫妇视若至宝的。一样是吉姆的金表，那是经由他祖父、父亲之手，一路传归他的。另一样，那就是黛拉的秀发了。倘若住在天井对面的套间里的是示巴女王①，黛拉只需哪天洗过头后把长发垂到窗户外面去晾吹，那么，女王陛下全部的奇珍异宝就不值一提了。假使看门的

① 据《圣经·旧约·列王纪上》说，示巴女王曾带了许多香料、宝石与黄金去觐见所罗门王，用难解的谜语去测试他的智慧。

是所罗门王，地下室里堆满了他所有的金银财宝，吉姆每回经过时只要把金表掏出来看时间，你就看那位老国王如何的又气又妒，直拔自己的胡子吧。

此刻，黛拉美丽的头发披满了她的全身，天然有点波纹，闪闪发光，像一帘棕色的小瀑布。头发直抵膝盖下面，宛如一袭锦袍。接着她把头发简单地往上拢了拢，快快的，有点神经质。她也曾迟疑了一分钟，站定不动，此时，有一两粒泪珠溅落在破旧的红地毯上。

穿上破旧的栗色外衣，戴上破旧的栗色帽子，裙裾一转一甩，她飘一样地步出房门，下了楼梯，走进街道，眼角处那两颗泪珠仍然在晶莹闪亮。

在一块招牌的前面她停住脚步，牌子上写的是："莎弗朗尼夫人——头发用品，一概齐全。"黛拉冲上台阶，一边喘气，一边定下神来。夫人是个大块头，白得不大正常，冷冰冰的，跟"莎弗朗尼"① 可没有一丁点儿共同之处。

"我的头发你要买吗？"黛拉问道。

"头发我收的，"夫人说，"脱掉帽子，让我看看货色品相怎么样。"

棕色瀑布倾泻而下。

"二十块钱。"夫人说，一边老练地把厚厚的头发托起来细看。

"快把钱给我。"黛拉说。

哦，接下去的那两个小时简直是插上了玫瑰色的翅膀飞驰而过的。嗨，咱就先不去管这样比喻是否牵强附会了。反正黛拉为了给吉姆买合适的礼物，把大小店铺都搜索了个遍。

她终于找到它了。它简直就是专为吉姆一个人量身定做的。别的任何哪家店里都没有这样的东西，她都把那些地方搜个底朝天了嘛。那是一根白金怀表短链，设计简朴大方，全靠质地本身显示它

---

① 意大利诗人塔索（1544—1595）所作《被解放的耶路撒冷》中的人物。她是个舍己救人的典型。

的高贵，而不做华而不实的表面文章——精品全都是这样的。它甚至都配得上“那只金表”了。她一见到，就知道它非吉姆莫属了。它跟他的人品都很相近呢。又文静又高贵——这两个形容词用在二者身上都是恰到好处的。店家要二十一元才肯把东西给她，揣着剩下的八角七分她匆匆忙忙地往家里赶。金表配上那根链子，吉姆在任何场合下都可以堂而皇之地看时间了。那只表固然气派，因为是用一根旧皮带凑合系着的，他只能瞅空子偷偷瞄上一眼呢。

黛拉回到家中，她的陶醉感略略消退，代之而起的是审慎与理智。她取出烫发铁钳，点燃煤气，着手补救慷慨加上爱情所造成的损失。那可永远是一项巨大的工程呀，看官诸君——庞大艰巨的工程呀。

不到四十分钟，她脑袋上就密密麻麻地布满了紧贴头皮的小发卷，变得活像是个逃学的小学生。她对着镜子，长久、仔细、挑剔地审视自己的映像。

“如果吉姆在看我第二眼之前没把我杀掉的话，”她自言自语地说，“他准会说我跟科尼岛游乐场的合唱队女郎没什么两样了。可是又有什么别的办法呢——噢！拢共只有一元八角七分，又能怎么样呢?”

七点钟的时候，咖啡已经煮好，煎锅也已经放在炉子上加热，就等肉排放下去了。

吉姆是从不晚回来的。黛拉把表链对折，握在手里，在他进来必定要经过的桌子角上坐下。接着，她听到一层楼梯处响起了他的脚步声，有一小会儿，她的脸都变白了。她一向有为日常小事做很简单的默祷的习惯，此时，她悄声祈祷说：“求求您了，上帝，让他觉得我仍然是美丽的吧。”

门开了，吉姆走进来，又把门关上。他显得挺单薄，非常一本正经。可怜的人儿，他才二十二岁——就得养家糊口了！他得添一件新的大衣，他连手套都没有。

吉姆在门内站着，一动不动，就像一条猎狗嗅到了鹌鹑的气味。他眼睛盯住黛拉，脸上有一种她读不懂的表情，这可把她吓住了。

那不是愤怒，不是惊讶，不是责备，不是恐惧，也不是黛拉预料的任何一种神情。他仅仅是定定地盯看着她，脸上带着种怪异的表情。

“吉姆，亲爱的，”她喊道，“别这样盯着我看。我把头发剪掉卖了，因为不送你一件礼物，这个圣诞节我是无法过的。头发还会再长出来的——你不会介意的，对不对？我就是非得这样做不可。我的头发长起来快得很哪。说‘圣诞快乐！’呀。吉姆，让我们高高兴兴的好不好。你绝对猜不到我给你寻觅到一件多么精彩——一件多么漂亮、精彩的礼物的。”

“你把头发剪掉啦？”吉姆吃力地问道，好像他已经绞尽脑汁，却仍然未能把这点显而易见的事情弄明白似的。

“剪下来卖掉了，”黛拉说，“难道你还不是一样喜欢我吗？我还是我呀，即使剪掉了头发，对不对？”

吉姆好奇地朝房间里四下张望。

“你说你头发没有了？”他白痴般傻乎乎地问道。

“你不用找了，”黛拉说，“头发卖掉了，我告诉你——卖掉了，也就是没有了。今儿是平安夜，小伙子。对我好点嘛，因为那是为了你而卖掉的。我头发有多少或许能数清，”她接着往下说，柔美的声音里突然多了几分一本正经的激情，“可是我对你的爱有多少，那是无人数得清的呀。肉排我可以往锅里放了吗，吉姆？”

吉姆仿佛猛地从恍惚中清醒过来。他把他的黛拉紧紧地抱在怀里。看官请耐心稍待片刻，且容说故事的往另一枝上多饶舌几句。一星期八块钱或是每年一百万——这之间有什么区别？一位数学家或是一位巧舌如簧的才子也不见得能给你正确的回答。麦琪带来了珍贵的礼物①，可是咱们的那件不包括在其中。到底是什么呢，一会儿之后便自见分晓。

吉姆从大衣口袋里摸出一包东西，往桌子上一扔。

“对我可别往岔路上想呀，黛儿，”他说，“我是绝对不会因为头

---

① 据《圣经》载，麦琪（东方三贤人）送给圣婴的礼物是黄金、乳香与没药。

发长短，有没有去掉脸上的汗毛，用什么洗发液，就会减少一点点对我的姑娘的爱的。你只消打开这小包东西，就会明白一开头我为什么变傻了。”

白皙的手指和灵敏的动作把细绳与包纸拆了开来。紧着而来的是一声狂喜的尖叫；接下去呢，唉，又迅速转成女性所特有的歇斯底里的流泪与哭泣了，这就有劳套间的男主人赶紧千方百计地去劝慰了。

因为摊在桌子上的是“那套发卡”——一整套的梳形发卡，包括两鬓用的和脑后用的，正是陈列在百老汇路一个橱窗里让黛拉眼热了很长时间的物件。漂亮极了，纯正的玳瑁制品，周边镶有宝石——颜色去配刚刚失去的头发，真是再合适也没有。这套发卡价格不菲，这她是知道的，所以尽管心里渴念，但是从来不敢妄想真的能一旦拥有。宝物如今归她所有了，可是指望去装饰的那头秀发却离她而去了。

不过她还是把发卡抱在胸前，终于，她能够把泪汪汪的眼睛抬起来，绽出一个笑容，说：“我的头发会长得很快的，吉姆。”

忽然，黛拉像只给火烫着的小猫，跳了起来，嘴里喊道：“哦，哦！”

吉姆还没看到给他的漂亮礼物呢。她热切地摊开手掌，把东西显示给他。稳重的贵金属闪了一下亮，仿佛也反映出了她快乐、热烈的心情。

“像不像位贵族佳公子呀，吉姆？我走遍全城才寻见它的。你现在每天都得把表掏出来看上百来遍了。把表拿给我。让我看看配在一起模样如何。”

吉姆没有这样做，相反，他往长沙发上一靠，双手垫在脑后，眯眯笑着。

“黛拉，”他说，“先把咱们的圣诞礼物放一放，让它们自己待一会儿。东西太好了，暂时不用为好。我卖掉了表，好买给你的发卡。现在可以让肉排下锅了吧。”

那三位麦琪，如你们所知，是有智慧的贤人——无比聪明的博士——他们带来礼物，奉献给出生于马槽的圣婴。他们开创了圣诞节互赠礼物的习俗。由于他们聪明过人，万一礼物有相不中的，也有权去退换。说故事的笨嘴拙舌，给列位看官讲了一个平淡无奇，既不大喜大悲，亦无大起大落的故事，叙述住在经济公寓里的两个傻孩子，极不聪明地为了对方，牺牲了家中最珍贵的物件。但是在下要对当今世上的聪明人说的是，在普天底下所有馈赠礼物的人当中，还得数此二人最为聪明。在所有送礼与收礼的芸芸众生里，还是这两位最最明智呀。不论天涯何处，最聪明的还是他们。他们即是贤人麦琪了。

咖啡馆里的一位世界主义者

王义国◎译

午夜时分，咖啡馆里人头攒动。不知怎的，我所坐的那张小桌子，进来的人却是视而不见，桌子边的两把空椅子为了赚钱，好客地朝着蜂拥而来的客人们伸展着手臂。

后来，有一位世界主义者坐在了其中的一把椅子上了。我感到高兴，因为我持有一种理论，认为自亚当以来，还没有过真正的世界公民。我们听说过他们，也看到过有大量的行李贴着外国标签，但却发现那不过是旅游者而不是世界主义者。

我恳请您留意这里的场面——大理石桌面的桌子，皮面的靠墙排椅，来客们兴高采烈，女士们淡妆浓抹，大家微妙而又显然是异口同声地谈论着趣味、经济、富裕生活或者艺术，侍者伺候周到但又爱小费，所演奏的音乐对人们更是曲意奉承，不惜违背作曲家的原意。人们谈笑风生，一片嘈杂——而只要你想喝的话，装在高脚锥形玻璃杯里的维尔茨酒就摆在你的唇前，就像树枝上的一枚熟透了的樱桃，在一只偷食的松鸦的鸟喙的面前招摇一般。一位来自莫克昌克①的雕塑家告诉我说，这里的景象真的不亚于巴黎。

我的那位世界主义者名叫 E. 拉什莫尔·科格兰，到夏天的时候

① 莫克昌克，美国的一个城市。

你就可以在科尼岛①听说他了。他向我透露说，他要在那里开辟一个新的“胜地”，给游客们提供至高无上的娱乐。然后他的话题又转到纬度和经度上面去了。可以说，他是把那个伟大的圆形地球玩弄于手掌之中，是放肆而又轻蔑地玩弄的，对他来说，似乎地球比客饭里的葡萄柚上的酒浸樱桃的核大不到哪里去。他无礼地谈论着赤道，时而说说这个大陆，时而说说那个大陆，他揶揄地球的气候带，他用他的餐巾就把公海擦干了。他用手一比画，就能描绘出海得拉巴②里的某个集市上的情形。他吹一口气，就能让你在拉普兰③坐雪橇。他发出尖啸声，你就会在基莱卡希基与夏威夷土人一起乘风破浪。说时迟那时快，他又拽着你走过阿肯色州的一片生长着星毛栎的沼泽地，让你在他的位于爱达荷州的大牧场里的盐碱地里把衣服晾干，然后又旋风似的把你带到维也纳大公的酒会上去。未几，他又会告诉你，他曾在芝加哥的一个湖上偶感风寒，在布宜诺斯艾利斯的老埃斯卡米拉用一种名字叫作楚楚拉的草煮成汤药，把它治愈了。你可以寄一封信给他，地址就写“宇宙，太阳系，地球，E. 拉什莫尔·科格兰先生收”，相信他肯定能收到。

我确信，我终于找到了自从亚当以来的一位真正的世界主义者。我聆听着他那世界范围的谈话，唯恐会发现话中有匆匆环游地球的人常有的偏狭之见。但他的见解总是不卑不亢，对待各个城市、国家以及大陆，他就像风或者万有引力那样不偏不倚。

就在 E. 拉什莫尔·科格兰东拉西扯地谈论着这个小小的星球的时候，我欣喜地想到了一位伟大的几近于世界主义者的人，他为整个世界写作，又献身于孟买。他在一首诗里说，地球上的城市之间既有骄傲，又有敌意，“生于斯长于斯的人们，他们前往四面八方，但又在故乡的城头流连，就像孩童抓住母亲的衣襟一样”。每当他们

---

① 科尼岛，美国纽约市布鲁克林区南部的一个海滨游憩地带，原为一小岛。

② 海得拉巴，巴基斯坦东南部城市。

③ 拉普兰，北欧一地区。

走在“喧嚣而又陌生的街头”的时候，就想起家乡来，那“最为忠诚、愚蠢、充满柔情的城市；只要说出她的名字，就使得他们用纽带维系了起来”。而我之所以欣喜，是因为我发现吉卜林先生①在打盹。这里我发现了一个并非用尘土做出的人②，他并不狭隘地吹捧他的出生地或者祖国，如果说他吹牛的话，他也只是拿他的整个圆形的地球，来向火星人或者月球居民夸耀。

E·拉什莫尔·科格兰对这些话题的表达，因为外界对我们的桌子的干扰而加快了。正当科格兰在向我描述西伯利亚铁路沿线的地形的时候，乐队转而奏起了组合曲。最后一个曲子是《迪克西》③。当那些振奋人心的音符跳荡出来的时候，几乎每一个桌子边的人都热烈鼓起掌来，几乎把乐曲的声音淹没了。

用一个段落来说出下述是值得的，即这种壮观的场面，在纽约市的众多的咖啡馆里每晚都能看到。成吨的啤酒被出人意料地消费掉，便说明了这一点。有人匆匆猜测，一到日暮，城里的南方人全都躲在了咖啡馆里。在一个北方城市里对“南方叛军”的这首战歌的这种欢呼，确实有点令人费解，但又并非不能解答。与西班牙的战争，薄荷与西瓜的连年丰收，冷门迭爆的新奥尔良赛马场，以及构成了北卡罗来纳州的社交圈的印第安纳州和堪萨斯州的公民所举办的豪华宴会，所有这一切都使得南方在曼哈顿④成了一种“时尚”。来为你修指甲的人会小声嘀咕说，你的左手食指让她油然想到在弗吉尼亚州里士满市的一位绅士。啊，那是当然的了；不过如今很多女人都不得不工作——这是因为战争，你是知道的。

乐队正演奏《迪克西》的时候，一个黑头发的青年不知从哪里钻了出来，像莫斯比⑤游击队员那样大喊大叫，疯狂地挥舞着他的那

---

① 吉卜林（1865—1936），英国小说家、诗人，一九〇七年获诺贝尔文学奖。这里引用的诗句即是他的作品。

② 《圣经》上说，人是上帝用尘土做出来的。

③ 《迪克西》，美国南北战争时期在南部各州流行的战歌，现仍流行。

④ 曼哈顿，纽约市的一个区。

⑤ 莫斯比（1833—1916），美国内战时期南方联盟别动队的首领。

顶软檐帽子。接着，他穿过烟雾走到我们的桌子前，一屁股坐到那把空椅子上，掏出了香烟。

夜晚到了这个时候，我们也就不拘谨了。我向侍者点了三份维尔茨酒，黑发青年得知也有他的份儿，微笑着点头表示感谢。我赶紧乘机问了他一个问题，因为我想验证一下我所持有的一个理论。

“请别介意，”我发问道，“你是不是来自——”

E. 拉什莫尔·科格兰一拳拍在桌子上，我的话被噎了回去。

“对不起，”他说，“不过这是个我永远也不想听到的问题。一个人是哪里人又有什么关系？凭邮政地址判断一个人那公平吗？嗨，我见过讨厌威士忌的肯塔基人，见过并非波卡洪塔斯①后裔的弗吉尼亚人，见过没有写过小说的印第安纳人，见过不穿沿着侧缝缀着银圆的天鹅绒裤子的墨西哥人，见过滑稽的英国人，挥金如土的美国佬，冷血的南方人，小心眼儿的西部人，以及忙碌的纽约人。有一个食品店的伙计只有一只胳膊，他用纸袋子包装越橘，纽约人忙得都不能在街上待上一个小时看看。人就是人，不要拿地域标签来给他设置障碍。”

“请原谅我，”我说，“我的好奇并非全无道理。我了解南方，乐队演奏《迪克西》的时候，我就喜欢听。我有这样的看法，那些怀着特殊的激情和明显的地域忠诚为这首乐曲鼓掌的人，一准是新泽西州塞考库斯人，或者在纽约的默里·希尔讲习所与哈莱姆河之间的地区的人。我必须承认，我正打算向这位先生问一些问题来验证我的观点，你就以你的高论打断了我。”

这时黑发青年向我开口了，显然，他的头脑的运动也有本身的常规。

“我愿做一棵常春花，”他神情神秘地说道，“生长在一个山谷的顶上，尽情地唱歌。”

---

① 波卡洪塔斯（1595—1617），北美波瓦坦印第安人部落首领波瓦坦之女，曾搭救过英国殖民者约翰·史密斯，与英国移民约翰·罗尔夫结婚，后去英国，受到上流社会礼遇。

这话显然是太费解了，于是我又转向科格兰。

“我曾十二次周游世界，”他说道，“我认识一个住在乌珀纳维克的爱斯基摩人，他托人去辛辛那提买领带。我在乌拉圭看见一个牧羊人，他在巴特尔·克里克①的一次早餐猜谜竞赛中获了奖。我在埃及开罗租了一间房子，在日本横滨也租了一间，为期都是整整一年。上海的一家茶馆留着拖鞋在等着我，而在里约热内卢或者西雅图，我也不必费心告诉他们怎么给我煎鸡蛋。这个古老的世界太小了。北方也好，南方也好，山谷中的古老庄园宅第也好，克利夫兰市的欧几里得大街也好，派克斯峰也好，弗吉尼亚州的菲尔法克斯县也好，胡利甘平川也好，或者不管哪个地方也好，夸耀自己的出生地又有什么用处呢？当我们对自己恰好出生在某个发霉的城镇或者十亩泥沼地带里泰然处之的时候，这个世界就会变得更好些。”

“看来你是个十足的世界主义者，”我钦佩地说道，“不过你似乎也会非难爱国主义。”

“那是石器时代的遗风，”科格兰热烈地宣告说，“四海之内皆兄弟也——中国人、英国人、祖鲁人、巴塔哥尼亚②人，还有住在考伍湾的人。总有一天，人们对各自的城市、州县或国家的那些小家子气的溢美之词会被一扫而空，我们都将成为世界公民，而我们本来就应该这样。”

“可是当你在外地游历的时候，”我追问道，“难道你就不思念某个地方——某个可爱而又——”

“一个地方也没有，”E. 拉什莫尔·科格兰轻率地打断我的话，“人们称之为地球的这个陆地的、球形的、行星般运动的、两极略扁的大块物质，就是我的家园。我在国外见过许多这个国家的公民，他们为情感对象所束缚。我在威尼斯见到一些来自芝加哥的人，他们在一个月夜坐在凤尾船上观光，却又夸耀自己家乡的排水管道是

---

① 巴特尔·克里克，美国密歇根州西南部城市，是一八二四年白人与印第安人激战的战场。

② 巴塔哥尼亚，南美洲最南部的地区，在安第斯山和大西洋之间。

如何地好。我见过这样一位南方人，当他被介绍给英国国王的时候，他眼都直了，忙对那位君主说，他的姨婆与查尔斯顿①有地缘关系，她嫁给了那里的珀金斯氏。我认识一个纽约人，他被阿富汗土匪绑了票。家里人送去赎金后，他同他的代理人回到了喀布尔。‘阿富汗怎么样?’当地人通过翻译问他，‘啊，不太死气沉沉吧，你说呢?’‘哦，我不知道。’他说道，于是便开始给人家讲起在六马路和百老汇大街上的一个出租车司机的事情。这些思想观念都不适合我。我不会受直径不足八千英里的东西的束缚。只管记住，我是E. 拉什莫尔·科格兰，是一个称之为地球的天体上的公民。”

我的世界主义者大声向我道别，离开了我，因为他以为，他在乱哄哄的人群和烟气中看到了一个他认识的人。这样就剩下我和那位想当常春花的人了。他只顾应付维尔茨酒，再也没有能力用悦耳的旋律去吟咏他那栖身于幽谷之巅的志向了。

我坐在那里，琢磨着我的那位明显的世界主义者，感到纳闷，那位诗人怎么竟把他给漏掉了。他是我的发现，我相信他说的话。这到底是怎么回事呢?“生于斯长于斯的人们，他们前往四面八方，但又在故乡的城头流连，就像孩童抓住母亲的衣襟一样。”

E. 拉什莫尔·科格兰可不是这样。他以整个世界作为他的——

我的沉思被咖啡馆另一头的激烈的吵闹声打断了。从坐着的客人们的头顶上望过去，我看见E. 拉什莫尔·科格兰正和一个我不认识的人死命地扭打在一起。他们在桌子之间打斗，就像巨神提坦一样，玻璃杯摔碎了，人们拿起帽子要走，可又被打倒了。一个黑发白种女人尖叫起来，一个金发白种女人唱起了《挑逗》这首歌。

侍者们以其著名的楔形编队将两位斗士包围起来，把仍在挣扎的二位驱逐了出去，这时我的世界主义者还在保持着地球的骄傲和声誉。

我把麦卡锡——一个法国侍者——叫了过来，问他这场冲突的

① 查尔斯顿，美国南卡罗来纳州东南部港市，以英王查理二世的名字命名。

起因。

“那个系红领带的人，”（那就是我的世界主义者）他说，“因为那另外一个家伙对他说，他家乡的人行道和供水系统差劲，就发起火来。”

“这就怪了，”我说道，大惑不解，“那个人可是个世界公民——一个世界主义者呀。他——”

“他说他是缅因州马塔瓦姆基格人，”麦卡锡接着说，“而且他容不得别人说那个地方的坏话。”

回合之间

王义国◎译

五月的月亮把银辉洒在墨菲太太的供膳宿的私人公寓上。查阅历书，就会发现有这么一大块地盘，月光也洒落在那里。春意正浓，花粉病也就接踵而至。花园里的嫩叶和来自西部和南部的客商交相辉映，显得生机盎然。鲜花盛开，避暑胜地的代理人也是笑容可掬。气氛变得越来越温和，手摇风琴的琴声悠扬，喷泉喷出水柱，到处都有人在玩皮纳克尔纸牌。

墨菲太太的寄宿公寓的窗子都敞开了。一群房客坐在高高的门阶上，屁股底下垫的扁平圆草席就像德国的薄煎饼。

在二楼阳面的一个窗子那里，麦卡斯基太太正在等丈夫回家。晚饭摆在桌子上，都快凉了，它的热气都跑到了麦卡斯基太太的肚子里。

九点钟的时候，麦卡斯基先生回来了。他胳膊上搭着上衣，嘴里叼着烟斗。他抬着他那九寸长、四寸宽的脚在石头台阶上的人们当中寻找落脚点，同时也为打扰了这些房客而连声道歉。

当他打开房门时，却是大吃一惊。平常都是他得躲避炉子盖或者捣土豆泥的杵子，而现在冲他而来的却是话语。

麦卡斯基先生心想，五月的怡人月光把他的配偶的心胸软化了。

“我听见你说话了，”代替厨具的话语飘了过来，“你那双笨脚踩着街上的那些地痞流氓的衣服边，都向他们道歉，可是你踩着你老婆的脖子走有晒衣服绳那么远，却连一句‘见鬼去吧’都不说。我知道会是那样的，我在窗口伸着脖子等了好久了，饭都凉了，好像你每个星期六晚上在加利格酒店把工钱统统喝光之后，还有钱买吃的似的。收煤气费的今天来催了两回了。”

“婆娘！”麦卡斯基先生说道，同时把他的外衣和帽子往椅子上一扔，“你这通叫唤真让我倒胃口。你贬低礼貌，就是拆社会基础的台。一个绅士从挡道的女士们当中走过去的时候，说声借光不能算是刻薄。你能不能把你那张猪脸从窗口挪开，收拾饭去？”

麦卡斯基太太吃力地站起身来，朝炉子走去。她的举动里有点苗头让麦卡斯基先生警觉起来。当她的嘴角像晴雨表一样突然往下一沉的时候，通常预示着锅碗瓢盆会从天而降。

“猪脸，是吗？”麦卡斯基太太说道，同时把一个盛满咸猪肉和大头菜的长柄炖锅朝她丈夫猛掷了过去。

应付这种局面麦卡斯基先生绝非初学乍练。他知道，主菜上完之后该上什么。桌子上有一份烤猪排，上面点缀着白桦酢浆草。他抄起这份猪排回敬过去，却又引来一份盛在陶制盘子里的面包布丁的恰当回报。丈夫准确地掷出的瑞士奶酪打在麦卡斯基太太一只眼睛的下面。她瞄准好，用一只满是又热、又黑、不全是散发着香味的液体的咖啡壶进行回击，按照程序，这场战斗是应该结束了。

可是麦卡斯基先生却绝非那种吃五毛钱一份的客饭的客人。如果小气的波希米亚人愿意的话，就让他们把咖啡当成最后一道菜吧。让他们去有失检点吧。他可是精明多了。他以前并非没有使用过饭后洗手指用的碗。墨菲公寓里没有这玩意儿，不过代用品手头就有。他得意扬扬地抄起搪瓷脸盆，朝他的冤家的脑袋砸去。麦卡斯基太太及时躲过。她伸手去拿熨斗，想以此作为一种果汁饮料，来结束这场烹调决斗。可是楼下传来了响亮的哭叫声，这使得不论是她还是麦卡斯基先生都暂停了下来，不情愿地休战了。

在公寓犄角处的人行道上，警察克利里正竖着一只耳朵站着，听着家庭用品的撞击声。

“这又是约翰·麦卡斯基和他太太在打架。”警察想，“不知道是不是该上去制止他们。还是不去吧。人家是老夫妻，又没有什么乐趣。时间不会太久的。不错，这架要继续打下去的话，他们得借来更多的盘盘碗碗才行。”

正在这时，楼下传来了响亮的尖叫声，说明有可怕或者悲惨的事情发生。“也许是猫吧。”警察克利里说道，又匆匆朝另外一个方向走去。

台阶上的房客们骚动了起来。图米先生生来就是干保险推销员的料，职业是侦探，他进去探究叫声的缘由。他带回消息说，墨菲太太的小儿子迈克失踪了。在报信人的后面，墨菲太太蹦蹦跳跳地出来了——两百磅重的身体全是泪水，而且歇斯底里，她因为体重三十磅的长着雀斑的淘气儿子的失踪而呼天抢地。矫揉造作，真的；不过图米先生坐在了女帽商珀迪小姐的身边，他们同情地把手握在了一起。那两位老处女，沃尔什姐妹，她们每天都抱怨门厅里太吵，此刻立即询问，是否有人在座钟的后面寻找过。

格里格少校和他的胖妻子一同坐在最高一级台阶上，他站起身来，扣好外套。“那个小家伙丢了？”他喊叫道，“我要全城搜索。”他妻子从不允许他天黑以后出门。不过此刻她却说道：“去吧，鲁德维奇！”那嗓音像男中音，“要是眼睁睁看着做母亲的伤心却不去帮她一把，那真叫铁石心肠。”“给我几毛钱，三毛——要不六毛吧，亲爱的。”少校说，“走失的孩子有时会逛得很远，兴许我得花钱坐车呢。”

丹尼老头住在四楼过道处的一个阴面房间里，此刻他坐在最下面的那一级台阶上，借着路灯的灯光费劲地看着报纸。他翻过一页，接着读那篇讲述木匠罢工的文章。墨菲太太朝着月亮尖声呼号着：“哎呀，迈克呀，老天爷，我的小宝贝到哪里去了呢？”

“你最后一次见到他是什么时候？”丹尼老头问道，一只眼睛还在盯着看对建筑业联合会的报道。

“啊，”墨菲太太号啕大哭道，“是昨天，要不就是四个小时以前！我记不准了。但他确实不见了，我的小儿子迈克。今天上午他还在人行道上玩呢——要不就是星期三？我忙着干活，没法记住日期。可是我从房顶找到地下室，就是没有他的影儿。啊，天哪——”

无论有多少咒骂它的人，这座大城市从来都是沉默，阴森，庞大。人们说它坚硬如铁，人们说它的胸中没有怜悯的脉搏在跳动，人们把它的街道比作人迹罕至的森林和熔岩造成的沙漠。然而在龙虾的坚硬的外壳的下面，却可以找到美味可口的食物。也许用一个不同的比喻会更明智一些。不过谁也不应该反感。如果没有一副能抓善捕的爪，就不能叫作龙虾。

没有什么灾难比小孩的走失更能触动公众的心。走失的孩子的脚是那样的不稳定和虚弱，世道又是那样的险恶和陌生。

格里格少校匆匆来到街的拐角，走上大街，进入比利酒店。“来一杯高度数的黑麦威士忌酒，”他对伙计说，“你们这一带见没见过一个六岁的罗圈腿、满脸脏的小鬼头？他走失了，见过吗？”

图米先生仍然在台阶上抓着珀迪小姐的手不放。“想想那个可爱的小孩吧，”珀迪小姐说道，“从妈妈的身边走失了——也许已经葬身在奔马的铁蹄下面了——啊，那不是太可怕了吗？”

“谁说不是呢？”图米先生颇有同感，又紧捏着她的手，“你说我该不该出去帮着找找呢？”

“也许，”珀迪小姐说道，“你应该去。可是，啊，图米先生，你是如此有闯劲——又是如此冒失——要是在你的热情当中出了什么意外，那可如何是好——”

丹尼老头继续读着那篇仲裁协议，用一个手指头指着上面的字。

在二楼临街的一面，麦卡斯基先生和太太来到窗前，好再喘一口气。麦卡斯基先生的食指弯曲着，正在从坎肩上往外抠大头菜，他的夫人正在揉眼睛，烤猪排上的盐分并没有使她的眼睛受益。他们听见楼下有喊叫声，于是把脑袋伸到了窗外。

“是小迈克不见了，”麦卡斯基太太压低嗓门说，“那个又漂亮又淘气、天使般的小家伙！”

“那个小不点丢了吗？”麦卡斯基先生说道，同时把身子从窗户探了出去，“哎呀，那糟透了。孩子可非同一般。我倒希望走失的是个女人，女人走后留下来的就是太平。”

麦卡斯基太太并没有理会这句带刺的话，她抓住丈夫的胳膊。

“约翰，”她感伤地说，“墨菲太太的小儿子不见了。这个城市太大，小孩子走失了可不好找。他六岁。约翰，要是六年前我们也生个孩子，现在也这么大了。”

“我们从来也没有生过呀。”麦卡斯基先生说道，他是在讲事实。

“可是我们要是真的生过的话，约翰，要是我们的小费伦跑丢了，不知道去哪儿了，你想今天晚上我们心里该多悲伤啊。”

“你净说傻话。”麦卡斯基先生说道，“他应该叫帕特，取我在坎特里姆的老父亲的名字。”

“你瞎说！”麦卡斯基太太说道，不过并没有生气，“我哥哥顶得上十打泥腿子麦卡斯基。孩子应该取他的名字。”她扒着窗沿探出身子，看着闹哄哄忙乱的楼下。

“约翰，”麦卡斯基太太轻柔地说道，“对不起，我对你太性急了。”

“是性急的布丁，正如你所说的，”她丈夫说道，“还有匆忙的大头菜和让人家躲开的咖啡。你可以称之为一份快餐，对，一点不假。”

麦卡斯基太太顺着她丈夫的胳膊把自己的胳膊滑了下来，抓住他那粗糙的手。

“你听墨菲太太哭得多可怜，”她说道，“一个小小的孩子在这么大的城市里走丢了，真是件可怕的事情。要是这是我们的小费伦的话，我的心都会碎的。”

麦卡斯基先生笨拙地把手抽出来。不过随后又把手搭在他妻子靠近他的那只肩膀上。

“这当然是傻话。”他粗暴地说道，“不过假如我们的小——帕特被劫持或者怎么样了，我会像刀割那么难受。但我们从来也没有过孩子。有时我对你发脾气，太粗暴，朱迪。忘掉这些吧。”

他们依偎在一起，朝下看着那出正在上演的心灵悲剧。

许久，他们就这么坐着。人行道上人头攒动，人们三五成群，打听消息，谣传和不合逻辑的推测满天飞。墨菲太太在人群当中用力地挤来挤去，整个人就像一座线条柔和的山，一个泪水的瀑布从这山上一泻而下，哗哗直响。报信的人往来不断。

公寓前传来大声的喧哗，人群又骚动了起来。

“这又是怎么了，朱迪?”麦卡斯基先生问道。

“这是墨菲太太的声音，”麦卡斯基太太说道，又留神听着。“她说，她找着小迈克了，小迈克在她卧室床底下的一卷油毡后面睡着了。”

麦卡斯基先生大笑了起来。

“那是你的费伦，”他嘲弄地嚷道，“帕特才不玩那种鬼把戏呢。如果我们那个从未出生的孩子走失了，神灵在上，那就叫他费伦，看他怎么像条小癞皮狗似的往床底下钻。”

麦卡斯基太太费力地站了起来，向碗橱走去，同时两个嘴角往下一沉。

随着人群的散去，警察克利里又回到拐角处。他吃了一惊，于是朝麦卡斯基住的房间竖起一只耳朵，里面锅碗瓢盆的噼里啪啦声似乎像刚才一样响。警察克利里掏出怀表来。

“天哪!”他叫道，“约翰·麦卡斯基和他的夫人按钟点来说已经干了一个小时零一刻了。夫人能比他重上四十磅。他可要加把劲。”

警察克利里又绕过拐角，踱着步子巡视去了。

丹尼老头折起报纸，匆匆走上台阶，因为墨菲太太要锁门过夜了。

天窗屋

王义国◎译

首先，帕克太太会让你看那套两居室的客房。当她描述那套客房的优点，以及那位租用了该客房八年之久的绅士的良好品行的时候，你可不敢打断她。然后你才勉强结结巴巴地承认，你既不是大夫也不是牙医。帕克太太听说你住不起时的那种神情，使得你从此再也不能对你的爹娘怀有以前的那种感情，因为他们没有培养你从事能住上帕克太太的豪华客房的职业。

接下来，你登上一段楼梯，去看在二楼阴面租金每周八块钱的房间。到了二楼，帕克太太说，这样的房间值十二块钱，图森伯里先生住的时候，总是付十二块钱，后来才去接管他哥哥在佛罗里达的橘子种植园，那种植园离棕榈滩①不远，而麦金太尔太太又总是在棕榈滩过冬，她在那里有一套带有私人浴室的两居室阳面客房。她说话的样子，由不得你不信。你只好含糊其辞地说，你想要再便宜一点的房间。

如果你受得住帕克太太的鄙夷不屑，那么你就会被带到三楼，去看斯基德先生所租用的在过道处的那间大屋子。斯基德先生并没有搬走。他整天待在屋里写剧本，抽香烟。但每个前来找房子的人

① 棕榈滩，佛罗里达州东南部城镇，冬令游憩胜地。

都被带到他的房间，去欣赏房间的装饰性挂帘。在每次这样的访问之后，由于害怕房东会下逐客令，斯基德先生总是会付一部分拖欠的房租。

然后——啊，然后——如果你仍然犹豫不决地站着，热手捏着口袋里的那三个潮湿的美元，并且嗓音嘶哑地宣告，你是穷得可怕，那只怪自己，这时帕克太太就不会再当你的导游了。她就会扯着喇叭嗓子大喊一声“克拉拉”，然后扭过身子，迈开大步下楼。于是，克拉拉，那位黑人女佣，就会陪着你爬上一个专为上四楼而设的包着毯子的梯子，领着你去看那间天窗屋。天窗屋有七英尺宽，八英尺长，位于过道的中部，在它的每一边都有一个黑咕隆咚的杂物间或者储藏室。

屋里有一张小铁床，一个脸盆架，一把椅子。一块搁板就算是梳妆台。光秃秃的四壁就像棺材的四个面一样挤压着你。你的手不知不觉地移到了你的喉咙上，你喘息着，你就像井底观天一样——并再次喘了一口气。透过小天窗的玻璃，你看到了一块蓝色的无穷广宇。

“两块钱，先生。”克拉拉说，既带点瞧不起的口气，又带点塔斯克基①口音。

一天，丽森小姐来找房子住。她随身带着一台打字机，那本来应该是个头比她大得多的女士提的。她是个身材非常娇小的姑娘，不长个儿只长眼睛和头发。她的眼睛和头发似乎总是在说：“我的天哪，你怎么不和我们一起长啊？”

帕克太太带她去看那套两居室的客房。“在这个壁橱里，”她说道，“能放人体骨骼或者麻醉剂或者煤块——”

“可我既不是大夫也不是牙医呀。”丽森小姐打了个寒噤说道。

帕克太太盯了她一眼，目光中有着她对那些不够大夫或者牙医资格的人所持有的那种怀疑、怜悯、轻蔑和冷淡。然后带着她上了二楼的阴面。

---

① 塔斯克基，美国南方阿拉巴马州城市。

“八块钱？”丽森小姐说道，“天哪！我样子年轻，可并不是富家小姐。我只是个打工的小姑娘。给我看看位置高一些、租金便宜些的房间吧。”

听见轻轻的敲门声，斯基德先生跳了起来，烟蒂撒在了地板上。

“对不起，斯基德先生，”帕克太太说道，同时冲着他的苍白的面容露出了恶魔似的笑容，“我不知道你在家。我请这位女士来看你的房间的装饰性挂帘。”

“怎么看它们都是太可爱了。”丽森小姐说道，微笑起来完全就像天使一样。

她们一走，斯基德先生就赶忙修改他那部（并未上演的）新剧作，把原来那个高大、黑发的女主角，换成一位披着一头浓密的金发的表情活泼、娇小顽皮的姑娘。

“安娜·赫尔德会欣然接受这个角色的。”斯基德先生自言自语道，同时抬脚踩在挂帘上面，然后又像一只飘浮在空中的乌贼一样，消失在烟雾当中了。

不一会儿，警报似的一声叫喊“克拉拉”，向世界宣告了丽森小姐的钱包的状况。一个小妖精似的黑人一把抓住了她，带着她走了一段阴森森的楼梯，把她推进一间顶上透过一缕光线的储藏室，又以既威胁又神秘的口吻咕哝道：“两块钱！”

“我就要它了！”丽森小姐叹了一口气，一下子坐在了那张嘎吱作响的床上。

丽森小姐每天都出去做工。晚上，她把手写的稿件带回，用打字机打出来。有时晚上没有活干，她就和其他房客一起，坐在门廊处高高的台阶上。丽森小姐出生的时候，造物主并没有计划让她住在天窗屋里。她生性乐观开朗，心中充满了幼稚、离奇的幻想。有一次，她让斯基德先生给她读他的（未发表的）喜剧巨作中的三幕，那部喜剧的题目是《不骗你；又名地铁继承人》。

每当丽森小姐有时间在台阶上坐上一两个钟头，男房客们便欢欣鼓舞。不过坐在最高一级台阶上的朗内克小姐却嗤之以鼻，朗内克小姐是个高个子的金发女人，在一所公立中学里教书，不论你说什么，她都说：“唔，真的吗！”坐在最低一级台阶上的多恩小姐也是嗤之以鼻，多恩小姐在一家百货公司工作，每个星期天都去科尼岛游乐场打移动靶鸭。丽森小姐是坐在中间的台阶上，她一到，男人们就马上围拢过来。

尤其是斯基德先生，他虽然嘴上没说，心里却已经把她在一部现实生活中的私人浪漫剧中安排成了主角。那位四十五岁、身体肥胖、脸色发红而且愚蠢的胡佛先生，也是如此。还有那位非常年轻的埃文斯先生也是如此；埃文斯先生总是故意干咳，以便让丽森小姐劝他戒烟。男人们公认她是“最有趣、最令人愉快的人”，可是来自最高一级台阶和最低一级台阶的嗤之以鼻，却是平息不下来的。

请允许我暂时中止剧情，让合唱队登台，为胡佛先生的肥胖洒一掬悲悯之泪吧。清好喉咙，定准调子，为脂肪的悲惨、臃肿的灾难和肥胖的祸害哀鸣吧。如果比试一下的话，那么肥胖的福斯塔夫所提供的成吨的浪漫，要大于瘦骨嶙峋的罗密欧所提供的以盎司计量的浪漫①。不过一个情种可以叹息，但不得喘粗气。胖子是受莫摩斯②摆布的。如果腰围超过五十二英寸，最忠实的心脏的跳动也是枉然。靠边站吧，胡佛！四十五岁、脸色发红而且愚蠢的胡佛，也可能把美人海伦拐跑。可四十五岁、脸色发红、愚蠢而且肥胖的胡佛，却只配死后永远受惩罚。你永远也不会有机会的，胡佛！

一个夏季的夜晚，帕克太太的房客们就是这么坐着，这时丽森小姐抬头仰望着天空，欢快地细声笑了起来。

“哎呀，那是比利·杰克逊！我从这里也能看见他。”

所有的人都仰起脖子——有的看着摩天大楼的窗子，有的寻找杰克逊驾驶的飞船。

“我说的是那颗星星，”丽森小姐伸出一根纤细的手指指着天上解释道，“不是那颗乱眨眼的大星星——是旁边那颗蓝色的，它一动也不动。我每天晚上都能从我的天窗间看到它。我管它叫比利·杰

① 福斯塔夫和罗密欧都是莎士比亚剧作中的人物。

② 莫摩斯，希腊神话中嘲弄与非难指摘之神。

克逊。”

“唔，真的吗！”朗内克小姐说道，“没想到你还是个天文学家，丽森小姐。”

“哦，是的，”这位小小的观察天体者说道，“火星人秋天要穿的衣服袖子的样式，我知道的和他们一样多。”

“唔，真的吗！”朗内克小姐说道，“你说的那颗星叫伽马，属仙后星座。它的亮度接近于第二星等，其子午线程是——”

“哦，”极年轻的埃文斯先生说，“我觉得叫它比利·杰克逊要好上许多。”

“我也这么想，”胡佛先生说，同时大声喘着气表示对朗内克小姐的蔑视。“我认为，丽森小姐和那些老占星家们有同样多的权利，来给星星命名。”

“唔，真的吗！”朗内克小姐说道。

“不知道它是不是一颗流星。”多恩小姐说道，“星期天在科尼岛游乐场，我十枪打了九只鸭子，一只兔子。”

“在楼下这个地方看效果不太好，”丽森小姐说道，“你们应该到我的屋子里去看。你们知道，如果真是坐井观天的话，白天也能看得见星星。晚上我的屋子就像煤窑里的竖井，从那儿看去，比利·杰克逊就像夜晚女神睡袍上的钻石别针。”

在这以后，丽森小姐不再带着那些令人望而生畏的稿件回来打字了。她早晨出门的时候，并不是去工作，而是从这个公司到那个公司找活干，受尽了办事员的白眼，处处都被拒绝，搞得她伤心透了。这种情况继续着。

一天晚上，她疲惫不堪地爬上了帕克太太家的门阶。通常这个时候她是在饭馆吃完饭以后返回，可这一次她并没有吃晚饭。

当她迈进门厅的时候，胡佛先生遇见了她，便抓住这个机会。他要她嫁给他，他的肥胖身子就像雪崩一样居高临下。她躲避着，抓住了楼梯扶手。他又去抓她的手，她举起手，有气无力地给了他一个耳光。她抓着栏杆，拖着身子，一步一步地上楼。当她走过斯基德先生的门口的时候，他正在他的那部（未被人接受的）喜剧上，用红笔修改一段舞台指示，那舞台指示是给默特尔·德洛姆（也就是丽森小姐）的："从舞台左边抽身转到伯爵身边。"丽森小姐终于爬上了包着毯子的梯子，打开了天窗屋的门。

她太虚弱了，连开灯和脱衣服的劲都没有了。她倒在小铁床上，她的纤弱的身子并没有在破烂不堪的弹簧垫上压出什么凹痕。屋子一片黑暗，仿佛处在阴间与阳间的交界处。她慢慢抬起沉重的眼睑，微笑了。

这是因为比利·杰克逊正在照耀着她，星光平静，明亮，恒久地穿过天窗照射了进来。世上没有她的容身之地。她坠入了一个黑暗的深渊，只拥有那一小块框住了一颗星星的惨淡的夜空。她曾经如此异想天开地，哦，又是如此徒劳无益地为那颗星星命了名。朗内克小姐一定是对的，那是伽马，属仙后星座，而不是比利·杰克逊。可是她仍然无法叫它伽马。

她仰面躺着，试了两次都没有把胳膊举起来。第三次，她终于把两根纤细的手指伸到嘴唇上，从黑暗的深渊里给了比利·杰克逊一个飞吻。她的手臂又绵软地垂落回去。

"再见，比利，"她无力地喃喃道，"你在亿万里之外，甚至连眼睛都不眨一下。可是当我这里一片黑暗、什么也看不见的时候，你却几乎总是待在那里，待在我能看到你的地方，是吗？……亿万里之遥……再见，比利·杰克逊。"

第二天十点，黑女佣克拉拉发现门还锁着，于是大家便把门撞开。人们又是灌醋，又是拍打她的手腕，甚至还烧羽毛熏，发现都没有效果，于是有人跑去打电话叫救护车。

救护车及时赶到，停在门口，车铃当当响个不停。一个干练的年轻医生，穿着白色亚麻大褂，跳上了台阶，他的动作沉着，敏捷，光滑的脸上透出既文雅又严厉的神情。

"这是四十九号呼叫的救护车，"他简短地说道，"出了什么事？"

"哦，是的，大夫，"帕克太太轻蔑地说，好像她的麻烦更大，因为是她家里出了事。"我搞不清她是怎么了。我们能做的都做了，可没法救醒她。那是个年轻姑娘，是一个叫埃尔西的小姐——对了，一个叫埃尔西·丽森的小姐。以前我这里可从来没——”

“在什么房间?”医生叫道，声音吓人，这可是帕克太太从未领教过的。

“在天窗屋。它——”

这位救护车医生显然对天窗屋的位置很熟悉。他爬上楼梯，一步跨过四个台阶。帕克太太为了要面子，便慢慢地跟了上去。

在第一个楼梯拐弯处，她就碰见医生抱着那位天文学家往回走。医生停了下来，把她奚落了一通，他的舌头就像训练有素的手术刀，不过声音并不大。帕克太太慢慢地瘫在地上，就像一件浆硬的衣服从钉子上滑落一般。从那以后，在她的身心中总是有褶皱。有时好奇的房客们会问她，那个医生对她说了些什么。

“别提它了，”她总是这样回答，“如果听了那些话能得到宽恕，我就知足了。”

那位救护车医生抱着丽森小姐，迈着大步穿过看热闹的人群，但甚至他们也羞愧地退到了人行道上，因为医生的表情看上去就像是怀抱着一个死去的亲人。

他们注意到，他并没有把她放在救护车里预备的担架上，而是依然抱着她，只对司机说了一句:“快开车，威尔逊。”

这就是一切。这能算是一篇小说吗?在第二天上午的报纸上，我看到了一条小新闻，其最后一句或许能帮助你（它已经帮助了我）把那些事件连起来。

它报道说，贝勒乌医院接治了一位来自东大街四十九号的年轻女病人，她由于饥饿而引起了虚脱。该消息最后说:

“负责这次救护的救护车医生威廉·杰克逊①大夫说，病人将会康复。”

---

① 比利（Billy）是比尔（Bill）的异体，比尔是威廉（William）的昵称，所以这里的威廉·杰克逊与丽森小姐所命名的那颗星比利·杰克逊暗合。

爱的奉献

王义国◎译

当一个人爱他的艺术的时候，什么奉献都不难做出。

这是我们的前提。这个故事将从中得出一个结论，又同时表明那个前提是不正确的。这将是在逻辑上的一件新鲜事，又是在讲故事上的一种比中国的长城还要老到的绝技。

乔·莱拉比来自中西部的长着星毛栎的平原地带，因为具有绘画艺术的天赋而激情澎湃。六岁的时候他画了一幅画，画的是镇上的水泵，画上还有一位当地的知名人士从那里匆匆走过。这幅画被装上框子，挂在杂货店的橱窗里，旁边还挂着一个疙疙瘩瘩长着几排颗粒的玉米。二十岁的时候，他离家来到纽约，脖子上飘着领带，而腰里的盘缠则系得更紧。

迪莉亚·卡拉瑟斯生长在南方的一个掩映在松树中的村庄里，她把六种八度音程搞得娴熟，显得大有出息，于是亲戚们共同出钱，让她去“北方”“完成学业”。他们并没有能够看到她完成——不过这就是我们的故事。

乔和迪莉亚在一个画室里见面了，那里经常有一些搞美术和音乐的学生聚会，讨论绘画的明暗对照法、瓦格纳、音乐、伦勃朗的作品图片、瓦尔特托费尔、壁纸、肖邦以及乌龙茶。

乔和迪莉亚都迷恋上了对方，或者说是一见倾心，随你怎么说都行。没过多久就结婚了——因为（参见上文），当一个人爱他的艺术的时候，什么奉献都不难做出。

莱拉比先生和太太在一套公寓房间里开始居家过日子。那是一套冷清的公寓房间——有点像钢琴键盘左手末端的升 A 键。而他们是幸福的，因为他们拥有自己的艺术，又彼此拥有对方。要是让我给富家子弟提忠告的话，那就是：卖掉你所有的财产，把它分给穷人。这样就能取得在一套公寓房间里与你的艺术以及你的迪莉亚共同生活的资格。

住公寓房间的人一定会赞同我的断言，即他们的幸福是唯一真正的幸福。如果家庭幸福，那么房间再拥挤也没有关系——梳妆台如果倒塌下来，就成了台球桌；壁炉架可以变成划船练习架；写字台可以成为备用床；脸盆架可以充当立式钢琴。如果可能的话，那就让四堵墙合拢起来，中间只留下你和你的迪莉亚。但如果家是另外一种样子，那么房子再宽敞也没有用——你从金门进去，把帽子挂在哈特拉斯，把披风挂在合恩角，然后从拉布拉多走出去①。

乔在伟大的马基斯特的班上学画——你知道他的名气有多么大。他收费高昂，授课轻松——他的这一高一轻松给他带来了名气。迪莉亚投身于罗森斯托克名下学习——你知道，他以专给钢琴键盘找麻烦著称。

只要还有钱，他们就极其幸福。谁不这样呢——不过我不想冷嘲热讽。他们的目标非常清晰明确。乔有望很快就能画出精彩的画来，让络腮胡子稀疏而钱包厚实的老绅士们蜂拥到他的画室里来，以买到他的作品为幸事。迪莉亚有望先是熟悉音乐，然后又轻视音乐，这样当她看到剧院正厅和包厢不满座的时候，就可以推说嗓子痛拒绝登台，而去一家私人餐厅吃龙虾。

不过在我看来，最美好的生活就是在小小的公寓套间里的家庭

---

① 金门是美国加利福尼亚州的圣弗兰西斯科湾的湾口，有著名的金门大桥。哈特拉斯是北卡罗来纳州沿海岛屿。合恩角是智利南部合恩岛的南角。拉布拉多是加拿大东部的一个半岛。

生活——在一天的学习之后，那说不完的绵绵情话，那温馨的晚餐和新鲜、清淡的早饭，那有关抱负的交流——他二人的抱负是交织在一起的，否则就没有必要提起了——相互的帮助和鼓励，还有——恕我直言——晚上十一点那顿肉菜卷和奶酪三明治。

但过了一段时间，艺术之旗就萎垂了。艺术之旗有时是萎垂的，即使降旗手并没有去动它。正如俗话所说，他们是坐吃山空。该付给马基斯特和罗森斯托克两位先生的学费拿不出来了。当一个人爱他的艺术的时候，什么奉献都不难做出。于是迪莉亚说，她必须出去教音乐课，以便让盘子里的菜老是冒热气。

她在外面跑了两三天，招揽学生。一天晚上，她欢欣鼓舞地回到了家里。

“乔，亲爱的，”她欣喜地说，“我收了一个学生。而且，啊，那是最好的人家！将军——艾·比·平克尼将军的女儿——住在第七十一大街。这样一幢富丽堂皇的房子，乔——你应该去看看那个大门！我想你会说那是拜占庭式的。房子里面就不用说了！啊，乔，我以前从未见到过。”

“我的学生是他的女儿克莱门蒂娜。我已经深深地喜欢上她了。她是个娇弱的姑娘——总是穿一身白衣服；一言一行是那么天真可爱！才十八岁。我一个星期给她上三次课；只是想想吧，乔！每次课五块钱。我一点也不在乎，因为再有两三个学生，我就可以接着到罗森斯托克先生那里去上课了。好了，别皱眉头了，亲爱的，我们好好吃一顿晚饭吧。”

“对你来说这是不错的，黛丽，”乔说着，同时用切肉刀和短柄小斧子开一个豌豆罐头，“可我怎么办呢？你想我能让你忙着挣钱，而我却在高雅艺术的王国里卖弄风情吗？以本沃努托·切利尼①的尸骨的名义起誓，决不能！我想我可以卖报纸，或者铺石子，挣上一两块钱来。”

---

① 本沃努托·切利尼（1500—1571），意大利雕塑家，作家，以自传著名，自传中记载了他的几次恋爱。

迪莉亚走了过来，搂着他的脖子。

“乔，亲爱的，你真傻。你必须继续你的学业。并不是说我放弃了音乐，去干别的什么事情。我教学也是学习。我始终和我的音乐在一起。而且每个星期有十五块钱我们就能像百万富翁那样幸福地生活。你千万不能考虑离开马基斯特先生。”

“好的，”乔说道，同时伸手去拿那个蓝色的扇贝形的碟子，“可我不愿意你去教课。那不是艺术。不过你这样做是出于好意。”

“当一个人爱他的艺术的时候，什么奉献都不难做出。”迪莉亚说道。

“马基斯特夸奖了我在公园里画的那幅素描的天空部分，”乔说道，“廷克尔允许我在他的橱窗里挂上两幅画。要是恰好来个看上眼的有钱的白痴，我就能卖出一幅。”

“我相信你能，”迪莉亚甜蜜地说道，“现在让我们感谢平克尼将军和这份烤牛肉吧。”

接下来的整整一周，莱拉比夫妇都是早早就吃了早饭。乔急于要在中央公园画的素描上画出清晨的效果，而迪莉亚则在早饭、撒娇、赞美和拥抱之后，在七点钟的时候送他出门。艺术是个迷人的情妇。他晚上回到家的时候，大多是在七点钟的时候。

到了周末，骄傲但又疲倦的迪莉亚，扬扬得意地把三张五元的钞票，扔在了宽八英尺、长十英尺的公寓客厅正中的那张宽八英寸、长十英寸的桌子上。

“有的时候，”她说道，有点疲倦，“克莱门蒂娜真折腾人。恐怕她是练习得不够，我不得不老是重复教她同一个问题。而且她总是穿一身白，那也让人烦。不过平克尼将军倒是个顶让人喜欢的老头儿！我希望你能够认识他，乔。我教克莱门蒂娜弹钢琴的时候，他有时进来看——你知道吗，他是个鳏夫——他站在那里捋着他的白色的山羊胡子。‘十六分音符和三十二分音符进行得怎么样啦？’他总是这样问。”

“我希望你能够看看那间客厅的护墙板，乔！还有那些用俄国羔羊皮制造的门帘。而且克莱门蒂娜的小小的咳嗽真是滑稽。我希望她比她表面的样子更强壮些。啊，我真的喜欢上她了，她是那么温柔又那么有教养。平克尼将军的哥哥曾经是驻玻利维亚的公使。”

接着，乔带着一副基督山伯爵的神气，掏出一张十元、一张五元、一张两元和一张一元的票子——全都是合法的柔软的票子——放在迪莉亚挣来的钱的旁边。

“我把那幅方尖碑水彩画卖给了一个皮奥里亚①人。”他郑重其事地宣布道。

“你别逗啦，”迪莉亚说道——“不是皮奥里亚人！”

“有可能吧。我希望你能见到他，黛丽。一个胖子，围着羊毛围巾，叼着一根羽毛管牙签。他在廷克尔商店的橱窗里看到了那幅素描，一开始还以为画的是一个风车。不过他心甘情愿，还是把它买下来了。他还订购了另一幅——一幅莱卡瓦纳货运车站的油画——准备随身带回去。音乐课！啊，我想艺术仍然存于其中。”

“你一直坚持着，我太高兴了，”迪莉亚热诚地说道，“你是一定会成功的，亲爱的。三十三块哪！我们从未有这么多钱可花。今晚我们吃牡蛎。”

“还有煎里脊小牛排外加蘑菇，”乔说道，“餐叉在哪儿呢？”

第二个星期六的晚上，乔先回到了家里。他把他的十八块钱摊开在客厅的桌子上，又去洗手上的似乎是大量的黑漆的东西。

半个小时以后，迪莉亚回来了，她的右手被纱布和绷带缠得乱七八糟。

“这是怎么啦？”乔在像通常那样打了招呼后问道。

迪莉亚笑了起来，不过并不是多么快乐。

“克莱门蒂娜，”她解释说，“上了课后一定要吃威尔士干酪。她真是个让人捉摸不透的姑娘。下午五点的时候吃威尔士干酪。将军也在场。你是没看到他跑去拿火锅时的样子，乔，好像家里没有仆人似的。我知道，克莱门蒂娜身体不好，她太神经质。在端干酪的时候洒了，滚热滚热的，洒在我的手上和腕子上。痛极了，乔。那

① 皮奥里亚，美国伊利诺伊州中部城市。

个可爱的女孩难过极了！可是平克尼将军！——乔，那个老头几乎要发疯了。他冲下楼去叫人——听说是烧锅炉的或是在地下室里干活的什么人——到药店买些油膏和包扎用的东西。现在不怎么痛了。”

“这是什么？”乔问道，他轻轻地托起那只手，扯了扯在绷带下面的几根白线。

“那是垫在创面上的软东西，”迪莉亚说道，“上面有油膏。啊，乔，你把另外那幅画卖掉了吗？”她看到了桌子上的钱。

“我卖掉了吗？”乔说道，“只要问问那个皮奥里亚人就知道了。他今天把那幅车站画取走了，而且还想再要一幅公园风景画和一幅哈得孙河的风景画，不过没有说定。你是今天下午什么时候烫坏手的，黛丽？”

“我想是五点吧，”迪莉亚伤心地说道，“那个熨斗——我说的是那块干酪大概就是那个时候从炉子上掉了下来。你要是看到平克尼将军的那个样子就好了，乔，当时——”

“到这儿来坐一会儿，黛丽。”乔说道。他把她拉到长沙发上，搂着她的肩膀。

“这两个星期你到底在干什么，黛丽？”他问道。

她硬挺着坚持了一会儿，目光中充满着爱和固执，喃喃而又含糊地念叨了两句平克尼将军，但最终还是低下了头，实情和泪水一块儿倾倒了出来。

“我一个学生也招不到，”她坦白道，“我也不忍让你中断学业。于是我找了个熨衬衫的活儿，就在二十四号大街那家大洗衣店。我想我把平克尼将军和克莱门蒂娜的故事都编造得不错，你说呢，乔？今天下午洗衣店里的一个女孩把热熨斗搁在我的手上了，于是回家时我一路上编出了这个威尔士干酪的故事。你不生气吧，乔？再说要是我揽不到这个活儿的话，兴许你就不能把画卖给那个皮奥里亚人。”

“他不是皮奥里亚人。”乔慢慢地说道。

“嗨，他是哪儿人并没有关系。你是多么聪明啊，乔——来——

吻我，乔——什么竟能使你怀疑我并没有给克莱门蒂娜上音乐课呢？”

“直到今天晚上，”乔说道，“我才怀疑起来。而且要不是今天下午我从机房里，给楼上的一个被熨斗烫伤的姑娘送去废棉纱和润滑油的话，我还不会怀疑。两个星期以来我一直在那家洗衣店里烧锅炉。”

“这么说你没有——”

“我的那位皮奥里亚主顾，”乔说道，“以及平克尼将军都是同一门艺术的创造物——不过你既不能称它为绘画也不能称它为音乐。”

他们都笑了起来，乔又先开口说话了：

“当一个人爱他的艺术的时候，什么奉献都不难——”

但是黛丽伸手捂住了他的嘴。“不，”她说——“只要‘当一个人爱的时候’就够啦。”

玛吉正式进入社交界

王义国◎译

每个星期六的晚上，苜蓿叶交谊俱乐部都要在东区①的互谅互让体育协会的大厅里举办一场舞会。要想参加一场这样的舞会，你得是互谅互让体育协会的会员才行——或者说，如果你在跳华尔兹舞的时候先出右脚，那么你也就必定是莱因戈尔德纸箱厂的女工。此外，苜蓿叶交谊俱乐部的任何成员都享有带着外人或者被外人带着跳上一曲的特权。不过互谅互让体育协会的成员却大多带着他所喜欢的纸箱厂的女工，因而没有几个陌生人能够在这些定期举行的舞会上亮相。

玛吉·图尔，由于目光无神，嘴巴大，而且在跳两步舞的时候步伐笨拙，因而在去舞会的时候，就和安娜·麦卡蒂及其“男朋友”一起前去。安娜和玛吉在工厂里是并肩干活，而且也是最好的朋友。所以每个星期六的晚上，安娜总是让吉米·伯恩斯先带着她到玛吉家，好让她的朋友跟他们一起去舞会。

互谅互让体育协会名副其实②。坐落于果园大街的俱乐部大厅

---

① 东区，纽约市曼哈顿区的东部。

② “名副其实”云云，是小说家的俏皮话，是反话。协会名曰“互谅互让”，其实其成员恰恰最不互谅互让，而是好勇斗狠。

里装备着能锻炼肌肉的发明物。肌肉的纤维既然得到了增强，该俱乐部的成员们也就往往会与警察，以及对立的社会组织和体育组织，进行快乐的格斗。在这些更为严肃的活动之间，星期六晚上与纸箱厂的女工一起跳舞，也就产生了一种使人变得高雅的影响，也是一种有效的掩护。有时小道消息不胫而走，如果你有幸与那些圈内人一起，蹑手蹑脚来到背面阴暗的楼梯，就有可能目睹一场小规模的次重量级的拳击赛，与在正式拳台上的比赛一样精彩、快意。

每到星期六，莱因戈尔德纸箱厂下午三点就关门。有一次，在一个这样的下午，安娜和玛吉一起步行回家。在玛吉的家门口，安娜像往常一样说道："在七点整的时候准备好，玛格①，我和吉米会来找你。"

可是说来也怪。这位没有舞伴的姑娘，本来应该是谦卑而又充满感激地表示谢意，但实际上却是高昂着头，大嘴巴的嘴角上现出了得意的酒窝，无神的褐色眼睛几乎闪闪发光。

"谢谢，安娜，"玛吉说道，"不过今晚你和吉米就不用费心了。我有位绅士朋友，他会来陪我去舞会。"

模样标致的安娜上前一把抓住她的朋友，摇晃着她，又是责怪又是央求。玛吉·图尔有男朋友了！姿色平平、讨人喜欢、忠诚待人、缺乏魅力的玛吉，是个那么可爱的好友，可是却没有人邀请她跳一曲两步舞，也没有人邀请她在月光下，在小公园的凳子上一坐。这是怎么了？她什么时候有男朋友的？男朋友是谁呢？

"今天晚上你就会看到的，"玛吉说道，她由于饮了在爱神丘比特的葡萄园里最先摘下的葡萄所酿造出的酒，而两颊绯红，"他棒极了。他比吉米高两英寸，而且穿着入时。我们一到大厅，安娜，我就把他介绍给你。"

那天晚上，安娜和吉米是最早到达的苜蓿叶交谊俱乐部成员之一。安娜的一双明亮的眼睛盯着大厅的门口，为的是能第一眼就看到她的朋友的"意中人"。

---

① 玛格和玛吉都是玛格丽特的昵称。

八点半的时候，图尔小姐和她的舞伴傲然走进大厅。她那扬扬得意的目光很快就发现，她的好友正处在忠诚的吉米的庇护之下。

“啊，哎呀！”安娜叫道，“玛格大获成功了——唔，没错！帅吗？唔，我想是的！派头吗？看看他吧。”

“你爱怎么说就怎么说吧，”吉米说道，嗓音沙哑刺耳，“你要是想要他就抓住他好了。这些新来的家伙总是靠着钻营赢得女人的欢心。不用管我。他不见得总是能够得手，我想。哼！”

“住嘴吧，吉米。你知道我是什么意思。我是替玛格高兴。这是她第一次有男朋友。啊，他们过来了。”

玛吉就像一艘卖弄风情的游艇，由一艘威武的巡洋舰护航，穿越大厅翩然驶了过来。确实，她的挚友对她的这位伴侣的高度赞扬并非虚言。他比互谅互让体育协会的会员平均要高出两英寸，他有一头黑色的鬈发，他频频微笑，一笑起来眼睛和牙齿就发亮。苜蓿叶交谊俱乐部的小伙子们更看重的，并不是人的外表，而是人的本事，是在肉搏时的功夫，以及屡屡能逃避法律追究的本领。那些想把纸箱厂女工掠上自己的征服者战车的会员，是不屑于采用纨绔子弟的风度的。纨绔子弟的风度，不能认为是作战的可敬方式。二头肌高高隆起，绷紧的衣服上胸膛半露，对雄性天赋力量的自信的神态，甚至对弓形腿的沉着展现，都是在温柔情场上征服和吸引异性的手段——这些才是苜蓿叶交谊俱乐部的豪侠们所认可的武器弹药。这样一来，他们也就把下巴往别处翘，对这位客人的献媚和迷人的姿态不屑一顾。

“这是我的一个朋友，特里·奥沙利文先生。”玛吉千篇一律地介绍着。她带着他在大厅里走来走去，把他介绍给每一个刚到达的苜蓿叶交谊俱乐部的成员。她的眼睛带着那种独特的光辉，只有姑娘第一次有人求爱或者小猫第一次抓住老鼠的时候才有那种光辉，现在她几乎是楚楚动人了。

“玛吉·图尔终于有男朋友了，”纸箱厂的姑娘们议论纷纷，“那是圆筒子玛格的商场导购员。”——互谅互让体育协会的会员们是这样表达着他们的漠然和轻蔑。

通常在每周一次的舞会上，玛吉都是坐冷板凳。每当一个具有自我牺牲精神的人邀请她跳上一曲的时候，她都涌起并表现出太多的感激之情，以至于搞得人家兴味索然。她甚至都习惯于注意到，安娜用肘部捅着老大不情愿的吉米，示意他应该邀请她的挚友过来跳一曲两步舞。

但今天晚上，倭瓜变成了六驾马车。特里·奥沙利文是一位得胜的白马王子，而玛吉·图尔则是第一次作为蝴蝶在花丛中飞舞。尽管我们的这种比喻，可能是把仙境和昆虫学混为一谈了，但玛吉的这一个完美的夜晚，绝不会由此而有所减色。

姑娘们围着她，争着要她把她们介绍给她的“意中人”。苜蓿叶交谊俱乐部的小伙子们在长达两年的有眼无珠之后，突然发现了图尔小姐的魅力。他们在她的面前屈伸着他们的令人信服的肌肉，表示要邀请她跳舞。

她算是成功了，而对特里·奥沙利文来说，他今晚可谓是春风得意。他摇动着他的鬈发，他满脸微笑，不费气力便做出种种姿态，在其他男人的眼皮子底下不停地向他们的女伴献媚邀宠。他跳起舞来像个舞神，他带来了新的舞步、新的风格和新的气氛，他说起话来滔滔不绝，而且——他还和登普西·多诺万带来的那位纸箱厂姑娘一连跳了两曲华尔兹。

登普西是协会的头儿。他穿着一件燕尾服，而且能够在单杠上用单臂连续做两次引体向上。他是“大个子”迈克·奥沙利文的一个副手，从来没有人敢找他的麻烦。警察也不敢逮捕他。每当他打破一个推手推车的人的头，或者用枪把海因里克·B. 斯威尼远足与文学协会的一个成员的膝盖骨击穿的时候，一位警官就会顺路找上门，对他说：

“有时间的话，头儿希望你能到局子里待上几分钟，登普西，伙计。”

不过那里会有佩戴着粗粗的金怀表带、嘴里叼着黑雪茄的各色人等，有人会讲上一个滑稽的故事，然后登普西就回家去，再练上半个小时的六磅重的哑铃。由此看来，与登普西·多诺万带来的那位纸箱厂姑娘一连跳上两曲华尔兹，是比在尼亚加拉大瀑布上走钢丝还要危险的事情。十点钟的时候，“大个子”迈克·奥沙利文的那张快活的圆脸出现在门口，朝跳舞的人群看了五分钟。他总是朝里面看上五分钟，朝着姑娘们微笑，并把货真价实的两头尖雪茄散发给兴高采烈的小伙子们。

登普西·多诺万立即出现在他的身边，急速地说着什么。“大个子”迈克朝跳舞的人们仔细瞧了瞧，微笑着，摇摇头，又离去了。

音乐停止了。跳舞的人们分散到靠墙的椅子上去。特里·奥沙利文风度翩翩地鞠了一躬，把一个穿蓝衣服的漂亮姑娘送还给她原来的舞伴，然后回过头来去找玛吉。登普西在半路上截住了他。

罗马一定遗赠给了我们某种优良的本能，这种本能使得我们几乎每一个人都转过身来看他们——大家敏锐地感到，两位角斗士在角斗场里相遇了。两三个穿着紧袖衣的互谅互让体育协会的会员靠了过去。

“等一下，奥沙利文先生，”登普西说道，“我希望你玩得痛快。你说你住在哪里来着？”

这两位角斗士可谓棋逢对手。登普西也许比对方要重十磅。那个奥沙利文显得肩膀更宽，身手更敏捷。登普西目光冰冷，嘴角露出一道睥睨一切的裂缝，下巴坚不可摧，面色像美女，又冷静得像个斗士。那位来客则表现得鄙视而带火气，更不控制他的明显的轻蔑。他们注定是敌人。他们每一个人都是太了不起了，太强大了，太无双了，因而无法并存。只有一个人能幸存下去。

“我住在格兰德大街，”奥沙利文傲慢地说道，“到我家找我并不难。你又住在哪里呢？”

登普西对这个问题置之不理。

“你说你叫奥沙利文，”他继续说道，“唔，‘大个子’迈克说他以前从未见过你。”

“他没见过的东西多着呢。”这位舞会的宠儿说道。

“一般说来，”登普西继续说道，嗓音粗哑但又悦耳，“住在这个地区里的奥沙利文家族的人都互相认识。你陪伴我们的一位女士会员到这里来，我们想有机会把事情搞清楚。既然你攀上了奥沙利文家的高枝儿，那就让我们看看从你身上能不能冒出奥沙利文家的真芽儿真叶儿。否则我们就把它从你身上连根拔出来，你想这样吗？”

“你还是少管闲事吧。”奥沙利文满不在乎地说道。

登普西的眼睛一亮。他竖起食指，一副恍然大悟的样子。

“现在我明白了，”他热情地说道，“这只是个小小的错误。你根本就不是奥沙利文。你是一只卷尾猴。请原谅我们一开始没有认出你来。”

奥沙利文的眼睛冒出了光。他迅速拉起架势，但安迪·乔根早有准备，一把抓住了他的胳膊。

登普西朝安迪和威廉·麦克马汉点了点头，麦克马汉是俱乐部的干事。然后登普西迅速向大厅尾部的一扇门走去。互谅互让体育协会的另外两位会员立即走了过来。特里·奥沙利文现在算是落在了法规与裁判委员会的手中了。他们小声对他说了句话，然后带着他从后面的那同一扇门走了出去。

苜蓿叶交谊俱乐部的成员们的这个举动，有必要略加说明。在协会大厅的后面是俱乐部租用的一间小屋子。在舞厅里所发生的个人纠纷，就在这间屋子里解决，在那个法规与裁判委员会的监督下，一对一，赤手空拳进行解决。有几年的时间了，没有一个女士能够说她曾看见在苜蓿叶交谊俱乐部的舞会上有打架斗殴的。这一点是俱乐部的男会员们确保的。

登普西与法规与裁判委员会顺顺当当做完了他们的前期工作，结果大厅里的许多人都没有注意到，那个迷人的奥沙利文在社交上的胜利已经被制止了。玛吉就是如此。她左顾右盼，寻找她的舞伴。

“出事了！”萝丝·卡西迪说道，“没你的事吧？登普西·多诺万要和你的那位奶油小生打架，他们带着他跳着华尔兹进了那间屠宰屋。我的头发这样梳起来好看吗，玛格？”

玛吉用一只手捂住胸口，摩挲着她的薄纱胸衣。

“去和登普西打架！”她上气不接下气地说道，“必须阻止他们。登普西·多诺万不能打他。天哪，他会——他会杀了他！”

“啊，你担心什么呀?”萝丝说道，“他们每次跳舞不都打架吗?”

但玛吉已经离开了，左挤右撞地穿过跳舞的人群。她推开后门，一头冲进黑洞洞的过道，接着用她那结实的肩膀朝那间单打独斗的房间的门猛地一撞。门打开了，瞬时间一幅场景映入她的眼帘——法规与裁判委员会的委员们四下站着冷眼旁观；登普西·多诺万穿着衬衫，步态轻盈地跳着拳击步，带着现代拳师的那种小心翼翼的优雅姿态，同对手保持一定的距离；特里·奥沙利文交叉着双臂站着，一双黑色的眼睛冒着凶光。玛吉没有丝毫减少她进入的速度，尖声一叫扑了过去——及时地扑了过去，抓住了奥沙利文的突然举起的胳膊，紧紧抱住不放，把他从怀里抽出来的那把闪光的长匕首夺了下来。

匕首当啷一声掉在地上。在互谅互让体育协会的房间里竟拔出了冷森森的钢刀！这种事以前从未有过。人们一下子都呆住了。安迪·乔根好奇地伸脚踢了踢那把刀，就像一个文物收藏家碰到了他所不知的某种古代兵器似的。

这时奥沙利文从牙缝里说出了一些人们听不懂的话。登普西同法规与裁判委员会的委员们交换了一下眼色。然后登普西看着奥沙利文，并没有怒意，就好像看着一只走失的狗一样，并朝着门口点了点头。

“走后楼梯，意大利佬，”他简短地说，“你的帽子会有人给你扔下去的。”

玛吉朝登普西·多诺万走去。她的面颊上有一块鲜艳的红晕，泪水慢慢地淌了下来。但她勇敢地直视着他。

“我早就知道，登普西，”她说道，尽管噙着泪水，一双眼睛仍然变得呆滞，“我知道他是个意大利人。他叫托尼·斯宾内里。我一听说你和他要打架就赶忙跑来了。那些意大利人身上总是带着刀子。可是你不明白，登普西。我从来没有过男朋友。我厌倦了总是同安娜和吉米一起来舞会，所以我与他商妥，管他叫奥沙利文，把他带了来。我知道，如果他作为一个意大利佬到这儿，肯定不会有好结果。我想我该退出俱乐部了。”

登普西转向安迪·乔根。

“把那个切奶酪的宝贝家什扔到窗外去，”他说道，“再告诉大厅里面的人，就说有电话找奥沙利文先生，他接完电话就去了塔慕尼大厦。”

然后他又转向玛吉。

“哎呀，玛格，”他说道，“过一会儿我送你回家。下个星期六晚上怎么样？要是我去找你，你愿意和我一块来跳舞吗？”

说来也怪，玛吉那双本来呆滞无神的眼睛一下子闪出了紫褐色的光芒。

“和你跳舞吗，登普西？”她不知道说什么才好，“哎呀——那还用问？”

警察和赞美诗

李文俊◎译

苏比躺在麦迪生广场他那条长凳上，辗转反侧。每当雁群在夜空引吭高鸣，每当没有海豹皮大衣的女人跟丈夫亲热起来，每当苏比躺在街心公园长凳上辗转反侧，这时候，你就知道冬天迫在眉睫了。

一张枯叶飘落在苏比的膝头。这是杰克·弗洛斯特①的名片。杰克对麦迪生广场的老住户很客气，每年光临之前，总要先打个招呼。他在十字街头把名片递给“露天公寓”的门公老“北风”，好让房客们有所准备。

苏比明白，为了抵御寒冬，由他亲自出马组织一个单人财务委员会的时候到了。为此，他在长凳上辗转反侧，不能入寐。

苏比的冬居计划并不过奢。他没打算去地中海游弋，也不想去晒南方令人昏昏欲睡的太阳，更没考虑到维苏威湾②去漂流。他衷心企求的仅仅是去岛上度过三个月。整整三个月不愁食宿，伙伴们意气相投，再没有“北风”老儿和警察老爷来纠缠不清，在苏比看来，人生的乐趣也莫过于此了。

---

① 英语中“霜冻”的拟人称呼。“弗洛斯特”即“霜冻”的意思。

② 在意大利南部，沿岸有那不勒斯市与维苏威火山，是游览胜地。

多年来，好客的布莱克威尔岛①监狱一直是他的冬季寓所。正如福气比他好的纽约人每年冬天要买票去棕榈滩和里维埃拉②一样，苏比也不免要为一年一度的“冬狩”③ 作些最必要的安排。现在，时候到了。昨天晚上，他躺在古老的广场喷泉附近的长凳上，把三份星期天的厚报纸塞在上衣里，盖在脚踝和膝头上，都没有能挡住寒气。这就使苏比的脑海里迅速而鲜明地浮现出岛子的影子。他瞧不起慈善事业名下对地方上穷人所作的布施。在苏比眼里，法律比救济仁慈得多。他可去的地方多得是，有市政府办的，有救济机关办的，在那些地方他都能混吃混住。当然，生活不能算是奢侈。可是对苏比这样一个灵魂高傲的人来说，施舍的办法是行不通的。从慈善机构手里每得到一点点好处，钱固然不必花，却得付出精神上的屈辱来回报。真是凡事有利必有弊，要睡慈善单位的床铺，先得让人押去洗上一个澡；要吃他一块面包，还得先一五一十交代清个人的历史。因此，还是当法律的客人来得强。法律虽然铁面无私，照章办事，至少没那么不知趣，会去干涉一位大爷的私事。

既已经打定主意去岛上，苏比立刻准备实现自己的计划。省事的办法倒也不少。最舒服的莫过于在哪家豪华的餐馆里美美地吃上一顿，然后声明自己一文不名，这就可以悄悄地、安安静静地给交到警察手里。其余的事，自有一位识相的推事来料理。

苏比离开长凳，踱出广场，穿过百老汇路和五马路汇合处那片平坦的柏油路面。他拐到百老汇路，在一家灯火辉煌的餐馆门前停了下来，每天晚上，这里汇集着葡萄、蚕丝与原生质的最佳制品④。

苏比对自己西服背心最低一颗纽扣以上的部分很有信心。他刮

---

① 现名惠尔费岛，在纽约东河上，岛上有监狱。作者前面故意不提岛名，到此处才点出，让读者误以为也是什么风景胜地。

② 都是过冬的风景区。前者在美国南部佛罗里达州海边。后者包括法国、意大利沿地中海一些地区，“赌国”摩纳哥也在其内，是全世界阔人去挥霍金钱的所在。

③ 原文为“hegira”，意为穆罕默德从麦加到麦地那的逃亡。

④ 这是作者的诙谐说法，意思是：美酒、华丽的衣服和上流人士。

过脸，他的上装还算过得去，他那条干干净净的活结领带是感恩节①那天一位教会里的女士送给他的。只要他能走到餐桌边不引人生疑，那就胜券在握了。他露出桌面的上半身还不至于让侍者起怀疑。一只烤野鸭，苏比寻思，那就差不离——再来一瓶夏白立②酒，然后是一份戛曼包③干酪，一小杯浓咖啡，再来一支雪茄烟。一块钱一支的那种也就凑合了。总数既不会大得让饭店柜上发狠报复，这顿牙祭又能让他去冬宫的旅途上无牵无挂，心满意足。

可是苏比刚迈进饭店的门，侍者领班的眼光就落到他的旧裤子和破皮鞋上。粗壮利落的手把他推了个转身，悄悄而迅速地把他打发到人行道上，那只险遭暗算的野鸭的不体面命运也从而得以扭转。

苏比离开了百老汇路。看来靠打牙祭去那个日思夜想的岛是不成的了。要进地狱，还得想想别的办法。

在六马路拐角上有一家铺子，灯光通明，陈设别致，大玻璃橱窗很惹眼。苏比捡起块鹅卵石往大玻璃上砸去。人们从拐角上跑来，领头的是个巡警。苏比站定了不动，两手插在口袋里，对着铜纽扣④直笑。

“肇事的家伙在哪儿?”警察气急败坏地问。

“你难道看不出我也许跟这事有点牵连吗?”苏比说，口气虽然带点嘲讽，却很友善，仿佛好运在等着他。

在警察的脑子里苏比连个旁证都算不上。砸橱窗的人没有谁会留下来和法律的差役打交道。他们总是一溜烟就跑。警察看见半条街外有个人跑着去赶搭车子。他抽出警棍，追了上去。苏比心里窝火极了，他拖着步子走了开去。两次了，都砸了锅。

街对面有家不怎么起眼的饭馆。它投合胃口大钱包小的吃客。它那儿的盘盏和气氛都粗里粗气，它那儿的菜汤和餐巾都稀得透光。

---

① 十一月的最后一个星期四，意思是领带刚拿到手不久，还很新。

② 法国夏白立地方出产的一种无甜味的白葡萄酒。

③ 法国诺曼底的一个地方。这里指的是用该地方法制成的干酪。

④ 警察制服上的扣子是铜的。

苏比挪动他那双暴露身份的皮鞋和泄露真相的裤子跨进饭馆时倒没遭到白眼。他在桌子旁坐下来，消受了一块牛排、一份煎饼、一份油炸糖圈，以及一份馅儿饼。吃完后他向侍者坦白：他无缘结识钱大爷，钱大爷也与他素昧平生。

“手脚麻利些，去请个警察来，”苏比说，“别让大爷久等。”

“用不着惊动警察老爷。”侍者说。嗓音油腻得像奶油蛋糕，眼睛红得像鸡尾酒里浸泡的樱桃，“喂，阿康！”

两个侍者干净利落地把苏比往外一叉，正好让他左耳贴地摔在铁硬的人行道上。他一节一节地撑了起来，像木匠在打开一把折尺，然后又掸去衣服上的尘土。被捕仿佛只是一个绯色的梦。那个岛远在天边。两个门面之外一家药铺前就站着个警察，他光是笑了笑，顺着街走开去了。

苏比一直过了五个街口，才再次鼓起勇气去追求被捕。这一回机会好极，他还满以为十拿九稳，万无一失呢。一个衣着简朴颇为讨人喜欢的年轻女子站在橱窗前，兴味十足地盯着陈列的剃须缸与墨水台。而离店两码远，就有一位彪形大汉警察，表情严峻地靠在救火龙头上。

苏比的计划是扮演一个下流、讨厌的小流氓。他的对象文雅娴静，又有一位忠于职守的巡警近在咫尺，使他很有理由相信，警察那双可爱的手很快就会落到他身上，使他在岛上冬蛰的小安乐窝里吃喝不愁。

苏比把教会女士送的活结领带拉拉挺，把缩进袖口的衬衫袖子拉出来，把帽子往后一推，歪得马上要掉下来，向那女子挨将过去。他对她做媚眼，嗽嗽嗓子，嘴里哼哼哈哈，满脸堆笑，嬉皮涎脸，厚着面皮把小流氓该干的那一套恶心勾当一段段表演下去。苏比把眼光斜扫过去，只见那警察在盯住他。年轻女人挪动了几步，又专心致志地看起剃须缸来。苏比跟了过去，大胆地挨到她的身边，把帽子举了一举，说：

“啊哈，我说，贝蒂丽亚！你不是说要到我那院子里去玩儿吗？”

警察还在盯着。那受人轻薄的女子只消将手指一招，苏比就等于进安乐岛了。他想象中已经感到了巡捕房的舒适和温暖。年轻的女士转过脸来，伸出一只手，抓住苏比的袖子。

“可不是吗，迈克，”她兴致勃勃地说，“不过先得破费你给我买杯猫尿①。要不是那巡警老盯着，我早就要跟你搭腔了。”

那娘们像常春藤一样紧紧攀住苏比这棵橡树，苏比好不懊丧地在警察身边走了过去。看来他的自由是命中注定的了。

一拐弯，他甩掉女伴撒腿就走。他一口气来到一个地方，一到晚上，最轻佻的灯光，最轻松的心灵，最轻率的盟誓，最轻快的歌剧②，都在这里荟萃。身穿轻裘大氅的淑女绅士在寒冽的空气里兴高采烈地走动。苏比突然感到一阵恐惧，会不会有什么可怕的魔法镇住了他，使他永远也不会被捕呢？这个念头使他有点发慌，但是当他遇见一个警察大模大样在灯火通明的剧院门前巡逻时，他马上就捞起“扰乱治安”这根稻草来。

苏比在人行道上扯直他那破锣似的嗓子，像醉鬼那样乱嚷嚷。他又是跳，又是吼，又是骂，用尽了办法大吵大闹。

警察让警棍打着旋，身子转过去背对苏比，向一个市民解释道：

“这是个耶鲁的小伙子在庆祝胜利，他们跟哈德福学院赛球，请人家吃了鸭蛋。够吵的，可是不碍事。我们有指示，让他们只管闹去。”

苏比快快地停止了白费气力的吵闹。难道就没有一个警察来抓他了吗？在他的幻想中，那岛子已成为可望不可即的仙岛。他扣好单薄的上衣以抵挡刺骨的寒风。

他看见雪茄烟店里一个衣冠楚楚的人对着摇曳的火头在点烟。那人进店时，将一把绸伞靠在门边。苏比跨进店门，拿起绸伞，慢吞吞地退了出去。对火的人赶紧追出来。

“我的伞。”他厉声说道。

---

① 指啤酒。

② 在原文中，四个同位名词都用一个形容词“lightest”来形容，表现了作者的匠心。译文也竭力设法追随。

“噢，是吗?”苏比冷笑说，在小偷小摸的罪名上又加上侮辱这一条，“好，那你干吗不叫警察?不错，是我拿的。你的伞!你怎么不叫巡警?那边拐角上就有一个。”

伞主人放慢了脚步，苏比也放慢脚步。他有一种预感：他又一次背运了。那警察好奇地瞅着这两个人。

“当然，”伞主人说，“嗯……是啊，你知道有时候会发生误会……我……要是这伞是你的我希望你别见怪……我是今天早上在一家饭店里捡的……要是你认出来这是你的，那么……我希望你别……”

“当然是我的。”苏比恶狠狠地说。

伞的前任主人退了下去。那警察急匆匆地跑去搀一位穿晚礼服的金发高个儿女士过马路，免得她被在两条街以外往这边驶来的电车撞着。

苏比往东走，穿过一条因为翻修而高低不平的马路。他愤愤地把伞扔进一个坑。他嘟嘟哝哝咒骂起那些头戴铜盔、手拿警棍的家伙来。因为他想落入法网，而他们偏偏认为他是个永远不会犯错误的国王①。

最后，苏比来到通往东区的一条马路上，这儿灯光暗了下来，嘈杂声传来也是隐隐约约的。他顺着街往麦迪生广场走去，因为即使他的家仅仅是公园里的一条长凳，他仍然有夜深知归的本能。

可是，在一个异常幽静的地段，苏比停住了脚步。这里有一座古老的教堂，建筑古雅，不很规整，是有山墙的那种房子。柔和的灯光透过淡紫色花玻璃窗子映射出来，无疑，是风琴师为了练熟星期天的赞美诗，在键盘上按过来按过去。动人的乐音飘进苏比的耳朵，吸引了他，把他胶住在螺旋形的铁栏杆上。

明月悬在中天，光辉、静穆；车辆与行人都很稀少；檐下的冻雀睡梦中啁啾了几声——这境界一时之间使人想起乡村教堂边上的墓地。风琴师奏出的赞美诗使铁栏杆前的苏比入定了，因为当他在

① 英谚：国王不可能犯错误。

生活中有母爱、玫瑰、雄心、朋友以及洁白无瑕的思想与衣领时，赞美诗对他来说是很熟悉的。

苏比这时敏感的心情和老教堂的潜移默化汇合在一起，使他灵魂里突然起了奇妙的变化。他猛然对他所落入的泥坑感到憎厌。那堕落的时光，低俗的欲望，心灰意懒，才能衰退，动机不良——这一切现在都构成了他的生活内容。

一刹那间，新的意境激荡着他的心。一股强烈迅速的冲动激励着他去向坎坷的命运奋斗。他要把自己拉出泥坑，他要重新做一个好样儿的人。他要征服那已经控制了他的罪恶。时间还不晚，他还算年轻，他要重新振作当年的雄心壮志，坚定不移地把它实现。管风琴庄严而甜美的音调使他内心起了一场革命。明天他要到熙熙攘攘的商业区去找事做。有个皮货进口商曾经让他去赶车。他明天就去找那商人，把这差使接下来。他要做个烜赫一时的人。他要——

苏比觉得有一只手按在他胳膊上。他霍地扭过头，只见是警察的一张胖脸。

“你在这儿干什么？”那警察问。

“没干什么。”苏比回答。

“跟我走一趟。”警察说。

第二天早上，警察局法庭上的推事宣判道：“布莱克威尔岛，三个月。”

黄狗的回忆录

王义国◎译

我认为，读读由一个动物所投送的稿件，不会杀掉你们当中任何人的威风。吉卜林先生和许多别的作家都表明，事实上动物能够用可以获得稿酬的英语来进行自我表达，而且现今，没有哪份杂志不刊登动物的故事，不过几种老式的月刊除外，那些老式的月刊仍在刊登布赖恩和培雷火山①的恐怖照片。

在丛林系列故事里，那些阿熊阿蛇阿虎们会讲话，可是在我的这个故事里你却找不到这种自命不凡的材料。一条黄狗，大半辈子都生活在纽约的一套廉价公寓里，睡在墙角里的一件旧锦缎汗衫上，(就是在朗肖曼夫人的宴会上，她洒上了波尔图葡萄酒的那件汗衫)你不能指望这样的一条狗能用言语的艺术玩出什么花样来。

我一生下来就是一条小黄狗；出生日期、出生地、家世以及初生体重一概不知。我能够回忆的第一件事情，就是一个老太太用篮子提着我，在百老汇和二十三号大街交叉处跟一个胖女人讨价还价，想把我卖掉。哈伯德老妈吹捧我，说我是纯种的波美拉尼亚——汉布东尼安——红褐色毛发的——爱尔兰——交趾支那——斯托克——鲍吉斯猎狐狗。胖女人把手伸进购物袋，在厚斜纹法兰绒布

---

① 培雷火山，位于拉丁美洲马提尼克岛北部。

样中间翻找了半天，最后抓出一张五元钞票交给对方，算是把我买下。

从那个时刻起，我成了一个宠儿——成了一个婆娘的爱不释手的心肝宝贝。哎呀，高贵的读者，一个体重二百磅的女人，满嘴法国卡门贝干酪和西班牙脆皮的味儿，抱起你来用鼻子在你的身上乱拱，还一个劲嗲声嗲气地哼唧着："噢，喔呀，唔，心宝宝，肝宝宝，肉宝宝。"这样的待遇你可曾享受过？

从一只纯种的小黄犬，我逐渐长成了一条无足轻重的劣等黄狗，那模样就像是一只安哥拉猫同一箱柠檬杂交的产物。不过我的女主人从未领悟到这一点。她以为，诺亚当年放进方舟的那对原初小狗只不过是我的祖先的亲族。她曾带着我到麦迪逊广场花园去竞争西伯利亚大猎犬奖，结果出动了两个警察，才把她挡在了外面。

容我跟你说说那套公寓。那样的房子在纽约有的是，门廊的地面是用希腊帕罗斯岛的大理石铺成，一楼地面是用鹅卵石铺成。到我们的房间需要——哦，不是上三楼——而是爬三爬。我的女主人租房的时候没要求配备家具，几件日常用具都是自己带来的——一九〇三年款的古朴的带套垫的客厅坐具，绘着哈莱姆茶室艺伎的彩色石印油画，还有橡胶制造的花木，以及丈夫。

凭着天狼星发誓！这个两足动物真让我为他感到悲哀。他是个小个子男人，土黄色的头发和胡子，跟我差不多。怕老婆吗？——唔，巨嘴鸟、火烈鸟、鹈鹕都敢来啄他。他负责洗碟子，还得洗耳恭听我的女主人的唠叨，唠叨二楼那个穿松鼠皮大衣的女人净往晒衣绳上搭不值钱的破衣烂衫。每天傍晚她准备晚饭的时候，总要打发他牵着我出去溜达。

倘若男人知道女人独自在家的时候是怎么打发时光的话，那么他们永远也不会结婚。劳拉·利恩·吉贝总是不住嘴地吃着花生薄脆糖，还时不时地往脖子上抹杏仁霜，碟子也不洗，跟送冰的人聊上半个小时，找出一包旧信读上一读，还要就着泡菜喝上两瓶啤酒，再就是从百叶窗的孔里，向天井对面的公寓窥视上一个小时——这几乎是打发时光的一切。在他下班回家前的二十分钟，她才把屋子整理好，把让头发蓬松的发垫固定住，然后拿出一大堆针线活儿干上十分钟装装样子。

我在那个公寓里过着狗的生活。几乎从早到晚我都是趴在我的角落里，看着这个胖女人消磨时光。有时我也打上个盹，梦想着自己在外面飞跑，把猫儿们都赶到了地下室，还冲着戴着黑色连指手套的老妇人们汪汪叫，极尽一条狗应尽的职责。然后她就将我一把抓过去，对我心肝宝贝地喋喋不休说上一大套废话，还吻我的鼻子——我有什么法子呢？狗又不能责怪人家。

如果说我追不成猫，那么我就为那位做丈夫的哈比感到难过。我们俩是如此地相像，结果我们外出的时候人们都看出来了。故此我们躲开那些奔驰着有钱人的汽车的大马路，转而去穷人居住的胡同，在去年十二月份的积雪上爬。

一天傍晚，我们如此这般地在外面溜达，我尽量装成一条第一流的圣伯纳德狗，那老头儿也摆起架势，装出其身份和鉴赏力都配得上听一流风琴手演奏门德尔松婚礼进行曲的样子。我抬起头来看着他，用我的方式说：

"干吗那么愁眉苦脸的，你这个用麻包裹起来的窝囊废？她并不吻你。你不必坐在她的腿上听她唠叨，她的唠叨会使一部音乐剧听起来就像爱比克泰德①的箴言。你应该庆幸自己不是一条狗。振作起来吧，本尼迪克，把颓丧抛开吧。"

这个婚姻上的倒霉蛋把头一低，仿佛人通狗性地看着我。

"哎呀，狗儿，"他说道，"好狗儿。你都快能说人话了。你说什么呢，狗儿——说的是猫吧？"

猫？能说人话！

不过，当然，他没法听懂。人类理解不了动物的语言。狗和人能够交流的唯一的地方就是小说。

住在我们对面的那位夫人，养了一条黑棕相间的小猎狗。她丈

① 爱比克泰德（55？—135？），古罗马新斯多噶派哲学家，宣扬宿命论，著作有其门人编的《语录》和《手册》。

夫每天晚上都牵着它出去，不过他总是高高兴兴吹着口哨回来。一天，我在走廊里跟那只黑棕色狗碰了碰鼻子，我要求他解释一下个中原委。

"听我说，你这摇头摆尾的家伙，"我说道，"你知道，一个男子汉在大庭广众之下充当狗的保姆太不正常了。我还从来没有见过哪个牵着汪汪叫的狗的男人，不想揍瞧他的热闹的人。可是你的那位老板每天回来都是生气勃勃的样子，就像一个魔术师在变鸡蛋戏法儿。他是怎么做到这一点的？别对我说他喜欢干遛狗的活儿。"

"他吗？"那条黑棕相间的小猎狗说道，"嗨，他采取了一种天然的补救措施。他把自己灌醉。起初我们出去的时候，他羞羞答答小心翼翼，像个开汽艇的，又像玩牌的时候不敢冒险下注的人。等到我们串了八家酒馆以后，他就不管绳子的另一头拴着的是一只狗还是一条鲇鱼了。有一次我想避开旋转门，结果把尾巴挤掉了两英寸。"

小猎狗对我的开导让我思索起来——那挺好玩的，不妨一试。

一天黄昏，大约六点钟，我的女主人吩咐他抓紧时间带着宝贝出去呼吸新鲜空气。此前我并没有透露，宝贝是她对我的称呼。那只黑棕色小猎狗叫"啾啾"。我想要是比赛追兔子，我准比它强。不过"宝贝"之类的名称总带有压抑自尊的味道。

在一条安全的街道的一个僻静的地方，在一个吸引人的雅致的酒馆的面前，我拉紧了我的监护人的绳子。我四腿用力死命地往门里拽，还呜呜直叫，就像新闻报道中那条狗一样——它呜呜直叫是为了让家里的人知道，小艾丽丝在溪水边采百合花的时候陷到泥沼里了。

"嗨，他妈的，"老头儿说道，咧着嘴笑了，"要是这个跟柠檬汽水似的黄毛小子不想要我进去喝上一杯，那才怪呢。让我想想——我有多长时间没来这儿磨过鞋底子了？我想我会——"

我知道我已经控制住他了。他要了辛辣的苏格兰威士忌，在一张桌子旁坐了下来。有一个小时的时间，他像过节一样忘情畅饮。我蹲在他的身边，冲着侍者摇尾巴，同时吃着免费餐，这与在爸爸回家八分钟前，在公寓里的妈妈用自制的手推车在熟食店里买的东西是不能相提并论的。

等把苏格兰威士忌享用一空，桌子上只剩下黑麦面包的时候，老头儿把我从桌子腿上解开，像渔夫逗弄大马哈鱼一样牵着我往门外走。到了外面，他解开我的项圈，把项圈扔到街上。

“可怜的狗儿，”他说道，“好狗儿。她再也不会吻你了。那太可耻了。好狗儿，去吧，让有轨电车把你轧死，那样你就解脱了。”

我并没有走。我围着老头儿的腿连蹦带跳，快活得就像在地毯上做游戏的哈巴狗。

“你这个跳蚤脑瓜、捉土拨鼠的老家伙，”我对他说，“你这个朝月亮狂吠、指出兔子的位置、偷鸡蛋的老猎兔犬，难道你看不出我不想离开你吗？难道你看不出，咱俩都是被关在笼子里的小狗，女主人是位残酷大叔，她把洗碗布扔给你，在我身上抹灭跳蚤药，还在我的尾巴上系了一个粉红色的蝴蝶结。干吗不同这些一刀两断，咱俩从此永远做朋友？”

也许你会说，他听不懂——也许他听不懂。不过辛辣的苏格兰威士忌使他有了几分酒意，他动也不动地站着，想了一会儿。

“狗儿，”他最后说道，“我们在世上不会活上十几辈子，没有谁能活上三百多岁。我要是再看到那套公寓我就是傻子，而你要是再看到你就更傻，这可不是恭维话。我敢以六十赔一打赌，要是到西部去，准能一帆风顺大获成功。”

没有绳子拴着我了，可我还是蹦蹦跳跳地跟着我的主人向二十三号街渡口走去。沿途的猫们有理由庆幸自己长了一双识趣的爪子。

到了新泽西州的那一边，我的主人对一个正站着啃嵌有葡萄干的小圆面包的陌生人说：

“我和我的狗儿，要去落基山脉。”

不过最令我高兴的是，老头儿揪住我的两只耳朵，把我拽得直叫唤，并且说：

“你这个不起眼的、猢狲脑瓜、老鼠尾巴、不黄不绿的受气包，知道我要叫你什么吗？”

我想到了“宝贝”，便悲哀地呜呜叫了起来。

“我要叫你‘皮特’。”我的主人说道，而此时此刻，即使我长了五条尾巴一起摇动，也报答不了主人的大恩大德。

艾基·舍恩斯坦配制的春药

王义国◎译

蓝光药店位于闹市区，在鲍厄里大街和第一大街之间，这两条大街在这个地方靠得最近。蓝光药店认为，配制药品同制作小摆设、香水、冰激凌苏打水可不是一回事。如果你是来要止痛药，它不会给你一块夹心软糖。

蓝光药店对现代配药学的省力的艺术不屑一顾。它自己浸渍鸦片，配制鸦片酊和复方樟脑酊。直到今天，在它那高高的开处方的柜台的后面还有人在做药丸——先把药泥搓成圆条，用药刀分成小块儿，用手指捏圆，撒上经过焙烧的氧化镁粉，然后放进小圆纸盒里。药店所在的街角一带，有成群的衣衫褴褛、欢蹦乱跳的孩子们在玩耍，他们都是药店里的止咳片和止咳糖浆的潜在的顾客。

艾基·舍恩斯坦是蓝光药店的专门值夜班的店员，是顾客的朋友。无怪乎这家药店位于纽约的东区，须知在这个地方制药业的心脏是并不冷漠的。在这家药店里，药剂师理所当然成了顾问、听忏悔的神父、劝告者，成了称职而又心甘情愿的传教士和导师，他的学问受到尊敬，他的神秘的智慧受到崇拜，而他给人家配制的药，却往往尝也不尝就被倒进阴沟里。因此艾基的架着眼镜的尖鼻子和让学问压弓了背的细瘦身子，在蓝光药店一带无人不知无人不晓，人们极欲得到他的忠告和关注。

艾基住在离药店两个街区远的里德尔夫人的公寓里，早饭也在那里吃。里德尔夫人有个女儿，名字叫罗茜。用不着兜圈子，你一定猜出来了，艾基爱慕着罗茜。她使他的所有的想法都带有了色彩，她是把所有纯美的药材加在一起而提炼出来的精华——药典里没有与她等同之物。但艾基胆子小，总是溶解不了他那由畏缩不前和恐惧合成的溶剂，所以希望一直没有实现。

在柜台的后面，他是一个高傲的人，平静地意识到自己拥有专门知识和价值；在柜台的外面，他是一个两腿发软、呆头呆脑、走路时常遭到汽车司机叱骂的人。他那套不合身的衣服上沾着药渣子，带有一股芦荟液和戊酸氨的气味。

在艾基的药膏上有一只苍蝇（这真是个贴切的比喻!），那就是强克·麦高恩。①

强克·麦高恩先生也在竭力要捕捉到罗茜四处抛掷出的明亮的微笑。不过他和艾基不同，他可绝非棒球场上的外场手，他是一有机会就发动进攻。与此同时，他还是艾基的朋友和顾客，晚上在鲍厄里大街痛快够了以后，经常顺便来到蓝光药店，在碰破了的地方涂点碘酒或者包扎一下刀伤。

一天下午，麦高恩先生同往常一样连招呼也不打就大大方方地走了进来，一屁股坐在凳子上。他眉清目秀，脸部光洁，身体强壮，不屈不挠，而且性情温和。

“艾基，”他说道，这时他的朋友找出了研钵，坐在他的对面，把安息香胶捣成粉，“赶快把你的耳朵竖起来。我来抓药，如果你这里有顶用的药的话。”

艾基打量着麦高恩先生，想从他的脸上找出通常打架后留下的痕迹来，但这次没有找到。

“把上衣脱下来，”他吩咐道，“我已经猜到了，你让人在肋骨上捅了一刀。我告诉过你许多次了，那些意大利人会要你的命的。”

---

① 这里的“药膏上有一只苍蝇”系脱胎自英语成语“fly in the ointment”，后者意为“美中不足之处”。

麦高恩先生微笑了。“不是他们，”他说道，“根本不是意大利人。不过你诊断的发病部位可一点也不错——是在上衣里头，紧挨着肋骨。哎呀！艾基——今天晚上我和罗茜要私奔结婚了。”

艾基的左手食指勾住研钵的边，使劲把它抓稳。杵疯狂地捣了下去，但他却像没有觉察到似的。与此同时，麦高恩先生脸上的微笑消失了，取而代之的是一种困惑沮丧的神色。

“我是说，”他继续说道，“要是在约好的时间之前她一直不变卦的话。我们策划这次出逃已经有两个星期了。有时候她白天说愿意，可一到晚上就又变卦了。这次我们约定在今天晚上，罗茜整整两天都没改变主意。不过还有五个钟头啊，我担心到关键时刻她又缩回去，让我白跑一趟。”

“你刚才说你是想买药。”艾基提请他注意。

麦高恩先生显得精神紧张，心烦意乱——这与他平时的举止截然不同。他顺手抓起一本非处方药年鉴，把它卷成一个筒，然后用手指胡乱往里面插。

“给我一百万我也不愿意让我俩今晚这来之不易的行动泡汤，”他说道，“我已经在哈莱姆找好了一小套住房，还在桌子上摆上了菊花，烧水的水壶也准备好了。我还请了一位牧师，说好九点半在他家里等我们。这次一定要成功。要是罗茜不再次改变主意就好了！”——麦高恩先生停下了话头，仍然心存疑惑。

“我还是不明白，”艾基不耐烦地说道，“你刚才为什么提到了药，也不知道你这件事我能帮上什么忙。”

“里德尔老头儿一点也不喜欢我。”这位焦虑不安的求婚者继续说道，同时也在整理他的思绪。“有一个星期的时间他没有让我和罗茜一块出去了。若不是怕失去一个房客就少一份房租的话，他们早就把我轰出去了。我一个星期挣二十块钱，与强克·麦高恩先生一起逃走她是永远也不会后悔的。”

“你得原谅我，强克，”艾基说道，“有人送来了紧急处方，我得赶紧给人家把药配好才成。”

“哎呀，”麦高恩说道，突然抬起头来，“哎呀，艾基，有没有一种药——某种药粉，姑娘吃了就会更喜欢你？”

艾基像聪明人对待傻瓜那样鄙夷地撇撇嘴，但还没等他来得及作出回答，麦高恩又继续说道：

“蒂姆·莱西有一次告诉我，他从城外的一个医生那里弄到了一些这样的药，掺在苏打水里给他的女朋友喝了。结果他一下子就身价倍增，任何其他人在她眼里都只值三毛钱了。不到两个星期他们就结了婚。”

强克·麦高恩四肢发达可头脑简单。任何一个比艾基强的读者都能看得出来，此时麦高恩那粗壮的身子正被结实的绳索捆绑着。他就像一个准备入侵敌方领土的谨慎的将军，正在寻求防范每一个可能的漏洞。

“我想，”麦高恩满怀希望地继续说道，“今天晚上吃晚饭的时候，如果能够给罗茜这样的药粉的话，那就会使她鼓起勇气，不至于到时候打退堂鼓。我想并不需要用骡马队把她拽出来，可是女人更善于指导别人跑垒，而不是亲自跑垒。如果那药粉能起上两个钟头的作用的话，这个把戏就奏效了。”

“你这愚蠢的私奔什么时候开始行动呢？”艾基问道。

“九点。”麦高恩先生说道，“晚饭是七点。到八点的时候罗茜就头痛回屋睡觉。到九点的时候，老巴凡扎诺让我进他家的后院，因为隔壁里德尔家后院的木栅栏掉了一块板子。我从那儿钻过去，来到罗茜的窗户下面，帮她从房子的太平梯溜下来。为了不让牧师干等，我们得早点。只要在发出信号以后罗茜不畏缩不前，那就太容易了。你能为我配制这样的药粉吗，艾基？”

艾基·舍恩斯坦慢条斯理地揉着鼻子。

“强克，”他说道，“这种药的性质，决定了药剂师得非常小心才行。在我的熟人当中，你将是我唯一给配过那种药的人。不过我一定给你配，你一定会看到它会使罗茜怎么看待你的。”

艾基来到处方桌的后面。在那里，他取出两片可溶药片捣碎，那每一片都含有四分之一格令①的吗啡。他又往里面加了一点奶糖粉末，以增加剂量，然后用白纸把这混合物整齐地包了起来。如果成年人服用的话，这包药粉能让他踏踏实实地睡上几个小时，而又不至于发生危险。他把这包药递给强克·麦高恩，嘱咐他如果可能的话放在液体饮料里服用，然后接受了这位后院里的洛金伐尔②的万般感谢。

艾基方才这套煞费心机的表演用心何在呢？看看他接下来所干的事就会明白。他转而去给里德尔先生通风报信，把麦高恩要与罗茜私奔的计划全盘托出。里德尔先生是个坚定的人，有一张砖红色的脸，而且做事鲁莽。

“非常感谢。”他简单明了地对艾基说，“这个游手好闲的爱尔兰懒汉！我的房间正好在罗茜房间的上边。吃完晚饭我就上去，给猎枪装上子弹，等着。他要是到我的后院，那么出去的时候就得坐救护车而不是结婚马车了。”

罗茜将在梦神的控制下昏睡上几个小时，那个好杀戮的家长又预先得到了警告而紧握猎枪等待着，艾基感到，他的情敌确实要近乎于狼狈不堪了。

整个夜晚，他都在蓝光药店里值班等待着，说不定什么时候就会传来悲剧的消息，可是什么消息也没有传来。

早上八点，值白班的店员一到，艾基就要匆匆前往里德尔太太家，去打听事情的结果。可是，看哪！他刚刚跨出店门，从迎面而来的有轨电车跳下来的正是强克·麦高恩，他一把抓住了他的手——强克。麦高恩喜形于色，满脸胜利者的微笑。

“成功啦，”强克说道，笑得合不上嘴，“罗茜准时出现在太平梯上，分秒不差。九点三十分零十五秒我们就及时赶到牧师那里。眼

---

① 格令，英美制最小重量单位，等于零点零六四八克，亦为珍珠重量单位，等于四分之一克拉。

② 洛金伐尔，十九世纪英国作家司各特所著叙事诗《玛密恩》中的男主人公，在其情人将要与别人结婚的时候偕其逃走。

下她正待在我们的住房里——今天早晨她穿着一件蓝色的宽松晨衣做了煎鸡蛋——天哪！我是多么幸运啊！哪天你来玩吧，艾基，和我们一起吃顿饭。我在大桥附近找了个工作，我正要去那里上班。”

“那包——药粉呢?”艾基结结巴巴地说道。

“哦，你给我的那玩意儿呀!”强克笑得更厉害了，“唔，是这么回事。昨天晚上在里德尔家的饭桌上，我看着罗茜，心里对自己说：‘强克，你要想把这姑娘搞到手那就光明正大地去搞——别跟她这么有教养的姑娘玩鬼把戏。’你给我的那个纸包也就放在口袋里没动。接着，我的目光落到另一个来就餐的人的身上。我暗想，这家伙对他未来的女婿缺乏好感，于是我瞅准机会，把那包药粉一下子倒进里德尔老头的咖啡里去了——明白了吧?”

财神与爱神

王义国◎译

老安东尼·罗克韦尔是罗氏尤里卡肥皂的制造商和老板，已退休，他站在位于第五大道的私宅书房的窗口朝外观望，咧着嘴笑。他的右邻——贵族俱乐部会员G. 范舒赖特·萨福克-琼斯——正离开家门，朝等候他的小轿车走去，同时像往常一样，冲着肥皂大厦正面的那座意大利文艺复兴风格的雕塑，轻侮地皱了皱鼻子。

“这个无所事事又自以为了不起的死老头子！”前肥皂大王评论道，“他要是不小心点的话，他这个涅谢尔罗迭①式的老僵尸就会被伊甸园博物馆收藏了去。到夏天，我要把这所房子刷成红、白、蓝三色，看能不能把他那个荷兰鼻子气得再翘高点儿。”

安东尼·罗克韦尔召唤人的时候从来也不拉铃，这时他来到书房的门口，喊道“迈克！”这嗓音与当年刺破堪萨斯大草原的苍穹时的嗓音一模一样。

“告诉我儿子，”安东尼对闻声赶来的用人说，“出门之前到我这里来一下。”

小罗克韦尔一走进书房，老头儿便把报纸往旁边一放，看着他。他那光滑、红润的大脸露出既慈爱又严厉的神情。他用一只手揉弄

① 涅谢尔罗迭（1780—1862），俄国外交大臣。

着自己蓬乱的白发，用另一只手把口袋里的钥匙拨弄得嘎嘎响。

“理查德，”安东尼·罗克韦尔说道，“你用的肥皂是花多少钱买的？”

理查德大学毕业后刚在家里待了六个月，他有点吃惊。他还没有摸透他的这个父亲的脾气，他父亲就像个初涉社交界的姑娘，整个儿让人捉摸不透。

“我想是六块钱一打，爸爸。”

“你的衣服呢？”

“我想照旧是六十块钱左右。”

“你是个绅士，”安东尼果断地说道，“我听说那些公子哥儿们买一打肥皂花二十四块钱，买件衣服要超过百元。你有足够的钱可以和他们一样浪费，可是你却恪守体面和有节制之道。现在我使用的是老牌子的尤里卡肥皂——这不仅是出于个人感情，也是因为它是最纯的肥皂。如果你花一毛多钱买一块肥皂，那么你买到的就是劣质的香料和牌子。不过对于像你这种年龄、地位和条件的年轻人来说，五毛钱的肥皂就很不错了。我说了，你是个绅士。他们说，造就一个绅士需要三代的时间。他们错了。用钱来造就绅士，就像肥皂油脂一样润滑。钱已经把你造就成绅士了。天哪！金钱也几乎让我成了一个绅士。我几乎就像我左右的两个邻居一样不讲道理，不近人情，行为古怪了，那两位荷兰籍纽约佬天天晚上睡不好觉，因为我在他们中间买了房产。”

“有些事是钱不能办到的。”小罗克韦尔神情有些黯然地说道。

“好了，不要这么说。”老安东尼说道，他感到震惊。“我每一次都把钱赌在钱上。我已经把百科全书翻到Y字头了，还没有找到用钱买不到的东西。看来下个星期我不得不查查补遗了。我衷心拥护金钱至上。告诉我，有什么东西金钱买不到。”

“首先，”理查德回答道，稍微有点耿耿于怀，“它不能把人买进上流社会的排外的圈子。”

“啊哈，是吗？”金钱这个万恶之源的拥护者大声嚷道，“你给我说说看，要是老阿斯特①当年没有钱乘坐统舱到美国来的话，你所谓的排外的圈子又在什么地方呢？”

理查德叹了口气。

“我接下来要谈的就是这个，”老头儿说道，语气平和了一些，“正是为此我才叫你来。你有点不对劲，孩子。我注意到这件事有两个星期了。说出来吧。我猜想，我可以在二十四小时之内动用一千一百万，还不包括房地产。要是你觉得肝气不舒的话，‘漫游者号’就停泊在海湾里，加好了煤，一切准备就绪，两天之内就可以驶到巴哈马群岛。”

“猜得不错，爸爸，差得不太远。”

“啊，”安东尼热心地说道，“她叫什么名字？”

理查德在书房里踱起步来。在他的这位粗鲁的老爹的身上有足够的友好和同情，足以使他说出知心话。

“你为什么不向她求婚呢？”老安东尼问道，“她会一下子扑到你怀里的。你有钱有貌，而且是个正派的小伙子。你的手是干净的，没有沾上尤里卡肥皂。你上过大学，不过她不会看重这一点。”

“我一直没有机会。”理查德说道。

“那就创造一个，”安东尼说道，“带她去公园散散步，或者坐车兜兜风，要不就做完礼拜陪她回家。机会！哼！”

“你不了解社交界的运作机制，爸爸。她是推动这台机器运转的一股动力。她的每一个钟头和每一分钟的时间，在几天之前就安排好了。我非得到那个姑娘不可，爸爸，否则这个城市将永远是个积水矿坑。可我又不能写信表白——我不能那样做。”

“啧啧！”老头儿说道，“你的意思是说，用我所有的钱也不能使那个姑娘单独跟你待上一两个钟头吗？”

“我行动得太迟了。她后天中午就要坐船去欧洲，要待上两年。明天晚上我能有几分钟的时间单独见她。现在她在拉奇蒙德的姨妈

---

① 阿斯特（1763—1848），美国皮毛业商人。一八〇〇年至一八一七年在中国经营皮货获了暴利，后发展成为美国著名的富豪。

家里。我不能到那里去。不过她明天晚上坐八点三十分的火车回来的时候，她答应让我用马车到车站接她。然后我们必须快马加鞭赶到百老汇的华莱克剧院，她母亲和包厢的其他亲友将在休息室里等我们。在那六到八分钟的时间里，又是在那种情况下，你想她能听我的表白吗？不能。而且在看戏的时候或者散戏之后我又能有什么机会呢？没有。不，爸爸，这就是你的钱解不开的一个结。金钱连一分钟的时间也买不来。要是能买的话，有钱人就会活得更长了。在兰特里小姐上船之前找她谈一谈是没有希望了。”

“好啦，理查德，我的儿子，”老安东尼快活地说道，“现在你可以走了，去你的俱乐部吧。我很高兴你的肝没有毛病。不过别忘了每隔一段时间就到庙里，给伟大的财神烧上几炷香。唔，当然，你不能按价钱订购永生，让人把永生包好给你送上门来，可是我看见，时间老人在走过金矿的时候，两只脚都叫石头给磕烂了。”

那天晚上，就在安东尼看晚报的时候，埃伦姑妈来看她的哥哥了。埃伦性格温和，多愁善感，满脸皱纹，唉声叹气，为财富而烦恼。两人开始谈论情人的痛苦这个话题。

“他全都告诉我了，”哥哥安东尼打着哈欠说道，“我告诉他，我的银行存款归他支配。而他却开始找钱的碴儿了。说钱没用。说十个百万富翁排成队也不能把社会的规则扳动分毫。”

“啊，安东尼，”埃伦姑妈叹了口气说道，“但愿你不会把金钱看得太重。在讲究真情实感的地方，金钱派不上用场。爱情是最强大的。他要是早点提出来就好了！她不会拒绝我们的理查德的。但是现在恐怕太晚了。他没有机会向她求爱了。你的所有的金钱都不能给你的儿子带来幸福。”

第二天晚上八点，埃伦姑妈从一只老掉牙的盒子里取出一枚别致的老式金戒指，交给理查德。

“今晚戴上它，侄儿，”她恳求道，“这是你母亲给我的。她说它能给恋爱的人带来好运。她托付我等你找到意中人的时候就把它给你。”

小罗克韦尔虔诚地接过戒指，试着套在小指上。戒指滑到指头的第二个关节处就卡住了。他把戒指取了下来，按男人特有的方式往坎肩口袋里一塞。然后他打电话要马车。

八点三十二分，他在车站熙熙攘攘的人群中找到了兰特里小姐。

“咱们可不能让我母亲他们等得太久了。”她说道。

“去华莱克剧院，能赶多快就赶多快！”理查德忠心耿耿地说道。

他们取道第四十二号街，向百老汇疾驶而去。中途又驶入一条街灯如星光般灿烂的小路，沿着它从西区夕阳所倚的低平屋舍奔向东区旭日所凭的林立高楼。

到了三十四号大街，年轻的理查德猛然推开车窗，吩咐马车夫停车。

“我掉了一枚戒指，”他一面道歉，一面钻出车门。“那是我母亲的戒指，我不愿丢掉它。不会耽误一分钟的——我看见它掉在什么地方了。”

不到一分钟的时间，他就拿着戒指重新坐进了马车。

但就在那一分钟的时间之内，一辆穿越市区的公共汽车停在了马车的正前方。车夫想从左边拐过去，但却被一辆满载的快运货车挡住了去路。他试着往右拐，可又不得不退回来，因为一辆运送家具的货车毫无道理地闯了过来。他想往回倒车，却又放下缰绳，尽职地骂了起来。他被一片纠缠不清的车辆和马匹堵在了中央。

大城市里有时突发的交通堵塞出现了。

“你为什么不继续往前赶呀？”兰特里小姐不耐烦地说道，“我们要晚了。”

理查德在马车上站了起来，朝四下张望。他看到各种大车、卡车、马车、货车和公共汽车，把百老汇大街、六马路及三十四号大街的交叉路口挤了个水泄不通，这就好比一个腰围二十六英寸的姑娘，束上了一条二十二英寸的腰带。而更有甚者，在交汇于此的各条道路上，仍有许多车辆喀哒喀哒全速朝这个聚合点驶来，投身在这团你冲我撞、轮毂交错的乱麻中，嘈杂声中又加上了车夫们的咒骂声。似乎曼哈顿区所有的车辆都从四周挤过来了。成千上万的纽约市民涌在人行道上看热闹，他们当中年龄最大的也未曾目睹过规模如此巨大的交通堵塞。

“我非常抱歉，”理查德坐回到座位上说，“看来我们被卡住了。这团乱麻一个小时之内是解不开的。这怪我。要是我没有掉了戒指，我们——”

“让我看看戒指吧，”兰特里小姐说道，“既然没有办法，我也就不在意。无论如何，我都认为看戏是乏味的。”

那天晚上十一点钟，有人轻敲着安东尼·罗克韦尔的房门。

“进来。”安东尼喊道，安东尼穿着一件红色的晨衣，正在读一本写海盗冒险的书。

敲门的是埃伦姑妈，她看上去就像一个因为阴差阳错而滞留在人间的白发天使。

“他们订婚了，安东尼，”她柔声说道，“她已经答应嫁给我们的理查德。在他们去剧院的路上发生了交通堵塞，他们的马车等了两个钟头才挣脱出来。”

“而且，啊，安东尼哥哥，再也不要炫耀金钱的力量了。一个象征着真正的爱情的小小的东西——一枚象征着终生不渝、不图钱财的爱的小小的戒指——使我们的理查德找到了幸福。他把戒指掉在街上了，就下车去找。他们还没来得及继续赶路，交通就堵塞了。在马车被堵在里面的时候，他向他所爱的人表白了爱情并赢得了她的心。与真正的爱情相比，金钱成了废物，安东尼。”

“好的，”老安东尼说道，“这孩子得到了他想要的东西，我很高兴。我跟他说过，那事我不惜花费任何代价，只要——”

“可是，安东尼哥哥，你的金钱能够起什么作用呢？”

“妹妹，”安东尼·罗克韦尔说道，“我的海盗正处在十分危急的关头。他的船刚刚被凿沉，但他太清楚金钱的价值了，所以不能让自己给淹死。我希望你能让我读完这一章。”

至此故事就应该结束了。同读者一样，我也真心希望它能如此结束。但为了求得真理，我们非得打破砂锅问到底不可。

第二天，一个两手通红，系着蓝色圆点花纹领带，自称叫凯利的人，到安东尼·罗克韦尔的家里拜访，他立即被请进了书房。

“唔，”安东尼说道，同时伸手去拿支票簿，“这锅肥皂熬得不错。让我看看——你已经拿了五千块现金。”

“我自己又额外垫付了三百块，”凯利说道，“我不得不超出预算一些。快运货车和出租车我基本上给的都是五块，可是卡车和双套马车大多是要我十块。汽车要十块，有些载重车要二十块。警察敲得我最厉害——有两个警察我给了五十块，其余的二十块或者二十五块。可是活儿是不是干得很漂亮，罗克韦尔先生？幸亏威廉·A.布雷迪先生没有到现场，没有看到那个小小的户外车辆杂乱无章的场景。我不想让威廉嫉妒得心碎。而且我们也绝对没有演习过！那些家伙们都很准时，半秒都不差。一连两个小时，挤得格里利雕像底下连一条蛇都钻不过去。”

“一千三百块——给你，凯利，”安东尼说道，同时撕下了一张支票，“你的一千块酬金，还有你垫付的那三百块。你并不是瞧不起钱，是吧，凯利？”

“我吗？”凯利说道，“我可以揍那个制造贫困的人。”

凯利走到门口的时候，安东尼又把他叫住了。

“你没有注意到，”他说道，“堵车的地方有个拿着弓箭四处乱射的光屁股胖男孩①，是吧，凯利？”

“呃，没有，”凯利说道，感到莫名其妙，“我没有注意到。要是他真的像你说的那个样子的话，说不定警察在我赶到之前就把他抓起来了。”

“我想这个小无赖是不会在场的，”安东尼咯咯笑了起来，“再见，凯利。”

---

① 指罗马神话中的爱神丘比特。这里暗指老安东尼的儿子恰恰因为堵车而赢得了爱情。

菜单上的春天

王义国◎译

那是三月里的一天。

你写小说的时候可千万、千万不要这样开头。再也没有比这更糟的开头了。这种开头没有想象力，单调乏味，有可能仅仅是废话而已。不过在本篇中，这样开头还是可以的。因为下面的这一段，本来是给故事开了个头，却又荒唐得没有节制，难以在没有准备的读者面前展示。

萨拉正望着菜单哭泣。

想想一个纽约姑娘面对菜单落泪的情景吧！

她为何落泪？你不妨猜测，是因为龙虾全卖光了，或者她发誓在大斋期戒吃冰激凌，或者她定了洋葱，或者她刚刚从哈吉特剧院看完日场回来。错了，这些猜测全都错了，还是往下看故事吧。

那位声称世界就是一个他可以用刀撬开的牡蛎的先生，真可谓浪得虚名。用刀撬开牡蛎并不难。但你是否曾注意到，有人试图用打字机撬开地球这个牡蛎呢？想看到用这种方法撬开一打牡蛎吗？

萨拉试图用她那非常蹩脚的兵器撬开贝壳，但远未获得成功，因而一点也吃不到里面的冰凉黏滑的贝壳肉。她对速记也很不在行，即使能混上一个商业学院速记专业的毕业文凭也是不行。既然不能干速记，她也就无缘进入群星灿烂的办公室才子的行列。她是个自由职业打字员，只能四处奔走，承揽零星的打字活儿。

萨拉与世界抗争所取得的最辉煌伟大的业绩，是她与舒伦堡家常饭馆达成的交易。这家饭馆与她寄宿的老房子红砖公寓，只有一墙之隔。一天傍晚，萨拉在舒伦堡饭馆吃了一顿价格为四毛钱的有五道菜的客饭（上菜的速度就像你朝那个黑人先生的头上接连抛去五个棒球那么快），然后带着菜单离开了。菜单是用几乎无法卒读的笔迹写成，既不像英语也不像德语，而且毫无条理，如果点菜的时候不仔细看，你就会把开头的牙签和大米布丁和末尾的菜汤以及本周的日期都一起点进去。

第二天，萨拉向舒伦堡呈上了一张整洁的卡片，上面漂亮地打着菜单，各种令人垂涎的珍馐美味分门别类，最前面的栏目是“开胃小吃”，最后还附上“大衣、雨伞概不负责”的说明。

舒伦堡当场就佩服得五体投地。在萨拉离开他之前，她让他甘心情愿地与自己达成了一个协议。按照约定，她应为饭馆的二十一张餐桌提供打印出来的菜单——每天的正餐都要打一份新的菜单，若是出于食谱或者整洁的需要，早餐和午餐也要打印新的菜单。

作为回报，舒伦堡饭店每日三餐都要派侍者往萨拉租住的位于走廊的房间送饭——如果可能的话还要派殷勤待人的侍者去——每天下午还得交给她一份铅笔草稿，上面说明明天什么样的命运将要降临在舒伦堡饭馆的顾客身上。

双方对这个协议都感到满意。舒伦堡饭馆的顾客们现在知道他们吃的食物叫什么名字了，尽管那些名目有时让他们迷惑不解。而萨拉在寒冷、单调的冬天也就有了饭吃，而这对她来说是最主要的。

接着历书说谎了，说春天来了。春天果真来了的时候才能说它来了。一月份的冰冻积雪仍然像硬石一样趴在大街小巷。手摇风琴仍然以它那十二月份的活泼音调，演奏着《在以前那美好的夏天》。男人们开始准备攒下三十天的钱，以便购买复活节衣服。看门人关掉了暖气。当这些事情发生的时候，人们就可能知道这座城市仍然在冬天的控制之下。

一天下午，萨拉在她的雅致的位于走廊的房间里打着寒噤；“房中有暖气，一尘不染，便利设施应有尽有，让人赏心悦目。”——房东的招牌上如是写着。除了打印舒伦堡饭店的菜单之外，她无事可干。萨拉坐在她的嘎吱作响的柳条摇椅上，朝窗外望去。墙上的日历不住地对她喊道：“春天到了，萨拉——春天到了，我告诉你。看着我，萨拉，我的数字显示出来了。你天生丽质，萨拉——有春天般的美好风姿——为什么还这么悲伤地望着窗外呢？”

萨拉的房间在公寓的阴面。透过窗子，她能看见后街那家制箱厂的没有窗户的后砖墙。但那堵墙却又似乎像水晶般剔透，透过它，萨拉看到了一条绿草如茵的小径，樱桃树和榆树为小径遮阴，悬钩子灌木和金樱子缀饰在小径的两旁。

春天的真正前兆太细微了，让眼睛和耳朵难以觉察。春天的一些前兆，应该是番红花开花，山茱萸点缀着树丛，蓝色知更鸟在鸣叫。在将绿色仙子送入大地的迟钝的怀抱之前，春之使者还要提醒腼腆的荞麦和牡蛎握手告别。但出于母亲最仁慈的天性，古老大地的这位春天新娘会用最真切甜美的声音告诉它们，只要它们愿意留下来，它们就一定能同亲生子女一样得到父母的关怀。

去年夏天，萨拉到乡下去了一次，并且爱上了一个农民。

（你在写小说的时候千万不要像我这样倒叙。这种手法不好，令人扫兴。应该让故事前进，前进。）

萨拉在阳溪农场待了两个星期。在那里她逐渐爱上了老农富兰克林的儿子沃尔特。农民的生活轨迹就是恋爱，结婚，然后草芥一生。不过年轻的沃尔特·富兰克林却是一位现代的农学家。他的牛棚里装有电话，他能精确地估算出来，来年加拿大小麦的收成将会对他趁着月色种植的土豆产生什么样的影响。

就是在这种缀饰着悬钩子灌木的林荫小路上，沃尔特向她求爱，并赢得了她的芳心。他们坐在一起，他编了一个蒲公英花冠，戴在她的头上。对蒲公英的黄花在她的棕色长发上所产生的效果，他赞不绝口。她把花冠留在了那里，走了回去，手里抓着她那顶草编水手帽不停地挥动。

他们定于春天结婚——沃尔特说，一显露出春天的迹象就结婚。

萨拉回到了城里，敲起了打字机。

敲门声驱散了萨拉对那幸福的一天的回想。一个侍者带来了舒伦堡家常饭馆第二天的菜单的铅笔草稿，那是老舒伦堡用僵硬的手写下的。

萨拉在她的打字机前坐了下来，在滚筒之间塞进去一张卡片。她干起活来手脚麻利。通常不超过一个半小时，二十一张菜单就打好了。

今天菜单比往日有了更多的变化。汤类清淡了一些；主菜中取消了猪肉，只是在烤肉当中加上了俄罗斯芜菁。整个菜单中充满着融融的春意。不久前还在绿色初现的小山坡上嬉戏跳跃的羔羊被加上了作料，算是对它的欢蹦乱跳的一种纪念。牡蛎的歌声虽未平息，却也是在柔情地渐弱。油炸锅看来是被闲置起来了，懒散地放在烘烤炉的与人方便的炉条的后面。馅饼的队伍扩大了，油腻的布丁不见了；包有肠衣的红肠也与荞麦和香甜但气数已尽的槭糖一样，只是以乐观的态度苟延残喘而已。

萨拉的手指上下翻动，就像蠓虫在夏日的溪流之上跳舞一样。她以精确的目光，从上到下按照菜的长度，把每一道菜都打在合适的位置上。

在甜点心的上方，恰恰是蔬菜栏目。胡萝卜和豌豆，龙须菜加吐司，四季常备的西红柿和玉米，青玉米粒煮利马豆，白菜——以及——

萨拉对着菜单哭了。极度绝望的泪水从她的心底涌出，聚集在眼睛里。她的头垂在小打字机的台面之上，键盘上发出的枯燥的哒哒声陪伴着她那噙着泪水的啜泣。

她已经两个星期没有收到沃尔特的信了，而菜单上的下一项又恰恰是蒲公英——蒲公英加上什么蛋——让蛋见鬼去吧！蒲公英，沃尔特就是用蒲公英的金色的花编了一个花冠，为他的心爱的女王和未来的新娘加冕的啊——蒲公英，春天的使者，她的悲伤的花冠——令她想起她的最幸福的日子。

夫人，在你经受这种考验之前，我敢说你笑不出来。在你把心交给珀西的那个夜晚，珀西送给你一束马雷夏尔·尼尔玫瑰，可你却眼睁睁看着这些玫瑰被用做配法国菜的色拉，摆在舒伦堡饭馆的客饭上。倘若朱丽叶看到她的爱情信物也这样被人糟蹋，她立即就会找高明的药剂师讨要忘却草的。

可是春天是一个多么迷人的女人啊！必须把信息送进这个用石头和钢铁建成的冰冷的大城市里。但传递信息者别无他人，只有田野的这个小小的不辞辛苦的信使，他身披绿装，态度谦和。他是一名真正的军事冒险家，是狮子的牙齿——法国厨师这样称呼他。在开花的时候，他能帮人求爱，把花冠戴在未婚妻的栗色秀发上；当稚嫩的花蕾含苞待放的时候，他走进熙熙攘攘的人群，把他那高贵的春夫人的话语传达给世界。

不一会儿，萨拉强忍住了眼泪。得把菜单打出来。但她仍未完全从她那金色的蒲公英的梦幻中解脱出来。有那么一会儿，她的手指心不在焉地在打字机的键盘上敲打着，思绪和心却跟她的年轻的农民在绿草如茵的小路上漫游。但她很快就回到曼哈顿的用岩石砌成的巷道上了，打字机也就开始哒哒作响，像破坏罢工者开的汽车一样跳动了起来。

六点的时候，侍者送来了她的晚饭，拿走了打印好的菜单。萨拉吃饭的时候，叹了口气，把那盘上面覆盖着一层什么蛋的蒲公英菜放到一边。这团黑色的东西已经从一种明亮而又支持着爱情的鲜花，转变成了一种可鄙的蔬菜，同样她的夏日的希望，也枯萎凋谢了。莎士比亚说，爱情可以从自身中得到滋养，但萨拉却无法亲口吃下这盘蒲公英，因为作为装饰，蒲公英曾经为她内心的真爱的第一场精神宴会增添光彩。

七点半的时候，隔壁的那对夫妇开始吵架；楼上房间里的那个男人在长笛上找 A 音；煤气灯暗了一些；有三辆运煤车开始卸货——这是留声机所唯一嫉妒的声音；后院围栏上的猫慢慢地朝老窝退去。根据这些信号，萨拉知道她读书的时间到了。她取出《修道院与温暖的家》，这是当月最好的滞销书。她把双脚放在衣箱上，开始同主人公杰拉德一起漫游。

前门门铃响了。女房东答应着去开门。萨拉撇开被一头熊赶到了树上的杰拉德和丹尼斯，竖起耳朵听着。啊，是的，换了你也会跟她一样的。

然后从楼下的门厅里传了一个洪亮的声音；萨拉跳了起来，朝门口跑去，书掉在了地板上，与熊的第一个回合的较量也轻易地放弃了。

你已经猜出来了。她来到楼梯口的时候，她的农民正走了上来，一步跨上三个台阶地走了上来，并像收割庄稼一样把她搂在了怀中，什么也不留给拾麦穗的人。

“你为什么不写封信——啊，为什么?”萨拉叫道。

“纽约真是个大城市。”沃尔特·富兰克林说道，“一个星期以前我去了你以前住的地方，发现你星期四的时候就搬走了。这倒让我感到有点安慰，因为这排除了星期五可能带来的坏运气。但这却不能不让我找警察或者用别的法子打听你的下落!”

“我写过信的!”萨拉急切地说道。

“我根本就没有收到!”

“那你是怎么找到我的呢?”

年轻的农民满面春风地微笑了。

“今天晚上，我无意中来到了隔壁的这家家常饭馆，”他说道，“我不在乎它是否出名，我喜欢吃上一盘时新的蔬菜。我看着那张打印得漂漂亮亮的菜单，寻找那种菜。当我看到白菜下面的那道菜的时候，我就从椅子上转过身来，把店老板叫了来。他告诉了我你住的地方。”

“我想起来了，”萨拉幸福地舒了一口气，“白菜下面的那道菜是蒲公英。”

“在世界上的任何地方，我都能认出你的打字机打出来的那个古怪的、高出字行的大写字母 W。”富兰克林说道。

“嗨，蒲公英这个字里没有 W 呀。”萨拉惊讶地说道。

年轻人从口袋里掏出那张菜单，指着上面的一行字。

萨拉认出来了，这是她那天下午打出来的第一张菜单。在菜单的右上角上，泪水的痕迹依然可见。但在那个人们本来应该看到这种草本植物的名字的地方，对那金黄色花冠的萦绕心头的回忆却使她的手指敲在其他键上去了。

在红烧白菜和八宝青椒之间的菜名是：

“最亲爱的沃尔特①，配上煮得老的鸡蛋。”

① 沃尔特（Walter）这个名字的首字母就是W。

车夫的观点

王义国◎译

出租马车车夫自有他的观点。他的观点似乎比任何一种其他职业的从业者都更率真。从他的双轮双座马车的左右摇晃的高座位上，他把他的同胞看作流浪的颗粒，如果没有迁移的欲望的话便不足道。他是骁勇的驾驭者，而你则是运送的货物。不管你是总统还是流浪汉，在出租马车车夫看来都是付费的乘客。他把你揽上车，抽响他的鞭子，一路上摇晃着你的脊椎骨，再把你卸下来。

到了该付费的时候，如果你表现出熟悉行情的话，那么保证你就会知道什么叫作羞辱。如果你发现忘记带钱包的话，那么你就会意识到，但丁在《神曲》中所想象出来的恶鹰的态度也比眼前的态度温和。

出租马车车夫的单一的目的和浓缩的人生观，系由双轮双座马车的奇特结构所致，这并非虚言。那位重要人物高坐其上，就像罗马主神朱庇特坐在无人可与分享的宝座上一样，手里操着根飘忽不定的皮条，驾驭着你的命运。你无能为力，滑稽可笑，身陷囹圄，像玩偶不倒翁一样来回摆动，你就像老鼠被夹住——或者是面对着仓房管家在坚硬的地面上瑟缩——你定会在你的那个移动的石棺里，通过一条小狭缝向上发出吱吱的叫声，好让他知道你的脆弱的愿望。

还有，在出租马车里，你甚至都不是占用者，而是货物。你是海运货物，而那位“高高在上的二级天使”心中装着的却是海妖的门牌号码。

一天晚上，在与麦克加利家常饭馆隔两家的一所大的砖房经济公寓里，传来了喧闹的欢宴声。这声音似乎是从沃尔什家的公寓房间里传出来的。人行道上挤满了来看热闹的形形色色的街坊，他们不时地闪出一条道来，好让忙着从麦克加利家常饭馆为喜庆宴席端送酒菜的伙计通过。人行道上的人群评头论足地议论着，从中透露出这样一个消息，诺拉·沃尔什正在举行婚礼。

到了适当时机，尽情欢乐的人们一下子涌在人行道上。不请自来的客人们围了上去，挤在他们当中。于是欢乐的叫喊声、祝贺声、笑声，以及把麦克加利家常饭馆的饮食运到婚礼现场的嘈杂声，响彻夜空。

紧靠着路边，停靠着杰里·奥多诺万的出租马车。杰里号称夜鹰，但如果关上车门，露出针绣花边和十一月的紫罗兰花，就再也没有比他的双轮双座马车更华丽、更干净的了。杰里的马就更不用说了！我毫不夸张地说，它是用燕麦喂大的。有一位老太太没来得及洗盘子，急着出去找捷运公司的人，可是在看到这匹马的时候，居然微笑了起来——是的，微笑了起来。

在串来串去、闹哄哄的围观人群当中，可以瞥见杰里的那顶饱受多年风雨鞭挞的高礼帽，他的备受纨绔子弟和桀骜不驯的乘客嘲弄的像胡萝卜一样的鼻子，以及他的那件带有黄铜纽扣的绿色上衣，这件上衣在麦克加利家常饭馆一带是颇为令人艳羡的。显而易见，杰里是篡改了他的马车的功能，他是在拉“货”。确实，这个比喻还可以延伸，如果我们赞同一个年轻的围观者的证词的话，那么就可以把杰里的车比作一辆运面包车了，有人曾听见那个年轻人说，杰里拉到了一个小圆面包①。

一个少妇步履轻捷地走了出来，站在马车边，她不是从街上的围观人群中出来的，就是从过路的人流中出来的。她的一举一动被杰里的职业性鹰眼捕捉到了。他踉踉跄跄地朝马车奔去，撞倒了三

① 这里是双关语，意思是说杰里拉到了一个女乘客。英文中小圆面包又指女人头上梳成的圆发髻。

四个围观者，他本人也摔倒了——不！他抓住了一个消防龙头，站住了。就像水手在风暴中爬上绳梯一样，杰里攀上了他的专座。一坐上去，麦克加利家常饭馆的酒水就失去了效力。他在车后部的那个高高的驾驶座上，玩起了他拿手的跷跷板绝技，就像高空作业工人爬到摩天大楼楼顶的旗杆上去挂旗一样十拿九稳。

“请上车，夫人。”杰里抓住缰绳说道。

少妇登上马车，车门“咣”的一声关上了。杰里朝空中“啪”的一声抽了一鞭子，路旁的人群就散开了，漂亮的双轮双座马车穿越市区疾驶而去。

喂了燕麦而充满活力的马一阵快速奔跑之后，杰里掀开车上的帘子，通过一个隙缝，用破喇叭似的嗓子讨好地问道：

“我说，您要去哪儿？”

“你想去哪儿就去哪儿。”回答传了上来，那声音既悦耳又心满意足。

“她坐车是为了消遣。”杰里心想。然后他理所当然地提议道：

“那就去公园兜一圈，夫人，那儿凉爽宜人。”

“随你的便。”乘客愉快地回答道。

马车转向第五大道，在那条完美的街道上疾驶。杰里在他的座位上颠簸着，左右摇晃着。麦克加利家常饭馆的烈酒在他的肚子里搅动了起来，酒气冲向了他的脑袋。他唱了一首古老的基里斯努克歌曲，像挥舞指挥棒一样挥舞着鞭子。

在马车里面，乘客笔挺地坐在坐垫上，左右观赏着万家灯火。即使在昏暗的双轮双座马车的里面，她的眼睛仍然像薄暮时分的星星一样闪现着光辉。

他们来到第五十九街的时候，杰里的脑袋打起瞌睡来，手中的缰绳也松弛了下来。可是他的马却从公园大门折了进去，开始了那久已熟悉的夜间兜风。这时乘客身子朝后一靠，欣喜异常，大口地吸着那沁着花草树木气息的清新空气。那个驾辕的聪明动物深知它的使命，迈着不快不慢的步子，一直靠着马路的右边走着。

习惯也终于战胜了杰里的不断加剧的困倦。他掀开他那在风暴中颠簸的小船的舱门，问了一声车夫们到了公园都要问的话。

“想不想在娱乐厅里停一下，夫人？来点小吃，听听音乐。人人都会在这里停一下的。”

“我想那也好。”乘客说道。

他们扬鞭催马，冲向娱乐厅的门口。车门打开了。乘客直接迈步下了车。她立即就被一阵销魂的音乐所迷住，那五光十色的景象又让她眼花缭乱。有人往她的手里塞了一张小卡片，上面印着一个号码——34。她朝四周看了看，发现她乘坐的马车在二十码以外的地方，按部就班地停在候客的四轮马车、双轮马车和汽车的行列之中。接着一个似乎只穿了件衬衫的男人在她的面前倒退着跳着舞步，引领着她进去，然后她在一张靠近栏杆的小桌子旁就座，栏杆上爬着素馨藤蔓。

这里似乎有一种无言的邀请，邀请你花钱。她从一个瘪瘪的钱袋里掏出一把小硬币，尽其所值地换了一杯啤酒。她坐在那里，被眼前的一切所吸引——那是在一个带有魔力的森林里的一个仙宫里的一种色彩、样式全新的生活。

有五十张桌子旁坐着富男贵女，他们身穿绫罗绸缎，珠光宝气。他们当中有人不时好奇地看着杰里的乘客。他们看到的是一个身段平平的人，穿着一件用仿薄软绸这种料子做成的粉红色衣服，那张脸也是姿色平平，不过却焕发着热爱生活的光彩，令那些名媛贵妇们羡慕不已。

钟表的长针走完了两圈。在露天就座的那些富男贵女们逐渐稀少了，他们各自坐上豪华气派的车子嗡嗡地或哐啷地离去了。乐器也都装进了木盒子和皮制袋子及呢料袋子里。招待们故意在那个几乎单独坐着的身段平平的人旁边脱下他们的工作服。

杰里的乘客站起身来，掏出那个有编号的卡片：

“这张票还有用吗？”她问道。

一个招待告诉她，这是她的马车的号牌，应该把它交给看门人。看门人接了过去，喊着那个号码。那里只有三辆双轮双座马车了。其中的一个驭手走了过去，把正在车里睡觉的杰里拖了出来。杰里恶狠狠地骂了一句，爬上他那船长的驾驶台，把他的船开到码头边。他的乘客上了车，马车驶入公园里的凉爽的去处，想抄近路回去。

到了大门口，一阵疑虑突然闪现在杰里的昏沉沉的脑海中，那是一种理性的闪光。他想起了什么，于是勒住马，掀开帘子，他那留声机似的嗓子就像铅坠一样，穿过缝隙砸了进去：

“继续往前走之前我想看到四块钱车钱。你带钱了吗?”

“四块钱!”乘客柔声地笑了起来，“天呀，没有。我只带了一些分币和一两张毛票。”

杰里放下帘子，鞭打着他那匹吃燕麦的马。嗒嗒的马蹄声压制着他的下流的咒骂，但却不能把他的下流的咒骂淹没。他声嘶力竭地冲着星光灿烂的天空大骂，他恶狠狠地抽打过往的车辆。一路上，他变着花样说着不堪入耳的脏话，结果一位在晚上赶路回家的卡车司机听到之后，不禁脸红起来。不过他知道他该求助于谁，于是飞奔着前去。

在一幢台阶两侧装有绿色的灯的房子面前，他勒住了马。他把马车的门拉开，重重地跳下车来。

“快点，你。”他粗暴地说道。

他的乘客走了出来，姿色平平的脸上仍然带着娱乐厅里的那种梦幻般的微笑。杰里拽着她的胳膊，带着她进了警察局。一个长着灰白胡子的警长隔着办公桌用敏锐的目光看着。他和这个马车夫并不陌生。

“警长，”杰里用他那惯常的沙哑、痛苦、雷鸣般的腔调抱怨起来，“我拉了一个乘客，她——”

杰里一下子语塞了。他抬起一只皱巴巴的、发红的手揉揉眼睛。麦克加利家常饭馆的烈酒所布下的迷雾开始消失了。

“警长，”他咧嘴笑着继续说道，“我想把这个乘客介绍给你。她是我的老婆，是今天晚上从沃尔什老头家里娶来的。我们度过了一段神奇的时光，真的。跟警长握握手吧，诺拉，我们要回家去了。”

在上车之前，诺拉深深地叹了一口气。

“我过得真快活，杰里。”她说道。

没有讲完的故事

李文俊◎译

现在有人提到地狱里的火焰时，我们不再唉声叹气，往自己脑袋上撒灰了①。因为，连传教士也开始告诉我们，上帝只不过是镭，或是以钛，或是什么科学化合物，而我们这些有罪的人所能遇到的最坏的报应，也不过是某种化学反应。这种假设倒是很令人高兴的，可是传统留下来的古老、巨大的恐怖并没有完全消失。

只有两种话题你可以海阔天空爱怎么说就怎么说，没人敢反驳你。一种是你的梦，一种是你听见鹦鹉说了些什么。反正梦神和鸟儿都是做证人不够格的。你复述了什么，没有人敢说半个不字。本故事就是根据一个虚无缥缈的梦写成的——至于未能选用“好玻丽”② 琐琐碎碎的絮语作为素材，这是敝人要深表歉疚的。

我做了一个梦，它与高等批评③毫无关系，而是关于那个历史悠久、令人敬畏、让人伤心的末日审判问题的。

---

① 这是表示自己有罪，想要赎罪的一种动作。

② 英美家庭里养的鹦鹉，往往起名为“玻丽”。

③ 宗教界一门研究《圣经》的作者、写作时期与意义的学问。

加百列亮出了他的王牌①，我们这些没有好牌的人只好被提去受审。我看到一边有一伙职业保证人，穿着庄严的黑衣服，硬领是打背后扣上的②。可是好像他们地产的产权发生了什么问题；反正他们不见得能把我们保释出去。

一个“飞捕”——也就是说当警察的天使——飞到我身边拉起我的左翅膀就走。在我附近候审的是一群看上去非常阔绰的幽灵。

“你跟他们是一伙的吗？”警察问。

“他们是谁？”我问。

“哼，”他说，“他们是——”

可是这些无关紧要的题外话已经占去不少篇幅了，我还是言归正传吧。

杜尔西在一家百货公司里工作，她卖的兴许是汉堡花边，兴许是精制胡椒，兴许是汽车，兴许是百货公司常有的什么小玩意儿。至于她的工资，那是每周六块钱。其余的，对不起，都在上帝——什么，尊敬的牧师先生，您说是“总动力”③吗？那就算“总动力”——的账本上记到别人名下去了。

杜尔西在公司里的第一年，每周工资五块钱。要知道她靠这笔钱怎么过日子，倒是件很有教益的事，不感兴趣吗？那好，也许你对大一点的数字才感兴趣。六块钱这个数字够大了吧。那我就告诉你她靠每周六块钱是怎么过日子的。

某天下午六点钟，杜尔西一边在离延髓八分之一英寸的地方插帽针，一边对站在她左边柜台的好友珊迪说：

“嗨，珊迪，今儿晚上我跟‘猪崽’约好了一块儿出去吃饭。”

“真的吗！”珊迪羡慕地喊道，“哟，你怎么这么走运？‘猪崽’

---

① 《圣经》里的天使长，据说末日审判时的号角是由他吹的，原文中“号角”与“王牌”音近，这是作者故意在玩弄机智。

② 这是一般牧师的衣着。

③ 宗教界有一种说法，把上帝解释成创造、推动一切生命与活动的“总动力”。作者在这里顺带嘲弄了所谓“科学的基督教”。

是个顶呱呱的时髦人物，他老是带姑娘到顶呱呱的地方去。那天晚上，他还带白朗雪到霍夫曼饭店去了呢。那儿的音乐是顶呱呱的，还可以看到许多顶呱呱的名流。你今儿晚上准是过得顶呱呱的，杜尔西。”

杜尔西匆匆忙忙地赶回家去。她的眼睛闪闪发亮，面颊上泛出天然的——真正天然的——破晓时的娇红色。那天是星期五，她上周的工资还剩下五毛钱。

街上挤满了下班时潮水般的人流。百老汇的电灯大放光明——招致几英里、几海里甚至几百海里之外的飞蛾从黑暗中飞来，参加这所烟熏火燎的大学校。衣着一丝不苟、面孔呆板得像海员养老院里的老水手在樱桃核上刻出来的人们，扭过头来打量在他们身边一个劲儿往前冲的杜尔西。曼哈顿，这朵夜间开放的仙人球，开始舒展它那颜色死白、气息浓重的花瓣了。

杜尔西在一家卖便宜货的店里停了停，用她那五毛钱买了一条仿花边的衣领。这笔钱本来是要派别的用场的——晚饭一毛五，早饭一毛，午饭一毛。另外一毛是准备加到她那笔小额储蓄里去的，那五分要挥霍在甘草糖上——那种糖能让你的脸颊鼓得像牙疼一样，含化的时间也能拖得像牙疼一样长。吃甘草糖是一种挥霍——简直像参加狂饮宴会——可是话要说回来，没有一点享受，生活又有什么意义呢？

杜尔西住的是一间连家具一块出租的房间。这种房间与包伙的宿舍有严格的区别。在这种房间里，你挨饿别人是不会知道的。

杜尔西上楼到自己的房间去——是西区一幢褐石门面的房子的三楼后间。她点上了煤气灯。科学家告诉我们，钻石是世界上最最坚硬的物质。他们错了。房东太太掌握一种化合物，跟它一比，钻石软得简直像腻子。她们用这种东西把煤气灯的火眼堵死一大半；哪怕你站在椅子上撬得小手又红又疼，也是枉然。用发卡休想把它撬掉，因此我们姑且称它为“坚不可摧”吧。

杜尔西点亮了煤气灯。在它那四分之一支光底下，我们来观察观察这个房间。

沙发床、梳妆台、桌子、洗脸架、椅子——房东太太负责提供的就是这些。其余的是杜尔西自己的。她的宝贝都放在梳妆台上：珊迪送的一只描金瓷花瓶、泡菜作坊送的日历、一本详梦书、盛在玫瑰色碟子里的米粉，还有粉红缎带系着的一束假樱桃。

在那面起皱的镜子前摆着吉青纳将军①、威廉·马尔登②、马尔伯勒公爵夫人③和本沃努托·切利尼的相片。一面墙上挂着一只巴黎浮雕的石膏复制品，是一个戴罗马帽盔的奥卡尔拉汉人头像。紧挨着是一张色彩强烈的石印油画，上面一个柠檬黄颜色的孩子在捕捉一只火红色的蝴蝶。杜尔西认为这幅画的艺术成就简直是登峰造极，她这一见解迄今没有为人推翻。她的其他收藏也没有人窃窃私语说是赝品，更没有任何批评家狐疑地对她的幼年昆虫学家瞥过一眼。

"猪崽"说好七点钟来邀她。她这会儿正在迅速打扮，我们不要冒昧，且转过脸去再聊上几句。

杜尔西的这个房间的租金是每星期两块钱。平日，她早饭花一毛钱；她一面穿衣服，一面在煤气灯上煮咖啡，烧一只蛋。星期天早晨，她大摆阔气，花上两毛五到比雷餐厅去吃一顿小牛排和菠萝煎饼——再赏给女侍者一毛钱小费。纽约这地方诱惑太多，很容易使人趋于奢华。她午饭是在百货公司食堂里包的，每星期六毛钱；晚饭是一块零五分。买晚报——你倒说说哪个纽约人能不看晚报！——得花六分钱；两份星期天的报纸——一份是看招聘广告的，另一份是要好好看的——要一毛钱。总数加起来是四元七角六分。一个人总得买点衣服，还有——

我没法算下去了。我听说过有这样的奇迹：白捡似的买到块便宜料子，三针两针缝成件美妙的衣裙；可是我总还是有些疑虑。我很想根据神圣、自然、既不成文又不怎么起作用的天理法则往杜尔

① 吉青纳（1850—1916），英国十九世纪末二十世纪初的名将，曾转战苏丹、埃及、南非、印度等地，为英帝国主义殖民事业出过不少力。

② 马尔登（1852—1933），美国拳击教练。

③ 马尔伯勒公爵夫人（1660—1744），英国著名贵族夫人。

西生活里加进点女性应有的乐趣，但我的笔不听我使唤了。她到康奈岛去坐过两次转轮木马。可是倘若不是以钟点而是以年份来计算玩乐的次数，那可未免太乏味了。

形容“猪崽”要不了几句话。姑娘们给他起这样的外号不要紧，却给高贵的家族蒙上了不应有的污名。在那本蓝封皮的老拼音读本里，三字母单词那一课一开头①，就是对“猪崽”活生生的写照。他躯体很肥胖，他灵魂肮脏像耗子，他鬼鬼祟祟像蝙蝠，他神气活现像猫……他衣着华贵，是个鉴别饥饿的行家。他只消朝一个女店员瞧上一眼，就知道她有多少个钟点没吃到比果汁软糖和茶更有营养的东西了。他老在商业区打转，在各个百货公司里寻找请吃饭的对象。连牵狗上街遛腿的人也看他不起。他也可以算是一种类型。我不想再写他了；我的笔不是为他服务的，我不是木匠。

七点差十分，杜尔西打扮好了。她在那面起皱的镜子里端详自己。照出来还令人满意。从头到脚都挑不出一点毛病：深蓝的衣裙非常贴身，没有一点松皱的地方，帽子上那根黑羽毛蛮精神，那副手套只有真正一点儿脏——这一切都说明了辛辛苦苦，省吃俭用。

片刻之间，杜尔西忘掉了一切，只知道自己是美丽的，而生活即将把它那神秘的帷幕揭开一角，让她见识它的奇妙了。以前还从来没有男子邀请她出去过，如今她就要投入到那光彩夺目、荣华富贵的场面里去，在那里逗留片刻了。

姑娘们都说，“猪崽”是个肯花钱的人。一定会有一顿丰盛的饭菜，有音乐，有雍容华贵的女人可以看，还有别的好东西可以吃，姑娘们讲到这些好东西时，起劲得连下巴都扭歪了。而且毫无疑问，还一定会有下一次的邀请。

在她所熟悉的一个橱窗里有一套蓝色柞绸西服——要是每周省下来不是一毛钱而是两毛钱，那么——让我们算算看——噢，得积上好几年呢！不过在七马路有一家估衣店，那儿——

---

① 指“肥胖”（fat）、“耗子”（rat）、“蝙蝠”（bat）、“猫”（cat）等同韵词。

有人敲门。杜尔西开了门。房东太太站在门口，脸上堆着假笑，在嗅有没有偷用煤气灯煮东西的气味。

“楼下有一位先生要见你，”她说，“名字叫威尔金斯先生。”

对于那些不幸把“猪崽”当作一个大人物的可怜虫，“猪崽”总是以这样一个雅号来称呼自己的。

杜尔西转身到梳妆台上去取手帕；她突然停住了，使劲咬着下唇。方才照镜子时，她看到了仙境，看到了她自己，一个公主，刚从漫长的睡梦中醒来。她忘了有一个人用忧郁、美丽、严峻的眼睛注视着她——只有这个人关心她的行为，或是赞许或是反对。在梳妆台上那个镀金的镜框里，吉青纳将军，身材修长、挺直，俊美、忧郁的脸上带着伤心、谴责的神情，正用一双充满魅力的眼睛瞧着她。

杜尔西像只机器娃娃似的转向房东太太。

“告诉他我不能去了，”她没精打采地说，“告诉他我病了，随便说个理由好了。告诉他我不想出去了。”

等门关上锁好，杜尔西扑到床上，压坏了她的黑帽羽，哭了足足十分钟。吉青纳将军是她唯一的朋友。他是杜尔西心目中理想的英武骑士。他看上去似乎怀着一种隐秘的忧愁，他的上髭令人销魂，他眼睛里那种又严峻又温存的表情简直让她有点儿害怕。她常常私下里幻想，有一天他会佩着刀，穿着长靴——刀还在靴子上碰得铿锵作响，专程到这幢房子来拜访她，来向她求婚。有一回，一个小孩拿链子去抽灯柱，她还开了窗看来着。可是这都是白日做梦。她知道吉青纳将军远在日本，率领大军和野蛮的土耳其人作战；他是根本不会从镀金镜框里走下来向她求爱的。可是那天晚上，他的一个眼色就把“猪崽”打得一败涂地。是的，至少那一晚是如此。

杜尔西哭过之后站起来，把那身出客衣服脱掉，换上那件蓝色旧睡袍。她不想吃饭了。她唱了两段《山美》①，接着对鼻子旁边一个小粉刺发生了强烈的兴趣。这件事干完以后，她拖了一把椅子到

① 当时的一首流行歌曲。

那张摇摇晃晃的桌子跟前，用一副旧纸牌给自己算命。

“这家伙多可恶，多不要脸！”她高声说，“我什么时候说话和举动里表示过对他有意思！”

九点钟，杜尔西从她的箱子里拿出一盒饼干和一小罐果酱，大吃了一顿。她敬了吉青纳将军一块涂了果酱的饼干。可是他却像狮身人面像看着蝴蝶那样漠然无动于衷地看着她——如果说沙漠里也有蝴蝶的话。

“不吃就不吃好了，”杜尔西说，“何必那么装模作样用眼色来责怪我呢。要是你也每星期拿六块钱，看你还这样神气活现、瞧不起人不？”

杜尔西对吉青纳将军不客气可不是个好现象。接着她气呼呼地把本沃努托·切利尼的像翻过来，让他面朝下。这倒没什么，因为她总把他和亨利八世①搞混，一直是不赞许他的所作所为的。

九点半，杜尔西向梳妆台上那些相片看了最后一眼，熄了灯，跳上床去。临睡只能向吉青纳将军、威廉·马尔登、马尔伯勒公爵夫人和本沃努托·切利尼看上一眼，默默地说声再见，这真是太兴味索然了。

这个故事说到这里一点名堂也没有。其他的情节是后来发生的——不久以后，“猪崽”再一次请杜尔西出去吃馆子，她正好比往常更感到寂寞，而吉青纳将军又正好瞧着另一个方向；于是——

我前边说过，我梦见自己站在一群看上去很阔绰的鬼魂旁边，一个警察抓住我的翅膀问我是不是跟他们一伙的。

“他们是谁？”我问。

“哼，”他说，“他们是那些雇用女工、每星期给她们五六块钱的老板。你和他们是一块儿的吗？”

“绝对不是，您老，”我说，“我仅仅是放火烧过孤儿院，为了钱害死过一个瞎子。”

---

① 亨利八世（1491—1547），英国国王，他以结婚次数多而出名。他的妻子，有的被他抛弃，有的被他杀掉。

一个忙忙碌碌的经纪人的浪漫史

李文俊◎译

皮彻是哈维·麦克斯威尔办公室的机要秘书，平素总是不动声色的，可是今天，看到老板带着年轻的女速记员九点半冲进办公室，他脸上不禁泛起一丝淡淡的惊讶、好奇的表情。麦克斯威尔飞快地朝他扔了句“早上好，皮彻”，便朝办公桌奔去，仿佛是要翻跳过桌子，马上着手处理等在那儿的大堆信件、电报似的。

那位年轻姑娘做麦克斯威尔的速记员已有一年。她的美貌是绝非速记所能记录下来的。她不梳那种诱人的蓬巴杜夫人发式。她不佩戴项链、手镯、鸡心之类的饰物。她也不摆出一副随时准备接受别人邀请共进午餐的姿态。她的衣裙是灰色的，料子很普通，但是合身、大方。那顶雅致的黑色无边帽上插着支宝蓝色闪着金光的鹦鹉羽毛。今天早上，她身上有一种温柔、羞怯的光辉。她的眼神做梦似的朦胧而闪光，她的脸颊有如初绽的桃花，显得快乐与若有所思。

仍然有点纳闷的皮彻注意到，今天早上她的举止是有些异样。她不像往常那样，径直上放有她办公桌的相邻套间去，却有点迟疑不决地待在外间。有一次，她都凑到麦克斯威尔桌子的上方，近得要让他觉出她人在身边了。

坐在桌子前面的那个人已经变成了一台机器；那是台忙碌的纽

约经纪机，正受着嗡嗡响着的齿轮和正在展开的发条的支配与操纵。

“哦——怎么啦？有事儿吗？”麦克斯威尔不大客气地问道。一封打开的信像舞台上的假雪布景，躺在他拥挤不堪的桌子上。他那敏锐的灰眼睛不近人情而且粗野，不大耐烦地扫了她一眼。

“没事儿。”速记员回答道，微笑着走开了。

“皮彻先生，”她对机要秘书说，“麦克斯威尔先生昨天有没有吩咐另找一名速记员？”

“说着来的，”皮彻答道，“他让我另找一个。昨天下午我就通知介绍所了，让今天早上来几件样品，让我们挑挑。现在已经九点三刻了，却连一个小妞的影子，头戴奇形怪状帽子像只嚼着口香糖的菠萝的那类，都还没瞅见呢。”

“在没有人顶替之前，”那位年轻的女士说，“还是由我跟往常一样接着干吧。”她立即走到自己桌子跟前，把插有绿金色鹦鹉羽毛的那顶黑色无边帽挂在老地方。

谁没见识过大忙时期一个忙得不可开交的曼哈顿经纪人，他就不配当一位人类学家。诗人吟咏过“光辉一生中的繁忙时刻”。经纪人不单是时常繁忙，他的分分秒秒都是忙得四脚朝天的，有如车厢吊环上都已经捏满了手，而两边站台上乘客还在前推后拥。

今天正是哈维·麦克斯威尔的大忙日子。行情收录机开始抽筋似的一会儿吐一段纸条出来，桌上的电话机仿佛得了慢性病，丁零零声响个不停。各色人等开始拥进办公室，从栏杆上探过身来，朝着他又是吼又是叫，兴高采烈的也有，怒气冲冲的也有，有的要跟他玩命儿，气得眼看要中风。送信的小厮捧着信件电报，奔出奔进。经纪人手底下那些办事员，一个个像船舶遇到风暴时的水手，上蹿下跳。就连皮彻那张素来紧绷的脸，此时也有了少许松动活泛的迹象。

交易所里起了飓风，出现了山崩、暴风雪、冰川移动和火山爆发，这些自然灾害免不了要在经纪人办公室里具体而微地重演一番。麦克斯威尔把椅子推到墙边，腾出地方，让自己能像脚尖舞演员那样地施展拳脚。他从收录机边上跳到电话机旁，又从桌边跳到门口，身段灵活得跟科班出身的哑剧小丑一般无二。

正在这越来越忙的紧要关头，经纪人突然发现有样东西杵在了他的面前，那是一堆卷得高高的金色头发，上面扣着顶颤颤巍巍的丝绒帽子与几根鸵鸟羽毛，往下是一件充海豹皮的短大衣、一串有山核桃那么大的人造珍珠，挂着的那只银鸡心都快坠到地上了。跟这些道具相配的则是一位自视甚高的小姐。皮彻站在一边正打算引见她。

“速记训练学校介绍的速记员，是来应聘的。”皮彻说道。

麦克斯威尔打了半个转身，手里满是文件和记录纸条。

“应什么聘？”他问，眉毛拧到了一起。

“速记员呀，”皮彻说，“您昨天吩咐打电话让那边今天早上派个过来的。”

“你昏了头了，皮彻，”麦克斯威尔说，“我干吗要这样吩咐你？莱斯利小姐来这儿后一年来干得让人非常满意嘛。只要她自己不想走，这个位置就永远是她的。小姐，这儿没有位置空缺。快去跟介绍所打个招呼，皮彻，说咱们不招人，你也千万别往我这儿引了。”

银鸡心愤愤离去，一路上在办公室几件家具上又是磕又是撞，仿佛是在撒气。皮彻瞅了个空子对速记员嘀咕说，“老头子”眼看越来越爱忘事，真是一天不如一天了。

业务越来越忙，节奏越来越快。有五六种股票都趴倒在地了仍然饱受着老拳，那都是麦克斯威尔的顾客投资额很大的。吃进与抛出的订单递进来发出去，快得像飞掠的燕子。他自己持有的几种股形势也大告不妙，于是他干脆完全变成了一台大马力既精良又坚固的机器——开足马力，高速运转，不差分毫，绝不迟疑，言语、动作和决断都像钟表部件般地准确而迅速。股票与公债、借贷与抵押、保证金与担保——这儿是金融的世界，人类世界和自然世界休想往里面插进一条缝隙。

将近午餐时间，忙乱的局势才稍稍有了一些缓和。

麦克斯威尔站在办公桌旁，两手捏满了电报和备忘便条，右耳朵上架着一支钢笔，一绺绺乱发从他前额上挂下来。他房间的窗户是开着的，因为那位受人爱戴的女门房——春之神——已经悄悄将调温装置往高里拧了一挡。

从窗外飘进来一股漫游的——兴许是走失方向的——气味，那是丁香花幽雅、甜美的香气，这使麦克斯威尔先生一下子入了定，因为这香气是属于莱斯利小姐的，是属于她自己的，是单单属于她一个人的。

香气使她活灵活现地出现在他的眼前，差不多是伸手可及。金融世界顿时退缩成了一个小点。她岂不是就在隔壁房间吗——连二十步路都不到。

“老天，我马上就说去，”麦克斯威尔说，声音都吐出了一半，“我现在就去跟她提。奇怪了，照说我是应该很早以前就向她提出的呀。”

他匆匆地冲向隔壁那个内间，那劲头活像做空头的客户急吼吼地要补进。他冲到了速记员桌子跟前。

她抬起头，笑眯眯地看着他，脸上泛起一抹红霞，眼光既和蔼又诚恳。麦克斯威尔一只胳膊肘支在她桌上。他手里仍然捏着那些飘动的纸带，那支钢笔还架在耳壳上。

“莱斯利小姐，”他急匆匆地开始说道，“我只能挤出这几分钟。我就抽空说一件事。你愿意做我的妻子吗？我没有时间用普通的方式跟你谈情说爱，可是我确实很爱你。请快点回答，拜托了——那帮人正打算把太平洋联合体的股票全掳掠一空呢。”

“哦，你说什么呀？”年轻的姑娘喊叫道。她站了起来，双目圆睁，盯着他看。

“你不明白吗？”麦克斯威尔着急了，“我求你嫁给我。我爱你，莱斯利小姐。我早就想对你说了，所以趁事情少一点的时候偷空说。那边的电话又让我去听了。叫他们等我一会儿，皮彻。你愿意吗？莱斯利小姐。”

速记员的举止非常奇怪。她先是似乎大惑不解；接着惊讶的眼睛里哗哗地流下了泪水；这之后，又带着泪花破涕为笑了，好似雨过天晴，阳光展现了，她伸出一只胳膊去搂住经纪人的脖子。

"我现在明白了,"她柔声说道,"是这些老生意一时之间把你脑子里所有别的全挤走了。我一开头真的是吓坏了。你不记得啦,哈维?咱俩昨晚八点钟已经在街角小教堂举行过婚礼了。"

带家具出租的房间

李文俊◎译

下西区红砖房街区老有那么一批人，像时间本身一样，飘忽不定，转瞬即逝，动荡不安，他们是居无定处的匆匆过客。他们无家可归，却又是四海为家。从一处带家具出租的房间，转移到另一处，他们永远漂泊不定——居住方面如此，心灵方面何尝不是这样。他们用“雷格泰姆”的切分音节奏把《家，甜蜜的家》唱得支离破碎，把“Lareset penates”① 装在硬纸帽盆里随身携带；他们的葡萄藤缠绕在宽边帽上；而橡皮制作的假花即是他们的无花果树②了。

这地区既然聚居着数以千计的房客，自当有数以千计的故事可资谈助了。绝大多数都很沉闷乏味，这是不消说的；但是要说在如许多幽灵的背后竟找不出几个鬼故事来，那也是说不过去的。

一天傍晚天黑之后，有位年轻人在这些行将坍塌的红砖楼房之间徘徊踯躅，揿响了这里和那里的门铃。揿到第十二座房子时，他把瘪塌塌的提包在台阶上放下，擦了擦帽圈和脑门上的尘土。铃声

① 古罗马人在家中设龛崇拜的家宅保护神，相当于我国的门神和灶王爷。

② 《圣经·旧约·列王纪上》里说：“所罗门王在世之日……犹太人和以色列人都在自己的葡萄藤下和无花果树下安然居住。”

在很深的空廓处响起，显得微弱而邈远。

铃响过很久，才有个女房东慢慢地走过来开门，她那模样让人想起了一条让人恶心的吃得圆滚滚的蠕虫，这虫把坚果吃得只剩一个空壳，现在就单等可以食用的房客来填补空缺了。

他打听可有房间出租。

“进来吧。”女房东说。她的声音是从喉咙深处发出的，而喉咙里又像是塞有茸毛。“有个三楼后房，空了有一星期了。想不想看看？”

年轻人跟着她上楼。不知从何处而来的微弱光线让门厅里的人影变得更加模糊不清了。两人悄无声息地踩在楼梯地毯上，那地毯早已不成模样，连织它的那台机器怕也是不会认出自己产的了。它似乎已经变成植物，在腐臭、不见阳光的空气中滋生与蔓延开去，成为一片片滑腻腻的地衣或苔藓，踩上去又黏又滑，仿佛是什么有机物体似的。楼梯的每个拐弯处墙上都有个壁龛。兴许原来是用来放盆栽的。如果是这样的话，那些花草也早给这儿的污浊霉腐的空气憋死了。也没准儿曾经供奉过圣徒的雕像，但是不难想象，淘气的小鬼和小精灵早已将它们拖进暗处，拽拉到地下室某个堆满破旧家具的罪恶深渊中去了。

“就是这间，”房东太太说，声音从她毛茸茸的喉咙深处发出，“是个挺不错的房间。很少有租不出去的时候。夏天那阵，住的是几位很有身份的先生——从来没出过麻烦事儿，总是先付后住。水龙头就在走廊尽头。斯普劳尔司和莫尼在这儿住过三个月呢。他们是演杂耍歌舞的。布雷达·斯普劳尔司小姐——你兴许听说过吧——哦，那只是她的艺名——有结婚证的，配了镜框，就挂在那梳妆台的上面。煤气灯在这儿，你瞅瞅，壁柜有多大。这房间谁见了都喜欢，空闲的时候实在是不多。”

“戏剧界的人来租的不会少吧？”年轻人问。

“他们来来往往。我的房客中跟戏剧界有关系的份额不算小。是啊，先生，这一带正是剧院区。戏子们在哪儿都待不久。我这儿自然短不了有来借住的。是啊，有来的，也有走的。”

他要下这个房间，答应预付一星期的租金。他说他累了，要马上入住。他把钱数了出来。房间是早就准备就绪的，房东太太说，什么都是现成的，连毛巾、洗脸水，也都应有尽有。她说完转身要走，那青年把他挂在舌尖，打听了足足有一千次的问题提了出来：

“你可记得，你的房客中有没有一位年轻姑娘——瓦什纳小姐——埃洛伊丝·瓦什纳小姐——你可记得，在你的房客里有没有这么一个人？她应该是在剧院里唱歌的，非常可能的。一位挺俏丽的姑娘，中等身材，挺苗条的，金头发稍稍有点发红，左眉毛边上有一颗黑痣。”

“不，不记得有叫这名字的人。演艺界的人经常换名字，就跟他们常换住处一样。他们来来去去的。不，我想不起有这样的一个人。”

不。老是一个不字。五个月来不断打听，总是听到否定的回答。花了多少时间呀，白天，向经理、代理人、训练班和合唱团打听；晚上，到观众当中去寻觅，不管是在大牌明星云集的大剧院还是在上不了档次的滥污歌厅，他还真的生怕会在后面这种地方找到自己朝思暮想的她呢。他曾深爱过她，一直千方百计想找到她。她离家出走后，他能肯定是这个滨水大都留住了她，让她藏身在某个角落里，可是这十里洋场是片险恶的流沙滩，它不停地移动着每颗沙粒，这儿是无底的，今天还在上层的沙粒，明天很可能就沉沦到最底层的污泥里去了。

这个带家具出租的房间带着初次见面的假客气，迎接新来的客人，它那虚情假意、强颜为欢的迎接，简直像是老妓的皮笑肉不笑。破旧家具折射出散乱的反光，给人以一种没着没落的慰藉，这些家具是：一张长沙发和两把椅子，旧锦缎的面子，底下胡乱塞了些填垫的棉花，两扇窗户之间有面尺把宽的廉价壁镜，一两只涂抹了金粉的镜框，还有就是塞在屋角的一张铜床了。

客人有气无力地往一把椅子上落座下去，此时，房间仿佛是通天塔①的一个套间，在用混乱的语言，试图磕磕巴巴地把以往形形色色住客的情况告诉他。

一块斑斑驳驳的地毯像大海中一个长方形花木葱茏的热带岛屿，由一圈污秽不堪的草垫围绕着，草垫就权当是波涛滚滚的海水了。贴了花哨壁纸的墙上挂着几张图片，流离失所的人搬到哪里都摆脱不了它们的追踪——《胡格诺人情侣》啦、《初次口角》啦、《新婚早餐》啦、《泉边仙女》啦。壁炉架方方正正，单调乏味，却轻佻地被两片帷帘半遮半掩，活像芭蕾舞台上亚马逊女子身上斜披的纱巾。炉架上则是一些漂流物件了，都是遭遇海难的前房客忽见救生船驶来要将他们带往新港口时扔下的——一两只不值钱的花瓶、女艺人的照片、一只药瓶、几张散落的扑克牌。

就像密码逐渐得到破译一样，一点儿一点儿的，先前住过的房客的淡淡痕迹也变得清晰起来了。梳妆台前地毯上有一处都磨秃了，说明曾有美妇人在此驻足。墙上的小手印说明小囚徒一心想出去放风晒太阳。一摊印迹，像开花弹爆炸四下迸射，证明有只盛了液体的玻璃杯或瓶子曾怒不可遏地摔了出去。壁镜上歪歪扭扭地刻有“玛丽”的名字，必定是用钻戒刻的了。看来，这个带家具出租的房间前前后后的房客，竟无一不变得怨气冲天——也许是受到房间矫情、冷漠的刺激，终于忍无可忍——便拿房间里的陈设来撒气。家具不是松裂便是刮花了，长沙发的弹簧一只只露了出来，活像是极度痉挛中被刺死的猛兽。不知是何等样强烈的撞击，居然使得大理石炉架也碎裂了好大的一片。每一块地板上都有自己单独的凹痕和裂纹，每一处都得自独特的与众不同的辛酸。施加给房间的暴力与恶意损害都出自曾称它为自己的家的那些人，这简直让人难以置信；但是也许就是受到欺骗的恋家本能在盲目地起作用，是假冒的家宅之神燃起了他们的怒火。哪怕是一椽茅屋，只要是自己的，也会受

---

① 典出《圣经·旧约·创世记》。巴比伦人要建造一座通天塔。耶和华怒其狂妄，变乱了他们的口音，使他们语言不通，工程因此无法完成。

到我们的珍惜爱护与百般的清扫装饰的。

年轻的房客坐在椅子上，让这些想法飘飘忽忽地在心头一一掠过，与此同时，房间里也渗进来了一些声音与气息，它们也是“附带”着一起出租的。他听到某个房间里发出的压抑不住的猥亵笑声，从其他房间发出的自怨自艾声、掷骰子声、哼唱小曲哄孩子快点入睡的声音，有人在闷闷地哭泣；在他头顶，还有只班卓琴拨弄得怪来劲儿的。好几扇门在这儿那儿给砰地关上；高架电车时不时隆隆驰过；一只猫在后院围篱上哀叫。年轻人也在呼吸着这所房子的空气——与其说是什么气味还不如说是一股潮气呢——一股冷飕飕的霉味儿，像是地下室的阴气外加油毡、烂木头之类的糟朽味儿。

他正歇着的时候，房间里突然充满了浓郁、甜美的木犀草香气。这气味是随着一阵轻风飘来的，那样分明、浓烈，香气那么突出，简直像是一位有血有肉的来客了。年轻人大声嚷着：“什么事，亲爱的？”仿佛是听到有人叫，跳起来回应似的。那阵香气围拢来裹住了他。他伸出双臂去应答，一时之间，他所有的感觉都已混杂紊乱。气味怎么会这么急切地呼唤他呢？必定是一个声音吧。不过，方才接触他，抚摩他的，会是一个声音吗？

“她来过这儿。”他喊道，急切地要从这里找到一个证据，因为他知道，任何一件属于她或是由她摸触过的哪怕是最不起眼的小东西他都会认得的。这股缭绕不散的木犀草香气，为她所偏爱并已成为她个人特征的香气——究竟是从何而来的呢？

房间收拾得够马虎的。有六七只发卡散落在梳妆台那张薄薄的罩单上——那是女人都要用的最一般的、没有个人特色的小东西，用语法的表述方式是，属于阴性、不定式、没有确定的时态。他把它们撇在一边，知道从这里是不会找到什么线索的。翻检梳妆台抽屉时，他发现一方被人丢弃的破烂小手帕。他按到脸上去嗅闻。一股很冲的金盏草气味扑鼻而来，他赶紧把手帕扔到地上。在另一个抽屉里他找到几枚零星的纽扣、一份戏院节目单、一张当铺的卡片、两颗漏吃的果心软糖和一本详梦的书。在最后一个抽屉里有一只女人用的黑缎子发结，这使他僵住了片刻，身上一阵冰凉又一阵火热。

不过黑缎发结也仍然是女人的普通饰物，不归谁专用，因此也说明不了什么问题。

于是他像猎狗追踪嗅迹那样地在房间四处搜索，细细审察墙壁，跪下来用双手去翻看草垫鼓出来的地方，检查炉架、桌子、窗帘、帷幔以及醉汉般靠在屋角的那个橱柜，想找到一处可以见到的迹象，不要像现在这样看不到她，虽然她就在自己身边，拥抱着他，偎依着他，在他心头，在他上空，纠缠着他，向他诉说甜言蜜语，那么辛酸地呼唤着他，与他心心相印，即使他感觉再迟钝也是听得到这种呼唤的。他又一次高声地回答道："我在这儿哪，亲爱的！"并且转过身子，瞪大眼睛，朝空廓处凝视，因为直到现在，他仍然无法通过木犀草的香味认出形象、色彩、深情，以及伸向自己的双臂。哦，上帝啊！那股香气是来自何方的呢？从何时起，气味开始赋有发出呼唤的能力呢？于是，他继续搜寻。

他在缝隙和旮旮旯旯里寻觅，找出了软木塞和烟蒂。这些东西他懒得去理。可是当他在草垫的皱褶里找到半支吸过的雪茄时，他竟用脚跟恶狠狠地将之碾碎，还奉送了一句别出心裁的毒咒。他把房间从一头到另一头，查了个遍。他发现了众多飘零过客落魄的细微痕迹；但是属于自己所寻寻觅觅，没准儿在此处滞留过，灵魂依旧徘徊不去的那个人儿的，却是端倪全无。

此时，他又想起了那位房东太太。

他从幽灵出没的房间冲下楼去，来到一处微露灯光的门边。听到敲门声，女房东出来了。他尽可能地控制着自己的激动。

"打扰你了，太太，"他恳求道，"我没来的时候，我那个房间都是谁住过的？"

"不打紧的，先生。我可以再跟你说一遍的。是斯普劳尔司和莫尼，方才不是告诉你了吗。布瑞达·斯普劳尔司小姐是演戏时用的名字，她也就是莫尼太太。我的房子的规规矩矩是出了名的。结婚证就挂在墙上哪，有镜框，用颗钉子挂在——"

"斯普劳尔司小姐是怎样的一位——我指的是相貌上。"

"嗯，黑头发，先生，个儿不高，胖嘟嘟的，脸儿挺逗人喜欢的。他们是上星期二走的，有一星期了。”

“他们之前住的又是谁呢？”

“哦，是位跟运输拉货有点关系的单身先生。他还欠我一星期房租就跑了。在他之前，那就是克劳德太太和她那两个小娃娃了，他们住了四个月；再往上去就是多尔老先生，由他那几个儿子分摊付房租的。他在这个房间里住了六个月呢。这就往上推了一年了，先生，更早的我可记不真切了。”

他谢过了她，重新步履沉重地爬上楼回到自己房间里去。赋予房间以勃勃生气的那个要素不见了。木犀草的香气飘失了。取而代之的是老家具、贮藏室所发出的霉变、发臭的味儿。

希望的幻灭损蚀尽了他的信心。他坐着，呆呆地瞪看嗞嗞哼唱着什么的黄色煤气灯光。很快，他走到床边，把床单撕成一个个长条。他用小刀的刀片把每一处的门缝窗缝，上下左右，都塞得严严实实。在一切都安排妥当之后，他压灭灯火，又把气儿开到最大，然后如释重负地在床上躺了下来。

这天晚上，该轮到麦柯尔打啤酒了。她打了来，和珀迪太太一起坐在一间地下室里，那儿是女房东聚会之处，也是虫豸活得挺欢的地方①。

“今儿傍晚，我把三楼后间租出去了，”珀迪太太说，把酒上的泡沫吹开一些，“租下的是个年轻人。两小时前他就早早儿上床了。”

“唷，真的租出去啦，珀迪太太？”麦柯尔太太说，佩服得五体投地。“你能把那样的房间也租出去，真有两手啊。那么，你把情况跟他说了吗？”后面的话她越说声音越轻，神秘兮兮的。

“房间嘛，”珀迪太太用她那毛茸茸的嗓子说道，“配好了家具，就是准备出租的。多余的话，我一句没跟他提，麦柯尔太太。”

“那就对啰，您哪；咱们指望什么过日子，出租房间呀。你的生

---

① 典出《圣经·新约·马可福音》：“在那里（指地狱）虫是不死的，火是不灭的。”

意头脑精得很哪，太太。要是说了刚有人死在那张床上，人家多半就不会要了。”

“你说得一点儿也不错，咱们不是还得指望这个过日子吗。”珀迪太太说。

“是啊，太太；可不就是这个理儿吗。正好从今儿个退回去一个星期，还是我帮着你，把三楼后间打扫齐整的。身子骨挺单薄的一个姑娘，小脸儿俊着哪，竟打开煤气自尽了，真让人琢磨不透啊，珀迪太太。”

“就跟你说的那样，她也算是长得不错吧，”珀迪太太说，但附和完了又不大甘心，“若不是左边眉毛旁多了一颗黑痣的话。再把杯子满上呀，麦柯尔太太。”

最后的一叶

李文俊◎译

华盛顿广场西边的一小块地区里，街道走向没了规矩，而且还断裂成一小段一小段，故而被人称为“烂地儿”。这片“烂地儿”曲里拐弯，不定哪儿支出一个棱角来。顺着一条街走，你会发现自己竟然拐回来一到两个弯。有个艺术家有一回发现住在这儿也不是没有好处。比方说吧，来了个收油彩、纸张和画布欠款的商人，他绕了半天发现自己又在往回走了，竟连一分钱的欠账都没能收到手。

因此，要不了多久，艺术界的朋友都踅到这饶有古风的格林尼治村来了，他们看上了有北窗的房间、十八世纪的山墙、荷兰式的阁楼与低廉的房价。紧接着，他们从第六街旧货铺淘来了一些铁皮茶缸和几只砂锅，“艺术家地区”就这样形成了。

苏伊和乔西的画室就设在一座矮墩墩三层楼砖房的顶楼上。“乔西”是乔安娜的爱称。一个来自缅因州，另一个来自加利福尼亚。她们是在八马路“德尔莫尼柯”吃饭时认识的，两人发现彼此在艺术、生菜、大宽衣袖的观点上，几乎是完全一致，于是便联合租下了那个画室。

那是五月里的事。到十一月，一个冷酷的、肉眼看不见的不速之客，亦即被医生叫作“肺炎”的那位，在艺术区悄悄游荡，用它那冰冷的手指点点这个，戳戳那个。在城市东区，这瘟神可谓肆无忌惮，简直是横扫一大片，不过进入这迷宫般又狭仄又潮湿的“烂地儿”后，它的势头倒是稍稍缓和了一些。

肺炎先生可不是你想象中的那种行侠仗义的老绅士。让加州和风吹拂惯的血气不旺的弱女子本不值得粗暴的老家伙一顾。可是他偏偏选中了乔西；于是她躺倒在自己那张重新油漆过的铁床上，几乎是一动不动，盯看着荷兰式小玻璃窗外隔壁砖房的空墙。

一天早晨，忙碌的医生扬起毛茸茸的花白眉毛，把苏伊叫到过道里去。

“她还有——这么说吧，十分之一的机会，”一面把体温表里的水银往下甩，“那就在于她还想不想活下去了。遇上硬要到殡仪馆门口去排队的人，再好的医术也是枉然。你那位小姑娘料定自己再也好不了了。她心里可有什么想念的吗？”

“她——她是一直盼望有一天能上那不勒斯海湾去写生的。”苏伊说。

“写生——说什么呀！她心里有什么能引她想了还想的事儿？比方说，一个男的。”

“一个男的？”苏伊说，声音都尖得像只小口琴了，“男人哪儿值得她——不，大夫，这样的事儿压根儿没有。”

“唉，那就难了，”医生说，“我是会尽科学之所能，通过我的微薄力量，来尽量做的。可是倘若病人开始估计会有多少辆马车参加她的出殡仪式，那么我只能把治疗的效果打个对折了。要是你能引得她打听冬季大衣时兴什么样式的袖口，那么，我可以向你保证，她痊愈的指数能从十分之一提高到五分之一。”

医生走后，苏伊进入画室，把一块日本餐巾哭成一团纸浆。这以后，她拿着调色板，做出情绪很好的样子走进乔西的房间，一边还吹着口哨，吹的是轻快的拉格泰姆曲调。

乔西躺在被子底下几乎一动不动，脸对着窗户。苏伊以为她睡着了，赶紧停下口哨。

她把画板摆稳，开始作一幅钢笔画，那是为一家杂志要登的短篇小说而作的插图。年轻画家必须为铺平自己通往艺术殿堂的道路而画插图，而插图配的正是年轻作家为铺平自己的文学道路而必须为杂志所写的短篇小说。

正当苏伊在画一个穿了条挺帅气的马裤、鼻子上架了副单片眼镜、身段挺拔的爱达荷牛仔时，她听到了一个低低的声音在一次次地重复。她赶紧走到床前。

乔西的眼睛大睁着。她正看着窗子外面，在数数儿呢——是倒着数的。

“十二，”她说，过了一会儿，“十一”；然后是“十”和“九”；然后是“八”和“七”，几乎是连着说出来的。

苏伊关切地看着窗外。有什么东西可数的呀？眼前只有一个光秃秃、灰蒙蒙的院子，二十英尺以外是邻家的砖墙，墙上也是光秃秃的。有一棵极其苍老的常春藤，纠结的根部都已干枯，枝干攀到砖墙的半腰上。秋天的寒风把叶子都吹光了，只有黏附着砖墙的主干上还剩下了为数不多的几片。

“你看什么呀，亲爱的？”苏伊问道。

“六，”乔西说，声音都几乎成了耳语，“它们掉落得越来越快了。三天前差不多有一百片呢。我数得头都晕了。可是现在很容易了。又掉了一片。此刻只剩下五片了。”

“五片什么呀，亲爱的？告诉你的苏伊呀。”

“叶子。常春藤的。等到最后一片掉落，我也必须得走了。三天前我就心中有数了。大夫没告诉你吗？”

“哦，从来没有谁跟我说过这种傻话，”苏伊装得很不以为然地说，“那些枯藤叶子跟你身体恢复健康能有什么相干？你一向都是那么喜欢这株老藤的，淘气包。别发傻了。对了，今儿早上，大夫告诉我，你很快康复的机会是——让我想想他原话是怎么说的——有九成的希望呢！嗨，这可不比在纽约闹市坐电车或是经过一处新工地还要安全吗。来，喝几口汤，让苏伊再去画画儿，好卖给编辑，弄些钱给她的病孩子买点儿红酒，也给自己买几块猪排解解馋。”

“你再也不用买红酒了。”乔西说，眼睛一直盯着窗外。

“那儿又掉了一片。不，我再也不想喝什么汤了。就剩四片了。

我想在天黑前看到最后的一片落下来。那时候我也要去了。”

“乔西，亲爱的，”苏伊说，朝她弯下身子，“你答应我，闭上眼睛，别看窗外，让我把画画完成不成？这几幅插图我明天必须要交的。我需要有光线照亮，否则我早就把窗帘拉下来了。”

“你就不能上那个房间去画吗？”乔西冷冷地问道。

“我想在这儿陪着你，”苏伊说，“而且我也不想让你老去盯看那些莫名其妙的常春藤叶子。”

“你画完就告诉我，”乔西说，闭上了眼睛，脸色惨白，身子一动不动，如同一尊倒下的石像，“因为我等着看最后的那片掉落呢。我等得好累，脑子也想得好累呀。我只想撒手，把什么都松开，往下坠，往下飘，就像一片可怜、疲倦的叶子那样。”

“争取睡一会儿，”苏伊说，“我得去叫贝尔曼上来给我当隐居老矿工的模特了。我一分钟就回来。我不在时你别乱动啊。”

老贝尔曼也是位画家，住在她们楼下的底层。他已年过六旬，留了部米开朗琪罗雕刀下摩西像那样的卷曲大胡子，脑袋像半人半兽的森林之神，身躯却像个小鬼。他要了四十年的画笔，却连艺术女神裙裾的边儿都没能摸着。他一直说要着手画一幅杰作，可是这个头永远也开不了。好几年了，除了偶尔涂抹几幅商业广告之外，他什么都没有画出来。他靠给“艺术区”那些雇不起正经模特的年轻画家当模特，挣上几个小钱。他喝酒毫无节制，仍然唠唠叨叨，把自己的那幅杰作说个没完。除此之外，他还是个脾气暴躁的小老头儿，别人心肠太软总会遭到他的轻蔑和挖苦，但他却把自己视为保护楼上那两位年轻女画家的看家猛犬。

苏伊在楼下那个黑乎乎的洞窟里找到了酒气冲天的贝尔曼。屋角一只画架上绷好了一张空白的画布，单等大师落下伟大杰作的第一笔，都已经等了有二十五年了。她告诉贝尔曼乔西现在一脑子的幻觉，还说自己害怕，担心这个有如一片又轻又脆的叶子的姑娘，在跟世界的联系越来越细微的时候，没准真的会飘逝而去呢。

贝尔曼红肿的双目迎风流泪，他对这种白痴式的胡思乱想嗤之以鼻，狠狠地嘲笑了一番。

“什么！”他嚷了起来，“世上真有这种呆子，傻到因为天冷藤叶落地就认为自己该死？真是闻所未闻呀。不行，我没法给你去当什么退隐矿工的模特了。你干吗让这种怪念头钻到她的脑子里去呢？唉，可怜的乔西小姐。”

“她病得厉害，人很虚弱，”苏伊说，“发高烧，这使她神志昏乱，产生出种种奇思怪想。好吧，贝尔曼先生，既然你不想当模特，那就算我没说。不过我可得要说你一句，你人岁数不小了，除了要贫嘴，干什么都不地道。”

“絮絮叨叨什么，跟个老婆子似的！”贝尔曼嚷叫起来了，“谁不愿意当模特啦？走，我随你上去就是了。这半天我不是一直在说非常乐于效劳的吗！老天！乔西小姐就算非得生病不可，也应该有个像样点儿的地方躺着养病呀。哪天等我的杰作画出来，咱们一块儿全都搬走。老天爷！就这么定了。”

他们到楼上时，乔西睡着了。苏伊把窗帘一直拉到窗台那里，示意贝尔曼上隔壁房间去。他们在那里朝窗外瞥去，提心吊胆地望着那株常春藤。接着两人对看了片刻，一句话都说不出来。夹着雪花的冻雨很有耐性，下个没完。贝尔曼穿着他那件破旧的蓝衬衫，坐在权充是石头的一把翻转过来的水壶上，当他的退隐矿工。

第二天早上，苏伊眯着了一个小时之后醒来，发现乔西瞪大了她那双没有精神的眼，在对着拉下的绿窗帘看。

“拉起来！我要看呢。”她用耳语命令道。

苏伊有气无力地服从了。

可是，看哪！经过了漫漫长夜的风吹雨打，仍然有一片常春藤叶子贴在砖墙上。那是整株藤的最后一片叶子了。靠近叶柄处仍然是深绿色的，但那锯齿形的叶子边缘已经枯萎发黄，它傲然地挂在离地面有二十来英尺的一根藤枝丫上。

“就是那最后的一片，”乔西说，“我原以为昨夜一定会掉落的呢。我听见刮风来着。不过它今天必定会掉了，到时候，我也要死了。”

“说什么呀！”苏伊说，把自己那张困倦憔悴的脸往乔西的枕上贴过去，“你不为自己想，也得为我想想呀。你叫我怎么活下去呢。”

可是乔西没有回答。世上最凄苦孤独的莫若是一颗准备好奔赴神秘、长途的死亡之旅的心灵了。在她与友谊、尘世的联系一个跟着一个地脱落时，她的狂想便变得越来越强烈执着了。

那一天总算是熬过去了，即使在暝暝暮色中，她们也能见到孤单单的那片叶子仍然与茎枝相连紧贴在墙上。随着夜晚的到来，朔风再次怒号，急雨复又拍打着玻璃窗，并从低垂的荷兰式屋檐上倾泻下来。

天色刚明，毫不留情的乔西便下令把窗帘拉起来。

那片常春藤叶子仍然在那儿。

乔西盯看着它，躺了好久。然后她喊苏伊，苏伊正在煤气炉前搅动为病人炖的鸡汤。

“我真是个坏女孩，苏伊，”乔西说，“是天意让那片最后的叶子留在那儿，以显示我一直是多么的邪恶。不想活下去，这可是有罪的呀。你现在可以端碗鸡汤给我了，还要一杯牛奶，往里兑上点儿红酒，还有——不，不如先把镜子递给我吧；再帮我把枕头垫垫高，我想坐起来看着你做饭。”

过了一个小时，她说：

“苏伊，我希望有一天能上那不勒斯海湾去画画儿。”

下午，医生来了，他离去时，苏伊找了个借口跑到过道上去。

“有五成希望了，”医生说，一边握住了苏伊那细瘦颤抖的手，“好好护理，你会成功的。现在我得去看楼下的另外一个病人了。贝尔曼，他的名字是——听说也是个什么画家，得的也是肺炎。他是个老人，很虚弱，病势又来得很猛。治好怕是没有指望的了，不过今天得送他进医院，可以照顾得周到一些。”

第二天，医生对苏伊说：“她脱离危险了。你成功了。营养和护理——有这两样就解决问题了。”

那天下午，苏伊来到乔西的床前，只见她在安详地织着一条蓝颜色很刺眼谁也不会用的披肩，苏伊用一只胳膊搂着她的肩膀，把枕头什么的全都抱了进去。

“我有几句话要跟你说说，小白耗子，”她说，“今天，贝尔曼先生因为肺炎在医院去世了。他得病才不过两天。头一天早上，看门人发现他在楼下房间里很不舒服，旁边也没人照顾。鞋子、衣服全湿透了，冰凉冰凉的。谁也想不明白，这样一个风雨交加的夜晚他上哪儿去了呢。后来，他们发现了一盏灯笼，火还没有烧尽，一把梯子，从原来放的地方给拖开去了，还有几支散乱的画笔和一块调色板，调了些黄黄绿绿的油彩，而且——你往窗子外面看呀，亲爱的，墙上那片最后的藤叶。你没觉得奇怪吗，刮风的时候，它怎么从来也不翻一翻，不动一动？啊，亲爱的，那是贝尔曼的杰作——就在最后一片叶子落下的那个夜晚，是他，把它画在那儿的。”

恭贺圣诞

梅绍武◎译

再也没有什么圣诞故事可写了。小说已经把它们写尽，无能为力了；其次是报纸上的新闻，皆由一批结婚早且对生活抱很大悲观态度的、年轻聪慧的记者炮制出来的。因此，我们为了提供读者诸君一点节日消遣，只好凭借两种十分靠不大住的信息来源——事实和哲理来讲那么一个故事。下面我们就开始叙述，随您爱把这篇玩意儿叫什么都行。

孩子可真是人世间最烦人的小把戏，我们往往在困惑不解的情况下还不得不哄他们，尤其是他们在大哭大闹、哀痛欲绝的时刻，简直搞得我们智穷计尽，一点办法都没有。我们用尽自己那点安慰的话，接着就揍他们，让他们哭哭啼啼地去睡觉。随后我们便趴在古老的大地上询问上帝这是为什么！这样一来我们才总算摆脱困境。孩子嘛，除了老保姆、驼背人和牧羊犬之外，没人能理解他们想干什么。

现在让我们看看十二月二十五日那天，一个布娃娃和一个衣衫褴褛的流浪汉之间发生的一起事件吧。

那月十号，百万富翁的孩子把她那个布娃娃弄丢了。这位百万富翁的豪宅坐落在哈得逊河畔，家中仆人众多。他们搜遍了整个宅邸和四周的园地，都没能把那个丢失的宝贝儿找到。那个孩子是个五岁的小姑娘，属于那种任性类型的小家伙，偏偏喜爱那些俗里俗气的便宜玩意儿，而不喜欢装饰着钻石的汽车和四轮敞篷马车，这使她的阔父母的感情深受伤害。

那个小姑娘真的十分伤心，这事对百万富翁来说简直没法理解，在他心目中只觉得布娃娃市场跟海湾州①的汽油市场差不多同样值得令人关注罢了；这事对小姑娘的母亲来说，也一样莫名其妙，这位夫人一向讲究礼仪——这一点您会看到真是讲究得近乎完美无缺咧。

那个小妞儿哭得死去活来，眼窝凹陷，两膝朝外翻，撒泼打滚儿，身体日渐消瘦，却怎么也哄不好。百万富翁面带微笑，自信地用手指轻叩几下他那好几个保险箱。于是，法德两国的玩具生产商连忙精选一批最好的玩意儿通过特快邮递送到了豪宅，可是瑞琪儿却不要，依旧哭啊喊地要她那个布娃娃，还提高嗓门嚷着要提高保护关税抵制一切外国的蠢玩意儿。随后好几位看病态度最好的大夫带着记秒表给请来了。他们挨个儿徒劳无益地大谈特谈什么铁的化学成分啦，出外航海旅游啦，次磷酸盐啦，一直谈到记秒表提醒他们给安排的表演或职责时间已到为止。最后，他们便作为普通人，建议还是尽快找到那个布娃娃，把它交还给那个哀伤的母亲为妙。那个小妞儿对大夫的处方嗤之以鼻，咬着大拇指，又哭又闹地要她的贝茜。这当儿，圣诞老人打来电报说他很快就到，跟我们一块儿表现真正的基督教精神，较宽容地对待赌注登记处、联合养老制②和棒球同位替换队员制，而且时间要保持长得足以欢迎他的到来。到处弥漫着圣诞节气氛，银行拒绝贷款啦，当铺老板把伙计增加一倍啦，人们乘坐的红色平底雪橇撞您的小腿肚子啦，等等等等。多马③

① 海湾州，美国马萨诸塞州的别称。

② 联合养老制，一种参加者共同使用的一笔基金，生者的份额随死者的增加而增添，最后一名生者享受所剩全部储金的养老保险制。

③ 多马，耶稣十二门徒之一，曾怀疑耶稣复活。

和耶利米①坐在栏杆上在您面前瞎吹牛；您哪，独脚站在那儿等待着什么。商店橱窗里挂着迎客的圣诞冬青花环，老板们陈列出他们的毛皮衣服。您简直不知道该干什么好——打三个回合高尔夫球啊，喝高杯烈酒啊，窝在家里啊，还是扔雪球玩。反正，现在可不是丢掉您那心爱的布娃娃的时候。

要是请华生医生那位侦探朋友②来侦破这起布娃娃失踪谜案，他可能会注意到百万富翁家中墙壁上有一幅名为《吸血鬼》的画儿，那想必就会通过推理使您很快联想到“一块破布、一块骨头和一束头发”。一条叫“飞里扑”的苏格兰小猎狗，在小姑娘心目中仅次于那个布娃娃，欢跃地在那些客厅里跑来跑去。那一束头发！啊哈！这个没被发现的部分正代表着布娃娃。但是，那块骨头呢？嗯，狗要是见到骨头，当然就把它啃光了呗！检查飞里扑的前爪子倒是件轻而易举且富有成果的活儿。看，华生！土——脚趾间的干土。当然喽，那条狗……可是歇洛克并没在那里。因此这事就得另想法子。不过，地形和建筑得介入进来。

百万富翁的豪宅占地辽阔。前面有块修剪过的草坪，修剪得就像爱尔兰南方人刮过胡子两天后那种样儿。另一边正对着另一条街，有一个修剪成叶子形状的庭园、一个车库和几间马厩。那条苏格兰小猎狗从育儿室把布娃娃叼走，把它一直拖到草坪一个旮旯，挖个窟窿，就像粗心大意的丧葬承办人那样把它马马虎虎埋了进去。这个谜团就这样给破解了，用不着开支票给那位皮下注射的巫医或者扔大把钞票给警官了。读者诸君，想必已经等得不耐烦了吧，那咱们就来看看这件事的精彩部分——跟圣诞节有关的精彩部分。

福吉喝醉了，倒不像你我那样放荡不羁，无可救药，语无伦次，而是像一个成为倒霉的绅士那样规规矩矩，举止得当，不惹是非。

福吉曾是个不幸的士兵，四处流浪，睡过干草堆和公园里的长

① 耶利米，《圣经》中的人物，公元前七和六世纪时希伯来先知，又有杞人忧天的悲观主义者之意。

② 指歇洛克·福尔摩斯。

凳，在别人家厨房门前要过饭，依靠慈善机构救济过一阵子，在大城市里小偷小摸过，还不体面地乞讨过，所有这一切组成了他的经历。

福吉朝河边走去，沿着那条紧挨着百万富翁的宅邸园地的街道走下去。他看见了那个丢失的布娃娃贝茜的一条腿，就像小人国的一桩神秘凶杀案的线索那样，从篱笆一个角落里她由于过早夭折而给埋入的坟墓里伸了出来。他把那个遭受虐待的娃娃揪出来，夹在胳膊底下，一边继续走下去，一边哼着他的哥们儿唱的一首行路歌，这可是那个受到无微不至关怀的布娃娃不该听的一首歌。幸好贝茜的耳朵根本听不见，也幸亏她除了黑眼圈之外，也没长着看得见的眼睛，因为福吉那张脸跟那条苏格兰小猎狗的脸长得就像哥俩儿，没有哪个布娃娃经受得住这样两次成为如此可怕的怪物的掳获物。

您也许不知道格罗根酒馆就在那条河附近，就在福吉走的那条街的尽头吧。圣诞节的欢乐气氛已经洋溢在格罗根酒馆里。

福吉夹着布娃娃走进酒馆，心想要是充当一下农神节的一名化装表演者，兴许能挣到一杯欢庆酒喝喝。

他把贝茜放在酒吧柜台上，就像一个要讨女朋友欢心的男人那样对着布娃娃幽默地大声说话，言语中流露出夸张的恭维亲热劲儿。周围一帮游手好闲的人和酒徒抓住这个笑料跟着起哄。酒吧侍者给福吉端来一杯酒。噢，我们大伙儿好多人也都带着布娃娃哪！

“给这位女郎也来一杯吧？”福吉觍着脸提议道，觉得自己像是从坎肩底下又变出个新花样，露了一手似的。

他开始看出贝茜身上潜在的价值。头一个晚上他就成功了，这使他心头萌发了在镇上做巡回杂要表演的想法。

炉火附近坐着一伙人，有“鸽子”麦卡锡啦，黑赖利啦，“独耳”麦克啦，他们在这条河左岸充满暴力和犯罪的小范围地区里臭名昭著，也把那一带闹得乌烟瘴气。他们正把一张报纸传来传去，个个秃硬的食指都指出一则“悬赏百元”的广告。谁要是能把那个丢失、走失或从百万富翁家中给偷走的布娃娃送回去，就能得到这笔酬金。看来悲伤仍罩在那个过分忠诚的女孩儿心坎里没法制止地泛滥。那条小猎狗飞里扑在她面前摇头晃尾，欢蹦乱跳，也没法叫她分神高兴起来。面对法国制造的那些能走道、能说话、能叫唤妈妈、能闭眼睛的名叫玛碧尔和薇奥莱特的玩具娃娃，她还是哭着要她那个布娃娃贝茜。登广告悬赏是最后一招儿了。

黑赖利从火炉后面一摇一晃地走近福吉。

那位圣诞化装表演人由于成功而满面红光，把贝茜夹在胳肢窝下，正准备到别处去临时串演。

“喂，伙计，你要把布娃娃带到哪儿去啊？”黑赖利问道。

“这个布娃娃吗？”福吉一边问，一边用食指摩挲着贝茜，好弄准是不是指她，“哦，这个娃娃是贝鲁奇斯坦皇帝送给我的礼物。我在新港的家里还有七百个别的娃娃呢。这个布娃娃……”

“行了，别再打哈哈了，”黑赖利说，“你啊，是从山上那栋房子里偷来或是捡来的——不说这个了。我给你五毛钱，买下你这个破玩意儿，快着点！我兄弟家的小孩儿没准儿想跟她玩玩呢。嘿，怎么样？”

他拿出硬币。

福吉冲着他的脸，像醉汉那样粗野地咯咯笑起来。到萨拉·伯恩哈特①的经理办公室去一趟，建议让她免去那场招待塔基市文化文学小团体的演出吧，没人会去看啦。您会听到福吉又笑了一阵。

黑赖利像摔跤人那样，用他那双蓝浆果似的眼珠匆匆估量福吉一眼，两只手痒痒得像古代罗马人要征服萨宾人那样，想从那个即兴表演的小丑手中夺过来那个布娃娃，那个家伙正在逗那毫无察觉的小天使玩哪。可他没下手。福吉又胖又壮实，坎肩和裤子之间长着三寸强壮的肌肉，只有一件脏兮兮的内衣抵御冬天的寒风，外衣袖子和膝盖那儿有数不清的一圈圈皱褶，这证明他骨骼硬朗，肌肉发达。那对湿润的小蓝眼睛透着慷慨大方、醉醺醺的神情，窘迫地

① 萨拉·伯恩哈特（1844—1923），法国女演员，扮演过《李尔王》《费德尔》等剧中的主要角色，以音色优美、台词、声乐技巧及感情变化丰富著称。

望着你。那部连鬓胡子，满嘴的酒气，浑身的肌肉，都让人畏惧。因此，黑赖利退缩了。

“那你到底卖不卖？”他问道。

“钱买不走她。”福吉用坚定的粗哑口气答道。

他沉醉于艺术家那种首次获得成功的欢悦心情中，把那个沾满泥土、褪了色的蓝布娃娃往酒吧柜台上一放，装着跟她说话的样儿，觉得他那颗心为自己赢得赞赏而怦怦跳个不停，嗓子眼儿被一杯杯敬酒烧得火燎燎的——难道区区十二枚硬币就能买走他这种成就吗？您会看出福吉倒是个蛮有性格的家伙哩。

福吉踩着受过训练的海狮那种脚步走出酒馆，到别家咖啡馆去赢得青睐。

夜幕虽然还没降临，灯光却已如同热锅中爆起的玉米花那样把城市照耀得闪亮。圣诞夜在人们焦急等待中慢慢来临。上千万人已经准备好庆祝。城市给染成红色，您本人已经听到喇叭声，躲闪那些纵情狂欢的人蹦蹦跳跳。

“鸽子”麦卡锡、黑赖利和“独耳”麦克在格罗根酒馆外面匆匆商量一下。他们是些心胸狭窄、面色苍白的小伙子，不敢公开跟人较量，可他们的争斗方式却比土耳其人最可怕的方式还要危险。福吉在激战中能把他们仨统统打垮，但是在一场自由自在的较量中，福吉已经注定完蛋。

他夹着贝茜正要进入科斯弟根赌场时，那三个家伙追上了他。他们让他转过身来，把那张报纸放在他鼻子底下；福吉识字，而且不仅仅如此而已。

“伙计们，”他说，“你们真他妈的够朋友。给我一个星期时间考虑考虑。”

这位真正艺术家的灵魂给困惑难住了。

那帮小伙子向他仔细指出这则广告可是无情的，过了这个村可就没这个店了。

“整整一百块钱！”福吉一边沉思，一边含糊地说。

“伙计们，”他又说道，“你们真够哥们儿。我这就去领赏。现如今表演艺术这一行也不像过去那样容易挣钱啦。”

夜幕已经降临。那三个家伙紧跟在福吉身后，走到山坡下，山上就矗立着那位百万富翁的豪宅。福吉恶狠狠地转向他们。

“你们仨真是一伙满脸油腻的小猎狗！”他怒吼道。

他们走开了——只离开他一点点距离。

“鸽子”麦卡锡的兜儿里揣着一节一寸粗八寸长的煤气管，一端和中间装有铅塞，另一端用焊料填得满满的。黑赖利手里拿着一根硬头软鞭①，一副传统的恶棍样儿。“独耳”麦克靠他一对指节铜套——祖传下来的传家宝。

“有人替你们去取钱，干吗还当听差打杂儿的？让他把钱拿出来，乖乖儿地交给咱们。嘿，怎么样？”黑赖利说。

“咱们可以在他脚上绑块大石头，把他扔进河里。”“鸽子”麦卡锡说。

“你们两个家伙真叫我腻味，”“独耳”麦克一本正经地说，“你们俩难道就想不出更好的办法吗？干脆往他身上洒满汽油，点着了，把他扔在大街上了事，怎么样？”

福吉走进百万富翁豪宅，跌跌撞撞地朝那柔光闪亮的宅邸门口走去。那三个妖怪来到大门前停下，一边站一个，另一个在大路那边来回徘徊。他们各自摸着身上带的冰凉的家伙，信心十足。

福吉按响门铃，迷迷糊糊地傻笑。一种隔代遗传的本能促使他解摸右手套上的纽扣，可他并没戴手套，因此他不好意思地把左手耷拉下来。

那位专给衣着体面的绅士淑女开门的仆人一看到福吉，不禁吓得直朝后退。可他第二眼看到了福吉胳膊下晃动的布娃娃，那正是主人的小姑娘丢失的布娃娃，这可是福吉的护照、出入证和受欢迎的保证。

福吉给引进一个大厅，那些给装得隐蔽的灯发出昏暗的光。仆人走开了一会儿，带回来一名女仆和那个小姑娘。布娃娃交还给伤

① 这种软鞭头上装有石块或金属块。

心的小妞儿，她把失而复得的宝贝儿搂在怀里，接着就满怀孩子那种极端自私和坦率劲儿，跺着脚，哭哭啼啼说她不喜欢而且惧怕那个使自己脱离悲伤绝望的深渊的丑八怪。福吉装出一副奉承讨好的姿态，露出傻笑样儿，还胡诌些闲话篇儿来取悦那个脑筋刚开窍的小家伙。可是那孩子却又喊又叫，紧紧抱着她的贝茜，给拽走了。

秘书走过来，他脸色苍白，泰然自若，举止文雅，看重虚荣和礼节。他穿着橡胶底的浅口帆布鞋悄悄地走过来，数出十张十元钞票，放在福吉手里，然后朝门那边看一眼，接着又把眼神移到詹姆斯管家身上，暗示让他把这个讨厌的领奖人带出去，随即自己便迈开穿着帆布鞋的脚溜回秘书室。

詹姆斯用命令的目光叫福吉走过去，随后就把他一直驱赶到前门。

福吉的脏手一接过钱，头一个反应就是赶快逃之夭夭，可又转念一想才没犯礼节上的错误。这钱是他的，是奖赏给他的。这……嗯，这就是他心目中向往的天堂啊！他已经跌入社会最底层，饥寒交迫，无家可归，无亲无友，衣衫褴褛，四处漂泊。他手里攥着那把通往自己渴望的甜蜜乐园的钥匙。那个仙女娃娃已经用她那塞满破布的手儿挥舞了魔杖。现在他不管去哪儿，大门都会向他敞开，那些令人陶醉的豪华场所，有闪亮的搁脚架，有盛在亮晶晶玻璃杯里妙不可言的红色美酒。

福吉跟随着詹姆斯走向门口。

他停下脚步，等着仆人把那扇通往门厅的红木大门拉开。

铸铁的大门外面，黑赖利和他的两个伙伴在黑魆魆的大街上溜达哪，他们的手都在外衣里握着绝对致命的武器，好叫那笔布娃娃奖金归他们所有。

福吉在百万富翁的豪宅大门前站住思忖一下。一些栩栩如生的想法和回忆，就像一棵枯树上槲寄生的小枝①那样，开始装点他那慌

① 槲寄生小枝，常用作圣诞节悬挂饰物，按习俗，男子可与站在此小枝下的女子接吻。

乱的脑筋。要知道，他已经醉得可以，眼前的景象已经开始消退。那些冬青编织的花环花彩，连带上面的鲜红小浆果，使大厅里喜气洋洋——他从前在哪儿见过这些东西？他曾经在哪儿享受过打蜡的地板和冬季里鲜花的芬芳？还有——还有人在这栋宅子里唱歌，那首歌他记得以前听见过。有人在唱歌，在弹竖琴。当然，这是圣诞节嘛——福吉心想自己想必是醉得挺厉害才忽略了这一切。

随后，他又远离了现实，脑际从那已经无法挽回而消失的难以置信的往昔闪现出一个早已淡忘的纯白小精灵——那种贵人行为理应高尚的精神。一位绅士该做的事。

詹姆斯打开大门。一缕光线照亮门外的砾石路。黑赖利、麦卡锡和“独耳”麦克看见他，便满不在乎地越来越朝大门缩紧他们的包围圈。

福吉打个比詹姆斯的主人经常做的更为傲慢的手势，叫仆人关上大门。一位绅士该做的事，尤其是在圣诞节时刻。

他对感到纳闷的詹姆斯说：“按规矩，一位绅士在圣诞节前夕来访，该向主妇恭贺圣诞之后才能离去，你懂吗？”

接着是一场争辩，詹姆斯败下阵来。福吉抬高嗓门说话，整栋房子里响彻着他那不悦耳的嗓音。我可没说他是位绅士。他不过是个鬼魂附体的流浪汉罢了。

一阵银铃般的铃声响了，詹姆斯转身去回应，把福吉独自留在门厅。詹姆斯在某处向某人做解释。

然后他返回来，把福吉领进书房。

片刻后进来一位夫人。她比福吉生平见过的任何一幅画儿都更美更神圣。她面带微笑，说了几句有关布娃娃的话，福吉却没听懂。他一点也不记得布娃娃的事了。

一名男仆用刻有花纹的银托盘端来两小杯冒着泡沫的酒。那位夫人拿起一杯，另一杯则端给福吉。

他一握住那细高的酒杯柄脚，那种本能的窝囊劲儿便消失了。他把身子挺得直直的，那位对我们大多数人从不施加恩惠的时间老人，此时此刻正转回来照顾福吉哪。

那些比最富有的圣诞老人的假胡子还要雪白而且早已给遗忘的圣诞幽灵在格罗根酒馆的威士忌的气泡中冉冉升起。那个装有护墙板的长长的弗吉尼亚大厅里，骑士们聚在一个盛满五味酒的银碗周围，正以古老的方式为议院干杯，这位百万富翁的豪宅跟那个大厅又有什么关系呢？为什么要把街上出租马车在冰冻的马路上的嗒嗒马蹄声跟豪宅西边走廊遮蔽下的那些套着马鞍的猎马的顿蹄声联系起来呢？福吉跟它们又有什么关系？

那位夫人从酒杯上方望着他，那种屈尊俯就的笑容像虚假的曙光那样消失，目光变得严肃起来。她从那个长得像苏格兰小猎狗模样的人的破衣烂衫和连鬓胡子看出一些她闹不明白的事。不过这也没有多大关系。

福吉举起酒杯，茫然地微笑着。

“对……对不起，夫人，”他说，“可是不能不向女主人拜节就离开，那样做不合绅士的规矩。”

接着他便开始了古老方式的祝福。这是议员在议会里穿着镶花边带褶纹的衣服、涂脂抹粉时代的一种传统。

“祝福新的一年……”福吉记不起该怎么往下说了。

那位夫人提示道：“吉祥如意！”

“客人……”福吉结结巴巴地说。

“祝福……”夫人微笑着引导他。

“唉，算了吧，”福吉粗鲁地说，“我记不起来了。干杯！”

福吉一言道出，他俩便干杯。夫人再次微笑，这次可是她那个高贵阶层的笑容。詹姆斯便护送福吉再次朝前门走去。竖琴的乐声依然飘荡在整栋宅子里。

户外，黑赖利紧贴着大门，往冰凉的手上哈气。

“我纳闷，”那位夫人自言自语道，“怎么来了那么多人；我纳闷回忆对那些落魄到如此地步的人来说，是诅咒呢，还是祝福。”

福吉和护送他的人快走到门口时，夫人突然喊道：“詹姆斯！”

詹姆斯顺从地大步退回去，撇下站立不稳的福吉在那里等着。他那短暂的圣火火花已经熄灭。

户外，黑赖利跺着冻僵的双脚，更紧地握着他那节煤气管①。

“把这位先生送到楼下，”那位夫人说，“然后告诉路易斯把那辆奔驰车开出来，这位先生想去哪儿就送他去哪儿吧！”

① 前文说的是“鸽子”麦卡锡用煤气管当武器，这里可能是作者的笔误。

布丁好坏的检验[1]

梅绍武◎译

春天朝《智慧女神》杂志编辑韦斯特布鲁克眨了眨明眸，使他改变了原定的行走方向。他刚在百老汇大街一家饭馆他特别喜欢落座的一个角落里吃过午饭，正要返回办公室，却因经不住春光明媚的诱惑而乱了阵脚，也就是说他向东拐进了第二十六大道，安全地穿过第五街上春潮般汹涌、川流不息的车辆，在春暖花开的麦迪逊广场的人行道上溜达起来了。

那座公园的温馨气氛和景致布置几乎形成一幅田园景色；颜色的基调是绿色——那种创造人类和草木的基本色彩。

人行道之间的嫩草是铜绿色，一种颇讨人厌的绿色，使人不禁想起那群被社会遗弃而在这片土地上度过春秋两季的流浪汉。刚刚绽出来的树芽对那些吃四毛钱一份鱼的午饭食客来说极为熟悉，因为那就跟从那份菜肴上采集的装饰香菜一模一样。天空是淡“蓝”色，高雅诗人常用这“蓝”字跟“兰”“斓”“岚”字押韵。只有长凳上刚油漆过的绿色显得自然而真实——一种介于腌黄瓜和去年褪了色的雨衣之间的颜色。但是，在这位城市长大的韦斯特布鲁克编

① 此文标题是西方谚语“The proof of the pudding is in the eating”（布丁好坏，不尝不知）的前半句。

辑眼里，这幅景色看来像是大自然的杰作。

现在，不管您是匆匆进入麦迪逊广场的一员，还是广场上聚集的人群当中担心踩人脚的文雅人士的一员，都得短暂了解一下这位编辑的心态。

韦斯特布鲁克编辑的心情十分安详得意，《智慧女神》四月份一期在该月十号前就已经全部售罄——考库克区一位报刊经销商来信说，他如果手里还有货，至少还可以多卖出五十本。这份杂志的老板给他（这位编辑）提高了工资；他新近在家中雇用了一名害怕警察的手艺高超的外国厨师；几家晨报都全文刊载了他在一次出版商宴会上发表的讲话。他的脑际还在回响着早晨他离开住宅区家中时年轻貌美的老婆唱给他听的那首欢快歌曲的调调儿。她近来对音乐特感兴趣，每天一清早就开始勤奋练唱。他一夸赞她的歌喉大有长进，她便兴高采烈地紧紧拥抱他一下。这位编辑还感到春天就像训练有素的护士，端着滋补的药品，迈着轻盈的步伐，来到这座康复的城市中的间间病房。

韦斯特布鲁克编辑正在一排排（已经坐满流浪汉和无法无天的儿童的监护人）的长凳之间漫步，忽然觉得衣袖让人揪住了。他怀疑是叫花子在向他乞讨，便把他那张显示无利可图的冷冰冰的脸转过来，一看揪住他的人竟是道斯——沙克尔福·道斯，那家伙衣衫褴褛，邋里邋遢，从那副寒酸相几乎看不到一丝文雅样儿。

编辑从这阵惊讶中缓过神儿来，一份道斯的简历便闪现在他的脑际。

那个家伙爱写小说，曾是韦斯特布鲁克的老相识。有一阵子他俩可能还彼此以老友相称呢。那个时期道斯有些钱，住在韦斯特布鲁克家附近一栋蛮像样儿的公寓里，两家人经常一块儿去剧场看戏，一块儿下馆子吃饭。道斯太太和韦斯特布鲁克太太成了“最亲密”的朋友。随后有一天，一个强大而邪恶的组织，就像章鱼的触须那样，只不过为了取乐，吞噬了道斯的钱财。他只好搬到格瑞玛斯公园附近居住。在那儿，一个人一周只需花几块钱就能坐在八个枝杈的大吊灯下面的一个箱子上，对着壁炉的大理石面饰，看耗子在地板上戏耍。道斯想靠写小说来糊口，时不时也能卖出一篇故事。他投给韦斯特布鲁克不少文稿，《智慧女神》杂志也曾发表过一两篇，其余的都给退了回去。每次退稿时，韦斯特布鲁克都精心写封很负责的信，详细指出稿子没被采用的原因。韦斯特布鲁克编辑对一部好小说的结构有自己明确的标准。道斯也有他自己的标准。道斯太太主要关心的则是怎样艰难地凑出每天餐桌上简陋的菜肴。一天道斯向她夸夸其谈地吹嘘一些法国作家如何高明，而晚饭时，他俩坐下来吃那顿一个饥饿的小学生一口就能吃光的饭菜，道斯却埋怨起来了。

“这是莫泊桑①式肉末土豆泥啊，”道斯太太说，“可能算不上艺术，可我真愿意让你吃上一顿马里恩·克劳福特②系列小说式的五道菜，外加一份埃拉·惠勒·威尔考克斯③十四行诗式的甜点心。我可真饿得慌！”

沙克尔福·道斯在麦迪逊广场揪住韦斯特布鲁克的袖子时，就是处于这种远没成功的困境。几个月以来，这位编辑还是头一次见到道斯。

“哦，沙克，是你啊！”韦斯特布鲁克多少有点尴尬地说，因为这种说法似乎触及了对方外表的变化。

“坐一会儿吧，”道斯拉住他的衣袖说，“这儿就是我的办公室。我这副寒酸相没法儿去你的办公室。哦，坐下吧——这不会让你丢脸。那边长凳上坐着的光膀子的家伙会把你当成一名高明的扒手。他们不会知道你其实是位编辑。”

“抽烟吗，沙克？”韦斯特布鲁克编辑问道，小心谨慎地坐在那条有毒的长凳上。他让步时一向温文尔雅。

道斯一下子接过那支雪茄烟，犹如狗扑向鲈鱼一般，又像小女

---

① 莫泊桑（1850—1893），法国作家，被誉为短篇小说之王。

② 马里恩·克劳福特（1859—1909），美国多产小说作家，有时一年能出版三部长篇小说，稿酬收入颇丰。

③ 埃拉·惠勒·威尔考克斯（1850—1919），美国记者与诗人，曾出版二十部诗集。

孩儿嘬食奶油巧克力似的。

“我刚……”编辑张口道。

“唔，我知道了，别说了，”道斯说，“给我根火柴，只占用你十分钟时间。你是怎么越过我的办公室门卫，进入了我的领地？你看他在那边正冲一条狗挥舞他的棍子哪，因为狗不认识‘勿踏草坪’的牌子。”

“近来写作进行得怎么样？”编辑问道。

“看看我这副样子就是答案，”道斯答道，“别装出一副受窘、友善而又诚实的模样，该问问我干吗不去找一份酒类推销员或出租汽车司机之类的活儿干干。我啊，要拼命到底，知道自己能写小说，非要让你们这帮家伙承认这个事实不可。我要在跟你了结关系之前，让你把‘遗憾’那个字眼儿改写成‘支票’这个词汇。”

韦斯特布鲁克编辑通过他那副夹鼻眼镜，以一种温和的遗憾、无所不知、怜悯同情而又疑心重重的神情凝视着道斯，这是让被退稿的作者搅得烦透了的编辑具有的专利表情。

“你看过我新近寄给你的那篇题为《灵魂的惊恐》的故事了吗？”道斯问。

“拜读过了。对那篇故事我曾经犹豫过，沙克，确实犹豫过。里面有些精彩段落。退稿时我写了封信，一起寄给你了。遗憾的是……”

“别再提什么遗憾不遗憾了，”道斯冷冰冰地说，“安慰还是伤害对我来说都已经无所谓了。我只想知道那篇稿子为什么不行。那就说出来吧；先说说优点。”

“那篇小说嘛，”韦斯特布鲁克先压抑地叹口气，然后慎重地说道，“倒是围绕着一个几乎是新颖的主题写的。人物塑造方面——你创作得蛮不错。结构方面——差不多可以说同样好，除了有几处差些，需要略加修改润色来加强。是篇好小说，只不过……”

“我的文字毕竟没问题吧，对不？”道斯打断编辑的话，问道。

“我一向跟你说过，”编辑答道，“你有自己的风格。”

“那问题出在……”

“这倒是个老问题，”韦斯特布鲁克编辑说，“你像个艺术家那样把故事推向高潮，随后你又把自己变成一名摄影师。我真闹不清究竟是什么顽固的疯狂劲儿支配了你，沙克，可你写的玩意儿向来如此。不，我撤回把你比作摄影师的说法。摄影，尽管没法用平面来表现立体，倒还时不时能记录下瞬间的真相，你却总是用单调乏味、胡编乱造的笔触破坏了每个结局，为此我已经抱怨过多次。你如果能把你那些戏剧性情节提高到文学高峰，再用艺术要求的色彩润色一下，邮差往你家投送的那些事先自己写好姓名地址的退稿信封鼓鼓的邮件就会少多了。”

“得了，别再瞎扯你那套老调子啦，”道斯嘲笑地大声说，“你脑子里总是戏剧里那种老掉牙的一套玩意儿。那个留着乌黑的八字须的绑匪劫走那个满头金发的贝茜姑娘，你就必得让那位母亲跪在地上，在聚光灯下举起双手，口中念道：‘愿上苍见证，那个绑架我爱女的狠心恶棍如果得不到报应，我这个做母亲的没报了仇雪了恨，就一定誓不罢休！’”

韦斯特布鲁克编辑并没显出受到伤害的样儿，而是自鸣得意地微微一笑，表示承认。

“我认为，”他说，“女人在现实生活中会用这些话或者非常类似的话来表达自己的感情。”

“除去在那六百场舞台演出时说这套话，女人在哪儿也不会这样说，”道斯怒气冲冲地说，“我来告诉你女人在实际生活中会怎么说吧。她会说：‘什么！贝茜让一个陌生人带走了？天哪！这种倒霉事儿一桩接着一桩！快给我另找一顶帽子来，我得马上去警察局。我倒要问问，怎么竟会没人照看着她呢？看在上帝分上，别碍我的事，要不然我就永远也打扮不好啦！不是这顶帽子，是那顶带绿绒蝴蝶结的棕色帽子。贝茜想必是中了邪；她平时一见生人就害羞啊！粉是不是擦得太多了？老天！我真是厌烦透了！’”

“这才是女人会说的话，”道斯接着说，“在现实生活当中，人们处于感情危机的时刻，不会一下子变成英雄，也不会做什么无韵诗。他们根本不可能那样做。在那种场合，他们如果说话，只会用日常使用的语言词汇，还可能语无伦次，思路不清，就是这样。”

“沙克，”那位编辑用加重的语气说，“你从街车挡泥板底下拖出过一个给轧死而断了气的孩子吗？抱着他放到快发疯的母亲面前吗？你有没有干过这类事，亲耳听见她脱口说出来一连串悲伤绝望的话吗？”

“压根儿没经历过。”道斯答道，“你呢？”

“当然也没有，”韦斯特布鲁克编辑轻轻皱下眉，说道，“可我倒能想象她会说什么。”

“我也能。”道斯说。

现在该轮到韦斯特布鲁克耍嘴皮子了，好让那位固执己见的投稿人闭嘴。不能让这个不自量力的小说家口述《智慧女神》杂志上的小说男女主人公该说的话，而跟编辑本人的理论大唱反调。

“亲爱的沙克，”他说，“我如果对生活有所了解的话，就知道人类心灵中每种突发的深刻而悲伤的感情都要用一种协调恰当、既相符合又相称的方式来表达，对不对？这种感情和表达之间在多大程度上相符则取决于性格，而需要多大程度的艺术加工，却很难说。被夺去幼仔的母狮那种崇高而可怖的咆哮远远超过它平时那种吼叫，这正如李尔王①在位至高无上时非凡卓越的讲话大大超越他年迈昏庸时夸夸其谈的水平。不过嘛，真格的，世上的男人和女人都有一种会被足够强烈而深刻的感情唤醒的、可以称之为潜意识的戏剧感，这种感觉是从文学作品和舞台艺术中不知不觉获得的，从而促使他们用那种跟这两种创作的重要性和舞台表演效果相称的语言来表达他们的感情。”

“以人马星座那七条神圣的鞍毯的名义，我倒要请教请教，文学作品和舞台艺术从哪儿弄来了这套绝招？”道斯问道。

“从生活呗。”那位编辑扬扬得意地答道。

小说家从长凳上站起来，意味深长地打着手势，却没说出话来。他在搜索枯肠寻找词汇以表示异议。

---

① 李尔王是莎士比亚悲剧《李尔王》中的国王。

附近那条长凳上坐着一个衣衫褴褛的流浪汉，他张开布满红丝的眼睛，感到自己在道义上该支持一下这个受到了欺负的哥们儿。

“揍那小子一顿，杰克!”他冲道斯嘶哑地喊道，“这家伙是个什么玩意儿？来到爷们儿休息养神的地方像在廉价娱乐场所里那样吵吵嚷嚷。”

韦斯特布鲁克编辑摆出一副满不在乎的样儿，看下手表。

“告诉我，”道斯心急火燎地问道，“《灵魂的惊恐》到底有什么特殊毛病叫你拒绝刊登。”

韦斯特布鲁克答道：“譬如说，加布里埃尔·默里去接电话，听说他的未婚妻让一名窃贼枪杀了，他说什么来着？……我记不起原话了，不过……”

“我记得，”道斯插嘴道，“他说：‘该死的电话总机，那位接线小姐总是切断我的电话。’（接着对他的朋友说）‘嗨，汤米，一把三十二口径的枪支子弹会射穿个大窟窿吗？真是倒霉透顶了，是不是？汤米？能不能到酒柜那边给我倒杯酒来？不，纯酒，啥也别掺。’”

“另外还有一段，”编辑接着往下说，没跟道斯辩论，“贝伦妮斯打开她老公给她写的那封信，得知他已经跟那个修指甲的女郎弃家而去，她说的话是……让我想想……”

“她说的是，”那位作家插嘴道，“‘唔，你认为这档子事怎么样？’”

“真是说得荒谬绝伦，极不恰当，”韦斯特布鲁克说，“呈现了那种反高潮的虎头蛇尾的结局——使故事陷入矫揉造作、陈腐乏味的俗套子。尤其糟糕的是虚假地反映现实生活。世上没有人在突然遇到不幸的时刻会说出这种纯属庸俗的陈词滥调。”

“这你可错了，”道斯固执地皱紧他那没刮胡子的下巴，反驳道，“我认为人间没有一个男人或女人在遇到真正意外的时刻会文绉绉地说话。他们会说得很自然，可能还会有点粗野咧。”

那位编辑从长凳上站起来，显出一副莫测高深的宽容神情。

“听我说，韦斯特布鲁克，”道斯用手揪住编辑的上衣翻领，说道，“你要是相信《灵魂的惊恐》中的人物的行为和言词在咱俩争论的段落中是忠实于生活的，就会接受那篇小说吗？”

“我要是那样相信，就很可能会的，”编辑答道，“可我已经向你解释过我没法相信嘛。”

“我如果向你证明我的说法正确，怎么样呢？”

“对不起，沙克，我恐怕没工夫跟你再辩论下去啦。”

“我并不想辩论，”道斯说，“我要从现实生活本身向你证明我的观点正确。”

“怎么证明呢？”韦斯特布鲁克惊讶地问道。

“听我说，”那位作家认真地说，“我倒想到了一个办法。我这种忠实于生活的文学理论应该得到各家杂志的认可，这对我来说十分重要。我为此已经辛辛苦苦奋斗了三年，而我眼下却只剩下了一块钱，真是一贫如洗，还欠了两个月房租。”

“在为《智慧女神》杂志送稿时，我采用了正好跟你那套理论相反的东西。它的发行量已经从九万册上升到……”

“四十万册，”道斯说，“而且想必该突破到百万册。”

“你刚才说要证明一下你那套宝贝理论。”

“我会的。你如果能给我半个小时左右时间，我便能向你证明我的理论完全正确。我要靠露易丝来证明这一点。”

“尊夫人！”韦斯特布鲁克惊呼道，“怎么证明呢？”

“嗯，也不完全靠她来证明，只是通过她罢了，”道斯说，“你知道露易丝一向多么忠贞可爱。她认为我是世上一块真金，一名名副其实的才子。自从我受冷落，不受重视以来，她对我更加忠诚，更加爱我了。”

“尊夫人确实温柔可爱，是个难得的人生伴侣，”编辑同意道，“我记得她和我的夫人当初是一对形影不离的好朋友。沙克，咱俩有这样的好妻子，都是幸运的男儿汉。过两天你一定得带着尊夫人来我家，一块儿吃一顿咱们过去常喜欢吃的火锅便饭。”

“过些日子吧，”道斯说，“等我有了一件新衬衫再说吧。现在我跟你说说我的计划。今天早餐后——如果你管茶水和麦片粥也叫早餐的话——我正要出门，露易丝对我说她要去第八十九街看望她的姨妈。她说下午三点钟回家，她一向很守时，一分也不差。眼下是……”

道斯瞥一眼编辑放怀表的小兜儿。

“差二十七分钟三点。”韦斯特布鲁克看一下表，说道。

“时间刚好够，”道斯说，“咱俩现在马上去我家。我给她留个便条放在桌子上，等她一进门就会看见。你我藏在饭厅门帘后面。那张便条上写着我已经跟一个亲密的相好远走高飞，永远离她而去，因为那个相好理解我艺术灵魂的需求，而她却压根儿也没办到。等她一读完那个便条，咱俩便可以观察她的一举一动，听听她说的话。这样咱俩就能搞清楚谁的文学理论正确——你的还是我的。”

“噢，千万不能这么干！”编辑摆晃着脑袋，惊呼道，“这样做未免太残酷啦，简直不可饶恕嘛！我没法同意这样耍弄尊夫人的感情。”

“打起精神来，”那位作家说，“我认为自己在为她考虑这方面跟你考虑得一样多。这样做既为她好，也为我好。我总得想法子让我的作品找到市场啊！这绝对不会伤害露易丝。她身强体壮，心脏没问题，就跟九毛八分钱的手表跳动得那样强而有力。只需持续一分钟光景，随后我就走出去向她解释。韦斯特布鲁克，你真该给我这样一个机会！”

韦斯特布鲁克终于让步，尽管只同意一半。这一半同意中隐含着我们大家都有的那种想看看活体解剖的好奇心理。

让那些从没使用过解剖刀的人都各自站好位置吧。只可惜没有足够的兔子和豚鼠来派用场。

这两个做艺术试验的家伙便离开广场，匆匆朝东走去，又拐向南，来到格瑞玛斯住宅区。这个小区的公园在高高的铁栏栅里业已披上嫩绿新装，通过那镜子般的喷水池欣赏自己的美容。栏栅外面，那片空旷的场地上则是一些快要倒塌的房子，昔日荣华的空壳，歪歪斜斜的，像是在相互窃窃私语，议论着当年的荣耀早已被人遗忘。

sic transit gloria urbis①.

走过公园北边一两个路口，道斯领着编辑又朝东走了一小段路，便进入一幢门楼装潢得过于华丽的、高而窄的公寓楼房。他俩挺吃力地爬上五层楼，道斯累得直呼呼地喘气儿，把钥匙插进临街一个单元门上的锁孔。

门给打开后，韦斯特布鲁克编辑一见室内那么简陋，几乎没有什么家具，怜悯之心不禁油然而生。

“你要是能找到一把椅子，就坐下吧，”道斯说，“我去找笔和墨水。噢，这是啥啊？露易丝留下的一封信。想必是她早上出门时留下的。”

他从室内当中的那张桌子上拿起一个信封，把它撕开，抽出信纸，大声把信从头念到尾。韦斯特布鲁克编辑听到的是如下内容：

亲爱的沙克尔福：

你看到这封信时，我已经离此地百里远了，而且还在继续赶路。我已经在西方歌剧公司的合唱团找到一份工作。我们是今天十二点钟出发的。我不想饿死，因此决定自谋生路。我从此不再返回。韦斯特布鲁克太太跟我同行。她说她已经厌倦跟一个好似留声机、冰山和字典合成的家伙再生活在一起，她也不再返回。我们俩私下里偷偷练习了两个月光景的歌唱和舞蹈。祝你成功，生活过得好。再见！

露易丝启

信从道斯手中落在地上，他用那双痉挛颤抖的手捂住脸，嘴里发出颤颤悠悠的喊声：

“上帝啊！为何要让我饮下这杯苦酒？既然她一直虚情假意，那就让上苍最美好的礼物——忠诚和爱情——成为叛徒和朋友嘲讽的笑柄吧！”

① 拉丁文，意为“昔日荣华恰似流水般逝去”。

韦斯特布鲁克编辑的眼镜跌落在地，一只手摸索着上衣的纽扣，苍白的唇间爆出：

“唉，沙克，这封信是不是忒歹毒了？这不是在要你的命吗，沙克？真他妈的见鬼！沙克——是不是？”

深夜在卢尼酒吧

梅绍武◎译

在纽约下东区，如今只剩下卡普莱特和蒙塔古两大帮派存在。他们在那里并非按照惯例严格以数字计算那样火拼了。可你要是冲着对方的支持者咬大拇指表示侮辱，那可就会动刀枪啦。在百老汇大街，你可以揪着你那仇人的鼻子走过十来个路口，他只会哇哇叫地呼喊警察救助。但是，在东区泰伯尔特和默库修斯那两伙人的地盘上，你就得严格遵守行为举止的细节规则，譬如说，在酒吧里，那里的顾客包括你那帮派或亲属的仇敌，你眨眨眼睛啦，胳膊肘儿放在酒吧台上的位置啦，都大有讲究咧。

因此，艾迪·麦克马纳斯，卡普莱特帮里的哥们儿都称他为科克①·麦克马纳斯，溜进达切·麦克的酒吧去喝杯啤酒时，撞见蒙塔古帮一伙人正在饮酒取乐，便严格遵守那些规矩。不解了渴就掉头离开，那是不合乎礼貌的，他便小心谨慎地走到酒吧柜台座位那儿，从墙上那面大镜子里可以观察到仇敌的一举一动，他用那种像是满不在乎的蔑视目光注视着一切。经验告诉他，那天夜里达切·麦克酒吧喝酒的人尽管表面上嘻嘻哈哈，吵吵嚷嚷，每人的手却都紧握着各自的武器。这当儿，布里克·克利瑞，那是跟他一块儿散步的

① 科克，有杰出人才之意。

默库修斯那伙人里的一个伙伴，来到他身边，于是四个桑树岗区的家伙，两个干码头区的家伙，都站了起来，双方都那样虎视眈眈地警惕着，使得达切·麦克不得不一边照应他的顾客，一边留心注意酒吧柜台下面的一处空间，一旦那些冤家对头结束那种虚伪不祥的客套而动起武来，他就立刻躲到那里面去保命。

不过嘛，咱们跟桑树岗和干码头这两伙人的械斗无关，得去卢尼酒吧那儿瞧瞧，生命之树枯干的枝杈，在那儿有条淡紫色兰花正要开花吐艳呢。

过于绷紧的礼数终于告一段落，不知是谁先逾越了礼仪细节的界限，反正顿时出现了严重后果。桑树岗的巴克·马龙像“杜威”号巡洋舰那样快速，抽出身边一把八寸长的枪支，从上层轻甲板上朝四下里狂扫狂射。麦克马纳斯却跟他一样利索，宛如一枚鱼雷，冒着枪林弹雨冲过来，把一把匕首捅进桑树岗那艘舰艇的肋间三寸多深。这时刻，专门讲究战术的布里克·克利瑞冲进柜台，拉下电闸，让这场战斗只好在黑暗中靠枪火星儿照亮进行下去。达切·麦克从他那避风港里爬出来，奔向大街去叫巡逻警察，而不是去请莎士比亚写一出类似辛梅里安人①打斗的戏以传诵千古。

警察来了，见到蒙塔古帮的一个家伙淌着鲜血倒在地上，三名心神不定、沉默不语的哥们儿把他搀扶起来。按照帮规，谁也不会说出那伤口是让谁捅的。卡普莱特帮的人一无踪影。

“抓我去审判吧，”巴克·马龙对警察说，“我当然知道这是谁干的，我向来盯视着任何一个过来要把我打成武器店的陈列品的家伙。不，我不会说出他的姓名。我要亲自跟他算账。喔——噢！慢着点，伙计们！对，我要亲自来处理这个案子。我不会抱怨。”

午夜，麦克马纳斯在东区一个码头的一堆木料周围溜达，还在一个消防栓附近徘徊。十分钟过后，布里克·布利瑞也溜溜达达地来到这个约会地点。“那个家伙可能没命了，”布里克说，“当然也就不会说出你来了，可是达切·麦克老板告发了。他告诉警察，自己

① 辛梅里安人，希腊神话中住在永恒黑暗里的人。

的酒吧里常有武斗，真叫他烦透了。现在看来这事不好解决，因为蒂姆·科里根头头儿还在欧洲跟皇亲贵胄一块儿度假哪。下星期五他才乘‘威廉皇帝’号邮轮回来。在这之前，你得躲起来。等蒂姆一回来，他就会把事情摆平。”

这就是为什么科克·麦克马纳斯一天晚上走进卢尼酒吧，平生头一次在身处危险境地的时刻在那里遇到了一张陌生、漂亮而富有浪漫气息的面孔。

蒂姆·科里根跟欧洲皇亲短暂旅游之后归来，在他那私人办公室里只消动动手指头就可以了结此事，而在这之前，对科克来说，帮伙带去的那些地方都极不安全，因此他便躲藏在卡普莱特帮一个哥们儿的住房顶楼一间后室里，看看体育画报，咒骂“威廉皇帝”号邮轮走得太慢。

星期四傍晚，他实在受不了那种隔离隐居的生活了。没有一头渴望喝口清泉的雄鹿会像他那样渴望喝杯冒着泡沫的清凉啤酒，两只脚稳稳当当地蹬着桌下的横木，在灯火闪耀的酒吧里跟朋友们兴高采烈地享受友情，交换轻松妙语了。可他得避开那些认识他的地区，因为警方正在四处搜捕他，一直没得到他的消息，报纸又在不断攻击警方镇压黑帮的无能。警方要是在科里根回来之前把他逮住，科里根那又白又大的手指头也就无能为力啦。不过嘛，科里根明天就会返回，所以他觉得今晚出去逛一会儿，找点人间粗俗的乐趣，恐怕也不会有太大的危险。

午夜十二点半，麦克马纳斯站在一条黑魆魆的大街上，抬头仰望一幢两层楼房的窗户上方那块由霓虹灯照亮的“卢尼酒吧”的招牌。他听说过那里是个身心完全可以“放松”的顶呱呱的消闲场所，那里面的常客和周围地区的市民对他也不大熟悉。在那类场所共有的准确指示牌的引导下，他上楼走进一间大屋子。

里面摆着二三十张桌子，已有一半坐满了卢尼的顾客。侍者正忙着上酒。房间一端有架钢琴，一个一看眼神就像个吸毒的家伙正在机械而使劲地乱敲键盘。在那叫人喘口气儿的间歇时刻，一名侍者又会尖声吼叫地唱支歌儿——歌词净是“约翰逊先生”“宝贝儿”

和“黑小子”之类的词儿，这些历史陈词明明保证这是那些住在第二十八号西街原本是在棉田农田里干活的黑人，如今则穿上红马甲的年轻先生谱的道地的非洲曲子。

你一时间准会跟我一样赞赏卢尼精明的经营手段，他一边接待照应顾客，一边跟他们开开善意的玩笑。他今年二十九岁，长着惠灵顿①那样的鼻子，但丁②那样的下巴，易洛魁人③那样的颧骨，达里兰④式的微笑，科比特⑤式的步法，全身的姿势就跟东区中央公园十一岁的五月花皇后的姿态一模一样。一名叫弗兰克的中尉做他的助手，那人是个矮胖子，衣着时髦，为人随和，穿行在各张桌子之间，决不冷落任何一位顾客。那么，卢尼酒吧有什么特点使生意如此火红呢？不只是大白天，胖太太们带着孩子、连指手套、大包小包和杂种狗可以来这儿喝啤酒，聊聊天，消磨一个下午；甚至晚上，在汽灯下，各种消遣娱乐令人感伤的气氛相当浓郁，喝喝酒啦，听听拉格泰姆音乐⑥啦，有时侍者过来擦干桌上你那酒杯下面黏糊糊的泡沫，也会叫你吃一惊。只有一个答案：轮回。瓦尔特·瑞莱⑦爵士的魂灵已从他那开衩的紧身上衣里出来附体在穿着类似的花格上衣的卢尼身上了。卢尼超前了时代二十年，他废除了禁酒令。他抵制了社会舆论乏味的指责，任何一位叫伊丽莎白的女士进来都会受到女王一样的款待。只要保守秘密就行。女士们在卢尼酒吧里可以抽烟！

---

① 惠灵顿（1769—1852），英国将军，一八一五年与普鲁士军队在滑铁卢打败拿破仑，成为欧洲最有名的英雄。

② 但丁（1265—1321），意大利诗人。

③ 易洛魁人，北美印第安人。

④ 达里兰（1754—1838），法国政治家，以纵横捭阖，善使手腕著称，曾任外交部长。

⑤ 吉姆·科比特（1866—1933），美国职业拳击家，后改演戏剧。

⑥ 拉格泰姆音乐，一种源于美国黑人乐队的早期爵士音乐。

⑦ 瓦尔特·瑞莱（1556—1618），英国探险家，政治家和诗人，伊丽莎白女王的宠臣。

麦克马纳斯在一张空桌旁坐下。他要杯啤酒，付了钱，脑袋上已沾满墙灰，他便把那顶窄边礼帽朝脑后推推，两只脚交叉着踩在椅子下面蹬脚的横木上，他打心眼儿里满足地舒口气，因为这儿粗俗而甜蜜的气氛正适合他的口味。那种乱哄哄的欢乐啦，虚假的殷勤繁忙啦，并非快乐的忸怩笑声啦，酒后感到的暖暖和和啦，轰鸣的音乐声啦，一些衣着考究、目光坦率的人因卢尼取消了种种抽烟限制而也来光顾这里啦，那种混合着浸泡的柠檬果皮、走汽的啤酒和 peau d'Espagne① 的熟悉气味啦——所有这一切对科克·麦克马纳斯来说，简直是天赐之福，足以补偿一周以来他在那位卡普莱特帮哥们儿的住宅那间沙漠一般的顶楼后室里的寂寞饥渴。

一位姑娘独自一人走进卢尼酒吧，悠闲而敏捷地扫视一下四周，便在麦克马纳斯那张桌子对面坐下。她的目光在他身上停留了两秒钟，用的是女人遇见一个陌生男人那种审视的目光。那瞬间，她得决定一件事——要么马上去喊警察，要么今后嫁给他。

姑娘短暂审视后，把一个旧的红色摩洛哥羊皮手提包放在桌上，手提包一角耷拉着一条镶花边的手绢儿，扬帆一般飘荡着。她向那位立即走过来的侍者要一小杯啤酒，接着就从手提包里取出一包香烟，自在而夸张地点燃一支。随后她又望着科克·麦克马纳斯的眼睛，微微一笑。

这一眼注定了两人的命运。

那种一眼见到一个女人就叫一个男人情愿一辈子给她买衣服生炉子的现象，在那些不稀罕布莱德斯特里特②或饰有纹章的外套或萧伯纳戏剧的地位低下的人当中并不罕见。一见钟情在上流社会阔绰的生活当中虽也发生过一两次，这种当场狂热的情绪通常却只在鸽子、倒霉的流浪汉和周薪十块钱的小职员之类质朴无华的生活当中发生。诗人、小说杂志订阅者和职业媒人该注意这一点。

随着这种具有吸引力的神秘眼神的交流，两人都产生了想说谎、

---

① 法文，西班牙奶酪皮儿。

② 布莱德斯特里特（1612？—1672），美国殖民地时期的女诗人。

伪装自己、迷惑并欺骗对方的欲望。这可是爱情当中出现的顶顶糟糕的虚伪紊乱的心态。

“再来杯啤酒，怎么样?”科克提议道。在他那个生活圈子里，这句话无异于一张名片，随着就是介绍信和简历。

“不了，谢谢，”那个姑娘说，扬下眉毛，同时仔细选择合适的话语，“我——只是进来稍微休息一下。”接着对手指间夹着的烟卷儿的手需要解释一番，“要知道，我姨妈是俄国人。我们在家里吃过晚饭后经常抽支每年从国外邮寄来的烟卷儿。”

“得了吧，”科克放弃了做作的姿态，说道，“你的手指头跟我的一样黄。”

“啐，”姑娘生气地低声对他说，“你把我当成什么人了？说，你认为你是在跟什么人说话?”

她看上去蛮漂亮，那对棕色大眼睛晶莹明亮且透着刚毅的神情。黄褐色卷发在那顶歪戴着的扁平水手帽下面分梳到脑后，盘成一个下垂的厚发髻。下巴和脖颈还保持着少女的圆润，面颊和手指则有点消瘦。她怀着蔑视、猜疑、冷漠而好奇的态度看待这人世间。她那件时髦的棕褐色短外衣已经穿旧，但原来一定价钱很贵。那身黑衣服下摆两寸处露出淡紫红色丝衬裙的荷叶花边。

“对不起，”科克赞赏地望着她说，“我没有什么恶意。真格的，抽烟并没有什么不好，茉蒂。”

姑娘接受他的道歉，顿时缓和下来，说道，“卢尼酒吧是唯一允许女人抽烟的场所。这也许不是个好习惯，可是姨妈在家里并不阻拦。另外，我不叫茉蒂，我叫茹碧·戴拉梅尔。”

“好漂亮的姓名，”科克赞赏道，“我姓麦克马纳斯——科……呃——艾迪·麦克马纳斯。”

“哦，你有你的难处，”茹碧笑着说，“你不必道歉。”

科克认真地望一眼卢尼酒吧墙上的大钟。姑娘敏捷的眼睛注意到了他这个眼神。

“我知道这个钟点很晚了，”她一边说，一边拿手提包，“可你明白要想抽支烟是什么滋味儿。卢尼酒吧这儿不是挺好吗？我压根儿没觉得这儿有什么不好。这是我第二次来这儿。我在第三街一个书籍装订厂里干活儿。我们不少姑娘在那里一周要加班三次。当然厂里不允许抽烟。我回家路过这里就进来抽支烟。这里不会有事吧？要是这里有问题，我以后就不来啦。”

“眼下这个钟点独自去哪儿都显得晚了些，”科克说，“我对这家酒吧也不大了解；反正你总不会愿意让人拍了照给送到你那主日学校的老师那里去吧。再喝杯啤酒，我就送你回家。”

“可我并不认识你啊，”姑娘十分审慎地说，“我不能接受一个我不认识的先生陪伴。姨妈从不允许我这样做。”

“为什么？”科克·麦克马纳斯揪下耳垂，说道，“我陪伴一位女士向来十分出色。你一定会觉得我蛮不错的，茹碧。至于我是什么人，我可以向你透露点情况。我爹是华尔街上一位最有势力的人，他的一举一动在那里都有影响。我呢，现在正在华尔街接受训练。我下一个生日时，老爹就会在证券交易所给我安排一个职位作为礼物，可这对我来说毫无价值。我喜欢的是高尔夫球和游艇什么的——嗯，戴上拳击手套跟次中量级拳击手打上十个回合，那才叫过瘾呢。”

“你大概可以送我到家门口，”姑娘犹豫不决地说，显然有点动心了，“可我压根儿也没听说过华尔街经纪人有什么特别好的地方，也没听说过职业拳击赛中有什么道德高尚的人。你还有什么别的要自我介绍吗？”

“我想你是这座小小的纽约老城里我所见到的最漂亮的美人儿了。”科克语调感人地说。

“得了，就此打住。你莫非是在开玩笑？”她面带微笑，脉脉含情地望着那个对她殷勤有礼的男士，以缓和她这句责备话，“那咱们喝完这杯啤酒再走吧，怎么样？”

一名侍者在唱歌儿。烟雾更浓了，就像波浪漩涡奔流成悬浮积云，飘浮升起。整个房间里烟雾腾腾，迷迷蒙蒙，像是从远古四大元素①演化出来的第五元素。卢尼酒吧里，人们在殷勤接待和美酒的刺激下，欢声笑语的调门儿越来越高。

时钟敲响午夜一点，楼下传来关门和锁门声。弗兰克小心翼翼地拉下前窗绿窗帘。卢尼下到楼下黑暗的大厅里，站在前门那儿，烟卷儿藏在手心窝里。因此，不管是谁想进来，都得是卢尼那双鹰眼认识的面孔——真正男儿汉的面孔。

科克·麦克马纳斯和那位装订书籍的姑娘在专心交谈，两人的胳膊肘儿都倚在桌面上。他俩的啤酒杯给推到了一边，几乎没喝过，杯中的泡沫凝缩成薄薄一层浮渣。自从敲过一点钟以后，卢尼酒吧里原有的那种陈腐的欢乐变得富有风趣而更新了。这倒并非增添了什么新的娱乐项目，而是从这一时刻起美好甜蜜的事都开始偷偷摸摸地进行起来了。平淡无奇的啤酒有了非法的特征，最柔和的红酒击败了法律和秩序，最安分守己的人变成了亡命徒公然蔑视权威和法规。因为深夜一点钟以后，卢尼酒吧这种不提供食宿的地方不许再向全市四百万口干的人提供酒类饮料。这是禁酒法令。

“唔，”科克·麦克马纳斯几乎用他的宽胸脯和胳膊肘儿覆盖了整个桌面，问道，“你说你在装订厂干活儿，住在家里，这是真话吗？还是在这儿临时想起来——呃——编给我听的？”

“当然是真的，”姑娘有点生气地说，“怎么，你想到哪儿去了？你认为我是在撒谎吗？去厂里问嘛！我跟你说的全是真话。”

“完完全全诚实吗？”科克说，“我就是想知道这一点，因为……”

“因为什么？”

“好，我认输了，”科克说，“你真让我动了心！你是我一直在寻找的姑娘。你愿不愿意做我的终身伴侣，茹碧？”

“艾迪，你当真愿意我做你的终身伴侣吗？”

---

① 四大元素，古希腊学者亚里士多德提出世界万物是由土、火、水和气四种元素构成的。

“当然，可我要知道真实情况——你的一切。一个男人打算找个终身伴侣——要知道，她得是个好样儿的诚实姑娘。”

“你会发现我是个诚实的人，艾迪。”

“当然，你会是的。我相信你对我说的话。可别怪我想了解你的底细，因为没有多少姑娘半夜里还在卢尼酒吧这种地方抽烟。”

姑娘的脸有点红，她垂下眼睛。“现在我明白了，”她温柔地说，“我过去并不知道这样做看上去有多糟糕，我以后不再这样啦。以后每天晚上一下班就直接回家，待在家里。你如果不赞成我抽烟，那我就戒掉，艾迪——我现在就戒。”

科克的神气俨然一副法官审判谴责的神态，不过显然颇为同情的样儿。“女士们有时在某些场合倒是可以抽烟，”他慢慢决定道，“为什么呢？因为女人喷口烟儿倒更显出气派。”

“我会戒烟，这没有什么困难。”姑娘说着说着就把烟蒂掼在地上。

“有时在某些场合，”科克重复道，“等我哪天晚上约你出来，咱俩到施特伊弗桑特公园里找个黑暗的长凳坐下，就可以抽上一两支烟。可是不能半夜一点钟在卢尼酒馆里抽——明白吗？”

“艾迪，你真喜欢我吗？”姑娘用渴望的目光打量着他那粗犷而诚实的面容。

“绝对是真的。”

“你什么时候来看我——到我住的地方？”

“星期六——后天晚上，合适吗？”

“好，我等着你。七点钟左右来吧。今天夜里你送我到家门口，我会告诉你我住在哪儿。现在，别忘了，在这之前别再去看望别的姑娘，先生！可我敢打赌你准会去的。”

“绝对不会，”科克说，“在我眼里，你叫她们都像破布娃娃。真格的，确实如此。我知道该在什么时候求婚。绝对没错儿。”

从楼下前门再次传来砰砰的敲门声。破门声回响在楼上那间屋里。那种响声只有榔头或警察的靴子才弄得出来。卢尼像牛蛙那样跳到室内一个旮旯，关上灯，然后又匆匆冲下楼去。室内除了烟卷儿和雪茄头儿一闪一闪的红火星之外，一片漆黑。又一阵砰砰的敲门声，一阵轻微的骚动出现在那些给困住的顾客当中，有人在窸窸窣窣地走动，有人在嘟囔着什么。弗兰克借着烟头儿的红亮光，在桌子之间安然冷静地不断穿行，叫大家放心。

“大伙儿安静！”他劝告大家，“别说话，也别弄出声响，没事儿。不必惊惶，我们会照料大家。”

茹碧把手伸过台面，让科克那结实的手紧紧握住。“你害怕吗，艾迪？”她悄声说，“你不怕免费坐趟警车吗？”

“小声点儿，”科克说，“我猜想是卢尼给钱给得不爽快。别害怕，姑娘，我会好好照顾你。”

然而，麦克马纳斯先生的轻松自在只是表面上的。警方正在搜捕那个捅伤布克·马龙的凶手哪，科里根还在返回的海洋途中呢。他觉得要是在警方一次搜捕中给逮住，他这辈子就算完了，而且正赶上他刚遇到茹碧的时刻。他真后悔自己没留在卡普莱特帮哥们儿的住房那间顶楼后室里浏览体育画报呢。

卢尼好像已经打开楼下的前门，并且在漆黑的大厅里跟警察交涉哪。阵阵咆哮声从楼梯传上来。弗兰克站在楼上门口，像无线电新闻台那样朝室内发布消息。他蓦地关上房门，直奔房间后身，点着一盏不大亮的煤气灯。

“各位，请这边走！”他机警地说，“快着点，请别出声！”

顾客们忙乱地涌向后面。卢尼那位助手拉开墙上一块嵌板，俯视一下后院，一架为逃离而准备的梯子已经给架好。

“大家快从这儿下去，然后便可以出去啦！”他命令道，“女士们先下！请别说话！别挤，不会有危险。”

科克和茹碧在最后面等着轮到他们下去。她忽然把他拉到一边，扑进他的怀里。

“咱俩出去之前，”她在他耳边悄声说，“没出去之前，再跟我说一遍，艾迪，你真喜欢我吗？”

“绝对是真的，”科克一边说，一边用一只胳膊搂紧她，“一碰到你，我就全心全意爱上了你。”

他俩再转身时，发现已经整个儿陷入黑暗里。最后一名逃离的顾客已经下去。他们搬着梯子，已经穿越后院一半路，咯咯笑着，跌跌撞撞地匆忙把梯子靠在相连的一幢楼房上，那黑的屋顶正是他们逃往安全之地的唯一途经。

“看来咱俩只好坐下啦，”科克坚强地说，“也许卢尼能把警察应付走。”

他俩便在一张桌子旁坐下，两人的手又紧紧握在一起。

几个人走进了这间黑漆漆的屋子，摸索着往前走。当中一人就是卢尼本人，他摸到了电灯开关，开亮了灯。另一个家伙是旧体制的警察，一个怒气冲冲、粗鲁的大高个子——不是个好警察。他走到那对情侣坐的桌前，带着自来熟的神情，冲姑娘轻蔑地笑笑。

“你们俩在这儿干啥呢？”他问道。

“进来抽支烟。”科克和气地答道。

“喝酒没有？”

“一点钟以后没喝。”

“滚蛋——快走！”那名警察命令道，接着又换了调子，“坐下！”

他粗暴地摘下科克的帽子，狡猾地端详一番，问道：“你叫麦克马纳斯吧？”

“猜错了，”科克说，“我叫彼得逊。”

“科克·麦克马纳斯，要么就是类似这样的姓名，”那名警察说，“一个星期前，你在达切·麦克酒吧里用刀子捅了一个家伙。”

“嗐，别瞎猜！”科克发现警察的话音有点犹豫，便说道，“你把我跟别人弄混了。”

“是吗？反正你得跟我到局里去一趟，查查清楚。通告上描写的那个家伙很像你。”警察扭住科克的衣领。“走吧！”他粗暴地命令道。

科克瞥一眼茹碧。她脸色煞白，纤细的鼻翼微颤。两个男人交谈动晃时，她那敏捷的目光从这人脸上移到那人脸上。科克心想真够倒霉的！——科里根还在海洋上，而他刚在一个小时里得到茹碧，现在却又要失去她！警察局里总会有人把他认出来。真是倒霉透顶了！

那个姑娘却突然跳起来，伸出两只胳膊扑向前挡住警察，后者抓住科克衣领那只手松下来了，踉踉跄跄地朝后退了两三步。

“慢着，马贵儿！”她愤怒地尖声喊道，“别碰我的男人！你认识我，知道我这是在好心好意提醒你。别再碰他！他不是你要找的那个家伙——这我可以证明。”

“听我说，范妮，”那名警察说，气得涨红了脸，“你要是不加小心，我连你也带走！你怎么知道这人不是我要找的那个家伙？你在这儿跟他在干吗？”

“这我怎么知道？”姑娘说，脸色一会儿红一会儿白，“因为我已经认识他一年了。他是我的。难道我还不知道吗？我在这儿跟他干啥？这好办。”

她弯腰，把手伸进黑里透紫的皱褶内衣里的一根松紧带，啪的一声，她把一团钞票扔在科克面前的桌上。那些钞票慢慢舒展开来。

“拿着，杰米！咱们走吧，”姑娘说，“我再说一遍，咱们还是照原来那样分账，马贵儿，”她对那名警察说，“每天十点钟在那个老旮旯里你拿你那五块钱的贿金。”

“胡说！”警察那张脸都气紫了，“你再碰上我巡逻，我非把你抓起来不可！”

“你啊，你不敢，”姑娘说，“我告诉你为什么。今天晚上有证人见到我给你钱，上星期也一样。我一直在贿赂收买你哪！”

科克把那沓钱小心地放进兜儿里，说道：“范妮，咱们走吧，去吃点炒杂碎再回家。”

“滚，你们俩快给我滚出去，否则我就要……”

警察的咆哮让风吹得无影无踪。

两人在街头拐角那儿站住了。科克一语未发，把钱还给姑娘。她接过来，慢慢放进手提包。她那表情跟她先前走进卢尼酒吧时的神情一样，还是怀着那种蔑视、猜疑、冷漠而好奇的态度看待这人世间。

“我想我就在这儿说声再见啦，”她忧郁地说，“你当然不想再见到我。能——握握手吗，麦克马纳斯先生？”

“要不是你把那小子镇住，我就完蛋了，”科克说，“你干吗要那样做？”

“我要不那样做，你就给抓走了。就是为这个，理由还不够吗？”说完她就哭了，“说实话，艾迪，我想当个人间最好的姑娘。我恨我现在这种样子；我恨男人。可我一见到你，几乎真想去死。你看上去跟别人都不一样。我一发现你也喜欢我，就想叫你相信我是个好姑娘，我也真想做个好姑娘。你要到我家来看我，嗯，我真宁愿死掉也不再做错事啦。可眼下说这些又有什么用？如果你愿意，我就说声再见啦，麦克马纳斯先生。”

科克揪了一下自己的耳垂，说道：“是我用匕首捅了马龙。我就是警方要抓的人。”

“哦，这没关系，”姑娘无所谓地说，“这没什么。”

“我说的华尔街那一套也都是瞎话。我什么事也不干，只跟东区一个帮派瞎混。”

“这也没关系，”姑娘重复道，“这也没什么。”

科克挺直身子，把帽子拉低。“我可以在欧伯兰餐厅找个活儿干。”他大声自言自语道。

“再见！”姑娘说。

“来吧，”科克一边拉起她的胳膊，一边说，“我知道一个地方。”

走过两个路口，他带她走上一幢面对小花园的红房子的台阶。

“这是哪儿啊？”姑娘问道，身子直朝后退，“你进这里干吗？”

房前一盏路灯照得很亮。那扇关着的前门一边上方挂着一块铜牌子。科克坚定地拉她走上台阶。“看看这是哪儿？”他说。

她望一眼铜牌上的姓名，发出一声介于呜咽和尖叫的声音：“不，不，不，艾迪！哦，我的上帝，不！我不能让你这么做——现在还不行！让我走吧！你不要这样做！你不能——千万别！在你不了解我之前，不能这样！不，不！快走吧！哦，我的上帝！艾迪，求求你，走吧！”

她一阵晕眩，摇摇晃晃地倒在科克的臂弯里。科克向门铃伸出右手，按响好长一段时间。

又来了一名警察——他们来得可真够快啊！刚刚有点什么风吹草动，他们就会闻风而至。那名警察一见他俩，就登上台阶粗暴地问道：“喂，你跟那个女的在那儿干啥呢？”

“她有点不舒服，马上就会好，”科克答道，“干啥，这不明摆着吗？”

“杰里迈亚·琼斯牧师。”警察摆出他那股真正的侦探精明劲儿，念着铜牌上的字。

“对，”科克说，“完全正确。我们俩马上就要结婚啦。”

最后一名云游四方的民谣歌手

梅绍武◎译

萨姆·加洛韦义无反顾地给他那匹小马驹备上马鞍。他已经在阿尔弟多大牧场待了仨月，眼下就要离开。没法期望一名客人该吃喝主人提供的那种小苏打发酵不均匀的黄里吧唧的饼干和那种充当咖啡的麦芽茶那么长时间，还能再忍受下去。那个胖黑厨子尼克·拿破仑压根儿就烤不出好吃的饼干。先前他在柳树牧场当厨，萨姆在那个牧场只待了六个星期就不得不逃离那位大师傅的 cuisine①。

萨姆脸上那种难过的表情，由于自身对这事深表遗憾而加重，却又因一个不为人理解的行家那种耐心的宽容而稍加缓和。但是，他非常坚决而义无反顾地扣上马鞍肚带，把缰绳结个环挂在鞍头，把他的油布雨衣和外衣扎在鞍后，把短柄马鞭套在右手腕上。(阿尔弟多大牧场的主人）麦瑞杜那一家子，男人啦，女人啦，孩子啦，用人啦，奴仆啦，客人啦，雇员啦，狗儿啦，临时来访者啦，都聚集在牧场那个庄院的“回廊”里，脸上全都现出忧郁的神情，因为萨姆·加洛韦来到弗里欧和布拉渥·德·诺特这两条河之间的任何牧场、营地或小木屋，都曾激起人们的欢乐，因此他此刻离去，大家不免感到辛酸。

---

① 法文，意为厨艺、饭菜。

接着是一片沉默，只有一条猎狗在追捉跳蚤时后腿撞出了一声响，萨姆小心地把他的吉他斜系在马鞍上他的油布雨衣和外衣上面。那把吉他给装在一个绿色帆布袋里，您如果能理解它的重要意义，也就理解了萨姆。

萨姆·加洛韦是最后一名云游四方的民谣歌手。您当然知道什么是云游四方的民谣歌手。百科全书上说他们盛行于十一和十三世纪之间。他们到底盛行什么却似乎不大清楚——不过，您可以肯定那绝不是剑，也许是提琴弓子吧，要么是一叉通心粉，要么是女士的围巾。不管怎么说，反正萨姆是其中一位。

萨姆摆出一副受难的表情，跨上他的小马驹，不过比起他那匹马的表情，他还算得上是欢快的。要知道，马儿对主人是了如指掌的，那些牧场草地上和马槽边上的牧牛人骑的矮种马并非不经常讥笑萨姆那匹小马驹竟让一名吉他歌手而不是让一名嬉笑怒骂的真正牛仔乘骑。没人在驯马方面是个英雄好汉，一名民谣歌手在百货公司里让自动电梯绊倒，甚至都可以得到原谅嘛。

哦，我知道自己就是一个，您也是呗。您记得您背诵过的故事、学过的纸牌招数和弹过的几段钢琴曲——怎么弹来着？——丁当丁当冬——您每次去拜访您那阔气的珍妮姑妈时提供的那些十分钟的阿拉伯小曲儿。您该懂得“omnæ personæ in tres partes diviæ sant①”这句话的意思，指的是男爵、民谣歌手和工人。男爵没有阅读这类无聊玩意儿的爱好，工人也没工夫，所以我知道您毕竟是个民谣歌手，也会理解萨姆·加洛韦。我们不管是唱歌啊，表演啊，跳舞啊，写点东西啊，发表演说啊，画点画儿啊，只不过是些民谣歌手罢了；因此，咱们还是往最坏处想吧。

那匹小马驹长着但丁模样的脸，顺从着萨姆双膝施加的压力，向前赶路，驮着这位云游四方的音乐歌手朝东南方向走了十六里路。大自然让人心旷神怡。遍地朵朵娇小可爱的花儿使起伏不平的平原大地充满芳香。东风缓和着春天的暖热；羊绒般的白云从墨西哥湾

① 拉丁文，意为三种全然不同的人。

飘来遮住四月里直晒的骄阳。萨姆一边骑着马，一边歌唱。他在小马驹辔头那儿塞了些橡树枝好阻挡鹿虻的侵扰叮咬。这样一来，那头长脸四腿动物好似戴上了皇冠，比先前更像但丁诗人了。从它的面部表情来判断，它似乎在想念贝雅特丽齐①呢。

沿着地形许可的路，萨姆直奔埃利森老头儿的牧羊场。走访一个牧羊场当时似乎正合他的心意。阿尔弟多牧场那里人太多，声音嘈杂，吵闹争斗不休，混乱不堪。他以前从没赏脸到埃利森老头儿那里逗留过，可他心里明白他会受到欢迎的。民谣歌手这个身份是他到各处去的通行证。城堡里的仆从会放下吊桥，男爵会在宴会大厅里安排他坐在自己左边。贵妇淑女会冲他微笑，鼓掌欢迎他唱歌讲故事，仆从端上猪头和酒壶，男爵坐在那把精雕细刻的栎木椅子上，如果也点那么一两次头，那是决无恶意的。

埃利森老头儿竭诚欢迎民谣歌手到来。他常听说别的牧场主因有幸得到萨姆·加洛韦的拜访而对他的赞扬，可他自己却压根儿没奢望过这样的荣幸会降临到他这个卑微的男爵领地。我管埃利森老头儿叫男爵，因为他是剩下的最后一名男爵了。当然喽，布尔沃·利顿②在世的年代太早，根本不知道他，否则的话他想必不会把这种诨名授给沃里克。在生活当中，男爵的职责就是给仆从找活儿干，给民谣歌手安排住宿嘛。

埃利森老头儿身材瘦削，长着一部又黄又白的络腮胡子，逝去的笑容使他那张脸满布皱纹。他的牧场里只有一座两间屋的盒式房子，坐落在牧羊区最荒凉地带的朴树丛里。家里有个叫吉奥瓦的印第安厨子，四条猎犬，一头宠物羊，一条用铁链拴在篱笆桩上的郊狼，另有三千头羊放牧在两块租来的土地和几千亩既非租的也非自家的土地上。每年总有三四次有个跟他讲同样语言的人会骑马来到

---

① 贝雅特丽齐，但丁作品《神曲》中理想化了的一位佛罗伦萨女子之名。

② 布尔沃·利顿（1803—1873），英国下院议员、殖民大臣、小说家和剧作家。

他的门前，跟他交换些实实在在的想法。这都是老头儿值得纪念的日子。因此，一名云游四方的民谣歌手——据大百科全书记载，这种民谣歌手该活跃在十一和十三世纪之间——在这位男爵领地的城堡门前拴上马儿的缰绳，他想必会用多么辉煌凸现、华丽装饰的大写字母记载下这个日子啊！

埃利森老头儿一看到萨姆，微笑又返回他那张满布皱纹的脸上。他急忙拖着脚步，一瘸一拐地出门迎接他。

“您好，埃利森先生。”萨姆高兴地招呼道，“心想该来看望看望您。我注意到您这儿下了几场好雨，该会让您这儿春季里有足够喂羊群的好草了。”

“好，好，好。”埃利森老头儿说，“真高兴见到你，萨姆。我压根儿没料到你居然会不嫌麻烦，绕那么大圈子来到我这个偏僻的老牧场。我热诚欢迎你，下马吧，我厨房里有袋新燕麦，我去拿来喂你这匹马，好不好？”

“给它吃燕麦？”萨姆嘲笑道，“不用，先生，它现在就是吃草，也会跟猪一样长膘。我不常骑它，没能让它保持健壮。您如果不介意，我就让它拖着缰绳，到您的草场上吃草去吧。”

我敢肯定十一到十三世纪之间，男爵、民谣歌手和仆从绝对没有像埃利森老头儿的牧羊场那天晚上那样和谐融洽地聚在一起过。吉奥瓦做的饼干味儿淡好吃，煮的咖啡很浓。埃利森老头儿根深蒂固的那份殷勤好客和感激的神情又洋溢在他那饱经风霜、晒得黑黝黝的脸上。那位民谣歌手呢，他心想自己确实碰巧踏入了一处欢乐的地方。一顿丰盛美味的晚餐啦，只稍微提供点娱乐就似乎让主人高兴得远远超过他所尽之力的价值啦，他那敏感的灵魂当时所渴望的那种悠闲气氛啦，这一切汇合在一起给予他非常舒适的满足自在，这真是他云游各处牧场很少碰到的。

吃过那顿美餐后，萨姆解开他那个绿色帆布袋，取出吉他。请注意，并非表示要付款——萨姆·加洛韦和别的真正民谣歌手都不是已故汤米·塔克的直系后裔。您一定在那位受人尊敬而又时常无名的鹅妈妈作品①里读到过汤米·塔克吧。汤米·塔克唱歌是为了挣顿晚饭吃。真正的民谣歌手不会这样做。他先吃饭，后为艺术而吟唱。

萨姆·加洛韦的全部节目包括约莫五十段滑稽故事和三四十首歌曲。可他决不就此停下来，您只要提起一个话题，他便能一直谈上抽二十支烟的工夫。而且他只要能躺着就决不会坐起来，只要能坐着就决不会站着。我很想逗留在他身边，因为我正在画一幅肖像画儿，要画得一管秃铅笔和一本翻烂的辞典办得到的那样好。

我希望您能见过他。他个头不高，体格健壮，懒散得叫人难以想象，身穿一件深蓝色羊毛衫，胸前用那么一根珠灰色鞋带模样的带子夸里夸张地束紧，一身非常结实的棕色帆布衣裳，脚蹬一双带有墨西哥马刺的高跟靴，头戴一顶墨西哥宽边草帽。

那天晚上，萨姆和埃利森老头儿把椅子挪到外面的朴树下。他俩点上烟卷儿，民谣歌手便愉快地弹起吉他。他唱的许多首歌都是从墨西哥牛羊牧人那里学来的离奇、忧郁而低调的canciones②，其中有一首歌尤其迷住并安抚了那位孤独的男爵的灵魂。那是牧羊人最喜爱的一首歌，开头是“Huile huile，polomito”，翻译过来的意思是“飞吧，飞吧。小鸽子”。那天夜里，萨姆给埃利森老头儿唱了好几遍那首歌。

民谣歌手在老头儿的牧场上就此住下来。那里平静安宁，而且自己也受到赏识，这几点他在那些养牛场主大老爷躁乱的帐篷里很少遇到过。世上没有哪位观众能比埃利森老头儿更尊敬更不知疲倦地赞赏诗人、音乐家或艺术家的努力工作了。就是一位皇家人物来到一个卑微的伐木工或农民家中视察，都不会受到比这更令人愉快的礼遇。

在朴树的阴凉下，萨姆·加洛韦悠闲自在地躺在一张凉爽的帆

---

① 指英国一七六〇年首次出版的童谣集《鹅妈妈的歌》，作者名也用“鹅妈妈”。

② canciones，西班牙语，歌曲。

布床上，度过了他的大部分时间。他在那儿卷着棕色纸烟，读着牧场里提供的那些冗长乏味的文学作品，充实他用吉他熟练弹奏的全套即兴节目。吉奥瓦这个伺候大老爷的奴仆，一等加洛韦需要的时候就会把那个挂在凉棚下的红瓦罐里的清凉水给他拿过去，他需要吃食时，也会给他端来。草原上的微风轻轻吹拂着他；清早和傍晚，嘲鸫鸟跟他那甜美的琴声比赛，却没法与之相媲美；他的生活环境里似乎充满了芬芳的静谧。埃利森老头儿骑着他那匹走得慢慢腾腾的小马松松垮垮地赶着羊群，吉奥瓦厨子在厨房一头火辣辣的阳光下午睡，那当儿萨姆就会躺在他那张小床上想着他生活在一个多么美好的人间啊，这个人间对那些一辈子提供欢乐给人们的卖艺人多么仁慈啊！在这里，正如他一向所期望的那样有吃有住；他整个儿摆脱了烦恼、劳累和争斗；这里的主人持续不断地款待，每首歌或每个故事他连听十六遍都不嫌厌烦，而是像听头一遍那样兴致勃勃。古时的民谣歌手云游四方遇到过这样高贵的城堡吗？他躺在那里沉思冥想着自己的好福气，棕色棉尾兔会羞涩地欢闹着穿过院子；一小群白羽冠的蓝鹌鹑会在二十码开外排成一列纵队飞过去，一只本地鸟出来猎取毒蜘蛛，会跃上篱笆摇曳着长尾巴向他致意。在那八十亩牧场里，那匹长着但丁脸的小马驹长肥了，也似乎总在微笑。这位民谣歌手终于结束了他那云游四方的生活。

埃利森老头儿是他自己的 Vaciero，意思是说他亲手培植草木，亲自喂养他的羊群，而没雇用一名 Vaciero。小牧场一般都是这样。

一天早晨，他带着赤豆、咖啡、吃食和糖等一周通常的定量，动身去 Felipp de la Cruz y Monte Piedras 的化身（他的一位牧羊人）的营地；在离开老埃温城堡两里的路上，他面对面遇见了一个叫詹姆斯王的可怕的家伙，后者骑着一匹肯得基种的腾跃的烈马。

詹姆斯王的真名实姓是詹姆斯·金①，可是人们变换一下，管他叫詹姆斯王，因为这样称呼似乎更适合他，而且更叫陛下高兴。詹

① 詹姆斯·金（James King），该姓有国王之意，变换一下成为 King James（詹姆斯王）。

姆斯王是圣·安通的阿拉莫广场和布朗斯威尔的比尔·豪波酒馆之间一带的最阔绰的牧牛人。他也是得克萨斯州西南部嗓门最大、最令人讨厌的恶霸和吹牛的家伙。他每次吹牛都一向成功；他闹哄得越厉害，也就更危险。故事书里向来都是举止斯文、安安静静、低声细气、浅蓝眼睛的人物反倒是真正危险的人，可是在现实生活和这篇故事里却不是这种情况。要是让我在一个大块头、高嗓门的粗汉子和一个安静地坐在角落里的不惹是生非的蓝眼睛陌生人之间选择一个攻击对象，您每次都会发现角落里总会出点事。

我打算说的是，詹姆斯王是个金黄色头发的凶汉子，体重两百磅，晒得黑里透红，红得就像十月里的草莓，两道红而粗的眉毛下长着一对横缝似的眼睛。那天，他穿着一件棕褐色绒布衬衫，有好几大块让夏日暴晒出的汗渗透得变黑了。看上去他身上另有些别的装饰，例如裤腿塞进高筒靴里的棕色帆布裤子啦，红围巾啦，左轮手枪啦，装满闪亮子弹的皮腰带啦，一把斜挎在鞍座上的猎枪啦，可您的注意力却没在这些零碎儿上，而是给引向那对眯缝的眼睛。

埃利森老头儿在路上遇到的就是这个家伙。您如果考虑到男爵年已六十五岁高龄，体重只有九十八磅，他也听说过詹姆斯王的业绩，而他（男爵）本人则只巴望有个单纯的简历，身上也没带枪，即使有枪，也不会使用，那我告诉您那位民谣歌手曾使老头儿那张皱脸恢复过来的笑容一下子消失了，而又剩下了皱纹，您可不能怪他。不过，他也并非是那种一见危险就逃跑的爵爷。他并不费力地拉紧那匹一小时只走一里路的小马驹，向那位令人望而生畏的帝王敬礼致意。

詹姆斯王摆出一副皇家派头。

“你就是在这片牧区养羊的老瞌睡虫吧？”他说，“你有什么权利这样干？这块地是你的吗？是你租的吗？”

“我从州府租了两块地。”埃利森老头儿温和地答道。

“没这回事。”詹姆斯王说，“你的租约昨天已经到期。土地局里有我的一个人立刻就要把地收回来。你在得克萨斯州连一寸草地都没有。你们这些养羊的家伙该得的已经得到了。你得结束啦。这里是养牛的地方，没有地盘给你们这些瞌睡虫养羊。你牧羊的这块草地是我的了。我要在这长四十米宽六十米的地方安装上铁丝网；里面要是再有一头羊，我就会把它毙了。我限你一周之内把你的羊统统赶走。到时候要是没赶走，我就会派六个人带着温切斯特连发步枪来这儿把羊都变成羊肉。到时候要是让我在这儿再碰见你，你也会是同样的下场。”

詹姆斯王拍拍他那把猎枪后膛以示警告。

埃利森老头儿骑着马儿到化身营地，一路上不住叹气，脸上的皱纹更深了。那种要改变旧规矩的传言他以前也听说过。眼看放牧的自由就要结束啦。别的一些麻烦也一直压在他的肩头。他的羊群非但没有增加，反倒越来越少了；每次剪下的羊毛价格都在下降。连供应他牧场上全部日常用品的弗里奥市的杂货铺老板布莱德肖都在催他付清近六个月来的账单，还威胁要停止供货啦。而詹姆斯王突然给他的这个最后的打击是最致命的一击了。

日落时分，老头儿回到牧场，见到萨姆·加洛韦正躺在帆布小床上，靠着一卷毯子和羊毛麻袋，弹奏着吉他呢。

“哈啰，班叔。”民谣歌手愉快地打招呼，“今天傍晚您回来得早啊。我今天一直在试弹一首新曲子，一首西班牙方丹戈舞曲的一小段。我刚弹会，是这样的，您听！”

“好极了，太好了！”埃利森老头儿说，一边坐在厨房台阶上，一边揉搓他那部苏格兰㹴狗那样的白毛须，“我认为你已经打败东西方所有的音乐家，真是天下无敌，萨姆。”

“哦，我不知道。”萨姆沉思道，“可我敢肯定能在变奏上做到这一点。我想我能处理好五个降半音阶的任何曲调，任何一个都没问题。可您看上去累坏了。班叔——今天晚上您感到不舒服吗？”

“只是有点累罢了，没什么，萨姆。你要是不特别累，咱们就来段那首墨西哥曲子吧，开头是‘飞吧，飞吧，小鸽子’，每次我骑马远行之后或心烦意乱时，这首歌总能叫我心情舒畅，消乏解累。”

“哦，seguramente①，先生，”萨姆说，“只要您爱听，我会经常弹给您听。另外，有件事我怕忘了，赶紧跟您说一下，那就是您该跟布莱德肖说说，上次他送来的火腿太咸，味儿不对。”

一个六十五岁的老人住在一个牧场上，让一大堆灾难困扰着，根本不可能一直成功地掩饰自己苦恼的心情。再者，民谣歌手一般都长着一双看得出身边的人心情不悦的敏锐眼睛，因为这也会打扰他本人的轻松自在。因此次日，萨姆又问起老人什么事竟使他这么伤心发愣。埃利森老头儿便把詹姆斯王的威胁和命令，连带自己的忧郁和那看来就要落在他头上的灾难，一股脑儿都讲给萨姆听了。民谣歌手若有所思地听着这个不幸的消息。有关詹姆斯王的传闻他也早有所闻。

牧区的专制君主宽限七天期限的第三天，埃利森老头儿赶着他那辆四轮马车去弗里奥市买些牧场日用品。布莱德肖老板不讲情面，却并非毫不宽容。他把老头儿的账单分成两次付清，好让他有更多时间筹款。弄到手的一样货品是一块会让民谣歌手高兴的新鲜火腿。

在他离开弗里奥市返回的途中，老头儿遇见詹姆斯王正骑马进城。这位帝王不管看什么都一向凶狠而带有威胁，可今天他那双眼缝看上去比往常要宽一些。

“你好，”帝王粗哑地说，“我一直想见到你哪。昨天我从森迪的一个牛仔那儿听说你老家在密西西比州杰克逊县，我想弄清楚是这么回事吗？”

“我是在那里出生的，”埃利森老头儿答道，“而且在那里一直长大到二十一岁。”

“那人还说你跟杰克逊县的李弗斯家族有亲戚关系。他说得对吗？”詹姆斯王问道。

“卡罗琳·李弗斯大妈是我同父异母的姐姐。”老头儿答道。

“她是我的姨妈啊。”詹姆斯王说，“我十六岁时从家里逃了出来。现在嘛，咱俩重新谈谈几天前说过的那件事。大伙儿都说我是

---

① 西班牙语，意为确实可能。

个坏蛋，可他们只说对了一半。我的大草原里有的是地盘供你牧羊，今后你还可以养更多的羊。卡罗琳姨妈以前总切块羊肉夹在糕饼里给我烤着吃。你还在原来牧羊的地方养羊吧，随便爱用哪个牧场都行。你的经济情况怎么样？”

老头儿既克制又坦诚地详述了自己的忧患。

“她老人家过去总是偷偷往我上学的饭盒儿里塞进好吃的东西——我说的是卡罗琳姨妈。”詹姆斯王说，“我今天要去弗里奥市，明天骑马回来。我上那儿的银行提取两千块钱给你送去；我还要告诉布莱德肖，今后你想赊购什么东西他都得供应。你一定听说过家乡一句老话吧，天旱旱不死小草，这你用不着纳闷儿。”

埃利森老头儿高高兴兴地赶车回到牧场，脸上又洋溢着微笑。由于神奇的家族关系和心灵深处存在的优点，他的烦恼一下子全都烟消云散。

回到牧场，他发现萨姆·加洛韦没在家。那把吉他由鹿皮琴弦悬挂在朴树枝上，没有主人弹奏的琴让港湾微风吹得发出呻吟。

吉奥瓦尽力作出解释。

“萨姆逮住一匹小马，”他说，“说他要去弗里奥城。干什么去谁也闹不清。说他今天晚上回来。也许会吧。没别的了。”

星星刚刚露面，民谣歌手便回到了他的栖身处。他把小马放到草原上去吃草，自己威风凛凛地进屋，靴子上的马刺磕碰得当当响。

埃利森老头儿坐在厨房的桌旁，正在喝一杯饭前的咖啡，看上去心满意足。

“哈啰，萨姆，”他说，“太高兴见到你回来了。反正，当初你没来之前，我真不知道该怎样在这牧场上过活了，你一来便事事顺遂。你准是到弗里奥城里泡妞儿去了吧，所以才回来得这么晚。”

接着埃利森老头儿又看一眼萨姆的脸，发现这位民谣歌手骤然已经变成一名英雄好汉。

萨姆从腰间解下埃利森老头儿那把六发左轮手枪，老头儿进城时把它留在家里了。这里我们不妨暂停下来说一说，不管在何地何时，只要民谣歌手放下吉他而抄起刀剑，麻烦就会接踵而至。这并不是我们不得不害怕的阿多斯那高超的一击，也不是阿拉米斯那冷招儿，更不是波尔多斯的铁腕①，而是加斯科涅②人的愤怒——民谣歌手不落俗套的猛烈攻击——达塔尼昂的利剑。

“我办成了，”萨姆说，“我去弗里奥城办成了。我没法容忍他这样欺负你，班叔。我在萨默酒吧撞上了他。我明白我该干什么，我跟他说了几句别人听不见的话。他先掏的枪——有六七个人看见了——可我先开火了。我给了他三枪——颗颗打在他肺上，一个小碟子就可以盖住那三个伤口。他再也不会来找您的麻烦了。”

“你……你说的是……詹姆斯……王吗？”埃利森老头儿喝着咖啡，结结巴巴地问道。

“当然就是他。他们把我带到了县法院，那几位看到他先拔枪的证人都在场。嗯，当然了，他们让我掏三百块钱保证金才肯出庭作证，可是有四五个现场的小伙子乐意为我保释。他再也不会找您的麻烦了，班叔。您该亲眼看看那三颗子弹打得多么挨近。我认为像我这样经常弹吉他的手一定对手指扣动扳机大有好处，您说是不是，班叔？”

接下来屋内一片沉寂，只有吉奥瓦在烤鹿肉排的噼噼啪啪声。

“萨姆，”埃里森老头儿说，发颤的手捋着白络腮胡子，“请你拿来吉他，弹奏一两次那首‘飞吧，飞吧，小鸽子’，好吗？人感到烦闷或疲倦的时候，听听这个曲子总会心旷神怡的。”

没什么可说的了，只是这篇故事的题目不大对头，应该是《最后一名男爵》。云游四方的民谣歌手永远不会消逝。他们时不时弹奏吉他的丁冬声好像淹没了人间所有劳动者挥动鹤嘴锄和大铁锤发闷的声响。

---

① 阿多斯、阿拉米斯和波尔多斯以及下文提到的达塔尼昂都是法国作家大仲马的《三个火枪手》中的人物。

② 加斯科涅，法国西南部一地区。

侦 探

梅绍武◎译

在这个大城市里，一个人会像一支蜡烛的火焰给吹灭了似的，突然一下子彻底消失了。于是，一切调查力量——寻踪觅迹的警犬啦，破解城市错综复杂案件的侦探啦，善于推理归纳的私家侦探啦——全都会给调动起来进行搜寻。在大多数情况下，那个失踪的人是不会再露面了。有时他会在施伯根或穷乡僻壤的泰尔霍特重新出现，管自己叫“史密斯”之类的名字，而且忘记了某段时间所发生的事，包括自己在食品杂货店欠下的账单。有时经过河流打捞，对各家餐馆逐一察访，看看他是否在等待一份美味的牛里脊肉，却发现他早已转移到别处。

一个大活人的失踪就跟把粉笔字从黑板上擦掉一样，是编剧艺术中最吸引人的一个主题。

因此，玛丽·施奈德那桩案子，确切地说，该不会没有意思。

一个名叫米克斯的中年男子从西部来到纽约寻找他的姐姐玛丽·施奈德太太。后者五十二岁，是个寡妇，在一个拥挤的贫民区一栋经济公寓里租了一间屋住了一年了。

在她住的地方，人们告诉米克斯，玛丽·施奈德一个多月前已经搬走，谁也不知道她现在住在哪儿。

米克斯先生从那里出来，就对一名站在街角的警察说明自己的困境。

“家姐很穷，”他说，“我急于找到她。最近我在一家铅矿那里挣了不少钱，想让她分享我的财富。在报上登广告找她是不起作用的，因为她不识字。”

警察捋着唇髭，看上去那么缜密思考，那么非凡了不起，米克斯几乎觉得玛丽姐姐喜悦的泪水洒在他那条鲜蓝色领带上了。

“去运河街区，”那名警察说，“尽快找一份开最大的货车的司机那种活儿干。那边一向有些老太太让货车撞死的车祸事件，先生，你可能会从那些人当中得到她的信息。要不然，就去警察局，让他们派一名便衣警察去寻找那位老大娘的下落吧。”

米克斯在警察局得到热情的协助。警方发布了一则普通告示，由她弟弟提供的玛丽·施奈德的照片给复印了许多张分发到各分局。在桑树街，分局局长指派摩林斯侦探负责侦破此案。

那名侦探把米克斯领到一边，对他说：

“这件案子倒不难侦破。把你的小胡子剃掉，兜儿揣满上好的雪茄，今天下午在沃尔道夫大饭店的咖啡厅里等我。”

米克斯照办了。他在那里找到了摩林斯。两人喝了一瓶酒，那名警探问起有关那个失踪的女人的情况。

“听着，”摩林斯说，“纽约是个大城市，不过我们这个侦探行业很系统化。眼下只有两个办法可以找到你的姐姐。咱们先试试第一种办法。你说她五十二岁了吗？”

“刚过了五十二。”米克斯说。

警探便领着这个从西部来的人到最大的日报社的一家广告公司分部。他在那里写出下面一则广告递给米克斯看：

“急聘启事——本团为上演一出新音乐喜剧，急招百名迷人的合唱团姑娘。全天报名。地址在百老汇大街××号。”

米克斯发火了。

“我老姐是个上了岁数、勤劳的穷苦女人。我看不出这则广告对寻找我老姐有啥帮助。”

“那好吧，”警探说，“你大概对纽约一点也不了解。你要是发牢骚，不满意这个方案，那咱们就试试另一个办法。这没问题。可是那会叫你开销更大些。”

“不必考虑要花多少钱，”米克斯说，“咱们就试试吧。”

警探又把他领回到沃尔道夫大饭店。“订两间卧房和一间客厅，”他提议道，“咱们上去吧。”

手续办完后，他俩就给领到四楼一套豪华的套房。米克斯像是大惑不解，警探则坐进一张软绵绵的丝绒沙发里，掏出他的雪茄烟盒。

“我忘了告诉你，老头儿，”他说，“这套房间你该订一个月，他们想必不会让你花太多的钱。”

“订一个月？”米克斯惊呼道，“你这是什么意思？”

“唔，用这种办法破案得需要时间。我跟你说过开销会更大些嘛。咱们得等到春天。那时候就会有一部新出版的纽约人名录。令姐的姓名和地址很可能会印在上面。”

米克斯顿时摆脱了那位警探。次日，有人建议他去找沙洛克·胡尔纳斯①，那人是纽约最著名的私家侦探，虽然索价奇高，却在破案方面是个高手。

米克斯在那位大名鼎鼎的侦探寓所接待室里足足等了两个小时光景，才给引进到名探面前。胡尔纳斯身穿紫色长袍，坐在一张上面镶嵌着象牙棋盘的桌子前，面前放着一本杂志，正在聚精会神试着破解那个称之为“他们”的棋局之谜。这位名探那张透着机灵样儿的瘦脸啦，敏锐的目光啦，说话的频率啦，大家都已熟知，无须赘述。

米克斯说明来意。“如果成功了，我的费用是五百块钱。”沙洛克·胡尔纳斯说。

米克斯点点头，同意这个价钱。

“好，你这个案子我接了，米克斯先生。”胡尔纳斯最后说道，“本人一直对本城市民失踪这个问题极感兴趣。我记得一年前我成功

① 姓名近似歇洛克·福尔摩斯。

地侦破了一起案子。有一家人姓克莱克，突然从他们住的小公寓里失踪了。为了寻找线索，我监视那栋公寓楼房足足长达两个月时间。有一天，我发现一个送牛奶的和一个送食品的小伙子，把东西送上楼去时总是倒着走。根据这一情况，通过推理，我弄明白了，立刻找到了失踪的那家人，原来他们搬到走廊对面那套公寓里去了，并且改姓为克拉克①。"

沙洛克·胡尔纳斯跟他的委托人走进玛丽·施奈德原来住的公寓里。侦探要求看一下她住过的那个房间。自从她失踪后，那间屋子没人住进去过。

那间屋狭小昏暗，没有什么家具。米克斯心情沉重地坐在一把破椅子上，那位大侦探把四面墙、地板和几根支撑摇摇晃晃的破家具的木棍都仔细检查一番，寻找线索。

半个小时后，胡尔纳斯收集到了几件看上去令人费解的东西——一个廉价的黑色女帽饰针、一张从剧院节目单撕下来的纸片和一小张上面有"左"和"C12"字样的碎卡片。

沙洛克·胡尔纳斯靠在壁炉台那儿足有十分钟之久，一只手托着腮，那张透着机灵样儿的脸现出聚精会神的表情。最后他兴奋地大声说：

"来吧，米克斯先生，问题解决了。我可以把你直接带到你老姐住的地方，而且你也不必担心她的生活状况，因为她现在已有丰厚的收入——至少现在是这样。"

米克斯的喜悦和惊讶各占一半。

"您是怎么搞清楚的？"他以钦佩的口气问道。

胡尔纳斯唯一的弱点恐怕是他对自己推理所取得的惊人成就而表现出来的那种职业上的傲气。他一向乐意描述自己的破案方法，好叫听他的人感到惊讶而着迷。

"利用排除法嘛。"胡尔纳斯一边说，一边把他取得线索的几个

---

① 原姓Clark（克莱克），后来把这个姓倒过来成为Krak（克拉克），侦探由两个人倒着走悟出了玄机。

物件摆在一张小桌上，“我排除了施奈德太太可能已经从那里迁出的几个城区。看见这个女帽饰针了吗？这就排除了布鲁克林区。没有哪个女人想要在布鲁克林桥那儿搭上一辆街车，不事先弄准她已经插好帽子饰针好挤个座位。现在我再讲给你听她也不可能去了哈莱姆区。这扇门后有两个挂衣服的钩子，施奈德太太在一个钩子上挂着她的帽子，另一个挂着她的披巾。你可以发现挂披巾下面的墙上已经有了渐渐蹭脏的污迹。这污迹轮廓整齐，说明披巾没有穗儿。一位中年妇女披着披巾，踏上哈莱姆区的一辆街车而没有把披巾的穗儿别在车门的门缝上来阻挡身后的乘客，难道会有这种情况吗？因此，咱们也可以排除哈莱姆区。

“所以我们得出结论，施奈德太太没有迁到很远的地方去。在这张碎卡片上，你可以看到‘左’‘C’和‘12’这几个字。现在我碰巧知道C大街十二号是一家头等供应膳食的寄宿住房，按我的猜想，远远高于你老姐的经济能力。可后来我发现这张剧院节目单给揉成了一个团。这说明什么呢？米克斯先生，这对你很可能毫无意义，可对一个受过专门训练并习惯于观察细节的人来说却意味深长。

“你告诉过我你老姐是一个清洁工，擦洗办公室和门厅地板。让咱们假设她在剧院做清洁工。米克斯先生，最值钱的珠宝首饰经常最会在哪儿丢失呢？当然是在剧院里。看看这张节目单，米克斯先生。请注意上面的印迹。它曾经包过一枚戒指——也许是一枚价值连城的戒指。施奈德太太在剧场里干活儿时拾到了这枚戒指，就匆匆忙忙从一张节目单上撕下一块纸，小心包好戒指塞进胸衣内。次日，她就把那枚戒指卖掉，增加了经济实力，便想在邻近找一处更舒适的住处。我顺着这个思路想下去，就认为她最有可能搬到了C大街十二号。米克斯先生，我们可以在那里找到你的老姐。”

沙洛克·胡尔纳斯面带一位成功的艺术家那样的微笑，结束了他这篇很有说服力的演说。米克斯那种钦佩的心情难以言表。他俩便一块儿去C大街十二号。那是一座老式的褐色沙石房子，位于一处富裕体面的居民区。

他们按响门铃，一经询问，才知道那里没人认识施奈德太太，而且最近六个月里那座房子并没有新房客搬来住过。

他俩又回到人行道，米克斯仔细检查一下那些从他老姐旧居中取出来作为线索的物件。

“我不是什么侦探，”他一边对胡尔纳斯说，一边把那张戏剧节目单举到鼻子前闻闻，“可我认为这张纸里并没包过一枚戒指，倒好像包过一块那种圆形薄荷糖。这张上面有地址的碎卡片我觉得倒像是一张戏票的票根——左通道，C 排十二号。”

沙洛克·胡尔纳斯两眼现出恍恍惚惚的神情。

“我想你最好去请教朱根斯吧。”他说。

“谁是朱根斯？”米克斯问道。

“他是现代侦探学派的一位领袖，”胡尔纳斯答道，“在侦破方法上他们跟我们不一样，不过据说朱根斯侦破了一些非常棘手的疑难案子。我带你去他那儿吧。”

他们在更了不起的朱根斯侦探的办公室里找到了他。那人个头不高，头发稀少，正专心致志地读纳撒尼尔·霍桑的一篇具有资产阶级色彩的平庸作品。

这两位不同流派的伟大侦探礼节性地握握手，胡尔纳斯把米克斯介绍给他。

“那就说说情况吧。”朱根斯一边说，一边继续看书。

米克斯讲完之后，那位大侦探合上书，说道：

“那么说，你老姐五十二岁，鼻子一边有颗个儿挺大的黑痣。她是个穷寡妇，靠干清洁工作的微薄收入糊口，相貌和身材非常一般，是这样吗？”

“您描述得丝毫不差。”米克斯承认道。朱根斯便站起来，戴上帽子。

“我十五分钟后回来，”他说，“给你带回她现在的地址。”

沙洛克·胡尔纳斯脸色煞白，勉强笑笑。

朱根斯准时回来了，看了看手中拿着的小纸条。

“你老姐玛丽·施奈德嘛，”他平静地宣布，“你可以在齐尔顿街一百六十二号找到她。她住在五段楼梯上面的后厅卧室里。那座楼房离这儿只有四个路口，”接着他对米克斯说，“你去核实一下，然后回来，我敢说胡尔纳斯先生会在这儿等你。”

米克斯匆匆离去，二十分钟后满面笑容地返回来了。

“她确实住在那儿，过得蛮好，”他嚷道，“快说说您的费用吧。”

“两块钱！”朱根斯说。

米克斯付了钱便走了。沙洛克·胡尔纳斯拿着帽子，站在朱根斯面前。

“如果不嫌我多问，”他结结巴巴地说，“如果你能赐教……不会拒绝说说……”

“当然不会，”朱根斯愉快地说，“我告诉你我是怎样查出来的。你还记得对施奈德太太的描述吗？你听说过一个像她那样长相的女人放大了自己的铅笔肖像画，却不能按规定每周分期付清款吗？全国那种画画儿行业最大的聚集地就在拐角那边。我只不过去那儿从顾客留名册中抄下了她的地址罢了。仅此而已。”

女巫的面包

梅绍武◎译

玛莎·米查姆小姐在街头拐角那儿开了一爿面包店（就是您得上三级台阶，推门进去时，门上的小铃铛便会丁零零响起来的那家）。

玛莎小姐四十岁，银行里有两千块钱存款，还有两颗假牙和一颗富于同情的心。不少女人都结了婚，可跟玛莎小姐一比，条件可差得远咧。

有一名顾客每周来店两三次，玛莎小姐开始对他产生了好感。他是个中年男子，戴眼镜，蓄着修理得整整齐齐的棕色络腮胡子。

他说英语，却带有浓重的德国口音。那身衣服都磨损得很旧了，有些地方还缝补过，有的地方则皱皱巴巴得不成样子。可他看上去外表却很整洁，待人很有礼貌。

他总是买两个陈面包。新鲜面包五分钱一个，陈面包五分钱俩。除了陈面包之外，他从没买过别的糕点。

有一次玛莎看到他手指上有块红褐色污迹，就断定他准是个穷困潦倒的画家。他肯定住在一个阁楼上画画儿，啃啃陈面包，心里想着玛莎店里各式各样好吃的东西。

玛莎小姐每当坐下来吃肉排、面包卷和果酱，喝茶那当儿，就会唉声叹气，巴不得那位斯斯文文的画家能分享她的美味饭菜，而不是在那有穿堂风的阁楼上啃干面包。

我刚才说过玛莎小姐富于同情心嘛。

为了验证她对那名顾客的职业推断是否正确，她把一幅以前从画廊大甩卖买来的画儿从她的卧房里搬出来，搁在店堂柜台后面的面包架子上方。

那是一幅威尼斯风景画，画面正中，要么宁可说水面正中，矗立着一座华丽的大理石宫殿（画上是这样标明的）。因为其他部分就是几条平底小划船（船上有位女郎伸手到水面，带起一道碧波涟漪），另有云彩、苍穹和许多明暗烘托的笔触。凡是画家就不会不注意这幅画儿。

两天后，那位顾客来了。

“劳加（驾），请给我拿两个陈面包。”

玛莎给他包面包的时候，他又说：“夫人，您这幅划（画）儿真美!”

“是吗?”玛莎小姐说，为自己的计谋成功而大为高兴。“我也真的非常欣赏艺术和……”（不，不该这么早就说出“画家”来）“和绘画，”她改口道，“你认为这是一幅好画儿吗?”

“那座弓（宫）殿画得不大好，”顾客说，“特（透）视法用得不大真实。早安，夫人。”

他拿起面包，鞠一躬，就走了。

没错儿，他准是个画家。玛莎小姐把那幅画儿又搬回她的卧室。

那双眼睛在那副眼镜后面显得多么温柔和善啊！他的脑门儿那么宽阔！一眼就判断得出透视法，可他却靠陈面包过活啊！不过嘛，天才在成名之前总是要历经苦难，作一番奋斗的。

一个天才要是有两千块钱银行存款、一爿面包店和一颗富有同情的心作后盾，艺术和透视法会达到多么辉煌的成就啊！——可这只是白日梦，玛莎小姐。

此后，他再来买面包就经常会隔着柜台跟她聊一会儿。他似乎渴望听到玛莎小姐欢快的话语。

他仍旧一直买陈面包，压根儿没买过一块蛋糕、一个加馅点心和她做的美味可口的莎莉伦热甜饼。

她觉得他开始瘦了，精神也有点颓唐。她心疼得真想在他买的寒酸食品里加点好吃的东西，可她没有勇气那样做。她不敢冒犯他。她了解画家高傲的自尊心。

玛莎小姐开始穿上那件带蓝点儿的丝绸上衣站在柜台后面。她还在里间屋熬了一种榅桲籽和硼砂混合的神秘汁液，不少女人用它养颜美容。

一天，那位顾客又像往常那样走进来，把五分硬币放在柜台上买两个陈面包，玛莎小姐去拿面包那当儿，街上忽然一阵大乱，一辆救火车鸣笛隆隆驶过。

那位顾客就像任何人都会的那样，急忙跑到门口去看个究竟。玛莎小姐灵机一动，抓住了这个机会。

食柜顶下面一层有一磅新鲜黄油，是送奶人十分钟前送来的。玛莎小姐用面包刀把那两个陈面包各切一个深口子，往里面抹了一层厚厚的黄油，再把那两个面包按紧。

等那位顾客转过身来，她已经把面包用纸包好。

他俩格外愉快地闲聊了一阵子，随后他就走了。玛莎小姐自顾自地微笑起来，心里却并非一点也没着慌。

她的胆量是不是忒大了？他会不高兴吗？当然不会吧。食物并不代表语言。黄油并不象征着有失闺秀身份的冒失行为。

那天她一门心思琢磨这件事，想象着他发现她这个小诡计时的情景：他会放下画笔和调色板，面前的画架上支着他正在画的一幅油画，画面上的透视法无可挑剔。

他准备吃他那顿干面包就白开水的午餐，切开一个面包——啊！

玛莎小姐的脸刷的一下红了。他吃的时候会不会想到那只抹黄油的手呢？他会不会……

前门的铃声大作。有人吵吵嚷嚷地走进来。

玛莎小姐急忙走进店堂，只见两个男人站在那里，一个是抽着烟斗的小伙子——一个她从没见过的人，另一个是她那位画家。

那位画家脸涨得通红，帽子给推到后脑壳上，头发给揉得乱糟糟的。他攥紧拳头冲着玛莎小姐狠狠挥动。居然冲着玛莎小姐！

“Dummkopf！[①]”他扯着大嗓门嚷道，接着又喊一声“Tausendonfer！[②]”之类的德国话。

那个小伙子竭力想把他揪走。

“我不走，”他气呼呼地说，“我得跟她说个明白。”

他擂鼓般地乱敲玛莎的柜台。

“你把我烩（毁）了！”他嚷道，那双蓝眼珠在眼镜片后面冒着火，“我告诉你，你是个爱管闲事的老猫！”

玛莎小姐瘫靠在柜台上，一只手按在她那件带蓝点儿的丝绸上衣上。小伙子抓住他同伴的衣领。

“走吧，”他说，“你已经骂够了！”他把那个怒气冲冲的家伙拖到人行道上，自己又走回来。

“我想我该向您说明白他干吗会这样发火，太太，”小伙子说，“他是布卢姆伯格，一位建筑制图员，我跟他在同一个事务所工作。

“他一直在绘制一张新市政厅的平面图，辛辛苦苦地干了三个月了，准备参加有奖竞赛。昨天他完成了墨稿。要知道，制图员总是先用铅笔打底稿，画完之后用陈面包屑擦掉铅笔印儿，效果比橡皮要好得多。

“布卢姆伯格一直在您这里买陈面包。可是，今天——嗯，要知道，太太，那黄油不该——嗯，布卢姆伯格那张图纸一下子就成了废品，只能撕成火车上卖的三明治那样大小的碎片了。”

玛莎小姐走进里屋，脱掉那件带蓝点儿的丝绸上衣，又换上那件旧了吧唧的棕色哔叽上衣。接着，她把那罐用榅桲籽和硼砂熬的养颜液也全都倒在窗外那个垃圾箱里了。

---

① 德语，笨蛋。

② 德语，千雷轰顶的。

劫火车

梅绍武◎译

注：告诉我这些事的人非常坦率地说他是一个当了多年的不法之徒，一个这种行当的追求者。他对自己那种 modus operandi① 的描述该说挺有趣儿，也对将来有可能遭遇“抢劫”的乘客颇有警示作用，而他对抢劫所产生的快感那种评论却难以引诱任何人把那当成一门职业。我几乎是不折不扣地用他的原话来讲述这个故事。

——欧·亨利

想起劫火车这种事，大多数人都会说那是一桩挺难办的事。嗯，其实一点儿也不难，容易得很哩。我已经为此做出多次贡献，使得铁路当局焦虑不安，使得快递公司昼夜难眠。我劫车生涯中遇到的最大麻烦反倒是我在挥霍那些不义之财时，却被一伙缺德的家伙诈骗了。危险不值得一谈，麻烦我们也不屑一顾。

一个人独自劫火车很可能会成功；两个人合干成功过几次；三个人一块儿干，如果都是亡命徒，也能得手；五个人合伙干则是最

① 拉丁文，意为一贯手法或惯技。

佳组合。劫火车的时间地点要靠几个因素来定。

我首次“落草为寇”是在一八九〇年。讲讲我是怎样混迹其中的，兴许能够解释大多数劫车大盗如何开始干这一行的。每六个西部不法之徒当中倒有五个是失业的西部牛仔，被迫误入了歧途，第六名则是个东部的亡命徒，他穿着打扮得像个坏蛋，玩弄一些卑鄙下流的把戏，真是败坏了那帮哥们儿的名声。铁丝网和“圈地而居者”造就了那五个，而一副黑心肠则成就了那第六个。

吉姆·斯——和我在卡罗拉多一〇一牧场上干活儿。那些圈地而居的家伙让牛仔们没完没了地干活儿。他们霸占了土地，还选雇了几名难以相处的警察。吉姆和我有一天骑马离开牛群往南走，去拉欢达镇。我们对谁都没有恶意，只想找点乐子，这时牧场主的一伙行政管理人员竟然拦住我们，想把我们抓起来。吉姆便开枪打死一个副头头，在那场争辩中，我多少站在吉姆一边。我们在那条大街上进行了小规模战斗，倒霉的总是他们那些哇哇叫的家伙。后来，我们便奔向赛列索大牧场。我们的坐骑尽管不会飞，却逮得住飞翔的鸟儿。

几天之后，拉欢达镇一帮哇哇叫的家伙来到牧场叫我们俩跟他们回去。我们当然拒绝。那所我们住的房子冲着他们，我们拒绝的话还没说完，那所老土坯房子的墙上就满是弹孔。天黑后，我们朝他们猛然扫射一通，然后便从后门奔上山去。我们逃跑时，他们一直在后面扫射穷追。后来我们俩不得不到处流浪，一直流荡到俄克拉何马州。

唔，我们俩在那里没什么事可做，手头又非常紧，就决定到铁路上去捞点外快。吉姆和我跟汤姆和埃克·摩尔结成一伙——那哥儿俩胆子特大，想仗着那份胆量挣笔钱花花。我现在可以说出他俩的名字了，因为那哥儿俩都死了。汤姆是在阿堪萨斯州抢劫一家银行时被击毙了；埃克则是在克里克印第安部落的一次舞会上参加那种很危险的游戏中丧命的。

我们便在圣大非选好一处地方，那儿有座小桥，桥下是一条深溪，四周围着浓密茂盛的树林。所有来往客车都会在桥的一端附近的储水池那里加水。那是个僻静的地方，最近的住房也在五里开外。在抢劫的前一天，我们让马儿休息休息，一块儿“琢磨”该怎样干这档子事。我们的计划根本就不够周密，因为我们谁也没干过抢劫这类活儿。

圣大非快车预计晚上十一点十五分抵达那个储水池。十一点那当儿，汤姆和我埋伏在铁轨一边，吉姆和埃克在另一边。火车隆隆开过来时，前灯闪亮，远远照射在铁轨上，引擎“嘶嘶”地冒着蒸气，我忽然变得浑身软弱无力。当初要是没卷进那档子事，我想必已经在牧场干了整整一年。有些干这行胆子最小的同伙对我说过他们头一次抢劫时也都有这样的感觉。

火车还没完全停下来，我便纵地跳上一侧的踏脚板。吉姆跳上了另一侧。火车司机和司炉员一看到我们手中的枪，便顿时举起双手，用不着命令，并且央求我们别开枪，说我们让他们干什么就干什么。

“滚下去!”我命令道，他俩便跳下车。我们驱赶他们在火车一侧朝前走。这当儿，汤姆和埃克已经各在火车一侧不停地开枪射击，并且像阿帕切人①那样大喊大叫，为的是让乘客都乖乖儿地待在车厢里。有一个家伙从车厢窗口伸出一把小型二十二口径的枪支，朝天开了一枪。我回了一枪，把他脑袋上方的玻璃击得粉碎。这样一来，全都解决了，没人再敢反抗。

这当儿，我一点也不紧张了，反而感到一种愉快的兴奋，就像是在参加一次舞会或某种狂欢聚会似的。车厢里的灯全灭了。汤姆和埃克慢慢停止射击和喊叫，那里几乎变得跟坟地一样静穆。我记得只听见一只小鸟在铁轨旁一处树丛里吱吱喳喳叫唤，仿佛在抱怨给吵醒了似的。

我叫司炉员去取盏灯来，随后我便去邮递车厢，朝里面的邮差大声喊话，叫他打开车门，否则就开枪毙了他。邮差拉开车门，举起双手站在里面。“跳下去，小子!”我说，他便像块铅那样落在地

---

① 阿帕切人，美国西南部——印第安部族。

面上。车厢里有两个保险箱，一大一小。顺便说一下，我刚才发现了那名邮差的武器柜，里面有一把使用大号铅弹的双管猎枪和一把三十八口径的手枪，我取下猎枪里的子弹，把手枪揣进兜儿里，叫邮差上来。我用枪顶着他的鼻子，叫他干活儿。他打不开那个个儿大的保险箱，只打开了那个小的，里面只有九百块钱。我们费了那么大的劲儿，这点钱可太少了，于是我们决定洗劫一下乘客。我们便把那几名俘虏赶进吸烟车厢，叫火车司机把车厢的灯都打开。我们从第一节车厢开始，每个门前都由一个人把守着，再命令全体乘客都举起手来站在座位之间。

你如果想知道大多数人多么懦弱，只消抢劫一次客车便一目了然。我并不是说因为他们都不抵抗——待会儿我再说说他们为什么没抵抗——可是看到他们那副丧魂落魄的样子，真叫人难过。身高马大、魁梧的推销员啦，乡巴佬啦，退伍军人啦，高傲的城里人啦，运动员啦，几分钟前还在大吹大擂，声音响彻整个车厢，这当儿却吓得魂飞魄散。

夜间行车，普通车厢里通常没有多少乘客，所以我们在洗劫卧铺车厢之前只捞到一点油水。普尔曼式卧车乘务员在门口碰上了我，吉姆那当儿正往另一节车厢走去。那位乘务员挺有礼貌地对我说我不能进卧车车厢，因为这节车厢不属于铁路运输公司，再说，乘客已经让枪声和喊声严重干扰了。我这辈子还压根儿没见过一个人摆出比这更尊严的架势，竟然如此仰赖普尔曼先生的大名。我用我那把六发左轮手枪狠戳那位乘务员先生的胸膛，劲儿使得那么大，竟发现他那件坎肩上的一颗扣子卡进了我的枪口，叫我不得不开枪把扣子射出去。他的嘴巴就像一把弹簧刀弹力不大那样合拢，身子一下子滚下车厢踏板。

我打开卧车车厢门走进去。一个高高胖胖的老头儿呼呼喘着气儿，摇摇晃晃朝我走来。他只穿上了衬衣一只袖子，正试图套上坎肩。我不知道他把我当成了什么人。

“小伙子，小伙子，”他说，“得冷静，别激动！冷静比什么都重要。”

“这我办不到，”我说，“我正激动得很咧！”接着我就大喊一声，朝天窗扣响我那把四十五口径的手枪。

老头儿想钻进一个下铺，可是从里面传出一声刺耳的尖叫，一只尖脚丫子踢在他的肚皮上，把他踹倒在地。我看到吉姆从另一扇门进来了，就命令所有的人都从卧铺里爬出来，排好队。

他们便都开始爬出来，霎时间我们有了一个围成三圈的马戏班子。那些男子像深雪堆里的兔子那样温顺而惊恐不安。他们平均每人只穿上了衣服的四分之一，脚蹬一只鞋。有个家伙坐在通道的地上，像是在做一道算术难题，正在蛮严肃地想把一位女士的二号女鞋穿到他那九号大脚巴丫子上。

女士们没停下来穿衣服。她们见到一个活生生的真正劫车大盗都感到好奇极了。她们裹着毯子或被单就出来了，哇哇尖叫，动来动去。她们向来比男人表现得更好奇更有胆量。

我们让大伙儿都排好队；等到稍微安静些之后，我便搜他们的身，可是几乎没找到什么——我指的是值钱的玩意儿。行列里有个男人倒是个目标，他是那种坐在讲台上严肃地打瞌睡而透着机灵样儿的块头大、个儿高的人。他在爬出来之前，设法穿上了他那件燕尾服，戴上了他那顶缎面大礼帽，另外他身上就只有睡衣和拇囊炎了。我搜查这位艾尔伯特王子时，期望至少得到一沓金矿股票或一大把政府债券，却只找到了一个小男孩儿的约莫四寸长的法式小口琴。我纳闷他装着这玩意儿干啥。我可真有点气疯了，因为他竟敢耍弄了我。我就把那个小口琴往他的嘴里一塞。

“你如果拿不出钱来，就吹吧！”我说。

“我不会吹。”他答道。

“那就赶快学学！”我说，让他闻闻我那把手枪的枪口。

他抓住口琴，脸涨得萝卜一样红，便吹起来。他吹出一首小曲儿，倒叫我想起小时候听过的一首歌谣：

世间最美丽的小姑娘——哦嗬咳！妈咪老爸这样告诉我。

我们在车厢里那阵子，我就让他没完没了地吹那个曲子。他时不时吹累了，就跑了调，我便拿枪对着他，问他那个小姑娘咋了，他是不是还打算回去找她。这会叫他又不得不卖力地吹起来。我让那个老家伙站在那里戴着缎面大礼帽，光着脚丫子，吹他的小口琴，这真是我所见过的一个最逗乐儿的场面。行列中有个红头发女人忽然冲他哈哈大笑起来，那笑声连隔壁车厢里都听得到。

随后，吉姆看住他们，我便搜查各个卧铺，我在那些卧铺里乱搜一通，足足装满一枕头套各式各样稀奇古怪的玩意儿。偶尔我会搜到一把小玩具手枪，只能用来塞塞牙缝，我就把它扔出窗外。搜索完毕，我便把枕头套里的东西统统倒在过道里，其中有不少手表啦，手镯啦，戒指啦，小皮夹子啦，还有少量假牙啦，威士忌酒瓶啦，香粉盒儿啦，巧克力糖啦，长短不一各种颜色的假发套啦。此外还有十来双女人的长筒袜子，里面塞着珠宝首饰、手表和一卷卷钞票，都给牢牢扎紧塞在床垫下面。我主动把那些我称之为“头皮”的玩意儿还给她们，并说我们并非是征战途中的印第安人，可是没有一个女人好像认得出来哪个头套是属于哪个娘们儿的。

其中有位女郎——长得挺漂亮——裹着一条花纹毯子，一见我捡起一只长筒袜，脚趾那端给塞得鼓鼓囊囊，沉重得很，便急忙喊道：

“那是我的东西，先生，您总不至于抢劫妇道人家吧，是不是？”

这可是我们头一次抢劫，事先并没规定什么道德准则，因此我简直不知道该怎样回答她，可我不管怎样，总得答复啊，就说：“嗯，反正我也不是干这一行的。这里面的东西如果都是您私人的东西，那就拿回去吧！”

“就是我私人的东西。”她急巴巴地说，便伸手去取。

“慢着，实在对不起，请先让我看看里面都是些什么东西，”我一边说，一边就提起袜头，倒出一大堆东西，里面有块个儿挺大的男人的金怀表，足值两百块钱，一个男式皮夹子，后来我们发现里面装有六百块钱，一把三十二口径的手枪，其中唯一一样可以称之为女人的东西是个银手镯，也就值五毛钱吧。

我便说："太太，您的东西在这儿，"接着就把那个手镯递给她，"听着！"我接着说，"您试想这样欺骗我们，又怎么能期望我们对您公平相待呢？我对您这种行为感到吃惊。"

那位女郎脸刷的一下红了，仿佛做了什么亏心事让人当场抓住似的。行列里另一个女人喊道："这个吝啬鬼！"我压根儿没闹清她指的是那个女人还是我。

事情办完之后，我们就命令他们各自回卧铺睡觉，然后在车厢门口彬彬有礼地向他们道了晚安便离开了。天亮前，我们骑马驶行了四十里路，随后便开始分赃，折合成钱数，每人分到一千七百五十二块八毛五。那些珠宝首饰也一并给处理了，然后我们就分道扬镳，各奔东西了。

这是我首次劫火车的经历，跟以后几次打劫差不多一样轻而易举。不过那是我唯一的一次，也是最后一次抢劫全体乘客，我不喜欢那样干。此后我只抢劫快递邮车。在后来几年里，我抢到不少钱。

我捞得最实惠的一次是在首次抢劫之后的第七年。我们得知有辆火车押运一笔巨款去给政府一处驻防军发饷。我们在大白天劫了那辆火车。我们五个人埋伏在一个小火车站附近的沙丘上。火车上有十名士兵押运，可他们却像是在家休假那样悠闲自在。我们甚至都没让他们从车窗伸出脑袋来看看热闹，就毫不费劲儿地把那笔巨款弄到手，全是金币。事发之后当然就响起一片捉拿我们归案的嚎叫。那是政府的钱，遭劫是对政府的讽刺，政府想知道派去的那些士兵都干什么去了。唯一的辩解就是没人会料到大白天在那荒芜的沙丘地带会遭到袭击。我闹不清政府方面对这种辩解是怎么想的，可我明白这倒是个蛮好的借口。出人意料——这就是干劫车这一行当的基调。报纸上对这次损失刊登了各种说法，最后一致同意损失介于九千到一万块钱之间。政府一心只管自己的事，不管闲事，首次发布了正确的损失数字——四万八千块钱。谁如果愿意费心查一下山姆大叔私人的盈亏账目，就会发现我说的数目分毫不差。

那时候，我们都已经是内行里手，足以知道该干什么。我们朝正西方向骑马跑了二十里路，给一个可能在追踪我们的百老汇警察留下轨迹，随后我们又往回跑，隐匿我们的踪迹。抢劫的次日晚上，武警部队正在全国四处搜寻我们的时候，吉姆和我正在镇上一个朋友家二楼吃晚饭哪，警报就是从那个镇发出的。我们那位朋友给我们指着街对面一个办公室，那是一家印刷厂，正在开印悬赏缉拿我们的传单呢。

有人问我弄来的钱怎么花啊。嗯，这我压根儿也说不清其中十分之一是怎么花掉的。钱真是花得又快又慷慨。一名不法之徒得交许许多多朋友，而一个很受人尊敬的人通常交几个朋友就够了，可是一个东躲西藏的家伙却得有不少“哥们儿”。在那些怒冲冲的武警和巴望得到奖金的警官穷追不舍的情况下，他总得在国内有几处地方可以停下来歇歇脚啦，吃顿饭啦，喂喂马啦，睡几个钟头觉啦，用不着总是神经紧张地张着两只大眼嘛。他每捞到一次钱，总愿意分点儿给朋友，而且出手大方。有时我在离开一个匆匆逗留过的避难所之前，就会扔一把金币或钞票给那些趴在地板上玩儿的孩子，闹不清掏出来的是一百块还是一千块。

那些老手捞到一大笔钱后，通常都走得远远的，到一个大城市去花他们的钱；而那些新手，不管抢劫得多么成功，却几乎一向就在出事地区附近大把花钱露了馅，从而暴露了自己。

九四年那年，我参加了一次劫火车的活儿，我们抢到了两万块钱之后就按照我们最喜欢的方式——那就是先一直朝前奔跑，接着再往回跑，然后就在那趟倒霉的火车出事地点附近隐匿一段时间。有一天早晨，我随手拿起一份报纸，见到一篇大字标题的报道，说警察局长率领八名警察和三十名武装民兵把劫火车的强盗团团包围在东西马隆一处牧豆树丛里，还说再过几小时便可以把他们击毙或逮捕。我看这篇文章时，正在华盛顿一家最优雅的私人住宅里吃早饭哪，身后站着一名穿短裤的男仆。吉姆坐在桌子对面正跟他那同父异母的叔叔聊天，那人是一名退役海军军官，你经常在首都一些重要活动的报道中见到他的大名。我们来到了首都，购置了高档服装，正在跟那些富豪生活在一起稍事休整呢。我们俩原本会在那牧豆树丛里给击毙，因为我可以出具宣誓书证明我们绝对不会投降。

现在我要说说劫火车为什么那么容易，却又为什么没人该干这种事。

首先，袭击一方占尽优势。那就是说，他们当然都是富有经验和胆量的老手。他们在外面，总有暗处掩护，而对方则在明处，给禁锢在一个窄小的空间，一无掩护，他们在车窗或车门前一露头，就暴露为神枪手射击的目标，后者会毫不犹豫地开枪。

可我倒认为造成劫火车轻而易举的主要条件是跟乘客想象中的"出人意料"这个因素有关。你要是见过一匹马吃过疯草，就会明白我说乘客都神经错乱了是什么意思。那匹马有世界上最令人敬畏的想象力。你无论如何也没法哄它跨过一条只有两尺宽的小溪，在它眼里，那条小溪就像密西西比河那样宽哩。当时乘客的情况就跟这一样。他认为在车外有上百人在喊叫在射击，而实际上可能只有两三个人。一把四十五口径的手枪的枪口看上去就像个隧道入口处。乘客没问题，尽管他可能会耍点小花招，像在鞋里藏一沓钞票什么的，直到你用你那把六发左轮手枪顶顶他的肋条骨，他才会想到把钱掏出来，可他倒不会伤人。

至于列车员嘛，他们如果都是胆小鬼的话，就从没给我们制造过什么麻烦。我并非说他们是懦夫，只是认为他们明白事理。他们知道自己还没面临绝境那一步。警官们也一样。我见过特工人员、警长和铁路侦探都不情愿像摩西①那样温顺地把钱全掏出来。我生平见过一个最勇敢的警长把手枪藏在座位下面，我收钱的时候，他也跟别人一样把钱交出来。他并不害怕，可心里明白我们控制了整个局面。再说，那些警官大多数都有家眷，都认为不该冒险，何况劫车的家伙是不怕死的亡命徒，料定总有一天自己会给打死，通常也确实如此。我奉劝你，要是有一天遭到劫持，就跟那些懦夫排队站在一起，留着那份勇气等到对你可能会有好处的时机再用。此外，警官们为什么都畏缩不前，不跟劫车的强盗搏斗的另一个原因是出于财政问题。每次交火总会有人被杀，警官们便得失财。如果劫车

① 摩西，基督教《圣经》中率领犹太人摆脱埃及人奴役的领袖。

人逃脱，他们就会起诉，对约翰·多伊①等人发出通缉令，然后跑上百里路追踪逃犯，签下行程万里的凭证，由政府付账单，由此而获得一笔钱。所以，对他们来说，不是勇气的问题，而是里程的问题。

我举个例子来证实我所讲的“出人意料”是劫火车游戏中最好的一张牌。

九二年期间，达尔顿那伙人在彻罗基部落②那边把警方弄得团团转。那些天可真是他们的幸运日子，因此他们便变得忘乎所以，胆子也大了，竟把他们打算要干的事事先就宣布了。有一次他们放出风来说要在某天晚上在印第安领地的布莱尔·科里克车站抢劫 M. K. &T. 快车。

那天晚上，铁路公司在莫斯考吉找了十五名警察，把他们安排在火车上。此外他们还布置了五十名武装人员埋伏在布莱尔·科里克车站。

卡蒂快车进站了，可是达尔顿那伙人一个也没露面。下一站是阿达尔，离布莱尔·科里克六里远。快车抵达阿达尔那当儿，那些警察正在兴高采烈地谈论达尔顿匪帮一旦出现，他们会怎样对付那些兔崽子。这当儿，车外突然像是有一支军队在开火。列车员和司闸员跑进车厢喊道：“劫匪来了！”

一些警察仓皇夺门而出，跳下火车，拼命逃跑。另有些警员忙不迭把步枪藏在车位座下。只有两人还击，结果双双丧命。

达尔顿那伙人只用了十分钟工夫就抢劫了火车，打垮了车上的护卫队。他们又用了二十多分钟时间抢劫了快递车厢，得到两万七千块钱，然后就干净利索地撤了。

我的看法是那些警察，已经做好在布莱尔·科里克车站遇到麻烦的准备，本来想要狠狠迎击，可他们却出乎意外地在阿达尔受到了袭击，就给吓得神经错乱了，正像达尔顿那伙人所预料的那样歇

---

① 约翰·多伊，西方法律诉讼程序中对不知真实姓名的当事人的称呼。

② 彻罗基部落，北美印第安人。

气了，而达尔顿一伙人却明白自己该怎么干。

我觉得我在结束叙述之前，应该把我八年“东躲西藏”的经历下个结论。劫火车这档子事不划算。抛开我大概不会去理会的权利和道德问题不谈，一个不法之徒的生活其实没什么可值得羡慕的。过了一阵子，金钱在他眼里就失去了价值。他开始习惯于把铁路和快递公司当作他的银行，把他那把六发左轮手枪当成可以开任何金额的支票本。他挥金如土，到处乱花，大多数时间昼夜不停地疲于奔命；他有时活得很苦，即使过着上流社会生活，也体会不出其中的乐趣。他心里明白早晚有一天他会失去生命或自由，也同样明白由于他那准确的枪法，他那坐骑奔跑的速度，加上他的“哥们儿”对他的义气，才延迟了这个不可避免的结局。

他不会因为执法的警方捉拿他所带来的危险而失眠。在我的经历中，我压根儿没见过警方主动袭击一伙不法之徒，除非在人数上他们超过我们三倍，则另当别论。

可是不法之徒脑子里却经常有个想法——那才是叫他对生活比对任何什么都感到痛苦的原因——他知道警长会从哪儿招兵买马；他也知道那些护法人大多数一度曾经是违法人，偷马贼啦，偷牛贼啦，拦路强盗啦，跟他一样的不法之徒啦等等。他明白那些人由于供出对同伙们不利的证据，背叛了哥们儿而使他们进了大牢或死亡，由此才得到了赦免，才得到了现在的职位。他也明白早晚有一天——除非他先被击毙了——他的犹大①会开始行动，为他设下陷阱，他就不再是劫火车让别人震惊的人，而是自己受惊的人了。

这就是为什么劫车人在选择同伙时比一个谨慎的姑娘挑选心上人更加小心上千倍。这就是为什么他会在半夜三更猛然惊醒，从被窝里坐起来侧耳倾听远处路上传来的每一阵马蹄声。这就是他为什么会一连好几天疑神疑鬼地琢磨一位过去可靠的同伙说的一句玩笑话或做出的一个不同寻常的举动，要么就是揣摩睡在身旁的一位最亲密的朋友在睡梦中断断续续嘟囔的呓语。

---

① 犹大，耶稣的门徒，出卖耶稣者。

这也就是劫火车这个行当为什么没有跟它并列的那两个行当——政治勾当或垄断市场——那样更有乐趣。这也是其中一个原因。

尤利西斯和遛狗的奴仆

梅绍武◎译

您知道遛狗的奴仆的作息时间吗?

黄昏的食指把纽约这座大城市清澈的轮廓渐渐抹黑的时候，便开始有一个钟头光景展现都市生活中最凄惨的景象。

从纽约都市居民住的高楼大厦和屋顶高耸的公寓里偷偷溜出来一大队一度曾是人的生物，尽管他们现在还是用两条腿走道儿，保留人的形状和语言，可您会发现他们却是在动物身后向前走动。每个这样的生物都跟随在一条狗后面，并且由一根人造的联结物把他跟狗紧紧拴在一起。

这些人都是喀耳刻女魔的牺牲品。他们都不很情愿充当菲多的奴仆、雄壮㹴狗的小厮、托兹小狗身后的跟屁虫。现代的喀耳刻女魔倒没把他们变成动物，而是善意地在人兽之间联结一条六尺长的牵狗皮带。这些狗仆不是受到他们各自的喀耳刻的哄骗贿赂就是听从她的命令把家中的宠物牵出去过过风透透气儿。

从他们脸上的表情和行动举止您可以看出这些遛狗的奴仆已经让一种没治的魔法束缚住了，就连捕狗的尤利西斯①都压根儿没法解除这种符咒。

① 尤利西斯，《奥德赛》中的英雄。

有些人脸上的表情僵硬呆滞。他们已经不在乎同类的怜悯、好奇或嘲讽。多年的婚姻生活和狗的持续必不可少的保健散步已经使他们变得麻木不仁。他们像中国的达官贵人不慌不忙地摆弄风筝线那样从街灯柱子上或缠在骂骂咧咧的行人腿上解开牵狗绳。

别的人，最近都降为宠物的随从行列，闷闷不乐地吞吃他们的苦药。他们逗弄另一端拴着的狗，就像小姑娘出外钓鱼钓上一条鲂鮄那样欢悦。可您要是望着他们，他们便会怒目瞪您一眼，好像会乐意放开他们的战狗咬您似的。这些人是半背叛的狗仆，还没有完全喀耳刻化。他们伺候的宠物如果在您脚踝周围闻来嗅去，您可千万别踢它们。

这一伙人当中另一撮就似乎不那么敏感。他们大都是些毫无朝气的小伙子，戴着金色帽子，叼着烟卷儿，他们跟他们的狗相处得不太和谐。他们伺候的狗都在脖颈上扎着缎面蝴蝶结；小伙子那么兢兢业业地牵着它们，使你不由得揣测大概是依据履行职责，如能做到很好的服务，便会得到什么个人好处吧。

每人领着的狗种类迥异，可它们却在不少方面极为相似，比如肥胖程度啦，娇生惯养啦，病态的坏脾气啦，粗暴无礼啦，变化无常的行为举止啦，等等。它们暴躁地拉扯皮带，它们悠闲自在地闻闻每个台阶、栏杆和柱子。它们随时随刻想休息就坐下来休息；它们像第三号街上吃牛排竞赛的获胜者那样呼呼喘气儿；它们笨笨咧咧地往煤坑和开着门的地窖子里钻；它们拖拉着狗仆在它们身后乱跑乱窜，叫他们好似在欢乐地跳舞。

这些不幸的狗保姆，在那些住在高楼大厦里的喀耳刻女魔的控制下，抱着杂种狗，喂着杂毛狗，牵着尖嘴竖耳的丝毛狗，拉着鬈毛狗，梳着长毛短腿狗，宠着德国小猎狗，拖着㹴狗，赶着波美拉尼亚狗，个个无不逆来顺受地紧跟在他们伺候的狗大爷后面。那些狗大爷既不怕他们，也不尊重他们。这些手握狗皮带的人可能是房主人，却不是狗主人。汪汪吠叫的狗儿会从温暖的旮旯到太平梯，从沙发到餐桌旁的上菜架，轻而易举地把那个两条腿的生物拽来拽去，那人天天还有个任务，就是出外遛狗，走在牵狗绳的另一端。

一天黄昏，那伙狗仆在他们的喀耳刻的要求、酬谢或鞭子的噼啪响声下像往常那样走出家门。其中有一位是个体格健壮的家伙，明明壮得干这种轻松的活儿太不相称。他的表情忧郁，情绪低落。一条皮带把他约束在一头白狗后面，那条恶狗肥得叫人恶心，脾气坏透了，幸灾乐祸地让它所蔑视的牵领人很难对付。

那位狗仆在离他的公寓住处最近的一个转角那儿，拐进一个小胡同，想叫少点人见到他这种耻辱。那个喂得过饱的畜生在他跟前晃来晃去，气呼呼地喘着气儿，费劲儿地朝前走动。

突然那条狗停住了。一个肤色黝黑、穿着长大衣、戴着宽檐帽的高个子家伙巨人般挡在人行道上，喊道：

“噢，真他妈的见鬼！”

“吉姆·贝利！”那名狗仆低声惊呼道。

“赛姆·泰尔费尔，”戴宽檐帽的人说，“你这个该死的老家伙，伸出你的蹄子来！”

他俩便用西部那种简洁的方式握下手，劲儿大得足以杀死握手带来的细菌。

“你这个又胖又老的流氓！”宽檐帽接着说，黝黑的脸皱起微笑，“咱俩足有五个年头没见面了。我来到这个城市已经一个星期了，却在这里谁也没找到。你这个爱唠叨、结了婚的老家伙，怎么样，日子过得还好吗？”

有一团特别像发面一样软绵绵的东西靠在吉姆的大腿上，咬着他的裤腿，发出一阵泡沫血溅的嗥叫。

“快把它拉开！”吉姆说，“说说你甩掉了套索的这条犯狂犬病、身子特长的狗崽子。你是收留这头畜生的主人吗？你管它叫狗，还是叫啥？”

“我得去喝点什么，”那位狗仆说。一提起他那条老海狗就叫他心烦。“来吧！”

附近就有一家小酒馆，这在大城里总是到处可以遇到的。他俩在一张桌子旁落座，那头臃肿的巨兽狂吠，在皮带一头挣扎着，想去捕捉店堂里的一只猫。

“威士忌。”吉姆对侍者说。

“来两份。”狗仆说。

“你胖了，”吉姆说，“看上去心情有点压抑。我不知道东部是否适合你。哥们儿在我来之前都嘱咐我把你找到。桑迪·金去了克隆代克。华生·伯瑞尔娶了彼德家的大女儿。我买了些菜牛挣了点钱，我还在利特波德买下不少荒地。明年秋天要装上栏栅。比尔·罗林斯种地去了。你当然记得比尔吧——当初他追求过玛赛拉——哦，对不起，赛姆——我指的是你娶的那个女人，当时她在草原镇教书。可你是个幸运的家伙。泰尔费尔太太好吗？”

“她嘛，”那位狗仆一边说，一边向侍者打手势，“再喝点什么？”

“威士忌。”吉姆说。

“来两份。”狗仆补充道。

“她蛮好，”他呷了口酒，接着说，“除了纽约，她哪儿也不住，她是这里人。我们住在一座公寓单元里。每天傍晚六点钟我得牵着这条狗出来遛弯儿。这是玛赛拉的宠物。吉姆，你在这人世间再也找不到两头动物像我和这条狗那样彼此仇恨了。它叫乐芙金斯。我们出来遛弯儿，玛赛拉在家里换衣服准备吃晚饭。我们吃河菜①。吃过吗？吉姆？”

“没有，压根儿没吃过，”吉姆说，“倒是见过招牌，可我还当是‘洞菜’② 呢。我还以为法国话说的是弹子台呢。味道好吗？”

“你如果还要在这个城市住一阵子，咱们就……”

“不了，先生，我今夜就打道回府啦，乘七点二十五分那班轮船。我倒愿意多住几天，可是不行啊。”

“那我陪你走到码头吧。”狗仆说。

狗皮带已把吉姆一条腿和椅子腿缠到了一块儿，那条狗早已昏昏睡着了。吉姆站起来时绊了一下，皮带微拧，那头给惊醒的猛兽

① 这里指法文“table d’hôte”（和菜，桌菜，定价餐），赛姆念错了。

② 这里把“table d’hôte”念成了“table d’hole”。

尖叫起来，吠声连一个路口开外都听得见。

“如果那是你的狗，”吉姆说，他俩又走在大街上，“什么阻止你实行人身保护权啊？干脆把这劳什子的腿和脖子拴在一起，你一走了之，忘掉它得了。”

“我可不敢那么干。”那位狗仆说，对这项大胆的建议感到畏惧。“它睡在床上，我则睡在躺椅上。我要是看它一眼，那家伙就会叫着跑向玛赛拉。哪天晚上，吉姆，我得跟这狗杂种算清账。我早就决定这么干了。我要拿把刀，偷偷爬到它的蚊帐那儿捅个窟窿，让蚊子进去叮它。你看我敢不敢！”

“你啊，真是大变样儿了，赛姆·泰尔费尔！你可不是当年那样儿了。我不了解这些城市和这些公寓。可我亲眼见过你在草原镇拔出蜜桶上的铜旋塞挡住了梯罗森家的两个儿子。我也亲眼见过你在利特波德 39 1—2 赛场用绳索套住最野蛮的公牛，并且把它牢牢捆住。”

“我是那样干过，是不是？”对方说，两眼闪现一丝得意的神情。“可那是我当遛狗的奴仆之前的事了。”

“泰尔费尔太太是不是……”吉姆说。

“嘘！”狗仆说，“这儿又有一家酒馆。”

他俩在酒吧前并排站着，那条狗在他们脚下睡着了。

“威士忌。”吉姆说。

“来两份。”狗仆说。

“我想到了你，伙计，”吉姆说，“我买那块荒地时，也望你能在那儿帮助我管理牲口。”

“上周二，”狗仆说，“因为我要求在咖啡里加点奶油，这条狗就咬了我的脚脖子。可它一向吃得到奶油。”

“你现在会喜欢草原镇的，”吉姆说，“方圆五十里以内的牛仔都骑马来到那里。我那片草原一个角落离乡镇只有十六里远。草原一边还有一条长达四十里的铁丝网。”

“你要走进卧室得通过厨房，”狗仆说，“你得穿过客厅才能进厕所，再通过饭厅才能进卧室，这样你就可以绕一圈，从厨房走出去。

这条狗睡着之后，在梦中又打呼噜又叫唤，由于它有哮喘病，我不得不到公园里去抽烟。”

“难道泰尔费尔太太不……”吉姆开口道。

“唉，闭上嘴吧，”狗仆说，“现在再喝点什么？”

“威士忌。”吉姆说。

“来两份。”狗仆说。

“得，我想我该去码头啦。”另一个说。

“来吧，你这头又脏又臭的畜生，王八壳的，蚊脑袋，罗圈腿，胖得足有一吨半重的肥猪油！”那位狗仆喊道，声调中带有新意，握着狗皮带那只手也变了样儿。那条狗听到它的监护人对它说出这种不同寻常的话语，只好勉强跟在他身后，生气地发出哀鸣声。

在第二十三街路口，狗仆带头走进另一家酒馆的旋转门。

“最后一次，”他说，“喝点什么？”

“威士忌。”吉姆答道。

“来两份。”狗仆说。

“我不知道我能到哪儿去找一个能负责管理我在利特波得那份产业的人，”牧场主说，“我要找一个我知根知底的人。那可是你从没见过的一片好极了的草原和林场。赛姆，现在你如果……”

“说到狂犬病，”狗仆说，“那天夜里，我因为把玛赛拉胳膊上一只苍蝇打了下来，这条狗就咬掉我腿上一块肉。‘这会感染的。’玛赛拉说，我自个儿也这么想。我便打电话请医生。医生一进门，玛赛拉就对我说：‘帮我抱着这个可怜的宝贝儿，让大夫察看一下它的嘴。哦，我真希望它咬你的时候，没传染上什么细菌。’你说说你对这事怎么个看法？”

“泰尔费尔太太未免……”吉姆开口道。

“唉，甭说了，”狗仆说，“再喝一杯吧！”

“威士忌。”吉姆说。

“来两份。”狗仆说。

他俩一起走向码头。牧场主走到售票窗口。

忽然间传来三四脚重重的踢踹声，空中响彻着狗的尖声嗥叫，接着那条给踹得又疼又恨、笨笨咧咧的狗，罗圈着腿，疯狂地独自跑到街上去了。

“一张到丹佛去的票。”吉姆说。

“来两份。”那位曾经遛狗的奴仆一边喊道，一边把手伸进上衣的里兜儿掏钱。

抵御睡神

梅绍武◎译

我一直闹不大明白汤姆·霍普金斯怎么竟会犯下那个错误，因为他已经在一所医学院读完了整整一个学期——这是他在继承他姑妈的遗产之前——而且大家都认为治疗学还是他的强项啊。

那天晚上，我们有个聚会，后来汤姆上楼到我房间抽一斗烟，聊会儿天，再回他自己那豪华的公寓住所。

我有点事到另外一间屋去一下，忽然听到汤姆的喊声：

“嘿，比利，我想吃四粒奎宁，你不在乎吧——我浑身哆嗦，挺难受，怕是着凉了！”

“好吧，”我回应道，“药瓶在柜子里第二层。再喝一小匙桉油精，就不觉得药苦了。”

我回来后，我们俩便坐在壁炉旁抽烟。约莫八分钟过后，汤姆忽然朝后倒下了。

我连忙奔向药柜查看一下。

“你这个地地道道的乡巴佬！”我气呼呼地说，“瞧瞧，有点臭钱都把你弄成白痴了！”

那里放着一个开着盖儿的吗啡药瓶，这是汤姆刚才动过的。

我急忙唤来一位住在楼上的年轻医学博士，叫他赶快去请离我们住处两个路口远的盖尔斯老大夫来一趟。汤姆·霍普金斯钱太多了，不便让刚开业的年轻医生单独给他看病。

盖尔斯来后，我们就给汤姆进行了一系列专业许可的昂贵治疗。使用了较极端的急救办法之后，我们又不断给他服用咖啡因柠檬酸盐和浓咖啡，然后我们俩搀扶他来回走动。盖尔斯老大夫拧他，抽他嘴巴子，为挣到唾手可得的大额支票而挺卖力。那位住在楼上的年轻医学博士则使劲地踢汤姆一脚，随后向我道歉。

“实在没法子，”他说，“我平生还压根儿没踢过一位百万富翁呢，今后也许不会再有这种机会啦。”

过了几小时后，盖尔斯医生说：“现在没有什么大问题了，不过得让他再保持清醒一个小时。你可以一个劲儿跟他讲话，偶尔摇晃摆晃他，就行了。等他的脉搏和呼吸恢复正常之后再让他躺下睡觉。好，我现在就把他交给你啦。”

我们把汤姆放平在一个长沙发上之后，我便独自陪伴着他。他蛮安静地躺在那里，两眼半张着。我就开始想方设法不让他睡着。

“好了，老伙计，”我说，“你差点丧命，可我们使你脱离了险境。汤姆，你听课时，难道从来没有一位教授随口提到过‘m—o—r—p—h—i—a’（吗啡）这个字从没拼成过‘quinia’（奎宁）吗，尤其是吞服四粒的时候？不过，在你站起来能走动之前，我不会跟你唠叨这事。可你自己应该已经是个药剂师，汤姆，你配起药方来蛮合格嘛。”

汤姆傻乎乎地冲我微微一笑。

“比利，”他喃喃道，“我觉得自己就像一只大鸟围着一大片最炕（昂）贵的玫瑰花飞来飞去哪。别打搅我，我要睡会儿觉。”

不到两秒钟他就睡着了。我使劲摇晃他的肩膀。

“汤姆，”我严肃地说，“现在可不能睡。那位老大夫说你至少还得保持一个小时清醒。张开你的眼睛。要知道，你还没完全脱离危险。醒醒！”

汤姆·霍普金斯体重一百九十八磅。他又冲我似睡非睡地笑笑，接着便睡得更沉了。我原该让他动换动换，可那就等于要让我搂着克娄巴特拉方尖碑①在室内跳华尔兹舞。汤姆开始打起呼噜，这跟吗啡的毒性发作有关，说明情况危急。

于是我便开始琢磨。他那沉重的身子我挪不动，我得尽力想法子刺激他的大脑神经。“惹他生气”这个念头蓦地闪现在我的脑海里。好主意！我心里想，可是怎样做呢？从汤姆身上找不到什么破绽。这个可爱的老伙计！他脾气很好，是个人品高贵的绅士，像阳光那样美好、真诚而纯洁。他来自南方某个地方，那里的人如今仍然有理想和道德准则。纽约虽然使他迷恋却没有惯坏他。他对妇女依然保持那种老派彬彬有礼的尊重态度。哦，我想起来了！有主意了！我在想象中把事情仔细琢磨一两分钟。突然有了这样一个令人振奋的想法来对付汤姆·霍普金斯老小子，我不禁咯咯笑起来。接着，我便抓住他的肩膀，使劲摇晃他，弄得他的两耳都扑扇起来。他懒洋洋地睁开眼睛。我便装出一副又鄙视又轻蔑的表情，用手指头离他鼻子两寸远的地方指着他。

“听我说，霍普金斯！”我说，声调尖锐而确切，“咱俩原本是好朋友，可我得让你明白，今后我家不许任何像你这样耍无赖的家伙进门！”

汤姆看上去对这话倒有点兴趣。

“怎么了，比利？”他嘟哝道，还蛮镇静，“你的衣服不合身吗？”

“换了我是你，”我接着说，“哦，感谢上帝，幸亏不是，我大概都会害怕闭上眼睛。那个让你留在南方荒凉松林里等着你的姑娘，你自从得到那笔该死的钱之后就把她忘了，如今她怎么样了？嗯，我知道我在说什么。当初你是个医学院的穷学生，她还配得上你。可现在你是个百万富翁，情况就不大相同了。我不知道她怎样看待她自幼就被教导该尊敬的那个特殊阶层的人——南方绅士们——的表现？对不起，霍普金斯，我不得不谈起此事，可你却把这遮掩得

① 克娄巴特拉，公元前六九年至三〇年埃及女王。克娄巴特拉方尖碑现在伦敦泰晤士河畔和纽约中央公园各存一块。

那么严严实实，扮演得那么巧妙，叫我都想必会发誓认为你不会干出那种卑鄙小人的勾当。”

可怜的汤姆！我看到他挣扎着想要摆脱这副麻醉药剂的作用，简直忍不住要笑出声来。他明明生气了，这倒也不能怪他。汤姆有南方人那种脾气。他的两眼这时睁开了，还闪现些许怒火。但是那股药劲儿仍然叫他的头脑不清楚，舌头发硬。

“你——你——你这个混蛋！”他结结巴巴说，“我要砸——砸烂你的脑袋！”

他想从长沙发上站起来，身子却那么重，他这时还虚弱得很。我用一只胳膊把他推倒在沙发上。他躺在那里瞪着两眼，活脱儿像一头困在牢笼里的狮子。

“这会叫你清醒会儿，你这个老傻瓜！”我自言自语道。我站起来，点上我的烟斗，因为我实在得抽口烟儿啦。我来回踱会儿步，庆幸自己想出了这样一个好主意。

忽然我听到一阵鼾声，回头一瞧，只见汤姆又睡着了。我便走过去，对准他的下巴挥了一拳。他像个白痴那样傻笑，并不怨恨地瞧着我。我咬着烟斗，狠狠地教训他。

“我要你赶紧恢复清醒，尽快滚出我的屋子，”我粗暴无礼地说，“我已经跟你说过我是在怎样看待你这个家伙。你如果还有点自尊或自爱，以后还打算跟绅士们交往，就得先好好想想。她是个穷姑娘，对不？”我讥讽道，“自从咱们有了钱，她就显得太一般太不时髦了，配不上咱们了。跟她一块儿走在第五大街上，就会感到丢脸，是不是？霍普金斯，你这个家伙比一个粗小子还坏四十七倍。谁在乎你的钱？我就不在乎。我敢说那个姑娘也不在乎。你要是没有钱，也许倒更像个男子汉。现在实际上你已经把自己变成个卑鄙小人了，而且”——我心想这倒蛮有戏剧性咧——“也许还使一颗忠贞不渝的心破碎了。”（汤姆·霍普金斯老伙计在使一颗忠贞不渝的心破碎！）“我尽快躲你远远的吧！”

我便转身背对着汤姆，朝镜子里对自己眨眨眼。我听见他在动晃，连忙转过身来。我不想让一个体重一百九十八磅的家伙从后面袭击我。汤姆却只翻了一半身，把一只胳膊挡在脸上，嘴里说了几句比刚才清楚点的话。

“我原本不该……这样……对你说话……比利，即使我听到有人……在说你的坏话。可我一旦能站……站起来……我就扭断你的脖子……别忘了我这句话！”

我当时确实有点惭愧，可这是为了救活汤姆啊！等到早晨，我会好好给他解释解释，我们俩想必会为此一块儿哈哈大笑一阵。

约莫二十分钟过后，汤姆又轻松自在地睡熟了。我号号他的脉，听听他的呼吸，就让他睡了。一切正常，汤姆已经脱离危险。我便到另一间屋，倒在床上睡觉了。

次日清晨，我一觉醒来，只见汤姆早已起身穿好衣服了，他除去神经还有点不稳定，舌头还有点大，基本恢复正常了。

“我真是够糊涂的，”他若有所思地说，“吃药的时候，我记得自己觉得那个奎宁药瓶有点怪。你想法叫我恢复知觉，费了不少劲儿吧？”

我跟他说这没什么。他似乎对整个这档子事记不太清了。我就认为他不会记得我是怎样千辛万苦让他保持清醒的，便决定不再提醒他。我心想等他感觉好一点的时候再说吧，我们俩想必会拿这事逗乐儿呢。

汤姆刚要走，却又停下来，门开着呢，跟我握握手。

“给你添了那么多麻烦，”他平静地说，“真诚感谢你，老伙计——至于你对我说的那番话嘛，我现在马上就去邮局给那个小姑娘发个电报。”

一个意想不到的鬼魂

梅绍武◎译

“其实是个灰浆桶!”金瑟尔温太太感伤地重复道。

贝拉蜜·贝尔摩尔太太同情地耸起双眉。就这样她表示了慰问和极其明显的震惊。

“真没想到她竟会到处去乱讲,”金瑟尔温太太扼要地重述道,“说她在这儿住的房间里见到了一个鬼——那可是我们的一间最讲究的客房——一个肩膀上扛着一个灰浆桶的鬼——那个鬼是个老头儿,身穿工作服,叼着烟斗,扛着灰浆桶!这事如此荒诞,明明表明她用心歹毒。金瑟尔温家里从来没有人扛过灰浆桶。人人知道金瑟尔温先生的老爹是靠大宗建筑合同积攒了钱财,可他压根儿没亲手劳动过一天。这幢房子是按照他自己的设计盖起来的;可是——噢,一个灰浆桶!她干吗要这样残忍歹毒啊?”

“真是太糟糕了!”贝尔摩尔太太低声说,那双漂亮的眼睛打量一下那间以淡紫和古金两色装饰的大房间,“她是在这个房间里见到了鬼!噢,不,我不怕鬼!别为我担心。您让我住在这间屋子里,我很高兴。我认为家族的鬼魂蛮有意思!可是,真格的,这种说法听起来确实有点矛盾。我原本想从费希尔·苏普金斯太太那儿听到更有趣的事儿。他们难道不用灰浆桶搬砖吗?鬼干吗要往一幢大理石和石头盖的房子里搬砖头呢?我很抱歉,不得不认为费希尔·苏普金斯太太真是有点上岁数了。”

金瑟尔温太太接茬儿说：“这幢房子是这家人在独立战争时期在老宅基地上修建的。里面要是有个鬼也不足为怪。祖代有一位金瑟尔温上尉曾经在格林将军的部队里作战，尽管我们至今还没找到什么文件证明这档子事。要是真有个家鬼，为什么不可能是他的鬼魂而是一个泥瓦匠的魂儿呢？”

“是一位独立战争时期的先辈鬼魂，这个想法倒也不赖，”贝尔摩尔太太赞同道，“不过，要知道，鬼一般都多么武断专横，多么不体谅别人啊！也许就跟爱一样，他们‘产生在人的心目中’。那些见过鬼的人可有个优势，那就是他们讲的事没法儿给否定。在一个不怀好意的人眼里，一名独立战争时期的战士的背包很容易给歪曲成为一个灰浆桶。亲爱的金瑟尔温太太，别再想这事了。我敢肯定那是个背包。”

“可她跟谁都说了！”金瑟尔温太太极端沮丧地说，“她总在强调那些细节，说那个鬼还叼着烟斗哪。另外，那套工装服，该怎样反驳呢？”

“根本穿不进去嘛，”贝尔摩尔太太说，竭力克制住一个呵欠，“那太硬太皱了。是你吗，菲丽丝？请把我的洗澡水准备好。金瑟尔温太太，您是七点钟在崖顶餐厅吃晚饭吗？谢谢您饭前到我这儿来聊会儿！我喜欢跟客人无拘无束地聊天，这给人一种宾至如归的感觉。太对不起了，我得去换衣服啦。我太懒，总是不到最后一刻不着急。”

费希尔·苏普金斯太太一直是金瑟尔温家从社会那块大馅饼里掏出来的第一个大葡萄干。很久以来，那个馅饼高高在上，可望而不可即。不过，金钱和追逐终于使它降低下来。费希尔·苏普金斯太太一向是反映那个时髦社会招摇过市的队伍的信号反射器。她的才智举动的光芒照耀着那个行列，传递着那种窥探游戏中最新最大胆的事物。过去她的名声和领导地位相当牢靠，根本用不着要弄法国花式舞中不断更换舞伴以求得宠那样的花招。然而现在为了保持她的宝座，这些伎俩倒是不可缺少的了！此外，她已人到中年，蹦蹦跳跳也不再适合她了。那些喜欢报道耸人听闻消息的报纸已经把那些对她的报道从一整版缩减到两栏了。她的机智变得尖酸刻薄，令人刺痛；举止也越发粗鲁轻率，她好像觉得藐视那些束缚少数君主的常规惯例，以此来维护她的专制是完全必要的。

在金瑟尔温那家人的百般邀请下，她做了让步，前去那家度一个夜晚，好使他们家四壁生辉。她怀着冷酷的乐趣和辛辣的幽默感，讲述了那个扛着灰浆桶的鬼魂出现的事，以此对女主人进行报复。这对那位满心欢喜地挤进了她所渴望的圈子里的女士来讲，简直是一种毁灭性的失望。大伙儿不是同情便是嘲笑，几乎在这两种表达方式之间没有什么别的好选择。

但是，另一项了不起的奖赏使金瑟尔温太太重获了希望，打起了精神。

贝拉蜜·贝尔摩尔太太接受了邀请来访崖顶，小住三天。贝尔摩尔太太是已婚妇女当中年纪较轻的一位。她的美貌、家庭和财富使她没费多大劲儿就在贵妇当中获得一个最神圣的位置。因此，她十分慷慨地给了金瑟尔温太太一个强烈渴望得到的亲吻。同时她认为这样做会叫泰伦斯满意，最终也许会把他驯服。

泰伦斯是金瑟尔温太太的儿子，二十九岁，长得相当英俊，身上还有两三处迷人而神秘的地方。其一，他非常热爱自己的母亲，这倒怪值得注意的。另外，他少言寡语得叫人难以忍受，还显得似乎不是挺腼腆就是蛮深沉。泰伦斯使贝尔摩尔太太感兴趣，就是因为她闹不清他究竟是怎么回事。她除非忘掉这件事，否则真有意花点时间研究他。如果他只是腼腆，她就会抛弃他，因为腼腆令人生厌。如果只是深沉，她也会抛弃他，因为深沉是悬乎而靠不住的。

在她访问的第三天，泰伦斯到处找她，后来发现她待在一个旮旯里看一本相册呢。

“您来这儿真是太好了，”他说，“为我们排解烦恼。您大概听说了费希尔·苏普金斯太太离去之前毁了这艘船。她用一个灰浆桶把整个船底砸了一个大窟窿。我母亲伤心得都病了。贝尔摩尔太太，趁您在这儿，能不能设法为我们辨认一个鬼——一个极好的、了不起的鬼，头戴一顶小冠冕，腋下夹着一本支票簿？”

“那是个不厚道的老太太，乱讲了那些话，泰伦斯，”贝尔摩尔太太说，“也许你们晚上让她吃多了。令堂不会真对这事太认真吧，是不是？”

“我想她还真把这当回事，”泰伦斯答道，“你会认为那个灰浆桶里的每块砖头都砸在她身上了，使她遍体鳞伤。她是个好妈妈。我不愿看到她焦急不安，真巴望那个鬼是属于泥瓦匠工会的，会出外参加罢工。否则的话，这个家就永远不会得到安宁啦。”

“我正睡在那间闹鬼的屋子里，泰伦斯，”贝尔摩尔太太沉思道，“不过嘛，我即使害怕，也不会调换房间，这间屋子很漂亮。我也不怕鬼。巴望我讲一个跟她相反的、富有贵族色彩的故事也不太合适，是不是？我原本会很高兴那样做，可我觉得对另一个故事过分明显地纠正，似乎反倒不会奏效。”

“倒也是，”泰伦斯一边说，一边用手指梳理他那棕色卷发，“那是永远行不通的。怎样才能再见到那个鬼没穿工装裤，桶里装的全是金砖呢？那就可以把那个幽灵从劳动阶层提升到富有阶层了。您难道不认为这样够体面吗？”

“贵府有位祖先跟英军作过战，对不？令堂提起过这件事。”

“我相信是有这么一回事；他是那些身穿套袖马甲和高尔夫裤子的老家伙当中的一员。我本人对独立战争中的美国大兵毫不在意，可我母亲却看重勋章和浮华炫耀，我倒也希望她快乐。”

“你不让母亲伤心，真是个好儿子，泰伦斯，”贝尔摩尔太太把她那身丝绸衣服拢到一边，“来，坐在我身旁，咱俩就像人们二十年前那样一起看这本相册。现在给我讲讲这些人。这个一只胳膊倚在科林斯式圆柱上、背景是地平线的高个子尊严的绅士是谁啊？”

“是那个长着一双大脚的老头儿吗？”泰伦斯伸着脖子问，“那是奥布兰尼根叔祖父。他过去曾在波维利街开了一家设在地下室的啤酒店。”

“我让你坐下，泰伦斯。如果你不好好陪着我，听从我的话，明天一早我就说看见了一个围着围裙、手拿一大杯啤酒的鬼。嗯，这就好点了。泰伦斯，你这个岁数还腼腆害羞，真该为之脸红。”

在她访问的最后那天早晨吃早饭时，贝尔摩尔太太正式宣称她看见那个鬼了，让在座的人都大吃一惊，都给吸引住了。

“它扛着一个……一个……吗?”金瑟尔温太太焦虑得没把那个字眼儿说出来。

“真格的，没有——根本就没有。”

同桌进餐的人提出一连串问题，什么“你害怕了吗?”“那个鬼干了些什么?”“长得什么样?”“穿着什么衣服?”“说了些什么?”“你喊叫了没有?”

“我这就一一答复，”贝尔摩尔太太勇敢地说，“尽管我眼下饿极了。当时好像有什么把我惊醒了——我闹不清是一阵噪音呢，还是一记触摸——反正那个鬼就站在我眼前。我夜里从不点灯，所以屋子里相当黑，可我看清楚了。我并非在做梦。是个高个子男人，从头到脚都是一片模模糊糊的白色。他身穿过去殖民时代式样的全套服装——头发扑了粉，外衣下摆鼓鼓囊囊，花边打了褶裥，还佩带着一把宝剑呢。那个鬼在黑暗里看上去无形，却发着亮光，渺无声息地移动。是的，一开始我有点害怕——或者该说真是吓了一跳。这是我这辈子头一次见到鬼。没有，它啥也没说。我也没喊叫。我用胳膊支起身子，它就慢慢飘走，一到房门前便消失了。”

金瑟尔温太太犹如进了七重天，高兴极了。“这是我们的一位祖先，格林将军部下的金瑟尔温上尉。”她自豪而欣慰地说，声音都有点发颤了，“我确实认为该替我们这位祖辈鬼魂向您道歉，贝尔摩尔太太。它的出现想必严重影响了您的休息吧。”

泰伦斯冲母亲一笑，表示高兴的祝贺。这一成就最终归功于金瑟尔温太太，他真高兴看到母亲快乐。

“我想我该不好意思地承认，”这时正在享用早餐的贝尔摩尔太太说，“我并没受到什么干扰。我料想人们通常遇到这种情况想必都会大喊大叫，随后便晕倒，让你们这些穿着花哨衣服的人都四处乱跑。可是，最初一阵惊恐过后，我真的再也慌张不起来啦。那个鬼表演完自己那一小段之后便退场了，我就又睡着了。”

大家几乎都在听，而且出于礼貌都认为贝尔摩尔太太所讲的情况是编造出来的，为的是善意地抵消费希尔·苏普金斯太太所看到的那个寒碜的幻影。不过也有一两个在场的人认为贝尔摩尔太太那种坚定的断言表明了她的叙述确实是真实的。每句话都似乎流露出真实和宽厚的意味。即使不信鬼的人——如果他非常善于观察的话——也想必会不得不承认她至少在那非常生动的梦境中真切地意识到了那个怪诞的来访者。

没多会儿，贝尔摩尔太太的女仆便开始收拾行李，两小时后，汽车就会接她去火车站。这当儿，泰伦斯正在东边长廊里散步，贝尔摩尔太太来到他跟前，两眼闪烁着信任的光芒。

“我不想把事实真相都告诉那些人，”她说，“可我会跟你说说。在某种程度上，我认为你该对此负责。你能猜出那个鬼昨夜是怎样把我吵醒的吗？”

“铁链子哗啷啷的响声吧，”泰伦斯想了想猜道，“要么就是呜呜的呻吟声？一般来说通常不是这样就是那样。”

“你是否碰巧知道，”贝尔摩尔太太突然离题问道，“我是否长得跟你那位不安分的祖先金瑟尔温上尉的某位女亲戚相似？”

“别这样想，”泰伦斯极其困惑不解地说，“压根儿没听说过她们中间有哪位曾经是著名的美人儿。”

“可是，”贝尔摩尔太太一边说，一边挺严肃地望着那个年轻人，“那个鬼干吗吻了我呢？这我敢肯定他做了。”

“老天！”泰伦斯睁大眼睛，惊呼道，“您不是那个意思吧，贝尔摩尔太太！他当真吻了您吗？”

“我说的是它，”贝尔摩尔太太纠正道，“我希望你能正确使用人称代名词。”

“可您为什么说我要对此负责呢？”

“因为你是那个鬼唯一活着的男性亲戚啊！”

“我明白了，‘一直传到了第三四代’，可是，真格的，他当真……它当真……您怎么……”

“知道？有谁能知道呢？我当时睡着了，可就是这事把我惊醒了！这我几乎可以完全肯定。”

“几乎？”

“嗯，我醒了过来，正当……哦，难道你还不明白我指的是什么意思吗？你忽然给搅醒，还没能肯定自己是在做梦呢，还是……可你会明白，老天爷，泰伦斯，难道非要我详细剖析最简单的感觉来适应你那种极其讲究实际的悟性不可吗？”

“可是，要知道，亲吻鬼魂嘛，”泰伦斯谦逊地说，“那我得需要最基本的指导。我压根儿没亲吻过一个鬼。是不是——呃？”

贝尔摩尔太太故意而略带微笑地强调道：“你既然要寻求指导，那种感觉可以说是一种物质和精神的混合感。”

“当然当然，”泰伦斯忽然变得严肃起来，说道，“这是一个梦或者是某种幻觉。如今这年头，谁也不信鬼魂了。您如果完全出于好心讲了那件事，贝尔摩尔太太，我真不知道该怎样向您道谢啦。这让我母亲非常高兴。把那位独立战争时期的祖辈抬出来，实在是个绝妙的主意！”

贝尔摩尔太太叹口气，顺从地说：“见鬼的人的命运通常就是我的命运。我有幸跟幽灵相遇应该归因于龙虾沙拉或谎言。好吧，我至少从这个遭遇中留下一个回忆——一个来自阴间的吻。金瑟尔温上尉是不是一个非常勇敢的人，你知道吗，泰伦斯？”

“我想他大概在约克镇打了败仗，”泰伦斯沉思一下说，“据说他跟他的部下在那里打了第一仗就都仓皇逃跑了。”

“我认为他想必是胆小如鼠，”贝尔摩尔太太心不在焉地说，“他可能还另外打过一仗。”

“另外一仗？”泰伦斯迟钝地问道。

“我还能指什么呢？我现在得走了，去做些准备；那辆来接我的汽车过一小时就该到啦。我这几天在崖顶过得蛮愉快。今天早晨天气多好啊，是不是，泰伦斯？”

在去火车站的路上，贝尔摩尔太太从手提包里取出一块丝绸手绢儿，看一眼，古怪地微笑一下，随后便把它打了好几个死结，在一个合适的时刻，把它扔到沿途一个悬崖下面去了。

泰伦斯在自己的房间里吩咐他的仆人布鲁克斯，说道："把这些东西包起来，运送到这张名片上的地址去。"

那张名片是一位纽约服装商的名片。里面包的是一套一七七六年绅士穿的服装：缀有银扣子的白缎子衣服，白丝长袜和白色麂皮鞋。外加一个扑了粉的假发套和一把宝剑，真使那套服装完美无缺。

泰伦斯有点焦虑地加一句："再仔细找一下一块丝绸手绢儿，一个角上有我的姓名缩写。我想必是把它丢在哪儿了。"

一个月后，贝尔摩尔太太要跟那帮时髦人士去卡茨基尔斯旅游，她跟其中一两位一块儿先选定一个名单。在最后审查时，贝尔摩尔太太发现有泰伦斯·金瑟尔温的名字，便提笔把它轻轻勾销了。

"这家伙太腼腆了!"她喃喃悦耳地解释道。

吉米·海斯和穆丽尔

梅绍武◎译

晚餐过后，营帐内外一片寂静，只有卷玉米穗壳烟卷儿的声音。黑漆漆的大地上闪亮着一片像是落下来的天空。郊狼在嗥叫。小马驹跛着腿走向青草地，发出犹如摆动的木马玩具发出的嗒嗒单调声。半个连的得克萨斯骑警队边防队员聚集在篝火周围。

忽然传来一阵熟悉的响声——木制的马镫刮擦灌木丛的声音，从宿营地那茂密的丛林里传出。骑警个个侧耳倾听，听到有人在欢快而鼓励地喊叫。

“打起精神来，穆丽尔，老姑娘，咱们就快到啦！你已经跑了挺长一段路，是不是，你这把还能活动的老态龙钟的骨头架子？嘿，别再想亲吻我！别把我的脖子搂得那么紧——我跟你说，这匹杂毛马的脚跟不再那么有劲儿啦。咱们要是不加小心，它准会把咱俩摔下去咧。”

两分钟过后，那匹疲惫不堪的“杂色”马驹一瘸一拐地进了营地。一个二十岁左右、又高又瘦的小伙子懒洋洋地骑在马鞍上，可是他一直与之说话的那位穆丽尔却杳无踪影。

“嗨，哥们儿！”骑马人欢快地喊道，“这儿有一封给曼宁中尉的信。”

他下了马，卸下马鞍，取下拴马的桩绳，又从鞍头上拿下缚住马腿的绳子。指挥官曼宁中尉看信时，那位送信人精心地搓下那根绳子上的泥巴，显出他对那匹马的前腿的关心。

“兄弟们，”中尉朝那些骑警招下手，说道，“这位是吉米·海斯先生。他是到我们这个连队来的新伙伴。麦克林上尉把他从埃尔·巴索调过来的。海斯，等你把马安置好，兄弟们就会给你准备好晚饭。”

那些骑警虽然都热情接待这个新来的人，却还是机警地观察他，暂不对他做出什么评价。在边境挑选个好伙伴，要比一个姑娘挑选一个情人还得小心慎重十倍。你自己的生命也许会多次要靠你那个“伙伴”的忠诚、志向和沉着冷静来维护。

海斯吃完丰盛的晚饭后，就跟伙伴们围在篝火旁抽烟。他的外表没有解决骑警伙伴们头脑里存在的问题。他们只看到一个松松垮垮、瘦高个儿的小伙子，头发让太阳晒得乌焦，脸色浆果般黝黑，面带坦率好奇的善意微笑。

“哥们儿，”这位新来的骑警说，“我要向诸位介绍我的一位女朋友。从来没听到有谁管她叫美人儿，可你们都会承认她有不少优点。过来，穆丽尔！”

他打开蓝法兰绒衬衫前襟。一只角蛙便从他怀里爬出来，它那长而尖的脖子上挺时髦地系着一条鲜红色缎带。它爬到主人腿上，便一动也不动地歇在那儿。

“这位穆丽尔，”海斯像演讲那样挥下手，“很有教养。她从不顶嘴，总待在家里，每天都穿着一件红衣服，连星期天也一样，她感到很满意。”

“看那只该死的角蛙！”一名骑警笑着说，“我见过许多角蛙，可压根儿没见过谁把它当作伴儿养着。这个该死的玩意儿能把你跟别人分辨出来吗？”

“拿过去试试看吧。”海斯答道。

那个短粗的蜥蜴人们管它叫角蛙，不伤人，长得像史前那种丑陋的怪物缩小了的后代，性格却比鸽子还温顺。

那位骑警从海斯腿上把穆丽尔拿过去，然后坐回到他那卷毛毯上。那只俘虏在他手里扭动抓弄，使劲挣扎。骑警在手中玩弄一会儿就把它放到地上。那只角蛙便笨笨咧咧却十分快速地挪动四条怪腿，爬回到海斯脚下。

“嗯，真他妈的！”另一位骑警说，“这小家伙还真认识你。压根儿不知道虫子还有这种认人的本事！”

吉米·海斯在营地里人缘很好，一向没有脾气，品行温和忠诚，幽默风趣，非常适应营地生活。他从不离开他那个角蛙。他骑马出行，它会待在他的衬衣里襟里；在营房，它会趴在他的膝盖或肩膀上，夜里在他的被窝里。这只丑陋的小畜生从不离开它的主人。

吉米是南部和西部农村常见的那种幽默家。他逗人乐的技巧和构思的巧妙方面还不够娴熟，可他却突发一个好笑的想法，就虔诚地坚持下来了。看来吉米似乎觉得有个挺滑稽的玩意儿，一只驯服的角蛙，脖子上扎根红缎带，可以把他的朋友们逗乐。

既然这是个愉快的想法，干吗不坚持下去呢？

我们对吉米和角蛙之间的这种感情没法搞清楚。角蛙能够招人持久喜爱这个论题我们也还没举办过专题讨论会。吉米的感情倒是让人比较容易猜到。穆丽尔是他的智慧杰作，他也蛮喜欢它。他给它抓苍蝇吃，保护它不受北风突袭。不过他这种关怀却有一半出于自私心理，它到时候会千倍地报答他。别位穆丽尔则大都漠视别位吉米轻微的关怀。

吉米·海斯并没立刻获得他那些伙伴哥们儿似的关系。他们尽管喜欢他那种呆呆傻傻的单纯性格，却对他仍存有戒心。在营房里搞笑逗乐儿并非是骑警的全部生活，他们还得跟踪盗马贼啦，追击亡命徒啦，跟歹徒搏斗啦，把匪徒赶出灌木丛林啦；还得用左轮手枪维护安定和秩序。吉米说他自己一直是一名最普通的骑马牧人，对骑警的作战方式毫无经验。因此，那些骑警都严肃认真地揣摩他会怎样对抗敌人的袭击，因为不瞒您说，每个骑警营的荣誉都取决于每一名成员的勇敢。

边境平静了两个月时光，骑警们无所事事地闲待在营房里。随后——给边界职责荒废的哨兵带来了一个欢乐的消息——著名的墨西哥匪徒兼盗牛贼赛巴斯第安诺·萨尔达带着他那伙匪徒穿过里奥·格兰德城，开始洗劫得克萨斯边界。有些迹象表明吉米·海斯很快就会有机会展示他的勇气啦。骑警们机警地四处巡逻，但是萨尔达那伙人却像洛金伐尔那样很难让人抓到。

一天傍晚，太阳快落山的时候，一些骑警长途跋涉后停下来准备吃晚饭。他们的马停在那里气喘吁吁，背上的马鞍还没给卸下来。骑警们正在煎熏咸肉煮咖啡，赛巴斯第安诺·萨尔达和他那伙匪徒忽然从草丛里窜出来，一边叫喊，一边用左轮手枪射击，朝他们猛扑过来。这真是一起突然袭击的行动。那些骑警气愤地咒骂起来，急忙抄起温切斯特连发步枪；不过，这次袭击只是墨西哥式的突如其来摆摆样子的冲击。那伙匪徒乱比画一阵以后就顺着河边喊叫着策马疾驰而去。骑警们连忙上马追赶，可是追了不到两里路，那些小马驹就疲劳得没气力了，曼宁中尉只好下令放弃追击，返回营地。

这当儿，他们发现吉米·海斯没影儿了。有人记得袭击开始时看见他奔向他那匹马，可后来就没人再看到他了。天亮之后，吉米依然没有露面。大家便在乡野四处搜寻一通，猜想他可能是受了伤或是阵亡了，却没能找到他。随后，他们又去追踪萨尔达匪帮，可他们也似乎无影无踪了。曼宁中尉最后认为那个狡猾的墨西哥人经过那场戏剧性告别后，又重新过了河返回去了。真格的，后来没再听说他们又进行了什么别的抢劫。

这便使骑警们有时间医治他们的伤痛。就像过去有个说法那样，连队的自豪和荣誉来自每位骑警的勇敢。现在他们相信吉米·海斯在墨西哥人射击的子弹嗖嗖声下变成了懦夫。不会再有什么别的结论了。巴克·戴维斯指出吉米奔向他那匹马之后，萨尔达匪帮就没再开过一枪。他根本不可能被枪弹击中。他肯定是在他首次参加战斗时就跑掉了，后来也不会回来了，因为他意识到伙伴们的讥讽会比许多杆枪支嗖嗖射击声更难以面对。

因此，麦克里恩连队的曼宁小分队的边防队员个个心情都很沮丧。这是小分队盾章上的头一个污点。在以往服役的历史中，骑警们从未表现过懦弱的胆怯。可是大伙儿又都挺喜欢吉米·海斯，这就使这件事变得更糟糕了。

约摸一年以后——小分队在很多地方扎营、巡逻、保卫了上千里边界地区以后——曼宁中尉跟他那差不多是原班的人马给派往距他们的老营地仅有几里路远的河边去缉查走私活动。一天下午，他们骑马穿过一片浓密的牧豆平地，来到一块广阔的猪打滚的泥沼草原地带。他们在那里见证了一幕没有记载下来的悲剧。

三具墨西哥人的骷髅被发现在一处猪打滚的泥沼里。单凭他们的衣着就可以辨认出他们的身份。那具体格最大的尸体是赛巴斯第安诺·萨尔达。他那顶装饰着沉甸甸的真金饰品的昂贵的宽边帽——一顶在里奥·格兰德城很有名的帽子——出现在地上，上面有三个子弹孔。草地周围有几杆墨西哥人的生锈的温切斯特步枪，枪口都朝着同一方向。

骑警们便朝那个方向奔过去五十码。在一小片洼地上躺着另一具骷髅，手上的枪还瞄准着那三个匪徒哪。这是一场你死我活的搏斗。没有什么能证明那名孤独的抗击者是谁。他的衣着——残存的零碎布料依稀可辨——看上去像是牧场主或牛仔可能穿过的那种。

“是个牛仔，”曼宁说，“让他们单独逮住了。好小子！他们抓住他之前，他英勇无畏地打了一场歼灭战。这就是咱们后来为什么再也没听到赛巴斯第安诺抢劫消息的原因了。”

这时从那个死者被风吹雨打的衣服破烂布条下爬出一个脖颈上系着褪了色的红缎带的角蛙，歇在那早已安息的主人肩上。它在默默地叙述那个未经考验过的小伙子和他那匹飞快的“杂毛”小马驹的故事——那天他怎样飞快疾驰，把伙伴都甩在后面，紧追那伙墨西哥入侵的匪徒，怎样维护了那个骑警连的荣誉。

骑警队员紧紧围拢在一起，异口同声地发出一阵狂呼。这一爆发顿时成为一首挽歌、一声道歉、一个墓志铭和一支凯旋曲。可以说这是对一位英勇倒下的同伴奇特的追思挽礼，吉米·海斯若能听到，想必是会理解的。

心神不宁的缘由

梅绍武◎译

夕阳西照，我在蒙特波利斯《号角周刊》的编辑室里坐了一个小时光景，我是这份刊物的编辑。

橘黄色落日余晖穿过迈卡加·威德普一块园地上的玉米秆，洒在我那个糨糊瓶上一抹灿烂的琥珀色。我坐在编辑写字台前那把旋转不了的转椅上，准备写一篇反对寡头政治的社论。光线在这间只有一扇窗户的房间里已经暗淡。我用犀利的文笔把那些政治祸害的九头蛇脑袋一一砍了下来；与此同时，我满怀和善平静的心情听着返回家园的母牛颈上的铃铛声，不知弗兰纳根太太会给我准备了什么晚饭。

接着，时间老人的弟弟从宁静的昏暗飘了进来，歇在我的桌角上。他没留胡子，满脸皱纹皱得就像英国核桃。身上穿的那套衣服我从没见过。约瑟①那件外衣原本可以给简化为单色，可是那些五花斑驳的颜色并非是染坊染的，而是污迹、补丁、风吹日晒和锈斑所造成的。那双粗鞋布满了无疑是千里跋涉而积淀的尘土。他是个小个子，样儿怪诞苍老——苍老得使我估计好像在几个世纪前见过他

① 约瑟，基督教《圣经》故事人物，一指圣母玛利亚之夫，耶稣的养父，一指雅各的第十一子，遭兄长嫉妒，被卖往埃及为奴，后做宰相。

似的；除此之外，我没法再多加描述他啦。对，我记得一种气味，一种要么是沉香的淡淡气味，要么可能像是没药①或皮革的味儿；这使我想起了博物馆。

我随即拿起一个本子和一管铅笔，公事公办嘛，这位年纪最大的居民来访，既神圣而又令人起敬，该给载入史册。

“很高兴见到您，先生，”我说，“请坐请坐，不过——要知道，先生，”我接着说，“我在蒙特波利斯刚住了三个星期，还没见过很多这里的市民。”我转眼疑惑地看看他那双灰尘扑扑的鞋，用报章的习惯用语问道，“我猜想您也住在我们之间吧？”

那位来访者伸手在他的衣服里摸来摸去，掏出一张脏名片递给我。上面蛮清晰却歪歪扭扭地写着麦考伯·阿德这个姓名。

“很高兴您来访，阿德先生，”我说，“您作为我们的一位最年老的居民，一定自豪地目睹了蒙托波利斯最近的发展和成就吧。在别的改进中，我想我可以许诺这个城镇现在会拥有一份具有开创性的、生机勃勃的报刊……”

“你知道名片上那个姓名吗？”来客打断我的话，问道。

“不大熟悉。”我答道。

他再次摸索他那身古老的衣裳。这次他掏出从某本书或杂志上撕下来的一页纸，那张纸由于年代久远而已破旧发黄，上面印着古体字的题目《土耳其密探》，全文如下：

> 一六四三年有一个人来到巴黎，声称自己已经活了一千六百年。他说他在耶稣受难那个时期是耶路撒冷的一名鞋匠，名叫麦考伯·阿德，还说基督徒的救世主耶稣当年被罗马巡抚彼拉多②判处列刑后，扛着十字架去受难地时，在麦考伯·阿德家门前停下来休息会儿，那个鞋匠用拳头打了耶稣一家伙，说：

---

① 没药，一种有香气、带苦味的树脂，用于药剂和香料。

② 彼拉多（？—36?），罗马犹太巡抚（26—36），主持对耶稣的审判并下令把耶稣钉死在十字架上。

“快走，你干吗停下来?”救世主耶稣答道：“我确实在走哪，可你将留下来一直要等我回来。”就这样判他活到最后审判日那一天。他便一直活着，不过每百年结尾时，他就陷入昏迷或晕厥状态，等一恢复过来却发现自己还跟耶稣当年受难时那样年轻，也就三十岁左右吧。

“这就是麦考伯·阿德讲的那位流浪的犹太人的故事，他说……”

文字到此就断了。

我想必是自言自语地大声说了些有关那个流浪的犹太人①的话，因为那个老家伙气愤地冲我大声喊叫起来。

“谎言，”他说，“这就像你们称之为历史的东西那样，其中十分之九是谎言。我是个不信犹太教的人，也不是犹太人。我一走出耶路撒冷就是了，孩子；可要是那样就让我成了一个犹太人，那么凡是从瓶子里倒出来的就全是婴儿奶了。你手里拿着的那张名片上有我的姓名；你也读了那张纸片上有他们称之为《土耳其密探》的那篇文章，那是我在一六四三年六月十二日走进他们的办公室，就跟今天前来拜访你一样，他们便刊出了那条消息。”

我放下我的铅笔和本子。这显然不行。虽然这是《号角》地方专栏的一条新闻……却不行。不过，有关这位不可能存在的“人物”的只言片语却还是掠过我这墨守成规的脑海。什么“麦考伯大爷步履轻快，就跟一个只有一千岁左右的小伙子一样”啦，“我们尊敬的来访者自豪地说乔治·华盛……不，伟大的托勒密国王②……在他爹家有一次把他放在膝上逗他玩儿”啦，“麦考伯大爷还说我们这里多雨的春季跟他小时候阿勒山③周围那次毁了庄稼的潮湿天气相比

---

① 流浪的犹太人，据传说因他嘲弄了受难的耶稣，被罚永世流浪。

② 托勒密国王即古埃及国王，托勒密王朝创建人，原为埃及总督，称王以后，号“索特”（意为“救星”），建都于亚历山大城。

③ 阿勒山（一译“亚拉腊”），在土耳其东部，据基督教《圣经》载，大洪水后，诺亚方舟即停于此。

就算不了什么”啦……可是，不，不——这显然不行，没法给刊载出来。

我于是尽量琢磨一些能引起来访者兴趣的话题，正当我犹豫不决，是谈竞走比赛呢还是谈上新世纪时期，那个老头儿忽然放声大哭起来。

“别难过，阿德先生，”我有点尴尬地说，“再过几百年大家就可能把这事全忘啦。人世间已经有了明确的反应，赞同加略人犹大、布尔上校和著名小提琴家尼罗先生了，现在是粉饰美化的年代，您不必为此灰心丧气。”

我不知不觉地触动了老头儿的心弦。他好战地眨眨老泪纵横的眼睛。

“现在是，”他说，“撒谎的人该公平对待别人啦。你们那帮历史学家只是一伙喋喋不休的守灵的老娘们儿。一个比尼禄①皇帝更好的人从不穿凉鞋。小伙子，罗马烧毁时，我正在场。我跟那位皇帝是好朋友，因为当时我是位知名人士。那时人们都尊重长生不老的人。

“可我想跟你说的正是尼禄皇帝。六四年七月十六日夜里，我沿着亚壁古道②去了罗马。我刚刚经过西伯利亚和阿富汗下到古道，一只脚就患了冻疮，另一只却被沙漠的沙子烫起了水泡；我当时正从北极直到巴塔哥尼亚高原③的绝运角，尽巡逻职责，竟还被人误唤为犹太人，这真叫我感到有点不痛快。嗯，我要对你说我正路过大竞技场，路上黑漆漆的，这时我听到有人在喊‘是你吗，麦考伯？’

“紧靠着墙，躲在一堆木桷和旧干货箱里的，正是尼禄皇帝，斗篷裹着脚趾，嘴里叼着一根长长的黑雪茄。

---

① 尼禄（37—68），罗马皇帝，即位初期施行仁政，后转向残暴统治，处死其母与妻，因帝国各地发生叛乱，逃离罗马，途穷自杀，一说被处死。

② 亚壁古道，公元前三一二年由古罗马监察官 Appius Claudius Caecus 监建的大路。

③ 巴塔哥尼亚高原，在南美洲东南部，北起科罗拉多河，南迄麦哲伦海峡。

“‘抽一根吗，麦考伯？’他问道。

“‘我可不抽那种野草玩意儿，’我说——‘既不抽烟斗，也不抽雪茄。你毫无机会靠抽烟来自杀，抽烟又有什么用呢？’

“‘说得对，麦考伯·阿德，永世的犹太人，’皇帝说，‘你并非永远在流浪。对，是危险给我们带来了欢乐——仅距禁止抽烟一步之遥。’

“‘那您干吗夜里躲在暗处抽烟呢，’我问道，‘连一个服侍您的便衣随从都不带啊？’

“‘你有没有听说过宿命论，麦考伯？’

“‘太了解了，’我说，‘多年来我一直效力于宿命论研究，您知道我还会继续研究下去的。’

“‘这个字母较多的词汇①，’我的朋友尼禄对我说，‘是人们称之为基督徒的新教派的教义。正是他们逼得我不得不在洞穴和黑旮旯里抽烟。’

“随后我坐下来，脱掉一只鞋，揉揉我那只冻伤的脚，尼禄皇帝就跟我讲了起来。看来自从我经过那条路之前，皇帝就已向皇后下达了书面训令，提出了离婚，而波培娅夫人，一位著名的女士，未经任何推荐，就被聘为皇室管家。‘所有的事都发生在一天里，’皇帝说，‘她在宫里挂上了新的花边窗帘，参加了反吸烟协会，因此我一想抽口烟，就得溜出来钻进这堆木材，躲在暗处抽。’所以皇帝和我就坐在黑暗里。我跟他讲到我的旅行。有人说皇帝是纵火犯，那是瞎说。可就是那天晚上起了火，烧毁了这座城市。我认为引起着火的原因是皇帝扔进箱子堆中的那个雪茄烟蒂。说他闲逛，更是谎话。他一连六天都在竭尽全力救火哪，先生。”

这时我发现麦考伯·阿德身上有股新的气味。那不是我刚才闻到的那种没药、檀香或海索草的气味，而是劣质威士忌散发出来的气味——而且更糟糕的是一种低级的喜剧味道——一种由小幽默家制造出来的那种气息，就是由那种被认为略有机智的庸俗浮夸调调

① 指 Predestinarianism（宿命论，命定论）。

儿来表达那些庄严可敬的传说和历史。麦考伯·阿德作为一个骗子，自称活了一千九百年，愚蠢而体面地扮演他的角色，我尚可容忍；但是，作为一个叫人生厌的小丑，用赞美诗集那种轻浮调儿使他那惊人的故事变得粗俗不堪，那他作为逗乐人的重要性便削弱了。

接着，他好像猜出了我的想法，便突然转换了话题。

“请原谅我，先生，”他嘀咕道，“有时我脑子里有点乱。我年纪太大了，很难把所有的事都记住。”

我虽然明白他说得对，却也不应当试用罗马历史来安慰他，所以我就提问一些他熟悉的别位古人的事。

我那张写字台上方的墙上挂着一幅拉斐尔画的几个小天使的版画，尽管尘土已把画面的轮廓弄得模模糊糊，却还能让人看清小天使的体形。

“你管他们叫‘小天使’，”老头儿咯咯笑着说，“你认为他们就是带翅膀的娃娃。那里还有个长着腿的孩子，手执弓箭，你们管他叫丘比特——我知道到哪儿能找到他们。他们的老祖宗是一只公山羊。你作为一名编辑，先生，知道所罗门①的寺庙在哪儿吗？”

我猜想大概在——在波斯吧？嗯，我不知道。

“历史书或《圣经》里都没说明它在哪儿。可我自己却见到了。那些小天使和丘比特的画面最初是雕刻在他们的墙上和廊柱上的。其中两个最大的，先生，是在密室，形成了方舟的华盖。不过，在雕刻上，他们的翅膀原本是打算做为犄角的。脸庞是山羊脸。庙宇里里外外足有上万头山羊哪。你那些小天使在所罗门王那个时期都是山羊，可是画家却把那些犄角误解为翅膀了。

“我还认识跛腿帖木儿②——泰摩尔，先生，跟他也挺熟。我在肯嘎和扎兰杰见到过他，他是个小个子，身材不比你高，头发是琥

① 所罗门，古以色列王国国王大卫之子，以智慧著称。

② 帖木儿（1336—1405），帖木儿帝国创建者，突厥化的蒙古贵族家庭出身，兴起于撒马尔罕，先后征服察合台、波斯、阿富汗、印度直至小亚细亚，暴卒于东侵中国途中。

珀烟斗嘴那种颜色。他们把他埋在撒马尔罕①。我当时守过灵，先生。哦，他躺在棺材里个头儿挺大，有六尺长哪，脸上蓄着连鬓胡子。我还在非洲见到过人们朝魏斯巴辛皇帝扔芜菁哪。我绕世界转悠，先生，从来没休息一下，就是这样的。我亲眼见到耶路撒冷毁灭，庞贝城在烟火中灭亡。我还亲临查理曼大帝②的加冕典礼，亲睹圣女贞德被私刑处死。我去到哪里，哪里就有风暴、革命、瘟疫和火灾。就是这样的。你已经听说了流浪的犹太人的事迹。就是这样，除了我是犹太人这倒霉的一条之外，全都是真的。不过嘛，我跟你说过，历史在撒谎。先生，你肯定你这儿一点威士忌都没有吗？要知道，我还得走很远的路哪。"

"没有，"我说，"可你如果愿意的话，我正要去吃晚饭啦。"

我把椅子吱吱嘎嘎地朝后推一下。这个古老大地的傻大个儿显得就像被石弓射中的海员那样痛苦。他抖落一下那身满布补丁的衣服，散发出一阵霉臭气，碰翻了我的墨水瓶，接着又令人难以忍受地胡诌起来。

"要不是为了我在耶稣受难日得做的事，"他抱怨道，"我倒也不介意。你当然知道彼拉多，先生。他自杀后，尸体给扔进了阿尔卑斯山的一个湖里。现在听我说说我在每个受难日晚上要做的事。那个老魔鬼潜入湖底，把彼拉多拖上来，湖水就像洗脸盆里的水那样溢出来。老魔鬼就把那个尸体放在岩石上的宝座上。然后，我便帮他干点活儿。哦，先生，你要是目睹了我得干的活儿有多么可怕——就会怜悯我啦，就会为我这个从来也不是犹太人、怪可怜的永世流浪的犹太人祈祷啦。是我得去端来一钵水，跪在魔鬼面前直到他洗完手。我告诉你，一个死去两百年的彼拉多给拖上来时，浑身都是湖里的污泥，鱼还在他体内盲目地乱游哪。他心神不宁地在

① 撒马尔罕，今乌兹别克东部城市。

② 查里曼大帝（742—814），法兰克国王、查理曼帝国皇帝，扩展疆土，建成庞大帝国，加强集权统治，鼓励学术，兴建文化设施，使其宫廷成为繁荣学术的中心。

耶稣受难日坐在那里，先生，在我端着的钵里洗手。就是这么回事。”

这事明明已经大大超出《号角周刊》地方专栏版的范围。这儿本来可以有工作给精神病专家或那些传递祝愿的人干，可我已经听够了，便站起来，又说我得走了。

这当儿，他抓住我的上衣，趴在桌上，又一次痛哭起来。不管他为什么哭，我心想他的悲伤倒是真实的。

“得了，阿德先生，”我安慰道，“您这是怎么了？”

他一边哭，一边结结巴巴答道：“因为我不愿让……可怜的耶稣……躺在台阶上……休息。”

任何理智的回答似乎都没法消除他的幻想，可这在他身上的影响却不可低估。但是，我也不知道该怎样减轻他的痛苦，我再次对他说我们俩该立刻离开这间办公室。

他终于听从我的话，在我那张凌乱的写字台上直起腰来，让我把他拉下来立在地上。那阵突发的悲伤已经使他说不出话来，那股泛滥的泪水已经浸透他那忧郁的表层。往事的追忆在他心中已经泯灭——至少那连贯部分是这样。

“这都是我干的，”他嘟哝道，这时我正把他领向大门——“我，耶路撒冷的鞋匠。”

我送他到人行道，在强烈的灯光下，我看到他那张脸由于几乎一辈子难以置信的忧伤而深深打上了悲痛的烙印，满布歪歪扭扭的皱纹。

随后，我们听到黑暗的高空有几只大鸟喧嚷地飞过。那位流浪的犹太人举起手，歪着脑袋。

“这是那七只啸鹬！”他说，像是在介绍熟朋友。

“是野鸭，”我说，“不过，说实话，我闹不清一共有几只。”

“我上哪儿，它们都跟随着，”他说，“就是这样。你听到的是那七个帮助把耶稣钉死在十字架的犹太人的灵魂，他们有时是鸻鸟，有时是鹅，可你会发现不管我去哪儿，他们都跟随着我。”

我站在那里，不知道该怎样离开，我望着大街尽头，磨蹭几步，又回头看看——不禁觉得毛骨悚然。那个老头儿已经不见了。

接着，我的神经也就放松了，因为我隐隐约约看到他在黑暗中远远离去。可他走得那么轻捷，那么无声无息，完全不像他那把年纪的人的步态和速度，这就叫我没能完全镇静下来，尽管我也闹不清是什么缘故。

那天晚上，我傻乎乎地从我那个藏书不丰的书架上取出几册满布灰尘的书。我原想找出《赫米帕恩再生》《撒拉赛尔》和《佩皮斯文集》，却没能找到，后来从那本足有两百年历史的，叫《世界公民》的书中找到了我想得到的东西。麦考伯·阿德在一六四三年确实去过巴黎，并且向《土耳其密探》讲述了一个离奇的故事。他自称是那个流浪的犹太人，并且……

看到这里我就睡着了，因为那天我的编辑活儿不算轻松。

胡佛法官是《号角周刊》选出来参加国会的候选人。我得去跟他商量一下，次日早晨便去他家；我们俩一起去一条我不太熟悉的小道上散步。

“你听说过一个叫麦考伯·阿德的人吗?”我微笑着问道。

“哦，当然听说过，”法官说，“这叫我想起了他给我修理的鞋。他的小店铺就在这儿。”

胡佛法官走进一间昏暗肮脏的小店铺。我抬头看一下招牌，上写“麦克·奥巴德靴鞋店”。一些野鸭从天空飞过，清晰地嘎嘎叫唤。我搔下耳朵，皱皱眉，跟在后面进了那家店铺。

那位流浪的犹太人坐在板凳上，正在修补一只鞋的前掌。他浑身让露水淋得湿漉漉的，衣服让杂草污染得脏里吧唧，头发乱蓬蓬，一副可怜相；他那张脸上仍然挂着没法解释的凄苦样儿，那令人困惑的哀伤和隐秘的忧愁似乎完全是由几个世纪的铁笔刻出来的。

胡佛法官客气地询问他的鞋是否已经修好。那年迈的鞋匠抬起头来，神志还算清醒。他说他病了好几天，鞋明天就可以修好。他望我一眼，我看得出我根本不存在他的记忆里。于是，我们便走出店铺，继续散步。

“老麦克，”那位候选人说，“又狂饮了一次。他每月都会狂醉一次，不过他是个蛮好的鞋匠。”

“他有什么经历？”

“威士忌，”胡佛法官概括道，“这最能说明他的一切。”

我沉默不语，却并没接受这个解释。所以，我一有机会就向赛乐斯老头儿打听，他每天都来我这儿浏览我交换来的刊物。

“十五年前我来到蒙特波利斯时，”他说，“麦克·奥巴德就在这里当鞋匠了。我猜想他的麻烦全出在威士忌上。他每月都有一次喝得烂醉，神志不清，足足持续一个星期之久。他对每一个人都胡扯，说他自己是流浪的犹太人。现在没人再愿意听他说了。他清醒的时候并不糊涂——他在鞋店后屋里收藏了许多书，读了不少。我想你可以把他的一切麻烦都归咎于威士忌。”

可我还是没能接受这种解释。人们还没能把那个流浪的犹太人给我解释清楚。我相信女人可能没被允许有权打听人世间所有的怪事。因此，蒙托波利斯最年老的居民（比麦考伯·阿德年轻一千八百岁）来取出版物时，我便从他那零零碎碎的记忆中了解到那位不可思议的鞋匠的许多事。

阿伯纳大爷熟知蒙特波利斯的全部历史。

“奥巴德一八六九年来到这里，”他哆哆嗦嗦地说，“是本地头一位鞋匠。大伙儿现在有时把他当成疯子，可他从不伤人。我想大概是酒把他的脑子弄坏了——对，很可能是酗酒造成他那个样子的。酗酒确实害人。我如今是个很老很老的人了，先生，从来没把喝酒看成是件好事。”

我感到失望。我愿意承认酗酒是这个鞋匠的问题缘由，可我倒宁愿把酒看成是求助的对象而不是起因。他为什么总在讲述那个永世流浪的犹太人的怪故事呢？他为什么在精神迷乱时有说不出的哀伤呢？我还是不能接受拿威士忌来作为解释。

“麦克·奥巴德过去是不是有过什么重大的损失或麻烦？”我问道。

“让我想想！我记得大约在三十年前发生过这类事。蒙特波利斯，先生，在当时是个极其严厉的城镇。

“麦克·奥巴德当时有个女儿，一个相当漂亮的姑娘，可对蒙特波利斯来说，她显得太活泼了些，所以她有一天离家溜到另一个城镇去了，偷偷跟一个马戏团跑了。过了两年光景她才回来，浑身穿着漂亮的衣服，佩戴着珠宝戒指，来看望她爹。他不愿意理睬她，不跟她有任何来往，姑娘就去镇上待了一阵子。我想男人们大概不会反对，可女人们却怂恿他们把她撵走。她却很有胆量，对她们说这事跟她们无干。

“所以一天晚上，人们决定把她撵走。一群男女把她从她的住处赶出去，还用木棍和石头追打她。她跑到父亲家门口呼救。麦克打开门，一看清是谁叫门，就挥拳把她打倒在地，关上了门。

“随后，那群人便继续追打她，一直把她赶出城外。第二天人们发现她淹死在穹特的磨坊水池里了。我现在还记得清清楚楚，尽管那已经是三十年前的事了。”

我靠在我那把旋转不了的转椅上，像达官贵人那样冲我那个糨糊瓶轻轻点点头。

“老麦克每次一犯病，”阿伯纳大爷说，越说越带劲儿，“他都认为自己是那个永世流浪的犹太人。”

“他就是。”我点点头，说。

阿伯纳大爷听到编辑这句话咯咯笑了起来，因为他至少期望《号角周刊》的“人事要闻”专栏会把这事“满载”一版。

哈格里夫斯的两面派作风

梅绍武◎译

潘德顿·泰尔伯特上校带着女儿丽蒂娅·泰尔伯特小姐从莫比尔迁到华盛顿落户，选择了距离一条最安静的大道五十码的一处可供膳食的寄宿公寓。那是一幢老式砖房，有高大的白圆石柱门廊。院子里有雄伟的洋槐和榆树遮阴，还有一株梓树一入秋便撒落红色和白色花朵在草地上。篱笆和小道两旁排列着挺拔的黄杨树。正是这里的南方风格和外观使泰尔伯特父女赏心悦目，十分满意。

他们在这个令人愉快的公寓里租住了几间屋，其中有一间充当泰尔伯特上校的书房，他当时正在对他所写的那本题名为《阿拉巴马军队、军衔和肩章逸闻回忆录》的书补充最后章节。

泰尔伯特上校是个南方老人，对当今社会没有一点好感，也没有一点兴趣。他的思想还停留在独立战争前那个时代，那时期泰尔伯特家拥有几千顷良棉田和许多种植棉花的奴隶；豪宅大院奢华好客，引来大批南方贵族宾客。如今时过境迁，可他依然保持着当年那种自豪感，顾及自己的名誉，拘泥于古老礼仪，（你会想到）甚至还穿着往日的服装呢。

那种衣服近五十年来肯定没人再做过。上校身材魁梧，每当他行那种他称之为鞠躬的古老绝妙的屈膝礼时，他那身燕尾服的下摆就会拖曳在地面上。那件外衣甚至在华盛顿都叫人感到惊讶，而那里的人早就对南方议员的燕尾服不再大惊小怪了。公寓里一位房客管那件外衣叫“大西葫芦”，它确实腰部特高，下摆肥肥大大。

可是上校，连带他那身奇装异服啦，衬衫胸襟那儿布满一大片皱褶儿啦，那条他一鞠躬就滑向一边的黑色窄领带啦，都在瓦德曼太太开设的这个严格选择房客的公寓里挺受欢迎。房客中有些年轻的公职人员常常拿他们称之为“戏弄他”的手段撺掇上校谈他最喜爱的话题——他所热爱的南方传统和历史。只要一谈起来，他便会大量摘引他那部《逸闻回忆录》里的内容。可他们会非常小心谨慎，不让上校觉出他们的企图，因为上校尽管已经六十八岁，却仍然能使他们当中最胆大的家伙在他那双灰眼睛犀利的注视下感到不自在。

丽蒂娅小姐是个三十五岁娇小丰满的老处女，精心梳理的光滑的发髻使她显得更老气些。她也是个老派人士，不过身上并没流露上校所有的那种战前的荣耀感。她通情达理，节俭有方，掌管着家中财务，应付所有前来要账的人。上校把房租和洗衣账单视为不值得一顾的累赘。这些账单真是来得太勤快太频繁了。上校想知道这些索款单为什么不能先记账，等合适的时候一次总付清呢——比如说，等《逸闻回忆录》出版，稿费到手后再付呢？丽蒂娅小姐却会一边沉稳地继续做针线活儿，一边说：“只要钱够花的，我们便会每次都付清，否则的话，他们就不得不容忍一下，把账单归并在一起，等以后一次收齐款子啦。”

大多数瓦德曼太太的房客白天都不在家，他们大都是公职人员和商人；不过其中倒有一人从早到晚总待在家里。他是个年轻人，叫亨利·霍普金斯·哈格里夫斯——所有住在那里的房客都用全名称呼他——他在一家著名的杂耍歌舞剧院当演员。近年来杂耍歌舞剧院的地位已经提高到受人尊重的地步，哈格里夫斯先生又是那么谦逊有礼，瓦德曼太太找不到什么理由拒绝他作为房客。

在剧院里，哈格里夫斯是一位精通多种语言的喜剧演员，能演出不少德语、爱尔兰语和瑞典语的节目，还有扮演黑人角色的特长。不过，哈格里夫斯先生雄心勃勃，常常谈起他非常希望能在正统喜剧方面取得成功。

这个小伙子显得对泰尔伯特上校特感兴趣。每当那位绅士开始回忆他的南方事迹或重述一些生动有趣的逸事时，总能见到哈格里夫斯在场，而且还是一名最为专注的听众。

上校一度显得有拒绝这位他私下称之为“戏子”的人接近他的倾向，可是那个小伙子那种讨人喜欢的举止以及他对老先生讲的事毋庸置疑的赞赏，很快就把上校彻底征服了。

没多久，两人便成为老朋友了。每天下午上校都抽出一段时间专门给小伙子朗诵他那部手稿。每逢谈到一桩逸事，哈格里夫斯总会在该笑的时候放声大笑。上校为此深受感动，有一天对丽蒂娅小姐说哈格里夫斯小伙子对旧制度真有了不起的感知能力，而且那么尊敬，真叫人十分高兴。一谈起往事——泰尔伯特上校如果想谈的话——哈格里夫斯先生总是洗耳恭听。

上校就像所有的老人谈起往事时那样，总喜欢详谈细节。在描述老庄园主当年近乎皇室一般的豪华生活时，他会磨磨蹭蹭地仔细回想那个给他牵马垂镫的黑奴的名字啦，某些琐碎小事发生的确切日期啦，哪年生产多少包棉花啦，等等等等，而哈格里夫斯却从来没显得不耐烦或不感兴趣的样儿，反倒会进一步提出不少跟那个时期的生活有关的问题，上校也都一一给予确切的及时答复。

猎狐啦，自助晚餐啦，黑人区喧闹的舞会和欢乐佳节啦，庄园大厅里举办的宴会，请帖发到方圆五十里以内的家家户户啦，还有跟邻近乡绅偶尔发生的不和啦，上校跟拉斯伯恩·柯伯特森为了那位后来嫁给南卡罗来纳州一个新地主的凯蒂·查尔默斯小姐而进行的决斗啦，莫比尔海湾举行巨额奖金的私人帆船比赛啦，那些怪信仰啦，奢侈的习俗啦，老黑奴的忠诚美德啦——这些都是老上校跟哈格里夫斯一连几小时谈论的话题。

有时夜里，那个小伙子演出结束后，从剧院回来，上楼回他的房间时，上校就会出现在自己的书房门口，主动跟小伙子打招呼，请他进去。哈格里夫斯走进去，会看到一张小桌上已经摆好一瓶饮料、糖盘、水果和一大束新鲜绿薄荷。

“我想到，”上校这样开始说——他总是很讲究礼节的——“你也许原本可以发现——你在目前工作的地方所尽的职责——艰巨得足以使你，哈格里夫斯先生，体会到诗人写下‘疲惫的大自然体贴的修复者’时，心里可能想到的东西——一种我们南方的酒加糖加薄荷的冷饮。”

看着上校调酒真是一件叫哈格里夫斯着迷的事儿。一开始调制，他就堪与艺术家相媲美，调制程序也向来不变。他精心研磨薄荷，精确估量配料，仔细盖好那杯调好的酒，深绿色的美酒边缘闪耀着鲜红的樱桃！然后他把选好的麦管插入那冰块丁当作响的酒杯，热情而有风度地请来客畅饮。

丽蒂娅小姐在华盛顿住了四个月光景之后，一天早晨发现他们几乎一文不名了。那部《逸闻回忆录》虽已写完，出版社却没有立刻接受这部阿拉巴马州的思想和智慧的集锦。他们在莫比尔租的那所小房子也已拖欠两个月房租了。他们在华盛顿这家公寓的寄宿费过三天也得付了，丽蒂娅小姐只好跟她爹商量。

“没钱了?”上校显得吃惊，说道，“这样的小数目也经常要来要去，真够烦人的！说实在的，我……”

老上校掏下上衣兜儿，只摸出一张两块钱的钞票，可又把它塞回背心兜儿里。

“我得马上处理这件事，丽蒂娅，”他说，“请给我拿把雨伞来，我立刻到城里去一趟。咱们区里的议员福根将军几天前向我保证过要利用他的影响让我那本书早日出版。我马上去他住的旅馆，问问他做了什么安排。”

丽蒂娅小姐苦笑一下，看着她爹扣好他那件“大西葫芦”外衣的纽扣，走向大门，像往常那样在门口停下来，深鞠一躬，然后离去。

那天晚上，他深夜才回来。看来福根议员已经见过那位审阅上校手稿的出版商。那人说若能把那些逸事认真删掉一半，取消书中从头到尾所渲染的那种区域性和阶级性偏见，他方可考虑出版。

上校气得脸色煞白，可他根据自己的行为举止准则，只要是在丽蒂娅小姐面前，便会保持沉着冷静的态度。

“可我们总得想法弄到钱啊，”丽蒂娅小姐说，鼻子上端出现一些皱纹，“把那两块钱给我，我去给拉尔夫叔叔打个电报，让他今夜寄些钱来。”

上校从背心上那个小兜儿里掏出一个小信封，掼在桌上。

“也许是我考虑不周，”他温和地说，“不过这点钱太微不足道了，我已经用它买了今晚的戏票。是一出有关战争的新戏，丽蒂娅。我相信你会挺乐意观看它在华盛顿的首场演出。听说南方在这出戏里得到了公平对待。说实话，我本人也想看看这出戏。”

丽蒂娅一语未发，失望地扬起双手。

既然已经买了票，那就去呗。所以，那天晚上，父女俩坐在戏院里倾听着欢快的序曲，连丽蒂娅小姐当时都把他俩心中的烦恼弃置脑后。上校穿着洁白的亚麻衬衫，那件奇特的外衣只露出紧紧扣住的那个部位，那头朝后梳得很整齐的白发看上去确实很漂亮很神气。帷幕开启，上演《一朵木兰花》第一幕，舞台上展现一幅典型的南方种植园景致。泰尔伯特上校显出一点感兴趣的神情。

“哦，看哪！”丽蒂娅小姐惊呼道，一边推一下她爹的胳膊，一边指着说明书。

上校戴上眼镜，看她所指的演员表那一行。

韦伯斯特·卡尔洪上校……亨利·霍普金斯·哈格里夫斯饰演。

“这就是跟咱们住在同一公寓的哈格里夫斯，”丽蒂娅小姐说，“肯定是他在他称之为‘正统喜剧’的演出中首次亮相，我真为他高兴。”

直到等二幕，韦伯斯特·卡尔洪上校才上场。他一出场，泰尔伯特上校不禁哼了一声，两眼圆瞪，像是冻僵了似的。丽蒂娅小姐也小声含混地尖叫一声，把手里握着的节目单捏成一团，因为卡尔洪上校在扮相上几乎跟泰尔伯特上校一模一样。那头又长又稀、尽端卷曲的白发啦，那个颇具贵族气质的鹰钩鼻子啦，那件胸前有皱裙的肥衬衫啦，那条一鞠躬就歪向一边耳朵下面的窄领带啦，几乎全是精确的复制品。为了模仿逼真，他还穿着跟上校那件被认为是独一无二的外衣一模一样的服装，浑身鼓鼓囊囊，腰肥摆宽，前身比后身短一尺；这件服装绝对不可能是根据别的衣服样式设计出来的。从这一时刻起，上校和丽蒂娅小姐坐在那儿着了魔似的望着那个假冒的、傲慢的泰尔伯特在台上表演，正像上校后来所说的那样，“我本人愣给拖进一个腐败的舞台泥潭受尽中伤诋毁。”

哈格里夫斯很会利用机会。他抓住了上校的方言、口音和语调的小小特点以及他那完美浮夸的优雅气质——并且为了舞台效果还大大加以夸张一番。他表演上校自认为是敬礼当中的典范的那种绝妙的一鞠躬时，观众席中便爆发一阵热烈的掌声。

丽蒂娅小姐坐在那里一动也不动，也不敢看她爹一眼。有时她把那只挨着他的胳膊放在自己的脸蛋儿上，像是在遮隐自己那阵尽管不赞同却没法完全克制住的微笑。

哈格里夫斯大胆模仿的高潮出现在第三幕。这场戏演的是卡尔洪上校在他的‘窝’里款待几位邻里种植园主。

他站在舞台正中的一张桌子前，四周围着亲朋好友，滔滔不绝地念出《一朵木兰花》中那段非常著名的无与伦比的独白，与此同时还熟练地给客人调制冰镇薄荷酒。

泰尔伯特上校满腔愤怒地坐在那里听着哈格里夫斯重述他自己讲过的最精彩的故事，发挥他喜爱的理论和爱好，夸大歪曲他那部《逸闻回忆录》中所经历的梦想。他最乐意讲的那段儿——他跟拉斯伯恩·柯伯特森决斗那件事——也没给遗漏，而且表演得比上校本人讲的更具有火药味，更狂妄自大，更富有生气。

那段独白的结尾是哈格里夫斯对冰镇薄荷酒的调制艺术做了个怪有趣儿的简短论述，并且当场示范表演。泰尔伯特上校那种精细而炫耀的技巧被淋漓尽致地再现在舞台上——从他精心处理香草开始——“诸位先生，你如果用四分之一格令过重的压力，从上苍所赐的这种植物中榨取的只能是苦涩而不是芳香”——一直到如何精选麦管儿。

这一幕结束后，观众席中响起雷鸣般的掌声。这一类型的人物给描绘得那么逼真准确，使得剧中其他主要角色都让人遗忘了。观众多次叫帘，哈格里夫斯走到台前鞠躬谢幕，他那张颇有孩子气的脸由于内心知道获得了成功而欢悦得两颊通红。

丽蒂娅小姐终于转过身来望着她爹。上校气得鼻子像鱼鳃那样呼哧呼哧地翕动。他把两只发抖的手按在座位扶手上，试图站起来。

“咱们走吧，丽蒂娅，”他哽咽着说，“这真是一种恶毒的侮辱！”

没等他站起来，她又把他按回椅子上。

“咱们等人都走完再走吧，”她说，“您难道想展示一下您这件原版外衣，给那个冒牌假货做宣传吗？”于是他俩等到最后才离开。

那天夜里，哈格里夫斯由于大获成功想必很晚才睡觉，因为次日早餐和午餐时他都没露面。

下午三点左右，他敲敲泰尔伯特上校书房的门。上校打开门，只见哈格里夫斯拿着几份不同的晨报走进来——他太专注于自己的成功了，根本没注意上校的举止跟往常有什么不同。

“上校，昨天晚上我演出大获成功，”他得意扬扬地说，“我真是时来运转了，我想我赢了。看，邮报上说的：

> 他对那位旧时代南方上校的概念和描绘，连带那种荒谬的夸张表现呀，奇特的服装呀，古怪的方言和措辞呀，家族破烂过时的自豪感呀，再加上他那真挚善良的心灵，过分强烈的荣誉感，可爱的简朴，都可说是当今舞台上对一个人物绝妙的刻画。卡尔洪上校所穿的那件外衣本身就是个天才的设计创造。哈格里夫斯征服了他的观众。

“上校，首场观众对这篇评论有何看法？”

“我很荣幸，”——上校的语气显出不祥的冷淡——“目睹了你昨夜极为出色的表演，先生。”

哈格里夫斯显得有点窘迫。

“您也在场吗？我压根儿不知道您……不知道您也喜欢看戏，哦，泰尔伯特上校，”他坦率地大声说，“您别生气，我承认从您那里得到许多点子使我巧妙地扮演了这个角色。不过，您知道，这是个典型人物，并非针对某个人。观众的理解说明了这一点。剧院的赞助人当中有一半是南方人，他们也都认可了这个角色。”

“哈格里夫斯先生，”一直站着的上校说，“你可让我蒙受了羞辱，真是不可饶恕。你嘲弄了我的人格，辜负了我的信任，滥用了我对你的热情款待。我如果认为你一点也不懂得什么是一位绅士的行为准则，或者不懂得该怎么做，我就会跟你决斗，先生，尽管我年纪已经大了。现在请你立刻离开我的房间。”

那位演员显得有点惊讶，似乎没完全听懂老绅士的话。

“惹您生气了，我真的十分抱歉，”他遗憾地说，“我们这边的人看问题跟你们那边的人不大一样。我知道有些人为了把自己的形象搬上舞台让公众认识，情愿包下半场戏院的票呢。”

“他们不是阿拉巴马州人，先生。”上校傲慢地说。

“也许不是。我的记忆力很强，上校，让我摘引您那本书里的几行词句。您在米利奇维尔举办的宴会上答谢祝酒时，我相信您说过这样一些话，而且有意发表：

> 北方人完全丧失了感情和热情，除非这些感情可能给他们带来商业利润。他会毫不怨恨地忍受任何对他本人或对他钟爱的人的诋毁，只要不承受金钱方面的损失就行。在乐善好施方面，他会慷慨解囊，但是必须为之欢呼鼓吹并载入史册。

“您认为这段描述比昨夜您看到对卡尔洪上校那段描述更公平吗？”

“这段描述，”上校皱起眉头，说，“并非——并非没有根据。有些夸大，不过在公开演说时，言论自由是应该允许的。”

“在公开演出中也应该允许。”哈格里夫斯答道。

“问题不在这儿，”上校毫不让步地说，“这是一种对个人的漫画式讽刺，我肯定不会对此忽视，先生。”

“泰尔伯特上校，”哈格里夫斯说，得意地微微一笑，“我希望您能理解我，我要您明白我压根儿就没想侮辱您。就我这个行当来说，一切生活都归我所有。我从生活当中汲取我想要的，汲取我能要的，然后把它们再现于舞台上。现在您如果愿意的话，就别再提这档子事啦。咱俩这几个月一直是相当要好的朋友，我还想再冒犯您一次。我知道您最近手头很紧——甭管我是怎么得知的；这种事在寄宿公寓里是瞒不住的——我希望您能允许我帮您摆脱这种困境。这类事我本人过去也常遇到。这一演出季节我一直得到一份蛮不错的薪水，还积蓄了些钱。我很乐意帮您两三百块钱，甚至更多一点也可以……等您一旦有了……"

"住口！"上校伸出两只胳膊，制止道，"看来我那本书毕竟没瞎说。你认为你的臭钱可以医治我的自尊心所遭受的创伤。我在任何情况下都不会接受一个我偶尔认识的朋友所提供的借款。至于你，先生，我宁愿饿死也不会考虑接受你这种侮辱性的资助，你甭想用钱来调整我们之间所谈的严重事态。我再重复一遍，请你立刻离开我的房间！"

哈格里夫斯没再吭声就走出去了。就在同一天他搬离了那幢寄宿公寓，据瓦德曼太太在晚餐桌上解释说，他搬到城市中心距剧院更近些的住处去了，《一朵木兰花》要在那家剧院上演一周呢。

泰尔伯特上校和丽蒂娅小姐的处境十分窘迫。上校在华盛顿找不到一个他能无忧无虑地去借钱的人。丽蒂娅小姐给拉尔夫叔叔写了封信，可是那位同样拮据的亲戚也很难提供什么帮助。上校只好为了迟付膳宿费向瓦德曼太太道歉，并用相当含混的言语提到了"拖欠的租金"和"迟到的汇款"。

解救却来自一个完全出乎意外的来源。

一天傍晚，看门女佣上楼来说，有个老黑人想见泰尔伯特上校。上校请她把那人带到他书房来。没多会儿，就有一个老黑人出现在门口，手里拿着帽子，一边鞠躬，一边把一只笨重的脚擦地后退。他身穿一套相当体面的肥肥大大的黑西装。那双粗大的皮鞋给擦得锃亮，一看就是抹过不少黑烟油子。一头浓密的灰软发近乎全白了。黑人一过中年，就很难给估计出岁数。论年龄，这个黑人很可能跟泰尔伯特上校差不多。

"俺敢肯定您不认识俺了，潘德顿少爷。"他开口道。

上校一听到这声旧时熟悉的称呼，立刻起身走向前，这人无疑是老种植园的一名黑人，可他们早就各奔东西，他记不起那人的面容和声音了。

"我恐怕记不起你了，"他慈祥地说，"除非你能提醒我，帮助我回忆。"

"难道您不记得辛迪大婶的莫斯吗，潘德顿少爷？战后他就走了。"

"等一下。"上校说，指尖搓着脑门儿。他喜欢回忆一切跟那些美好日子相关的事。"辛迪大婶的莫斯，"他沉思片刻，说道，"你负责看马——驯小马驹。对，我现在记起来了。南方投降后，你改了姓——别提醒我——改姓米奇尔，去了西部——内布拉斯加州。"

"对，先生，没错儿，先生，"——那个老头儿高兴得咧嘴一笑——"就是那儿，内布拉斯加。就是俺——莫斯·米奇尔。老莫斯·米奇尔大叔，人们现在这样称呼俺。当年俺离开的时候，老爷——令尊大人给了俺几匹小骡驹。您还记得那些小骡驹吗，潘德顿少爷？"

"记不大清了，"上校答道，"你知道，战争头一年，我就结婚了，搬到弗林斯比老宅子去住了。不过，坐，坐，莫斯大叔，见到你很高兴。希望你兴旺了。"

莫斯大叔坐下，小心翼翼地把帽子放在身旁的地板上。

"是啊，先生，最近俺很有点小名气了。俺最初到内布拉斯加时，那里的人都围着俺，观看那几匹骡驹。他们在内布拉斯加从没见过这种骡驹。俺把那几匹骡驹卖了三百块钱，先生——三百块钱。

"后来俺开了一家打铁店，先生，挣了些钱，又买了几块地。跟俺的老伴儿带大了几个崽子，都挺顺当的，除了两个死了。四年前通了一条铁路，那里发展成了一个小城镇，俺的地给占了不少，潘德顿少爷。眼下你莫斯大叔的产业和土地足值好几千块钱哪。"

"很高兴听到这事，"上校亲切地说，"真的很高兴。"

"还有您那个小妞儿，潘德顿少爷——您管她叫丽蒂娅小姐——

我敢说小姑娘已经长大，谁也认不出来了吧。”

上校走到门口，喊道：“丽蒂娅，亲爱的，来一下。”

丽蒂娅小姐从她的房间里走出来，看上去相当成熟了，神情有点忧郁。

“噢，老天！我刚才不是说了吗？我知道那个小妞儿已经长大成人。不认识你莫斯大叔了吧？”

“这位就是辛迪大婶的莫斯，丽蒂娅，”上校解释道，“你两岁时，他就离开森尼密德去西部了。”

“嗯，”丽蒂娅说，“那就很难巴望我在那个年纪记得您了，莫斯大叔，正如您所说，‘我已经长大成人’，那可是很久很久以前的事了。我尽管不记得您，还是很高兴见到您。”

她确实如此，上校也一样。一个实实在在、活生生的人把他们跟幸福的往日联结在一起了。他们仨坐下聊起往事，在回忆当年种植园的情景和美好的日子时，相互纠正，相互提醒。

上校问那个老头儿离家到这儿来干什么。

“俺是这座城市浸礼教会的一个受欢迎的人，可俺从来不布道，可是俺作为教会里的一个上了岁数的教友，又能自己支付一切开销，他们就叫俺来了。”

“您怎么知道我们在华盛顿呢？”丽蒂娅小姐问道。

“俺住的那家客店有个黑人在那儿干活儿，他是从莫比尔来的，跟我说他见到潘德顿少爷有一天早晨从这幢公寓里走出来。”

“俺来这儿的目的，”莫斯大叔一边接着说，一边把手伸进兜儿，“除了见见老家的人——还要偿还一笔我欠潘德顿少爷的钱。”

“欠我的钱？”上校惊讶道。

“是啊，先生——三百块钱。”他递给上校一卷钞票，“当年俺离开时，老爷说，‘莫斯，把这几匹骡驹带上吧，等将来你有了钱能还时再还我吧’。是啊，先生——这就是老爷当时说的话。战争叫老爷本人也变穷了。老爷已经过世多年，这笔债就落到潘德顿少爷您身上了。三百块钱。俺莫斯大叔如今有的是钱可以还债啦。铁路公司买下了俺的地，俺就把钱留下来，好付那几匹骡驹的钱。数一下吧，潘德顿少爷。当年俺就是这个价卖掉了那几匹骡驹，先生。”

泰尔伯特上校热泪盈眶。他拿起莫斯大叔的手，另一只手搭在他的肩膀上。

“亲爱的老忠仆，”他颤悠悠地说，“不瞒你说，潘德顿‘少爷’一周前已经花光他剩下的最后一块钱。我们愿意接受这笔钱，莫斯大叔，因为从某种意义来说，这是一种偿还，而且也是一种作为对旧制度的忠诚爱戴的象征。丽蒂娅，亲爱的，收下这笔钱吧。你比我更会使用它。”

“拿着吧，宝贝儿，”莫斯大叔说，“这是你们的钱，是泰尔伯特的钱。”

莫斯大叔走后，丽蒂娅小姐高兴得哭了一场——上校转过脸去冲着墙角，一个劲儿猛抽他那个陶土烟斗。

随后几天，泰尔伯特父女恢复了平静和安宁。丽蒂娅小姐脸上不再有忧愁的神情。上校穿上一件新燕尾服，看上去就像一尊蜡像，体现出他对金色年华的怀念。另一家出版社读过《逸闻回忆录》那部手稿后，认为若略加润色，把重点部分降低点儿调子就可以成为一本真正看好的畅销书。总而言之，形势大好，前景并非没有一点希望，那种希望要比运气来时还要喜人。

在那阵好运过后一个星期左右，一天一名女仆把一封给丽蒂娅小姐的信送到他们的房间，邮戳说明信是从纽约寄来的。丽蒂娅小姐有点纳闷儿，因为她不认识纽约那边的任何一个人。她坐在书桌前，用剪刀打开信，读到下列内容：

亲爱的泰尔特伯小姐：

我想您大概会高兴得知我的好运吧。我已经得到并接受一个专业剧团的邀请，在《一朵木兰花》中扮演卡尔洪上校，周薪两百块钱。

还有件事想告诉您，我认为您最好别告诉泰尔伯特上校。为了我扮演这个角色时他所提供的巨大帮助，并且我由此而给他带来了坏心情，我曾经极想对他做些补偿，可他拒绝让我这样做，但是我非要做到不可。我可以轻而易举地拿出三百块钱。

霍普金斯·哈格里夫斯敬启

附言：我扮演的莫斯大叔怎么样？

泰尔伯特上校穿过大厅，看到丽蒂娅小姐的房门开着就停下来。

“今天早晨有咱们的信吗，丽蒂娅，亲爱的？”他问道。

丽蒂娅小姐急忙把那封信塞进她的裙褶底下。

“《莫比尔记事报》来了，”她当即答道，“我放在您书房的桌子上了。”

让我号号你的脉

梅绍武◎译

我于是去看大夫。

“你喝酒喝了多久啦?”他问道。

我侧过头来答道:“哦,有些日子了。”

他是位年轻大夫,年纪介于二十到四十岁之间。他穿着紫红袜子,长得却像拿破仑。我蛮喜欢他。

“现在,”他说,“我要让你见识见识酒对你的血液循环系统所起的作用。”我认为他说的是“循环”,不过也可能是在“做广告”。

他把我右臂的袖子捋上去,拿出一瓶威士忌,让我喝一杯。他开始更像拿破仑了,我也开始更喜欢他了。

接着,他便在我的胳膊上方紧紧绑了一块压缩布,用手指头压在我的脉上,然后挤压一个跟温度计相似的仪器连接的橡皮球。水银柱上下跳动,没有停在哪儿的迹象;那位大夫却报出二三七或一六五这类数字。

“现在,”他说,“你看到酒对血压有多大影响了吧。”

“太妙了,”我答道,“可你认为这次测验够了吗?怎么样,再试一下我的另一只胳膊吧。”可他不干!

他随即握住我的手,我还当自己注定没治了,他要向我告别啦。没想到他却只是想用一根针扎进我的指尖挤出一滴血来,拿那滴红血跟许多给扎在一张卡片上的五毛钱扑克筹码似的玩意儿比较比较。

“这是血红蛋白测验，”他解释道，“你的血液颜色不大对劲儿。”

“嗯，”我说，“我知道该是蓝色才对；可这是个混血国家。我的祖辈当中有几位是骑士，可他们跟南塔凯特岛上的一些人很亲密，因此……”

“我的意思是指，”大夫说，“血色不红，太浅了。”

“哦，”我说，“这只是匹配问题，而不是婚姻问题。”

大夫随即猛敲我的胸口。他这么做的时候，我闹不清他是叫我想起拿破仑呢，还是搏斗，抑或纳尔逊勋爵。接着，他耷拉着脸，说了一连串人的肉体会患的病——病称结尾都是“炎”。我立刻付给他十五块钱。

“这些病当中哪一种或哪几种是致命的啊？”我问道，我认为自己跟这些病有直接联系，该表示出一定程度的兴趣才是正理。

“全都是，”他爽快地答道，“不过这些病的发展倒是可以遏制的。经过关怀和持续治疗，你完全可以活到八十五或九十岁。”

我开始想到大夫的账单，连忙说八十五岁就够了。我又付给他十块钱。

“首先得，”他重新焕发精神，说，“得给你找个疗养院，可以在那里暂时彻底休养一阵子，改善一下你的神经状态。我亲自陪你去选个合适的。”

他便带我去卡茨基尔一家疯人院。那是在一个光秃秃的山顶上，只有极少的常客光顾那里。你在那儿只能看到石块卵石、一片积雪和零零星星几株松树。那位年轻的主治大夫十分随和，没在我胳膊上使用压缩布就给我服了一剂兴奋药，当时正是开饭时间，我们就被邀请共进午餐。餐厅里约有二十多位病人在小桌旁用餐。那位年轻大夫来到我们桌前，说道：“按照我院习惯，来我们这儿的人不必把自己当成病人，而只是疲倦的女士或先生到这里来休息休息。不管他们可能患有什么小毛病，都不要在谈话中提及。”

我的大夫大声招呼一名女侍者给我端来饭菜，其中包括磷酸甘油酸盐酸橙肉泥、硬面包、溴化煎饼和马钱子茶。这时饭厅里忽然响起一阵好似松林里的风暴声，人人都在喃喃自语“神经衰弱”。——只有一人除外，我清楚地听见他说“慢性酒精中毒”。我希望有机会再见到他。那位主治大夫转身走了。

饭后一个多小时以后，他领我们去试验室，那里离我们住的病房约有五十米远。来客在那里由主治大夫的替身兼助手——一个穿蓝汗衫的高个子引导陪伴。他个儿高，高得让人看不到他的脸，不过盔甲包装公司想必会乐意雇用他。

“在这里，”那位主治大夫说，“我们的客人通过体力劳动，其实是通过反应来消除他们以前心理上的忧虑。”

那里有车床啦，木工全套工具啦，模型黏土啦，纺车啦，织布机啦，踏车啦，低音鼓啦，蜡笔人像画放大仪啦，铁匠炉啦，以及所有那些能引起这个一流疗养院里的自费疯子的兴趣的玩意儿。

“那个在旮旯里做泥饼子的女士，”主治大夫悄声说，“就是《爱情为什么得相爱》那本书的作者，著名女作家卢拉·卢林顿。她现在写完了那本书，只是得休息一下脑子罢了。”

我读过那本书。“她干吗要休息，不再另写一本呢？”我问道。

你看得出我并非像他们认为的那样病得很厉害。

“那位往漏斗里倒水的先生，”主治大夫接着说，“是一位华尔街经纪人，因疲劳过度而累垮了。”

我赶紧扣好外衣纽扣，免得丢钱。

他又指出那伙人当中有玩诺亚方舟的建筑师啦，读达尔文《进化论》的牧师啦，锯木头的律师啦，对那位穿蓝汗衫的助手大谈易卜生而累垮了的交际花啦，躺在地上睡大觉的神经质百万富翁啦，还有拉着一辆小红货车满屋子转悠的著名艺术家。

“你看上去倒蛮健康，”主治大夫对我说，“我想让你心情轻松最好的办法就是从山上往下扔圆石头，然后再把它们捡上来。”

我拔腿就跑，等大夫追上我时，我已经跑了百码远了。

“怎么回事？”他问道。

“问题是这儿没有现成的飞机，”我答道，“我只好轻快地从人行道直奔那边的火车站，赶上头一班运载无限量烟煤的快车回城。”

“嗯，”大夫说，“你也许正确，这里可能对你并不合适。你需要的就是休息——绝对的休息和锻炼。”

那天晚上，我去到城里一家旅馆，对服务员说：“我需要的是绝对休息和锻炼，你能不能给我安排一间有折叠活动床的房间，叫一班服务员在我休息时不停地上下折腾那张床？”

那位服务员擦掉手指甲上的污泥，朝一个坐在门厅里戴白帽子的高个子递个眼色。那家伙便走过来，礼貌地问我看见西门外的灌木丛没有。我说没看见，他就指给我看，并上下打量我一番。

“我还当你看见了，”他倒也并非恶意地说，“不过我想你没事儿。你最好还是去看看大夫吧，老伙计。”

一星期后，我那位大夫又查查我的血压，事先并没给我服用兴奋剂。我看他不太像拿破仑，我也不太喜欢他穿的那双棕黄色袜子。

“你需要的是，”他说，“海洋空气和伙伴。”

“是不是一个美人鱼……”我刚开口说，他便摆出一副医生公事公办的架势。

他说：“我亲自带你去长岛海滨那家好空气旅馆，负责为你安排好一切。那里是一处安静而舒适的休养地，你很快就会恢复健康。”

好空气旅馆是海岸对面岛上拥有九百间客房的豪华时髦的旅馆。不穿礼服去用餐的人都给轰到旁边一间餐厅，只能吃到甲鱼肉喝香槟的份儿饭。这个海港是提供给拥有游艇的富豪泊船用的。我们抵达那天，“海盗号”船正停在岸边。我看到摩根先生站在甲板上，一边吃着奶酪三明治，一边渴望地凝视着那家旅馆。尽管那不是一家特别昂贵的酒店，可谁也付不起他们出的房价。你离开的时候，只好把行李留下，偷偷登上一艘小船，趁着月色溜回大陆。

我在那儿待了一天，在服务员的桌上找到一本空白电报纸，就向所有的朋友发了急电，请他们给我寄钱来把我赎出去。那位大夫跟我在高尔夫球场玩了一局槌球，就躺在草坪上睡起大觉。

我们俩回到城里，他忽然想起问我：“怎么样，感觉如何？”

“轻松多了。”我答道。

如今会诊的大夫跟以往大不相同，他没有完全的把握是否会得到治疗费，而这种不确定的情况使你要么得到最精心的治疗，要么就马马虎虎地给你看看。我那位大夫带我去看一位会诊医生，那位医生做出了错误的推测，给我做了最精心的治疗。我挺喜欢他，他让我做一系列共济官能练习。

“你的后脑壳疼吗?”他问。我告诉他不疼。

“闭上眼，”他命令道，“并拢两脚，使劲往后跳一下。”

我一向善于闭着眼往后跳，就照他所说的办了。结果我的脑袋撞在浴室门边儿上了，那扇门只离我三尺远，一直开着。医生很抱歉，他忘了那扇门开着哪。他把门关上。

“现在用你的右手食指摸你的鼻子。”他说。

“在哪儿?”我问道。

“在你脸上。”他答道。

“我是说我的右手食指。”我解释道。

“噢，对不起。”他说。他又打开浴室那扇门，我从门缝把手指头抽出来。我出色地完成指定的指鼻测试后，说道：

“大夫，我不想向你隐瞒病情，我现在后脑壳真有点疼。”他没理会我的症状，又用近来流行的那种投币听音乐的耳机玩意儿听听我的心脏，我觉得自己变成了民歌。

“现在，”他说，“像马那样绕着屋子跑五分钟。”

我尽量模仿一匹给拉出麦迪逊广场公园的落选的佩尔什马①那样奔跑。随后他没再投一枚硬币就开始听听我的胸口。

“我的家族没有马鼻疽病史，大夫。”

那位会诊医生在离我鼻子三尺远的地方举起他的食指，命令道：“瞧着我的手指头!”

“你有没有试过皮尔斯的……”我开口道，可他却继续忙他的测验。

“现在看海湾那边。看我的手指头。看海湾那边。看我的手指

---

① 佩尔什马，原产于法国Perche地区的重型挽马。

头。看我的手指头。看海湾那边。看海湾那边。看我的手指头。看海湾那边。”就这样折腾了三分钟左右。

他解释说这是一种对脑子活动的测试。这对我来说似乎很容易办到。我没有一次把他的手指头误认为是海湾。我敢说他若使用了这样的话：“你朝外望去，可以说不必全神贯注地——或者说是侧向地——朝地平线望去，也就是说朝那水天相连处望去，”然后再说，“现在回过头来，或者说把你的注意力转移到我这根挺直的手指头上来。”我敢打赌，只有哈里·詹姆斯本人才能通过这种测验。

两位大夫又问我是否有过一位脊椎畸形的叔祖父或一个有脚关节肿大的表亲，然后便走进浴室略加休息，坐在澡盆边沿商讨我的病情。我吃个苹果，看看自己的手指，又望望海湾那边。

两位大夫表情严肃地走出来。他俩看上去更像两块墓碑，默默无言，给我开了一个必须严格遵守的饮食清单，上面列的除蜗牛外，都是我听说过能吃的东西。我压根儿没吃过蜗牛，除非它追上我，先咬我一口，否则我不会吃它。

“你得严格遵守这个清单。”两位大夫异口同声说。

“我若能吃上这上面十分之一的东西，就得费很大的劲儿啦。”我答道。

“此外，”他俩接着说，“户外的空气和锻炼也很重要。这儿有张药方会对你有很大的好处。”

随后我们仨都采取行动。他俩拿起帽子，我就此告辞。

我去到一家药铺，把那张处方给药剂师看。

“一盎司瓶装，价两块八毛七。”他说。

“能不能给我一根包装绳？”我问道。

我在那张处方纸上面捅个窟窿，把绳子穿过去，套在脖子上，再把处方塞进衣服里面。我们大伙儿都有点迷信，我就信护身符。

我当然没有什么大问题，只是病得不轻罢了。我不能工作，不能睡觉，不能吃饭，也不能玩滚木球。我唯一能赢得一点同情的办法是一连四天不刮胡子。即使这样，还是有人会说：“老家伙，你看上去跟松树疙瘩一般结实。你是不是到缅因州森林去旅游了，呃？”

接下来，我忽然想起我得到户外去呼吸点新鲜空气，锻炼锻炼，于是便动身去南方约翰家住一阵子。据一位手上拿着一本小书站在周围是菊花的凉亭里的牧师，当着成千上万的人，判定约翰是我的亲戚。约翰在离派恩维尔七里的地方有栋乡间别墅。那栋房子坐落在蓝岭山脉顶上，位置那么高傲，简直没法给扯进这场争论里来。约翰好比云母石，比黄金还要珍贵还要透亮。

他在派恩维尔迎接我，我俩乘缆车到达他家。这是一座没有邻居、四周让群山环绕的房子。我们在他那私人小站下了车，约翰的家人和爱玛丽丝在那儿迎接我们。爱玛丽丝有点心神不安地望着我。

一只兔子出现在我们和房子之间，从山坡上蹦过去。我扔下我的行李箱，拔腿就追。我跑了二十码，它就没影儿了，我只好坐在草地上伤心地大哭起来。

"连只兔子我都追不上了，"我哭着说，"我在这人世间一点用场也没有喽，还不如干脆死掉算了！"

"哦，怎么了——怎么了，约翰哥？"我听到爱玛丽丝说。

"神经有点衰弱吧。"约翰用他那一贯平静的口气说，"甭担心，起来吧，你这个追兔子的家伙，快进屋，免得烘烤的饼干都凉了。"这时已接近黄昏时分，群山峻岭渐渐现出默弗里①小姐所描写的那种壮丽景色。

晚饭后不久，我就宣布我能一连气儿睡一两年，包括法定假日在内。他们把我领进一间像小花园那样宽敞凉爽的卧房，里面有张床足有一块草坪那么大。没多会儿，全家人都休息了，整个地方一片宁静。

这些年来我一直不知道什么是宁静。这是绝对的宁静！我用胳膊肘儿支起身子，倾听宁静！睡吧！我心想只要能听到一颗星星闪烁或一棵小草拔尖儿的声音就可以安然入睡啦。有一次我仿佛听到一艘独桅艇抢风行驶时帆的拍打声，可后来我认为那也许只是地毯

① 默弗里（1850—1922），美国女作家，写过不少以山区为背景的小说。

下面一枚钉子弄出来的声音。我还是倾听着。

一只迟归的小鸟忽然落在窗台上，发出一般吱吱的叫声，而它无疑认为自己是在发出催人入睡的调子。

我一下子蹦起来。

“嗨！楼下出了啥事啊？”约翰在楼上他的房间里喊道。

“哦，没事儿，”我答道，“只是我的脑袋不小心撞在天花板上了。”

次日清晨，我去到门廊那儿眺望峻岭。一眼望去，竟有四十七个山头。我不禁打个寒噤，连忙回到大客厅里的起居室，从一个书柜里挑出一本《潘考斯特家庭医疗手册》，阅读起来。约翰走进来，夺走我手中的书，领我去户外。他拥有一个三百亩地的农场，设备齐全，有谷仓、骡子、农具和几个缺了齿的耙子。我在童年时代见过这些东西，心一下子沉了下去。

接着，约翰谈起阿尔法尔法（紫苜蓿），我的情绪顿时又好起来。“哦，是啊，”我说，“她不是在合唱队里吗？——让我想想——”

“绿色的，你知道，”约翰说，“很嫩，在第一次收割后就把它翻到地底下去了。”

“我知道，”我说，“她上面就长满了草。”

“对，”约翰说，“你毕竟还懂点种庄稼的事儿。”

“我懂点农活儿，”我说，“长柄镰刀早晚会把它们都割掉。”

在回家的路上，一个我闹不清是啥的漂亮的生物从我们走的那条路穿过。我情不自禁地站住，惊讶地望着它。约翰抽着烟卷儿，在一旁耐心地等待，他是个现代庄稼汉。过了十分钟，他说：“你打算站在那里一整天观看那只鸡吗？早餐已经准备好了。”

“一只鸡？”我问道。

“对。你如果想知道得更具体些，那是一只奥平顿白母鸡。”

“一只奥平顿白母鸡？”我怀着极大的兴趣重复道。那只家禽仪态端庄地慢慢走去。我就像跟随那个穿杂色衣服的吹笛人的孩子那样跟在那只母鸡后面。约翰容许我跟随五分多钟，然后就拉住我的衣袖，领我去吃早饭。

我在那里住了一个星期后，开始有点发慌了。我吃得好，睡得香，真正开始享受生活乐趣。对我这样一个身陷绝境的人来说，这样是不行的。我就偷偷溜到缆车站，乘车去派恩维尔，去看当地一位最好的大夫。这次我需要治疗时，完全明白该怎么办。我把帽子挂在椅背上，匆匆说道：

“大夫，我患有慢性心脏间质炎、动脉硬化、神经衰弱、神经炎、急性消化不良，而且在渐渐恢复健康。我在严格遵守饮食规定。我得在晚上洗个温水澡，早晨洗个冷水浴。我得尽量让自己心情好，只想着愉快的事。在吃药方面，我得每天服三次磷质药片，最好是饭后服用，还得服一种由龙胆酊、棕金鸡纳皮酊、黄金鸡纳皮酊和豆蔻酊配制的补药，每一勺里还得加马钱子，一天加一滴，然后每天再加一滴，一直加到所允许的最高量。我该使用药用滴管，这在任何一家药铺都可以低价买到。再见。”

我拿起帽子走出去。关上门之后，我想起还有些事忘记说了。我又打开门。那位大夫还坐在原来的地方，没动窝儿。可他再一次见到我，不禁显得有点忐忑不安。

“刚才我忘记提了，”我说，“我得绝对休息和锻炼。”

这次去就诊后，我觉得好多了。脑子里又重信自己已经病入膏肓，这倒叫我挺满意，情绪几乎又低沉下来。对一个神经衰弱的人来说，再也没有什么比自我感觉健康在恢复和心情在愉快更加叫人震惊了。

约翰精心照顾我。我对他那些奥平顿白母鸡特感兴趣后，他就尽量转移我的注意力，尤其注意晚上把鸡笼子锁好。强身的山间清新空气啦，卫生食品啦，每日在山间的散步啦，都那么有效地缓解了我的病情，真使我感到异常痛苦而垂头丧气。我听说有位乡村医生就住在附近山里。我便去找他，把我的病情都跟他说了。他是个蓄着络腮灰胡子的家伙，长着一双贼亮的蓝眼睛，眼角起皱，身穿一套家里做的灰斜纹布衣服。

为了节省时间，我自己进行诊断，用右手食指触自己的鼻尖啦，敲打膝盖下方让小腿朝前踢啦，听诊肺音啦，伸出舌头啦，还向他打听派恩维尔附近墓地的价钱。

他点燃烟斗，注视我约摸三分钟光景。“老兄，”过了一会儿，他说，“你的病情相当严重。只有一线希望可以治愈，可也十分渺茫。”

“什么办法呢？”我焦急地问道。

“我已经试过砒霜和金箔啊，磷啊，锻炼啊，马钱子啊，水浴疗法啊，休息啊，兴奋剂啊，可得因啊，阿摩尼亚芳香提神剂啊等等。药典中还有什么没用过的吗？”

“在这山区里，”那位大夫说，“生长一种植物——一种开花的植物，可以治疗你，这大概是唯一能治你的病的药物啦，可它跟地球一样古老，现在越来越少，难以找到。你跟我得把它找到。我如今已不应诊；年纪太大了，不过我会收下你这个病人。你得每天下午来，帮我找那种植物，直到把它找到为止。城里的大夫也可能知道许多新的科学玩意儿，却对大自然揣在它的鞍袋里的药材不大了解。”

于是那位老大夫和我每天都在蓝岭山谷里搜寻那种包治百病的药草。我们俩爬上陡峭的高山，踩在秋天落叶上，地面很滑，叫我们不得不抓住够得着的枝枝叶叶，免得摔下去。我们涉过峡谷，穿过齐胸高的灌木丛，顺着山溪边沿走好几里路，我们像印第安人那样穿行在松林里——在路旁，在山边，在河边寻找那种神奇的药草。

正如老大夫所说，这种植物想必长得越来越少，难以找到。可我们俩还是坚持不懈地寻找。我们日复一日探测山谷，攀登山顶，跋涉在高原上，搜寻那种神奇药草。老大夫是山里生，山里长，从不知疲倦。我却时常回到家里累得啥也干不了，只能躺倒在床上，一觉睡到大天亮。我们俩就这样坚持了一个月之久。

一天傍晚，我跟老大夫在外面走了六里路返回来之后，又跟爱玛丽丝在路旁树下散散步。我们俩望着群山在慢慢披上紫睡衣准备休息啦。

“你身体好了，我真高兴，”她说，“你刚来时真吓了我一大跳，我还当你真得了大病。”

“身体好了!”我几乎尖呼道,“你知不知道我只有千分之一活的机会?”

爱玛丽丝吃惊地望着我,说:“可你现在壮实得跟一匹耕地的骡子一样啊,你每天睡十到十二个小时,你都快把我们家吃得精光了,你还想怎么样?”

“我告诉你,”我说,“除了我们能及时找到那种神奇玩意儿——就是我们正在寻找的那种药草——别的什么也救不了我。大夫就是这样跟我说的。”

“哪位大夫?”

“泰顿大夫——就是住在黑橡岭半山腰那位医生。你认识他吗?”

“我刚学会说话时就认识他了。你每天就是去他那儿——他每天带你走那么些路,爬那些高山,恢复了你的健康和力气吗?愿上帝保佑那位老大夫吧!”

这当儿,老大夫本人赶着他那辆破旧的小马车从路那头过来。我向他招手,还喊着说明天还会准时到他那里去。他停下马车,把爱玛丽丝叫过去。我待在原地,他俩交谈了五分钟光景,随后老大夫便赶车走了。

我俩回到家里,爱玛丽丝抱出一部百科全书,说要寻找一个词汇。“老大夫说,”她对我说,“你以后不必再以病人身份去看他啦,可他随时都欢迎你以朋友身份去做客。接着他让我在百科全书里查找一下我的名字,告诉你那是什么意思。好像那是一种开花的植物名字,也是忒奥克里托斯①和维吉尔②作品中的乡村姑娘的名字。你认为老大夫这话是什么意思呢?”

“我知道他是什么意思,”我答道,“我现在明白了。”

---

① 忒奥克里托斯(公元前310?—公元前250?),古希腊诗人,创始田园诗,诗作对罗马诗人维吉尔及后来的田园文学有很大影响。

② 维吉尔(公元前70—公元前19),古罗马诗人,代表作为史诗《埃涅阿斯纪》,其诗作对欧洲文艺复兴和古典主义产生巨大影响。

那是对一个可能让神经衰弱女神迷惑住的兄弟的一句忠告！

那个处方倒是真实的。闭塞的城市医生尽管不时在摸索，却也曾指出特效药物。

因此要锻炼嘛，那就会给介绍到黑橡岭那位泰顿好大夫——请走松林里卫理公会聚会所右边那条道就可到达。

绝对的休息和锻炼。

跟爱玛丽丝坐在荫凉处，凭着第六感觉默默念着忒奥克里托斯那首描绘金色夕阳照耀着的蓝色山脉依次进入睡乡的田园诗，还有什么比这更好的治疗吗？

法律和秩序

梅绍武◎译

最近我来到得克萨斯州旧地重游。多年前我曾在一家牧羊场住过，这次我又在那里住了一个星期。就像所有的游客那样，我也全心全意投入手边那种活计，那就是给羊施浸礼。

这事跟人受洗礼的过程完全不同，值得说一说。一个大铁锅给盛满半锅水，下面点起一半阿佛纳斯①火，水很快就给煮开了。然后往锅里倒进高效碱水、石灰和硫磺，一直等这盆巫婆魔汤给熬得冒出强烈刺鼻的气味，足以烫掉帕拉弟诺巫婆本人的第三胳膊为止。

然后把这种浓汤倒进一个又深又长的大桶，再加几加仑热水，揪住羊的后腿，把它扔进去，由一名专业男士拿着带叉的长杆把羊按在里面，随后允许它们爬上一个斜坡进入羊栏，按照州法律的许可，去晾干或死掉。要是你抓住一只两岁大的壮羊后腿，把它按入大桶里之前，感受到它就像那种七百五十伏电流电击那样踢踹你十七次，那你当然巴望它死掉而不是去晾干。

不过这只是解释为什么伯德·奥克利和我在完成给羊施浸礼那种令人筋疲力尽的劳务之后乐意到附近的查克河边四仰八叉地躺下

① 阿佛纳斯，意大利港市那不勒斯附近死火山口形成的一个小湖，据古代神话是地狱入口。

来歇歇，乐意体验那虚乏之体完美地接触大地。那群羊倒不算多，下午三点我们就干完了那种浸礼活儿，伯德便从他的背囊里取出咖啡、一把咖啡壶、一大块面包和一些咸肋肉。我的老朋友麦尔斯先生已经跟他的那些雇工骑马回牧场了。

咸肉给煎得嗞嗞响，我们身后突然传来马蹄声。伯德那把装在枪套里的六轮手枪离他有十尺远，他一点也不担心那个挨近过来的骑马人。得克萨斯牧场人这种态度跟以前的习俗完全不一样，真叫我感到惊讶。我本能地回头看看那个可能从后面威胁我们的敌人，只见一个身穿黑衣的骑马人，也许是个律师，也许是位牧师，也许是名殡仪员，正在平静地赶路。

伯德注意到了我的预防措施，便遗憾而讽刺地笑笑。

“你离开这里太久了，”他说，“如今在这个州里，如果有人从你背后骑马过来，你根本用不着再回头张望，除非有什么东西碰到你的后背，则当别论；即使这样，那也很可能是一捆传单或一张要求签名的反对托拉斯的请愿书。我从来不看一眼过路的骑马人，可我敢用那洗羊水的四分之一打赌，他只是个彻头彻尾的毛头小伙子，出来收集投赞成禁酒的票而已。

“时代变了，伯德，”我隐晦地说，“如今法律和秩序在南方和西南方已经墨守成规。”

我发现伯德那双浅蓝眼睛冷冷地闪烁一下。

“我并不是说……”我连忙解释。

“你当然不是，”伯德温和地说，“你更了解，你以前在这里住过嘛。你是说法律和秩序吗？二十年前我们这里就有了。当时我们只有两三条法律，诸如有关在证人面前审判谋杀案啦，有关惩治被抓住的盗马贼啦，有关投共和党的票啦。现在又怎么样了呢？我们得到的只是秩序，法律却已经在这个州不再存在。那些立法委员待在奥斯汀啥也不干，只立一些反对煤油和教科书带入本州的法。我料想他们害怕有人某日傍晚下班后，回到家里点上灯读书受教育，然后上班立些新法取代旧法。我啊，赞赏过去的日子，法律和秩序名副其实，法律是法律，秩序是秩序。”

“可是……”我开口道。

“我还没说完哪，”伯德接着说，“趁煮咖啡的时候，我给你讲一个我所知的真正的法律和秩序案件，当时案子全是由六轮手枪而不是由最高法院来决定的。

“你听说过牛大王本·柯克曼老汉吗？他的牧场从纽埃西斯一直延伸到奥格兰德。在当时，你知道，有牛大亨和牛大王。他们之间的区别在于：养牛人去圣·安东尼先请报社记者喝啤酒，然后告知他养的牛实际头数，记者们就会吹捧他是牛大亨。要是他请记者喝香槟酒，再把他偷来的牛也报出数来，那他们就会称呼他为牛大王。

“卢克·萨莫斯是他那个放牧区的一个头头。一天，一帮从纽约或堪萨斯或别的什么地方来的东部人来到这位牛大王的牧场。卢克带着一伙人跟他们一起到处走走；这群人所到之处连响尾蛇都得到了警告，鹿也给赶离他们要经过的道路。那帮人当中有个穿二号鞋的黑眼睛姑娘，我只注意到她这两个特点，卢克想必注意得更多，因为他在那帮人马离开的前一天跟她结了婚，带她去了卡尼亚达贝尔德①，建立了一个自己的牧场。我故意略去那些动人的情节，因为我压根儿没见到什么，也压根儿没想见到什么。卢克带我一起去到那里，因为我们是老朋友，我可以挺顺他的心意照看牛群。

“我也省略许多后来的细节，因为我从没看到什么，也从没想看到什么——但是三年后，卢克的牧场里有个小男孩儿在走廊里和地板上蹒跚学步了。我从来就不喜欢小孩儿，可他们似乎挺喜欢。我再把接着发生的许多事省略掉；后来有一天，萨莫斯太太的许多朋友乘出租马车和平板马车从东部来到牧场，其中包括一两个姐妹和两三个男人。一个男人看上去像是某人的叔叔，一个人看上去什么都不是，另一个男人穿着一条歪歪扭扭的裤子，说话带口音。我从来不喜欢说话带口音的人。

“我再省略掉后来发生的不少事；可是后来有一天我骑马到牧场宅院去问问怎样运走一批牛肉的事，忽然听到一声像是气枪的声响，

① 卡尼亚达贝尔德，墨西哥一城镇。

我便等在拴马架旁，不想去打搅人家的私事。过了一会儿，卢克走出来，对他的一些墨西哥工人下达命令，他们就去套好几辆马车，一个女人和两三个男人很快就走出来，其中两个男人却架着那个说话有口音、穿着歪歪扭扭的裤子的男人，把它平放在一辆马车上，随后他们便离去了。

"'伯德，'卢克对我说，'我要你简单收拾一下，跟我一块儿去圣·安东尼。'

"'那让我带上我的墨西哥马刺，'我说，'好，我陪你去。'

"另一个女人好像留在牧场陪伴萨莫斯太太和孩子。我们驱车到安西那，赶上国际列车，清晨抵达圣·安东尼。早餐后，卢克催我径直去一家律师事务所。他们进屋谈了片刻，然后就走出来。

"'哦，不会有什么麻烦，萨莫斯先生，'律师说，'我今天会向西蒙斯法官汇报一下情况；这事会尽快给处理好。法律和秩序在这个州跟在全国各地一样，会很快而有把握地发挥作用。'

"'判决如果半小时就下来，那我便等一下。'卢克说。

"'得了，得了，'律师说，'法律得有程序嘛。后天九点半再来吧。'

"到了那天我和卢克去了，律师交给他一份折叠起来的文件。卢克开了张支票给他。

"在人行道上，卢克冲着我举起那个文件，用一个跟厨房门闩一般粗的手指指着说：

"'彻底离婚和孩子监护判决书。'

"'究竟发生了什么事我一无所知，这就不提了，'我说，'在我看来，这像是家庭破裂了。那位律师会不会处理得对你不利啊？'

"'伯德，'他痛苦地说，'那孩子是我唯一的生活支柱。她可以走，可那孩子是我的！——想想看——我有孩子的监护权。'

"'好吧，'我说，'如果这是法律，那咱们就遵守吧。不过我想，'我又说，'那位西蒙斯法官也许在我们这个案子上采取了示范的宽厚手段或者使用了什么别的法律术语吧。'

"要知道，我不太愿意看到小孩儿在牧场里乱跑，除非是那种长大后能出售许多头活牛来养活自己的孩子。可是卢克已经深深陷入那种我从没能理解的愚蠢的父爱。从车站回到牧场的一路上，他没完没了地从兜儿里掏出那份判决书，握在手里，把上面的内容要点读给我听。‘孩子的监护权，伯德，’他说，‘别忘了，孩子的监护权。’

“可是我们一回到牧场，却发现法院判决书已经失效，需要送回去重新审核，因为萨莫斯太太和那个孩子已经走了。据说卢克和我离家去圣·安东尼一个小时后，她就吩咐人套好马车，带着衣箱和孩子去最近的车站了。

“卢克再一次拿出判决书读上面的要点。

“‘这是不可能的，伯德，’他说，‘因为这违法。这违反法律和秩序。判决书上明明白纸黑字地写着——孩子的监护权嘛。’

“‘可是人们总有一种你可以称之为冲破法律和秩序限制的倾向，’我说，‘更甭提孩子了。’

“‘西蒙斯法官，’卢克接着说，‘是代表法律的官员。她不能把孩子带走，根据得克萨斯州通过的法律，孩子是属于我的。’

“‘神圣的母爱却使孩子排除了世俗法律的限制。让我们赞颂上帝吧，甭管上帝给予多么小的恩赐，我们都会感谢，’我说。可我发现卢克根本不听我说的话。他尽管已经筋疲力尽，还是换了一匹新马，又赶回火车站去了。

“两个星期后他回来了，没多说什么。

“‘我们找不到任何踪迹，’他说，‘凡是有电报局的地方，我们都发了电报。我们还请那些被称之为侦探的别动队员做好准备。眼下，伯德，’他又说，‘我们得把牛赶拢在希罗斯峡谷，等法律裁决。’

“自那以后，可以说我们再也没提起那件事。

“此后十二年里所发生的事也略去不提。后来卢克被任命为莫哈达县警长。他任命我做他的副手。别错误理解办公室的一名副手只算算账或把不要的文件在碾碎机里碾碎。在那些日子里，他的职责是监视着后窗，保证警长在办公桌办公时没有人从他后面的窗户给他一枪。当时我挺能胜任这个职责。莫哈达县有法律和秩序，有教科书，有让你喝个够的威士忌。政府自己出钱建造战舰，而不是从中小学的孩子手里收集镚子。而且正如我所说，那里有法律和秩序，没有今天那些毁损我们这个帝国州①的法规和限制。我们的办公室设在比尔达德，那是县政府所在地，我们在必要时从那里出发去平息发生在我们管辖范围内的争斗和骚乱。

“我和卢克当警长时发生的许多事也略而不谈。我只想让你知道法律在当时多么受到尊重。卢克是一个你可以称之为人世间最自觉的人。他对书本上的法律条文一向知之不多，可他内心却拥有自身的公正和仁慈。如果一个体面的公民枪杀了一个墨西哥人或者洗劫了特快列车的保险箱，卢克要是抓到了他，就会严惩并训诫那名罪犯使他以后不敢再犯案。但是，一旦有人偷了马（除非那是一匹西班牙小马驹，则另当别论），或割断了铁丝栅栏，或破坏了莫哈达县的平静和尊严，卢克和我就会以人身保护法、无烟火药和所有现代发明的公平和礼仪去对付他。

“我们当然使我们的县奉公守法。我本人就知道有些头戴花点儿帽、脚穿带扣儿鞋的东部人在比尔达德下火车，在火车站吃三明治，并没遭到本县人的抢劫或捆绑，也没给拖着到处游街。

“卢克对法律和公正自有一套看法。他有意栽培我，好让我在他离职后接他的班。他总在期待着离开警长的职务，总在想着盖一座廊子下有格子窗的黄色房子，院子里有一群鸡在扒寻啄食。他脑子里唯一想的似乎就是那个院子。

“‘伯德，’他对我说，‘论本性和情感，我是个承包商②。真想做个承包商。等我一离开这个岗位，我就去干那一行。’

“‘什么样的承包商呢？’我问道，‘在我听来，像是做买卖。你别是想去运水泥或是建立分公司或是修铁路什么的吧？’

---

① 帝国州，美国纽约州的别称。

② 此处原文是contractor，有承包商之意，也有收缩（缩小）的东西之意。

“‘你没闹明白，’卢克说，‘我已经对空间啦，地平线啦，领土啦，距离啦，诸如此类的玩意儿厌倦了。我想要的是让自己收缩在一个合理的范围里。我想要个有栅栏的院子，晚饭后你可以走出来，坐在院子里听夜莺啼叫。’

“他就是那样的一个人。恋家，尽管在这方面的投入运气并不佳。可他从不谈起当初在牧场过的日子，好像完全忘掉了。我真纳闷儿他满脑子想的只是院子啊，养鸡啊，格子窗啊什么的，尽管他有法院的判决书，却似乎把那个被非法从他身边劫走的孩子整个儿忘掉了。他是那种本人不提起、你也不便随便问的人。

“我料想他把自己的感情和想法全都投入警长这个差事里去了。我在书中读到过有些男人在跟美发高领的女子诗一般的恋爱中失意后便放弃再谈情说爱这类事，而全神贯注地干些别的事，诸如画画儿啦，放羊啦，搞科学研究啦，教书啦等等事儿，这会使他们忘却过去。我猜想卢克的情况也是如此。可他不会画画儿，便干起围捕盗马贼，使莫哈达县成为一个能让人安安稳稳睡觉的地方，不过那你也得很好地武装起来，不怕征召，不怕毒蜘蛛。

“有一天从东部来了一帮投资人路过比尔达德，他们在这里停下，因为比尔达德是这条铁路线上可以吃到饭的车站。他们刚从墨西哥寻找矿藏什么的回来，一共五个人——四个壮美的汉子，都戴着金表链，加起来起码值两百多镑呢，另外一个是十七八岁的小伙子。

“那个小伙子穿着一身牛仔服，就像那些穿着它把西部带了去的新手；你可以看出他急于想用那把挎在腰间镶着珍珠的手枪击中几个印第安人或捕杀一两只灰熊。

“我去到火车站密切监视那伙人，保证不让他们占用什么土地，没惊吓那些给拴在麦起森商店前面的牧马，或者没做出什么其他不良行为。卢克当时到弗里奥去追赶一帮盗牛贼了，他不在时总是由我来维持法律和秩序。

“趁火车还停在站上时，那个小伙子吃过饭便走出餐厅，在站台上走来走去，并且做好向敢于妨碍他或走近他的羚羊、狮子或市民开枪射击的准备。他是个英俊的小伙子；只是他跟所有的新手一样——即使亲眼见到一座拥有法律和秩序的城市，却也毫不知情。

“这时，比尔达德水晶宫的辣椒谷场摊主彼德罗·约翰逊走过来了。彼德罗是个好开玩笑的家伙，便跟那个小伙子开逗，说些话笑话他，乐呵呵地高兴极了。我离开他俩太远，没听清说的是什么，那个小伙子好像还了几句嘴，彼德罗便走上去一巴掌把他扇到九尺开外，笑得更厉害了。那个小伙子一骨碌爬起来，比摔倒时快得多，倏地掏出他那把柄上镶着珍珠的手枪，砰！砰！砰！彼德罗身上特殊的重要部位就此连中三枪。每颗子弹击中时，我都看到他衣服上溅起一阵尘土。这种零点三二口径的小手枪近距离射击有时也会造成麻烦。

“开车铃响了，火车徐徐启动。我走到那个小伙子面前缴了他的枪，逮捕了他。可我当时记得的头一件事就是那伙有钱的家伙让火车停下来，其中一人在我面前犹豫一下，似笑非笑地一扬手，给我下巴颏儿一家伙，我便躺在站台上睡着了。我压根儿没怕过枪，可我不能让理发师以外的任何人对我的脸如此放肆地对待。等我一醒过来，那一切——火车、那个小伙子和所有的人全都走了。我打听彼德罗的情况，人们告诉我医生说枪伤若不至于致命，他会康复的。

“三天后卢克回来了，我就把这事告诉他了，他简直气疯了。

“‘你为什么不打电报到圣·安东尼，’他问道，‘叫他们把那帮家伙逮捕呢？’

“‘嗯，’我答道，‘我一向真的羡慕电报学，可当时我正在研究天文学呢。’那个有钱的阔人儿当然知道怎样摆弄他的拳头。

“卢克越听越火。他便在站台上调查一番，找到了那伙人当中一人丢下的一张名片，上面写着一个叫斯卡德的家伙的纽约地址。

“‘伯德，’卢克说，‘我得去追那伙人。我要把你说的那个家伙或小伙子抓回来。我是莫哈达县的警长，还能拔出枪来对付敌人的时候，就要在我管辖区内维持法律和秩序。我要你跟我一块儿去。不准东部的美国佬朝比尔达德的体面的知名人士开枪，尤其是用一把零点三二口径的小手枪，而且逃脱了法律制裁。彼德罗·约翰逊是我们这里的一位最著名的市民和商人。我外出时，会指定山姆·贝尔执行警长职务，你跟我明天傍晚乘六点四十五分那班北上的火车去追赶。'

"'好，我陪你去，'我说，'我从没去过纽约，很愿意去一趟。可是，卢克，'我又说，'你去那么远的地方捉拿阔佬和坏分子，是不是得有州里的执法证、人身保护令或别的什么证啊？'

"'当年我去布拉索斯底层社会逮回比尔·格姆斯和另两名劫国际列车的家伙时，带什么执法证了吗？当年咱们俩到伊达尔戈去围捕六名墨西哥盗牛贼时，带搜查证或地方保安队了吗？我的职责就是在莫哈达县维持秩序。'

"'我作为副手，'我说，'职责就是要保证社会秩序，按照法律来维持。就咱俩之间说说，我们应该把事情好好地处理掉。

"于是第二天，卢克把一块毯子、几个衣领和他那本乘坐一定里数的火车票簿装进一个帆布背包，和我就此动身去纽约。这是一次长途跋涉的旅程。车厢里的座位太短，使我们俩身高六尺的人没法睡得舒服，列车员不得不劝阻我们俩别总想在沿途那些有五层高楼的城镇下车住旅馆。不过我们最后还是终于抵达纽约，我们好像立刻就明白他说的倒也正确。

"'卢克，'我说，'我作为副手，从法律角度来看，感到这个地方没像得克萨斯州莫哈达县那么恰当而合法地进行管理。'

"'从秩序角度来看，'他说，'从比尔达德到耶路撒冷，所有正式任命的官员都应该对付城市里的罪恶活动。'

"'阿门，'我说，'可是让咱们赶快干完活儿就回家吧。我不喜欢这个地方的外表。'

"'想想彼德罗·约翰逊吧，'卢克说，'他是咱俩的朋友，竟在自己家门口让一个有钱的废奴主义家伙击倒！'

"'是在火车站门口，'我说，'法律却不会在那样的争吵上受挫。'

"我们在百老汇大街一家大旅馆住下。第二天我走下近两公里的楼梯去找卢克，却没找到。那里就像圣·安东尼过圣·哈辛托节那样，是有上千人在一个带屋顶、铺大理石地面、种着大树的广场里到处转悠。我发现要想找到卢克，那可比我们在埃维尔旧堡大梨树下捉迷藏找到他还要难。不过，没多会儿，卢克和我便在一条大理石巷道拐角那儿碰头了。

“‘没法子，伯德，’他说，‘我找不到吃饭的地方。我一直在到处找餐厅招牌，闻火腿味儿的地方。不过必要时，我倒也习惯挨饿啦。’他接着说，‘现在我要出去一趟，找辆马车去这张斯卡德名片上写的地址。你留在这儿，设法找点吃的，可我怀疑你是否能找到。早知如此，真该带点棒子糙、咸肉和大豆来。我见到那个斯卡德之后就回来，如果还能找到他的话。’

“我自己就开始四处搜寻吃早饭的地方。为了维护古老的莫哈达县的面子，我不想让那些废奴主义的家伙看出我是个生人。所以我在那个大理石广场大厅里每拐一次弯儿，就走到我见到的第一个柜台或售货台前去找吃的。我如果见不到想要的东西，便只好买些别的杂七杂八的玩意儿。大约半小时后，我的兜儿里已经装了一打雪茄、五本故事杂志、七八本火车时间表，而一路上压根儿没闻到一点咖啡或咸肉味儿。

“一次，有位女士坐在一张桌前在玩一种像儿童针戏的游戏，告诉我走进一个叫三号的斗室；我便走进去，把门关上，里面的灯就自己亮了。我坐在柜台前一个板凳上等着，心想‘这一定是个单间’，可是一直没有跑堂进来。等我出了一大身汗，就走了出来。

“‘吃到想吃的东西了吗？’她问道。

“‘没有，夫人，’我说，‘一口也没吃。’

“‘那就不用付钱啦。’她说。

“‘谢了，夫人。’我说，接着又上路。

“过了会儿，我想我该摆脱礼仪，就找个穿带黄纽扣的蓝制服的小伙子。他便领我到一间他叫作咖啡早餐厅的房间。我一走进去就看见那个朝彼德罗·约翰逊开枪的小伙子。他独自坐在一张小桌前，正用一个小勺儿敲打一个鸡蛋，那副样儿就像是怕把那个鸡蛋打碎似的。

“我就坐在他那张桌子对面的椅子上，他像是受到了侮辱，晃动一下，像是要站起来。

“‘别晃动，小子！’我说，‘你被捕了，由得克萨斯州当局拘押看管。你要是想吃那个鸡蛋，就接着敲吧。现在，说说你干吗要枪击比尔达德镇的约翰逊先生？’

“‘可不可以问一下你是什么人？’他说。

“‘可以，’我说，‘问吧。’

“‘你大概饿了吧，’小伙子说，眼睛眨都没眨一下。‘可你想吃点什么啊？服务员！’他举起一个手指头，喊道，‘问问这位先生要吃什么？’

“‘一份牛排，’我说，‘再加盘炒鸡蛋，一听桃子罐头，一夸脱咖啡，就差不多够了。’

“我们接着谈了会儿生活杂事，随后他说：

“‘关于那次枪击事件，你打算干什么？我有权向那个家伙开枪嘛，’他说，‘他骂了我，这叫我没法忍受，后来他还打了我。他也佩带着枪支，我还能有什么别的办法？’

“‘我们得把你带回得克萨斯。’我说。

“‘要是不在这种情况下，’小伙子咧嘴一笑，说道，‘我倒真愿意回去，我喜欢那边的生活。自从我记事起，我就一直想骑马，想射击，想生活在旷野里。’

“‘那次跟你一起去的那帮家伙是干什么的？’我问。

“‘我的继父，’他答道，‘还有几个跟他一起在墨西哥开矿搞地产的生意上的伙伴。’

“‘当时我一看到你朝彼德罗·约翰逊开枪，’我说，‘就过去缴了你那把小手枪，当时我发现你右眉上有一行三四个小伤疤。你过去在牧场里生活过，对不对？’

“‘这几个伤疤是在我记事前就有的，’他说，‘闹不清是怎么留下的。’

“‘你过去到过得克萨斯吗？’我问道。

“‘不记得了，’他说，‘可我上次到达那个草原，觉得仿佛去过

似的。不过，我猜想我以前没到过。’

“‘你有母亲吗？’我问道。

“‘她五年前去世了。’他答道。

“后来我们又说了好多话，这里也略而不提了，反正等卢克一回来，我就把那个小伙子交给他了。他见到了斯卡德，并且说明要干的事；看来他一离开，斯卡德就打了许多电话，因为过了不到一小时便有一伙他们叫作侦探的便衣警察来到我们住的旅馆，把我们三个人押到一个他们称之为地方法院的地方。他们控告卢克企图绑架，并问他有什么可说的。

“‘这个混小子，’卢克对法官说，‘蓄意恶毒枪击比尔达德镇一名最受尊敬、最著名的公民，而且击中了他，法官大人。这小子这样做，该受到法律和秩序的制裁。我谨此声明并要求纽约州批准让我们把该罪犯押回去；我知道他犯了罪。’

“‘你有没有贵州长签发的正常而必要的文件？’法官问道。

“‘那些代表贵城法律和秩序的先生在我住的旅馆里把我通常带的文件拿走了，’卢克说，‘其中包括我使用了九年的两把零点四五口径的手枪；如果你们不还给我，就会产生更多的麻烦。你可以向莫哈达县的任何人打听卢克·萨莫斯。我干活儿通常并不需要什么别的文件。’

“我一见那名法官气极了，就连忙走上前去说：

“‘法官大人，这位被告卢克·萨莫斯先生是得克萨斯州莫哈达县的警长，他无论是在助人方面还是在执行联邦最伟大的那个州的法令和遗嘱附录方面都是个大好人。不过，他……’

“法官用木锤敲打桌子，问我是什么人。

“‘伯德·奥克利，’我答道，‘得克萨斯州莫哈达县副警长，代表着法律。卢克·萨莫斯代表着秩序。法官大人如果能跟我单独谈十分钟的话，我会把这事的经过全都讲清楚，并且给您看我兜里带着的公正而合法的申请引渡犯人的文件。’

“法官露出点笑容，说可以在他的私人办公室跟我交谈。我便在那间屋子里巧言巧语地说明了事情原委。等我们走出房间时，法官大人就宣布把那个小伙子判交给得克萨斯警方；接着他便开始审理下一个案子。

“我们在返回的路上发生的不少事也略而不谈，我只告诉你这事后来在比尔达德是怎样结束的。

“我们把那名犯人带进警长办公室时，我就对卢克说：

“‘你还记得你那个儿子——你们婚姻破裂时让人家偷偷带走的那个两岁孩子吗？’

“卢克顿时沉下脸，十分生气。他一向不许任何人向他提起这件事，连他自己也从不提起。

“‘那就从头说起吧，’我说，‘你还记得他在门廊里蹒跚学步时跌倒在一双墨西哥靴刺上，在右眼上方磕了四个小窟窿吗？看一看这个犯人吧！’我接着说，‘看看他的鼻子，他的脑袋样儿——唉，你这个老傻瓜，难道不认识自己的亲儿子了吗？当年他在站台上冲约翰逊先生开枪时，我就认出了他。

“卢克浑身战栗，朝我走来。我以前从未见过他如此失态。

“‘伯德，’他说，‘自从那个孩子让人带走之后，我没有一天一夜不思念他，可我从来没提起过——我能留住他吗？——我要把他锻炼成最好的骑手，等一等，’他这时已经得意忘形，说道，‘我这桌子里有件东西——我料定它仍然合法——我看过它上千遍了——“孩子的监护权”——“孩子的监护权”。我们可以用它把他留住，对不对？让我看看能否找到那份判决书。’

“卢克便开始翻箱倒柜寻找。

“‘等一等，’我说，‘你代表秩序，我代表法律。你不必找那张纸了，卢克，它已经不再是判决书，而是必要的文件，它已经归入纽约那个法官的档案卷宗。去纽约时，我就带上了它，因为我是副警长，懂得法律。’

“‘我又得到他了，’卢克说，‘他又是我的了，我压根儿也没想到……’

“‘等一等，’我又说，‘我们得维持法律和秩序，你我都得根据自己的誓言和良心在莫哈达县城维持法律和秩序，那个小伙子向彼

德罗·约翰逊开了枪，受害者可是比尔达德最著名最……’

“‘噢，见它的鬼去吧！’卢克说，‘那一点也不碍事，反正那个家伙有一半墨西哥血统。’”

马丁·伯尼的转变

屠珍◎译

为了沃尔特爵士①那个起抚慰作用的写作作坊的利益，咱们研究一下马丁·伯尼的案例吧。

哈莱姆河西岸在修一条高速公路。第二承包商戴尼斯·柯里根那艘苦役船就停泊在岸边，拴在一棵树上。那个小绿岛上的二十二个人正在那里干着累断筋骨的苦力活儿。他们当中有一人在那艘苦役船的厨房里干活儿，是个哥特族人②。压在他们头上的是那位高高在上的柯里根，他就像一艘古代用奴隶划桨的大帆船的船长那样折磨着那批劳工。他付给他们微薄的工资，大多数人虽然尽力干活儿，却只挣到伙食和烟草；很多人欠他的债。柯里根管他们在船上的伙食，让他们吃得倒还可以，反正他能从他们干的活儿中捞回油水。

马丁·伯尼远远地站在后面。他是个小个子，浑身肌肉，手脚勤快，蓄着短粗浓密的灰红色络腮胡子。他干这活儿，显得体力不

---

① 沃尔特爵士，即沃尔特·司各特（1771—1832），英国苏格兰小说家，诗人，历史小说首创者，浪漫主义运动的先驱，主要作品有《湖上夫人》《艾凡赫》等。

② 哥特族人，古代日耳曼族的一支，在三至五世纪侵入罗马帝国。另有野蛮人之意。

够，那活儿原本会填充一台蒸汽挖掘机挖掘的量。

活计确实很重。除此之外，河岸还鸣响着蚊子的嗡嗡声。那些劳工，就像孩子在黑屋子里盯视着窗户上使人安慰的微暗亮光那样，守望着每天给他们带来一小时使之宽慰的阳光。日落后，他们吃完晚饭，就挤坐在河岸上，用二十三个烟斗喷出的恶臭烟雾把那群打转儿嗡嗡叫的蚊子熏走。这种联合对敌的办法倒使他们在那一小时吞烟吐雾中获得些许欢悦。

伯尼欠的债一周比一周加重。柯里根在船上储存了一些货，以不亏本的价卖给那些劳工。伯尼是烟叶的老主顾。他早上上工时买一袋，晚上下工时再买一袋，债务由此而日渐增长。伯尼算得上是个烟鬼，人家说他连吃饭时都叼着烟斗，倒也夸大其实。这个小个子并非不满意。他吃得饱，抽得足，还有个暴君供他咒骂，像他这样一个爱尔兰人还有什么不满意的呢？

一天早晨，他跟别人一起上工，走到售烟柜前，像往常那样买一袋烟。

“没你的了，”柯里根说，“你的账号已经关闭。在你身上投资净赔钱。即使是烟叶，也不再赊给你啦，小子。你啊，再也不能赊账买烟啦。你要是还想干活儿吃饭，倒也可以，可你的烟却已经抽尽了。我建议你去找个新活儿干吧！”

“那我的烟斗今天就没烟叶可抽啦，柯里根先生。”伯尼解释道，不太理解这种事怎么竟会发生在他身上。

“去挣钱，”柯里根说，“然后再来买。”

伯尼留了下来，因为他不知道自己还能干什么别的活儿。起先他并没意识到烟草就像是他的爹妈，他的忏悔神父和情人，他的老婆和孩子。

接下来三天，他想方设法从别人的烟袋里掏点烟叶填满自己的烟斗，可后来人家一个接一个地都不再给他了。他们粗鲁却还友好地告诉他，烟草对一个想要它的人来说，必定是唾手可得的，可是一旦他那种急赤白脸的需求超过了朋友的烟草储存能力，可就会给友谊带来极大的危害。

伯尼心中不由得涌起并充满黑暗的深渊那样的危机感。他咂着他那个死尸般的烟斗，摇摇晃晃地推着一车车石头和烂泥，平生破题儿第一遭觉得上帝对亚当的诅咒竟落在了他的头上。别人被剥夺了一种乐趣，可以另找别的乐子，伯尼一生却只有两个乐子，一是他的烟斗，另一是他巴不得约旦河对岸别再修建高速公路。

吃饭时，他会让别人先进船去，随后他会跪在地上，从别人坐过的地方爬过去，试想找一点别人落在地上的烟叶渣儿。有一次他悄悄溜上岸，把枯干的柳树叶填满烟斗，抽了一口，便厌恶地把那烟雾喷向那艘船，用他所知的最难听的话咒骂柯里根——从世上第一代柯里根骂起，一直骂到将会听到上帝的使者加百列吹响的喇叭声的末一代柯里根。他身心发颤地无比痛恨柯里根，甚至朦胧地产生想杀死他的念头。足有五天他没尝到一点烟草味道，可他却一向是个白天不断抽烟的家伙，夜里要是没醒过来在被窝里再抽一两袋烟，就会认为那一夜等于白白度过了。

一天，有一个人来到船边，说布朗克斯公园里有活儿干，那里的改建工程需要大量劳动力。

晚饭后，伯尼沿着河边走了三十码路，好躲开别人的烟斗散发的那种使人发疯的味儿。他坐在一块石头上，心想去布朗克斯干活儿，在那里起码可以挣到烟草嘛。不过，账本上如果真记着他欠柯里根的债，那该怎么办呢？谁干的活儿都值得自己保住。他不想在还没对那个不给他烟抽的狠心的吝啬鬼给予报复之前就离开。有什么法子可以那样做呢？

托尼从那伙乡巴佬当中轻轻走过来，他是个哥特族人，在厨房里干活儿。他轻蔑地望着伯尼的胳膊肘儿，那个不幸的家伙这时心中正充满民族仇恨，而且藐视文雅举止，冲他咆哮道："你想干啥——你，你这个外国佬？"

托尼也正满腹牢骚，而且还有个主意。他也憎恨柯里根，急想看到别人也有同样的想法。

"你认为柯里根先生怎么样？"他问，"你认为他是个好人吗？"

"让他见鬼去吧！"伯尼答道，"让他的肝儿化成水！骨头让他自己那冷酷的心冻裂！愿他的祖坟上长满狗尾巴草！愿他的孙子生下来没有眼珠！愿威士忌在他嘴里变成臭酸奶！让他每次打喷嚏时脚底起水疱！愿他烟斗里冒的烟呛他的眼睛，眼泪滴到草上，他的牛吃了那草产出毒黄油，让他涂在面包上吃下去要了命！”

托尼尽管并没亲身体会到这些美妙的想法，却从那些话里悟出那种反柯里根的倾向。因此，他便怀着一个同谋者的信心坐在石头上伯尼的身旁，道出他的阴谋诡计。

阴谋筹划得倒也挺简单易行。每天晚饭后，柯里根都习惯在睡铺上睡一个钟头。这一时刻，厨师和他的助手托尼都得离开船舱，好没有什么嗓音打搅这位暴君。那位厨师总在那一个小时里散步锻炼。托尼的计划是这样的：等柯里根睡着了，托尼和伯尼就把那根拴在岸上的缆绳割断。托尼不敢一个人单干这件事。那艘船便会摇摇晃晃地漂向湍流处，肯定会撞在水下的礁石上而翻掉。

“好，就这么干！”伯尼说，“你的后背疼痛是因为让他打的，就跟我的肚子因为我没点烟抽而疼痛一样，那咱们就赶快割断那根绳子吧！”

“好，”托尼说，“不过，最好再多等十分钟让柯里根有充足的时间睡熟后，咱们再干！”

他俩便坐在一块石头上等待。别人都在大路拐弯那边看不见的地方干活儿哪。要不是托尼由于受到感动而想把这个阴谋诡计增添点传统色彩，那么也许除了柯里根外，一切都会蛮顺利的。他拥有戏剧天性，也许就像舞台上所描绘的那样，他凭直觉推测到邪恶阴谋应有的附属物。他便从衬衫前胸兜儿里掏出一根又长又黑又漂亮而有害的雪茄烟递给伯尼。

“咱俩等待时，你要不要抽口烟？”他问道。

伯尼一下子把雪茄抓过来，像头猎狗咬老鼠那样咬去烟头，把它当做一个丢失的情人儿那样放在嘴唇上。等烟冒出来时，他深深叹口气，他那硬鬃似的灰红唇髭像老鹰爪子似的覆盖住雪茄。他那眼白上的血丝消失了，目光迷茫地盯视着河那边的山峦。分分秒秒的时光转瞬即逝。

“该动手啦，”托尼说，“那个可恶的柯里根很快就会掉在河里啦！”

伯尼哼了一声，从出神发呆的情绪中清醒过来，惊讶而痛苦地盯视着他的同谋，把雪茄从嘴里揪出一截，又立刻咂回去，美滋滋地嚼两口，从嘴角喷出一股毒雾，说道：

“你要干啥，你这个没良心的家伙？你想对这人世间开明的民族耍阴谋诡计吗，你这个罪恶的教唆犯？难道想劝诱马丁·伯尼上一个卑鄙的外国佬的当吗？难道要谋杀你的恩人，那个供你吃住、给你活儿干的好人吗？听明白，你这个流氓凶手！”

伯尼这一连串愤怒的话语还伴随着形体动作，他用脚尖把那把原要用来砍断绳子的刀踢开了。

托尼站起来，一溜烟跑了。他只好把自己的深仇大恨收敛起来，远远离开那艘船；他不敢再留下来。

伯尼怀着舒畅的心情，望着他那个同谋渐渐消失。随后他也离开，朝着布朗克斯方向走去。

尾随着他的是一股臭气难闻而有害健康的烟雾，可那却使他的心情平静下来，也把鸟儿从路边熏到丛林深处去了。

一个挥金如土的情人

屠珍◎译

巨无霸商店有三千名女售货员，梅茜是其中一位。她十八岁，是男士手套部的一名女售货员。她在那儿干活儿，对两种人特别熟悉——一种是来百货商店给自己买手套的男士，另一种是为时运不济的男人来买手套的女士。梅茜除了对人类有了这种广泛的认识之外，还得到了其他方面的信息。她听取了另外二千九百九十九名姑娘所传播的智慧，把它储存在她那跟马耳他猫的脑子一样隐秘而机警的大脑中。也许大自然预见到她会缺少明智的顾问，便把精明这一可取的因素跟她的美貌容颜混合起来，宛如大自然赋予了银狐以无价的皮毛，比赋予了狡猾的品质给其他的动物强得多。

因为梅茜长得漂亮，是个白肤金发碧眼的姑娘，姿态就像一位在橱窗内做黄油蛋糕的女郎那样稳稳当当。她站在巨无霸商店里的柜台后面，给你的手量手套尺码，会使你想到青春女神；你再望她一眼，就会纳闷她怎么竟会长着一双智慧女神的眼睛。

商店巡视员不在附近时，她便嚼水果糖块儿；他出现在她跟前时，她就朝上抬起两眼，像是在观望云彩，若有所思地微笑着。

这是女售货员那种微笑。我提醒您最好躲开点好，除非您已经很好地筑了防，有麻木不仁的心肠、焦糖般黏糊糊的性格和丘比特爱神那种爱开玩笑的志趣。梅茜一般在消遣娱乐时才会这样笑，在商店里上班时不会露出那种笑容。商店巡视员却有他的上班时间，是店里的夏洛克①。他在店里四处嗅探时，他那鼻梁就是个收费桥梁。他望着漂亮姑娘，两眼会现出自作多情或蠢了吧唧的神情。当然并非所有的巡视员都是这样。几天前的报纸就发表过一个八十多岁的巡视员的消息。

一天，有个叫欧文·卡特的画家、百万富翁、旅行家、诗人兼赛车手的小伙子，碰巧走进巨无霸商店，正因为是他，咱们就得加一句，他可并非是自愿走进这家商店而是一片孝心把他强拖进来的。他母亲正在店里的铜器和陶土雕塑部浏览哪。

卡特溜达到手套柜台前，想消磨一会儿时光。他倒是真需要买一副手套，他出门时忘记随身带了。不过，倒也不必为他的这一行动辩解，因为他压根儿没听说过手套柜台前那种调情的把戏。

命运之神走近他的时候，他却犹豫了，忽然意识到丘比特爱神那个行当不大光彩的陌生一面。

有三四个不三不四的家伙，穿着花里胡哨的衣服，正靠在柜台上争抢着介于其中的那种遮爪子的玩意儿。几个哏儿哏儿笑的女售货员趁这轻松愉快的短暂时刻尽情卖弄风情，尖声调笑。卡特本想退出，可他已经退不出来了。梅茜在柜台后面疑惑地望着他，眼神就像夏日阳光闪烁在南海一块漂浮的冰山上那样冰凉，美丽而又透着一股蔚蓝的暖意。

于是，那位冠有画家和百万富翁等称号的欧文·卡特感到自己那高贵而苍白的脸刷的一下子红了，可那却不是由于羞怯而是出于理智。他顿时意识到自己也站在那些向嘻嘻笑的柜台姑娘们调情的平凡小伙子的行列当中。他自己正倚在那张栎木桌子上——东区丘比特爱神给他指定的幽会地点，心想得到一位卖手套的姑娘的青睐。他也不过是比尔、杰克或杰米那样的普通人罢了。他突然觉得自己也能容忍他们了，对自己以前给灌输的那套习俗表示一种勇敢而振

① 夏洛克，莎士比亚剧本《威尼斯商人》中的放高利贷的犹太人，常用来比喻敲诈勒索或冷酷无情的人。

奋的蔑视。便毫不犹豫地决定把这个十全十美的人间尤物据为己有。

等付过款，手套给包好之后，卡特又逗留一会儿。梅茜那玫瑰色唇边的酒窝儿更美了。凡是买手套的男士都会这样多待会儿。她弯着一只从衬衫袖子露出来的胳膊，把胳膊肘儿歇在陈列柜台上，那胳膊就跟普绪客的胳膊一模一样的白皙。

卡特还压根儿没遇到过一次不是由他完美掌控的场合，这当儿他可比比尔、杰克或杰米的处境还尴尬。以前他从没在社交场合上遇到过这样一位美丽的姑娘。他脑中竭力搜索他读过或听说过的有关女店员的性格习性。他总算得出这样一个印象：她们有时并不那么严格坚持非得通过正式介绍途径不可。他一想到要向这位美丽纯洁的佳人儿非正规地提出约会时，心头竟怦怦跳个不停，不过内心那份激动劲儿却给他增添了勇气。

几句一般性话题的友好寒暄后，他就在她手边的柜台上放下一张自己的名片。

“我如果太冒昧就请原谅，”他说，“不过我真诚希望能够有幸再跟您见面。这是我的名和姓；我向您保证我完全怀着极高的崇敬心情巴望能成为您的一位朋……一位相识。我能有这份荣幸吗？”

梅茜了解男人，尤其是买手套的男人。她一点儿也不犹豫，面带微笑，坦率地望着他，说道：

“当然可以，我想你不是个坏人，可我一般不跟陌生男士出门。那样不像个正经女人。那你想什么时候再见我呢？”

“越快越好，”卡特说，“如果您允许我去府上拜访，我……”

梅茜笑了，笑声听起来蛮悦耳。“噢，那可不行！”她加重语气说，“要是你见到一次我们住的那套房间，那可够呛！三间屋住着我们五个人。可我要是带一位男朋友进家门，就得看我妈那副脸色啦！”

“只要您觉得方便，随便哪儿都可以！”着了迷的卡特说。

“嗯，我想，”梅茜建议道，桃红色的脸蛋儿显露有了好主意的神情，“星期四晚上大概对我合适，七点半你到第八大道和第四十八号街交叉的拐角那儿来吧。我就住在那个路口附近。可我得在十一点以前回家。妈不允许我十一点以后还待在外面。”

卡特十分感激地答应赴约，然后就匆匆去找母亲，老太太正在四处找他，想跟他商量购买一座狄安娜①铜像。

一个长着小眼睛扁鼻子的女店员走近梅茜，友好地眨眨眼。

“你勾搭上那个阔佬了，梅茜？”她套近乎地问道。

“那位先生要求允许他拜访我。”梅茜一边高傲地说，一边把卡特的名片塞进她那紧身胸衣里。

“允许他拜访！”小眯缝眼窃笑着重复道，“他有没有提到去沃尔多夫大饭店吃饭，然后坐他的汽车去兜风啊？”

“噢，去你的吧！”梅茜不耐烦地说，“你净想好事，我可没有。自从那个开救火车的司机带你去吃了顿炒杂碎，你就头脑发热，觉得了不起了。没有，他从来没提到过沃尔多夫大饭店；不过嘛，他的名片上倒有个第五大道的地址；他如果要请吃饭，肯定不是个留小辫儿的侍者在一旁伺候，等着点菜。”

卡特陪他母亲坐他那辆汽车悄悄离开巨无霸商店时，咬着嘴唇，心中隐隐作痛。他深知爱情在他这二十九年岁月里破题儿第一遭来到他身边，而他的对象居然同意跟他在街头一个拐角那儿相会，尽管这跟他的愿望接近了一步，却还是折磨着他，使他疑虑重重。

卡特根本不了解那个女店员。他也不知道她们的家通常要么是个窄小的房间，要么就是一个让亲友挤得满满腾腾的住所。路拐角那儿是她的客厅，公园是她的休息室，大街就是她散步的花园；然而，在很大程度上，她自己在这些地方是主人，就像贵夫人在她挂着壁毯的寝室里一样不可侵犯。

他俩第一次见面在两个星期后的一个傍晚，卡特和梅茜手挽手地溜达进一个灯光暗淡的小公园。他俩在一个树荫遮蔽、僻静的长凳上坐下来。

他第一次偷偷把手臂轻轻搂住她。她那金黄色脑袋舒适地靠在他的肩膀上。

---

① 狄安娜，希腊神话中的月亮和狩猎女神。

“哎呀！”梅茜欣慰地感叹道，“你怎么早没想到这样做呢？”

“梅茜，”卡特认真地说，“你当然明白我爱你。我真诚地要求你嫁给我。到现在你该很了解我，对我不再有什么怀疑了吧。我需要你，我必须有你。我根本不在乎咱俩的身份地位不同。”

“有啥不同啊？”梅茜好奇地问道。

“哦，没什么不同，”卡特连忙改口道，“只有蠢人才那么想。我能让你过富贵的生活。我的社会地位无可争议，财源茂盛。”

“人家都说他们这是在哄骗你哪！”梅茜说，“我猜想你其实是在一家糕点铺干活儿，要么就是靠赌赛马为生吧。我可不像我表面上那样天真幼稚。”

“你要什么证明，我都可以提供给你，”卡特温柔地说，“梅茜，我要你。我头一天见到你就爱上你了。”

“人人都会这么说，”梅茜逗乐儿地笑着说，“我要是能遇见一个第三次见到我才恋上我的男人，我大概也会爱上他。”

“请别这样说，”卡特央求道，“听我说，亲爱的，自从我第一次望着你那双眼睛，你就是这人间我唯一要娶的女人了。”

“噢，你别是在开玩笑吧！”梅茜微笑着说，“这话你还向多少别的姑娘说过？”

卡特却依然坚持己见。他终于触摸到了那颗藏在这个女店员可爱的内心深处的脆弱而激动不安的灵魂；她那种不把什么都认真当回事的轻松自在的态度原是她那颗心灵最安全的盔甲，他这番话却穿透了那层盔甲，打动了她的芳心。她用那双具有穿透力的眼睛望着他，冰凉的面颊显现出一股暖意，那双蛾翼颤巍巍地合拢了，她似乎就要栖息在这朵爱情之花上面了。她开始渐渐意识到手套柜台外面的生活微微闪烁的光芒和今后可能有的灿烂前程。卡特觉出了这一变化，赶紧抓住这个机会。

“那就嫁给我吧，梅茜，”他温柔地悄悄说，“咱俩离开这个丑陋的城市，到美丽的城市去。咱们会忘记工作和生意。生活会是个长期的假日。我知道我该带你到哪儿去——那儿我常去。只消想想一个海滨，那里永远是夏天，海浪波涛总在拍击着可爱的海滩，那儿的人像孩子们那样快乐自由。咱们可以乘船到那些海滨去，想待多久就待多久。那些遥远的城市当中有一座城市拥有华丽的宫殿和塔楼，里面摆满了优美的绘画和雕塑。城市里的街道净是水，人们乘……”

“我知道，”梅茜突然坐直身子说，“乘坐凤尾船。”

“对。”卡特微笑着说。

“我想就是这么回事。”梅茜说。

“然后，”卡特接着说，“咱们就继续旅行，去看咱们想看的世界上的任何东西。看过欧洲各大城市后，咱们就去印度，观光那里的古老城市，骑大象，参观印度教和婆罗门教的庙宇，另外再去看日本的庭园啦，波斯的骆驼队和战车比赛啦，异乡的种种奇观异景。你一定会喜欢吧，梅茜？”

梅茜站起来。

“我想咱们还是回家吧，”她冷冷地说，“时间不早啦。”

卡特迁就了她。他开始了解了她那说变就变的脾气，不顺着她也不行。可他还是感到有点得意。他一时间抓住了这个桀骜不驯的普绪客的灵魂，尽管只是维系在一根丝线上，可他心想希望还是蛮大的。她曾经有一次合上翅膀，冰凉的手靠近过他的手嘛。

次日，在巨无霸商店里，梅茜的好友璐璐在柜台一角拦住她。

“你跟那个了不起的男朋友进行得怎么样了？”她问道。

“噢，他吗？”梅茜一边说，一边抚摸脑袋边上的发卷，“他已经出局了。嗨，璐璐，你猜那个家伙要我干什么？”

“进入演艺圈吗？”璐璐气喘吁吁地问。

“不是，你高抬他了。他要我嫁给他，然后去科尼岛做结婚旅行！”

让多尔蒂恍然大悟的女人

屠珍◎译

大个子杰姆·多尔蒂是个赌徒。他属于那类男人；在曼哈顿，那是一伙独特的群体。他们是北方加勒比人——身强体壮，精明乖巧，妄自尊大，抱团排外，在他们那类人所遵守的法规范围内还算正直体面，而对那些遵守社会秩序的其他种族人则持一种温和的藐视态度。我指的当然是赌博界那些有头有脸的人物。世间有个阶层拿那个原本形容廉价贱金属制成的管乐器的词汇作为修饰他们自己的形容词，然而康维尔锡矿压根儿还没生产过那种用来专门形容“大个子杰姆·多尔蒂”的词语材料。

那伙赌徒聚集的地方是在某些旅馆、饭馆或酒吧的门厅或外面的旮旯里。他们多半是些高矮胖瘦不一的人，不过他们在修饰打扮上都很一致，面颊和下巴都给刮得铁青，身穿（应时的）黑丝绒领子的深色大衣。

赌徒们的家庭生活外界一般都不大知晓。据说爱神和婚姻之神有时也在赌博界插一手，在红桃皇后上下赌注，结果一败涂地。大胆的理论家曾断言——不满足于只简单说说而已——赌徒也娶老婆，甚至生儿育女。有时他参加一场政治赌博，随后去野餐会喝海鲜杂烩浓汤，就会有那位赌徒的夫人和几个头戴闪光帽、手提小锡桶的赌徒的崽子出现。

不过赌徒大都是东方式的，认为家里的女眷不该抛头露面。她们应在铁栅栏后面或摆着鲜花的太平梯那儿等他回家。在家里，她们无疑会踩在波斯地毯上，听夜莺歌唱，弹弹杜西莫琴①，吃吃蜜饯来消磨时光。可是赌徒一离开家，就成为一个整体。他不会像曼哈顿其他类型的男子那样在闲暇时刻陪着身穿花边飘带衣服、脚蹬高跟鞋的太太在街头散步，度过愉快的夜晚。他跟他的同类成群结伙待在街头角落，用他们那加勒比行语品评熙熙攘攘的过路行人。

“大个子杰姆·多尔蒂”有老婆，可他在上衣翻领上没别着那个配有她肖像的圆形像章。他的家坐落在西区一条两边有铁栅栏的棕色石头街上。那条街就像刚出土的庞贝城里一条玩滚木球的胡同。

多尔蒂先生每天夜里都在赌博王国里玩得很晚，直到再也没有什么好消遣的时候才回家。那当儿，他那位配偶已在后宫寝室进入梦乡，夜莺不再歌唱，该是睡觉的时刻了。

“大个子杰姆”总在中午十二点才起床，吃过早饭，便立刻去跟他“那伙人”聚会。

他一向朦朦胧胧地觉得有个多尔蒂太太存在。有人指责他，他想必就会毫不犹豫地承认那位坐在家中餐桌对面的文静、整洁而舒适的小妇人是他的妻室。他其实蛮清楚地记得他俩已经结婚快四年了。她会经常跟他谈起那只名叫斯波特的金丝雀要弄的逗人喜爱的小把戏，谈起那位住在街对面公寓窗户里的染发女人。

“大个子杰姆·多尔蒂”有时甚至也听听她说的这些话。他知道每天晚上七点回家吃饭，她总会给他准备好一顿挺不错的晚餐。她有时去看日场演出，她还有一台留声机和六打唱片。有一次她那位阿莫斯叔叔突然像阵风那样从纽约北部地区来访，她陪他去参观了伊登博物馆。这些事对任何一个女人来说都该算有了足够的消遣嘛。

一天下午，多尔蒂先生吃过早饭后，戴上帽子，正向门口走去，手已经按在门轴上，忽然听到妻子的声音。

“杰姆，”她说，语调相当坚决，“我希望你今天晚上带我出去吃

① 杜西莫琴，美国民间拨弦乐器。

晚饭。咱俩已经有三年多没一块儿出门了。”

“大个子杰姆”吓了一跳。她以往可从没提出过这样的要求。这可是个味道新鲜的建议，可他是个想去玩儿把的赌徒啊。

“好吧，”他说，“我傍晚七点回来，你准备好。可是，听着，黛丽，别跟我来‘等我一会儿，让我再仔细打扮一两个钟头’那一套！”

“我会准备好的。”他妻子平静地说。

七点钟，她在“大个子杰姆·多尔蒂”身旁一起走下那座庞贝城的地滚球胡同的石级。她穿了一件晚礼服，那衣料想必是蜘蛛织成的，色彩暗淡，外罩一件浅披风，上面装饰着不少令人羡慕却无用的缎带从她的肩膀飘落下来。漂亮的羽毛确实装饰出漂亮的鸟儿。遗憾的是男人却舍不得用自己挣来的钱给女人购置漂亮的羽毛。

“大个子杰姆·多尔蒂”感到不安，有点像站在一个他不认识的女人身旁。他不由得想起这只天堂鸟在鸟笼里习惯穿的素色羽衣，而现在她这身打扮叫他感到困惑。她多多少少叫他回想起四年前跟他结婚时的那个黛丽娅·卡伦。他很不好意思，颇为窘迫地走在她的左侧。

“晚饭后，我会送你回家，黛丽。”多尔蒂先生说，“然后我再回到塞尔第酒吧去跟我那伙朋友赌钱玩儿。今天晚上，你可以尽情吃一顿好饭。昨天我赌蚺蟒蛇赢了钱，所以你随便爱点什么菜都行。”

多尔蒂先生不想让他这次跟他那不为人所知的太太外出而引人注目。惧怕或溺爱老婆在加勒比人的戒律中是不鼓励的。他那些在赛马场、台球桌和街头旮旯的赌友即使有太太，也从不在公开场合抱怨此事。灯光通明的宽敞大街的交叉处有不少吃普通客饭的餐馆，他提议陪她去其中一家，这样就可能使家中生活的事不会曝光。

但是，多尔蒂先生在半路上又改变了初衷。他一直在偷觑他这位漂亮的伴侣。他蓦地确信她不是一匹拍卖赛马的参赛马。他决定带他的太太走过塞尔策酒吧，他那帮伙伴会有些人聚在那里观赏夜晚街头过往的行人哪。对，他会带她到霍格利饭店去吃晚饭，他心想那可是一家最棒的餐馆。

他那帮八面玲珑的伙伴正在塞尔策酒吧观赏哪。多尔蒂先生和他那重新打扮一新的太太黛丽娅走过时，他们都睁大两眼，一时着实吃惊不小，随后才想起摘帽致敬——对他们来说，这样一场表演就跟“大个子杰姆”在他们眼前展现的这种叫人吃惊的新奇事物一样极不寻常。杰姆那张没有表情的脸上也闪现出一丝得意的神情——不过只一闪即过，这种表情只在他在赌场里玩纸牌抓了一把黑桃同花顺时才会流露出来。

霍格利餐馆生意兴隆，灯光闪烁——真格的，原本就该如此嘛。那里的餐巾啦，玻璃器皿啦，鲜花啦，都值得称赞，真是完美无缺，豪华到位。顾客挺多，穿着讲究，兴高采烈。

一名侍者——过分巴结地——把“大个子杰姆·多尔蒂”和他的夫人领到一张桌子前落座。

“黛丽，”“大个子杰姆”说，“菜单上你喜欢吃啥就点啥吧。今天晚上你可以好好吃一碗麦片粥。我觉得咱们也许一直吃家常便饭吃得太久了，该换换口味啦。”

“大个子杰姆”的太太点了菜。他尊重地望着她。她点了块菌；他以前可不晓得她居然还知道啥是块菌呢。从酒单上她点了一瓶合适的品牌的红酒。他又钦佩地望着她。

由于有机会出来跟人交际交际，她兴奋得面带天真烂漫的微笑。她生气勃勃，兴高采烈，跟他谈起许许多多事儿。随着晚餐的进行，她那因久居室内而显得苍白的面颊现在变得红润了。“大个子杰姆”朝餐厅四下里望一下，发现哪个女人都没有他太太那种动人的魅力。他接着想到近三年来她过着闭门不出的生活却从没抱怨过，不禁感到浑身发热，羞愧难当，因为他在处世信条中是信奉光明磊落、机会均等的。

这当儿，多尔蒂住的那一区的头头、他的朋友尊敬的派特里克·克里根，看见他俩便走到他们的桌前，情况有点紧张。这位尊敬的派特里克，不仅在言谈上也在行动上，都称得上是个会向女人献殷勤的主儿。提起布莱尼巧言石①，此人在这方面的表现势必得说说，布莱尼巧言石如果觉得该起诉尊敬的派特里克，想必会得到那个家伙因赖婚毁约而赔偿的大笔补偿金。

“杰姆，老伙计！”他喊道，用手拍打着多尔蒂的后背，两只眼睛滴溜溜的目光却像午时阳光那样灼热地照射在黛丽娅身上。

“这位是尊敬的克里根——这是我的太太。”

尊敬的派特里克成了娱乐的源泉，令人羡慕的对象。侍者给他拿来一把椅子，他在桌边又凑成一员，酒杯也给重新斟满。

“你这个自私的老无赖！”他指着“大个子杰姆”大声说，“居然把尊夫人隐藏起来，一直向我们保密。”

“大个子杰姆”本来就不善言词，愣愣地坐在那里望着三年来每天晚上都坐在家里他对面吃饭的太太真像朵仙境的花朵那样美。她敏捷，机智，妩媚动人，妙语连珠，巧妙地反驳尊敬的派特里克老练的进攻，使他感到惊讶折服，也使他蛮开心。她展开她那长时期合拢的花瓣，使那间餐厅在她周围成了一座花园。他俩尽量想让“大个子杰姆”跟他们一块儿交谈，他却一言不发。

后来，一伙以赌博为生的政客和好汉走进来了。他们一见“大个子杰姆”和那位头头，便一窝蜂拥过去，还给介绍了多尔蒂太太。不到五分钟，她简直就像是在主持一个沙龙。六七个男人围着她，奉承她，都认为她十分迷人。“大个子杰姆”坐在那里苦笑着，一个劲儿自言自语：“三年了！三年了！”

晚餐结束了，尊敬的派特里克先生伸手去取多尔蒂太太的披风，这已经并非说说而已而是付诸行动，多尔蒂那只大手却比他快两秒钟先抄起了太太的披风。

大伙儿在门口道别时，尊敬的派特里克先生重重地拍拍多尔蒂的肩膀。

“杰姆老弟啊，”他颇有气派地低声说，“尊夫人可是位天仙，你

① 巧言石，爱尔兰布莱尼城堡的一块石头，相传吻此石后即善于奉承、拍马、花言巧语。

小子真有福气！”

“大个子杰姆”陪太太步行回家。她看上去很喜欢街道上的灯光和商店橱窗，就跟喜欢霍格利餐馆里那些男人对她的赞美一样。他俩路过赛尔策酒吧，听见里面人声嘈杂。那些家伙正一边开始饮酒，一边谈论刚才发生的事呢。

到了家门口，黛丽娅停下来。出门活动的喜悦神情展露在她脸上，可她不可能期望杰姆晚上在家里陪伴她；不过嘛，这一晚上的荣耀会在长时期里减轻她独守空闺的寂寞。

“谢谢你带我出门，杰姆，”她满怀感激地说，“你现在当然要回到塞尔策酒吧去了吧？”

“让赛尔策酒吧见鬼去吧！”“大个子杰姆”加重语气说，“还有那个派特里克·克里根也见鬼去吧！他居然以为我没长眼睛吗？”

大门在他俩身后关上了。

“成果中的瑕疵”

屠珍◎译

蜜月过得圆圆满满。有那么一套公寓套间，铺着顶顶鲜红的地毯，挂着带流苏的门帘，餐厅护墙板上方一个突出的壁架上摆着六个带锡盖儿的陶瓷啤酒杯。这些东西依然洋溢着喜气洋洋的奇妙气氛。他们俩谁也没在河边上见到过一朵黄色报春花；可他们当时若见到的是那样的景色，那想必就会像——嗯，诗人正期望他们这样的新人看到的报春花以外的美景。

那位新娘坐在摆椅上，两只脚歇在地上。她穿着粉红色晨袍，沉浸在粉红色的梦幻里。她闹不清格陵兰、塔斯马尼亚①和俾路支②的人们在怎样谈论她跟基德·麦加里结婚这档子事。他们的看法倒也没多大关系。从伦敦到南十字星座，没有哪位重量级拳击手能跟她的新郎较量四个钟头——不，四个回合。他已经属于她三个多星期了；可她的小手指头一弯比世界上任何一位体重一百四十二磅的家伙的拳头都更加厉害。

爱情，在它属于我们的时候，就是自我克制和牺牲的代名词，可它属于通风井对面的别人时，就意味着傲慢和自负。

① 塔斯马尼亚在澳大利亚境内。

② 俾路支在巴基斯坦境内。

新娘交叉着两只穿着浅帮鞋的脚，若有所思地望着天花板上画着的爱神丘比特。

“亲爱的，我想吃个桃儿。”她说。语气就跟埃及女王克娄巴特拉要求安东尼把罗马用薄纸包好送到她的宫殿来一样。

基德·麦加里便起身穿上外衣，戴上帽子。他为人一本正经，脸刮得干干净净，多情而且办事麻利。

“好吧。”他说。那副样儿酷得就像是只不过同意在跟英国拳击冠军进行比赛的那份文件上签个字一样。“我这就出去给你找一个来——怎么样?”

“别去得太久，”新娘说，“没有你这个淘气的小伙子做伴，我会感到寂寞的。挑一个熟一点儿的回来。”

经过一阵像是要出国旅行那样的告别之后，基德才向街头走去。

他随即不无理由地迟疑一下，因为眼下还是早春时节，从这冷冰冰的街道上和商店里想买到盛夏才有的令人垂涎的美味鲜果，看来机会不大。

他在街头拐角那儿的意大利人的水果摊前站住，傲慢地扫一眼摊上摆着的纸包着的橘子啦，亮晶晶的苹果啦，尚未熟透的香蕉啦，等等等等。

“有桃儿吗?”基德用情圣诗人但丁的语气问道。

“哦，没有，”小贩惋惜道，“至少还得等一个月才会有。眼下太早了。这儿有好吃的橘子，您要吗?”

基德不屑一顾，继续去寻找桃儿。他走进他的朋友和崇拜者贾斯特斯·奥卡拉汉开设的通宵营业的保龄球馆兼小饭馆和咖啡厅。奥卡拉汉正在店里，寻找漏水要修理的地方哪。

“我得马上要个桃儿，”基德对他说，“老娘们儿心血来潮，忽然想吃个桃儿。卡尔，你这儿要是有个桃儿，快点拿出来。要是存得多的话，我要，别人也会要的。”

“这幢房子可以全归你，”奥卡拉汉说，“可这里绝对没有桃儿。太早了。你大概在百老汇大街上任何一家铺子里也买不到。这真是太糟糕了，一位女郎的嘴想吃一样水果时，别的什么都不行。现在时间太晚了，头等水果店都已经打烊。尊夫人要是想吃点好橘子，我这倒正好有一箱，她没准儿……"

"谢谢了，卡尔，她要的是桃儿。我再去别处找找看。"

基德沿着西大街往前走，这时已经接近午夜。只有几家店铺还开着门，可也根本就没有桃儿。

新娘在公寓里却信心十足地等待她的波斯水果。一位次重量级拳击冠军难道找不到一个桃儿吗？竟然没法成功地跨越季节为自己心爱的人儿弄到一个她喜欢吃的那种桃儿——阿姆斯丹的六月桃或乔治亚州的黏核桃？

基德看到一扇窗户里还亮着灯，闪烁着大自然最令人神往的灿烂色彩。可灯光突然灭了。基德急忙跑过去，正赶上水果店掌柜在锁门。

"有桃儿吗？"他极其慎重地问。

"没有，先生。起码要再过三四个星期才会有。我也说不上您眼下能在哪儿找到。也许城里几家设备好的店里储存了一些，可那些地方很难找到。也许在哪家昂贵高级的酒店——就是那些让你挥霍很多钱的地方才能找到。不过，我这儿有挺好的橘子——今天才用船运来的。"

基德在拐角那儿停留片刻，接着就轻快地朝亮着两盏绿灯的地方走去，那是一条黑暗小巷里一幢房子的台阶两侧的灯。

"警长在附近吗？"他问一位警察局值勤的警官。

这当儿，警长从后面轻快地走过来。他身穿便衣，看样子还挺忙。

"哈啰，基德，"他对拳击家说，"还以为你在度蜜月旅行哪？"

"昨天就回来了。我现在可是个实实在在的公民，想对市政事务尽点力。今天晚上去抄丹佛·狄克的老窝，怎么样，警长？"

"这些行动早就办过了，"警长一边捻着唇髭，一边说，"两个月前丹佛的老窝就给封了！"

"对，"基德说，"拉弗蒂把他轰出了第四十三街，可他现在又在你管辖的区里重新开业，干得比以前更红火了。我讨厌赌博这门行业。我可以帮你去捣毁他的窝。”

“真在我管辖的这个区里吗?”警长吼道,“你能肯定吗,基德?多谢你的好意,可你进得去吗?咱们怎样下手呢?”

“锤子,”基德说,“他们的门上还没安装铁板呢。需要十个人。不,他们不让我进去。丹佛一直想把我干掉!他认为上一次挨抄是我告发的。可那并不是我。你得快一点。我还得回家呢。那栋楼房离这儿只有三个路口。”

没出十分钟,警长就率领十几个人在基德的指引下偷偷进入一幢看上去体面却黑洞洞的楼房的门厅,白天那里有不少做买卖的摊位。

“三楼,后面,”基德小声说,“我在前面领路。”

两三名拿着斧头的人对着他指的那扇门。

“好像没什么动静,”警长犹豫道,“你敢肯定你的告发准确吗?”

“只管砍!”基德说,“如果错了,由我负责。”

斧头砍碎了那扇还没加固的门。一道强光从门板裂缝处射出来。门倒了,众警察握着枪支一拥而入。

那间大房间,按照丹佛·狄克所喜欢的西部模式,给装修得华丽而俗气。不少人在赌博。约莫五十多人一见警察进来,便慌忙逃窜。几名便衣只好挥舞警棍维持秩序。赌场里多一半人都逃脱了。

那天晚上,丹佛·狄克亲自在坐庄。他带领一伙人本想冲垮那一小股袭击的人,可他一见到基德,就冲他去了。丹佛本人是重量级拳击手,兴冲冲地扑向级别比他低一级的拳击对手。他俩便扭作一团,滚下楼梯。一滚到地面,两人便松开手,一骨碌站起来,基德顿时使出一些职业战术,那套招术刚才在抓一个体重两百磅的赌徒时没派上用场,那家伙当时都快输掉随身带的两万块钱了。

基德战胜了他的对手,便急忙上楼,穿过赌场,进入一间由拱顶过道连接的较小的套间。

那里面放着一张长桌子,上面摆着极为精致的瓷器和银器,还堆满着那些赌徒喜欢吃的各种昂贵的美味食品。人们在这里可以觉察到那位跟城市①同名的先生大方摆阔的品味。桌布下面的地板上露出一只十号漆皮鞋。基德揪住那只脚，拉出一个打着白领带、身穿侍者制服的黑人。

“起来！”基德命令道，“是你在这儿伺候大家免费便餐吗？”

“是的，先生，是我。警方又来抓我们了吗，老板？”

“像是那样。听我说，这里供应的水果有没有桃儿？要是没有，我可就得认输啦。”

“今天晚上赌局开始时，这儿倒是有三打桃儿，先生，可我琢磨都让那些先生吃光了。您要是愿意吃个头等橘子，我可以给您找一个。”

“快去，”基德严厉地命令道，“不管到什么地方，快去给我找个桃儿来，不然就会出麻烦。今天晚上谁再向我提橘子，我就打扁他的脸！”

对丹佛·狄克供应的昂贵食品进行一次搜索，果然找到一个没让那帮贪吃的赌徒吃掉的桃儿。基德把它放进兜儿里，这位不屈不挠地搜寻果品的家伙立即带着他的胜利品离开了。警察正在下面人行道上把逮捕的赌徒押上巡逻车，基德连看都没看一眼就迈着大步赶回家。

一路上，他心情愉快地走着，就跟骑士经历了磨难，终于完成美人要他做的事，骑马返回卡米洛②一样。基德的美人儿给他下了命令，他执行了。真格的，她想要的只是一个桃儿罢了；但是在这冰天雪地的寒冬二月的深更半夜想找到一个桃儿，可不是一件容易的事。她想吃桃儿，她又是他的新娘嘛。那只桃子放在他兜儿里正被他的手焐暖；他紧紧握着它，生怕它会掉在地上丢掉。

半路上基德走进一家日夜营业的药铺，对那个戴眼镜的店员说：

“喂，伙计，我想让你摸摸我的这根肋条骨，看看是否断了？我刚才跟人打了一架，从楼梯上摔了下来。”

---

① 指丹佛市。

② 卡米洛，传说中英国亚瑟王宫廷的重地。

药剂师做了检查。

“没断，”他诊断后说，“不过您摔青了，像是从那熨斗形状的山峰上摔下来两次似的。”

“没事儿，”基德说，“让我用一下你的衣服刷子吧。”

新娘还在粉红色台灯的玫瑰色光线下等待着哪。奇迹还没完全消失。她只消说出自己想得到的小玩意儿——一朵花啦，一个石榴啦——嗯，对，一个桃儿啦——就能把她的老公在深夜里打发出去，绕世界去转悠，什么也拦不住他。甭管她叫他干什么事，他都会去干。

现在他站在她的椅子旁边，把那个桃儿放在她手里。

“顽皮的小伙子！”她充满爱意地说，“我说的是桃儿吗？我想我更想吃个橘子啊。”

哎哟哟，让老天爷保佑这位新娘吧！

轿车在等待的时候

屠珍◎译

黄昏刚刚降临，那个身穿灰衣服的姑娘又准时来到那个安静的小公园安静的旮旯。她坐在一张长椅上看书，因为白天还有半小时光景的亮光，可以让人看清书本上的字。

再说一遍：她那身衣服是灰色的，朴素得足以掩盖那既无式样又不讲尺寸的缺陷。一幅网眼挺大的面纱罩住了她那顶无檐帽和她那张从网眼中闪现的沉静而不自觉的美貌容颜。昨天和前天，她也在同一时刻来到这里，有一个人发觉了这件事。

那个发觉这件事的小伙子凑近过来，把希望寄托在那供奉幸运之神的香烛祭品上。他这份虔诚的心情果然得到酬报，因为那个姑娘在翻书页时，书从手中滑落下来，在椅子上磕一下，蹦到离长凳一码远的地方。

那个小伙子立刻敏捷地跳过去，脸上带着那种似乎在公园和公共场所里常有的表情，把书捡起来还给主人，那种神情既殷勤又充满希望，还掺杂着些许对巡逻警察的敬畏。他用悦耳的声调冒昧地说一句关于天气的无关紧要的话——那种造成人世间多少不幸的开场白——随后便静静地站一会儿，等待他的运气。

姑娘从容不迫地打量他一番，望着他那身普通而整洁的衣服和那副没带什么特殊表情的相貌。

“你要是愿意，就坐下吧，”她不慌不忙地用一种纯净的女低音说，“真格的，我倒真愿意你坐下。现在光线已经太暗，不适宜看书了，我宁愿跟人聊聊天。”

这位幸运的侍臣便顺从地在她身边坐下。

“你知不知道，”他仿效公园负责人宣布开会时那种俗套话的腔调开口道，“你是我长时期以来所见到的一位最出色的姑娘，昨天我就注意到你了。你可知有人已经让你那双漂亮的眼睛迷住了吗，甜姐儿？”

“不管你是谁，”姑娘冷冰冰地说，“你得记住我可是一位上等女子。我原谅你刚才说的那句话，因为这种误会无疑——在你那个圈子里——算不了什么。我好意请你坐下：这项邀请要是使你错把我当成你的什么甜姐儿，那就算我没说得了。”

“我诚心诚意请你原谅，”小伙子央求道，他原有的那种春风得意的表情一下子变成懊悔谦卑的样子，“这是我的不对，要知道——我是说，公园里有些姑娘，要知道——也就是说，当然你闹不明白，可是……”

“好了好了，请换个话题吧。我当然明白。现在给我讲讲这些小路上来来往往的拥挤人群吧，他们去哪里？他们在忙些啥？他们都幸福吗？”

小伙子顿时放弃他那种轻浮的态度，眼下处于一种等待的份儿，猜不出自己该当扮演一个什么样的角色才好。

“观察他们嘛，确实蛮有意思，”他顺着她的心情答道，“这就是美妙人生的戏剧表演。有些人去吃晚饭，有些人——呃——去别的地方。真猜不出他们有什么样的身世经历。”

“猜不出，”姑娘说，“我对别人的私事并不好奇。我到这儿来坐一会儿，只因为我在这里倒可以接近人类那了不起、共同而搏动的心脏。我在生活中的地位却叫我永远感受不到这种搏动。你猜得出我干吗要跟你聊天吗，嗯，贵姓？”

“派肯斯达克。”小伙子赶紧报上，随即现出一副急切而满怀希望的神情。

“对不起，我不能告诉你我的姓氏，”姑娘举起一只纤细的手指，微微一笑，说道，“一说出来就立刻会暴露我的身份了。不让自己的姓名给印在报章上是根本不可能的事，连照片也一样。我的女仆提供给我这幅面纱和这顶帽子叫我掩盖了自己的真面目。你该想象我的司机一见到我，瞪着大眼那副样子，他还当我没看见呢。不瞒你说，本地只有五六个显赫的名门望族，而我由于出生的偶然，就属于其中一家。我之所以跟你说话，斯达肯帕特先生……”

“鄙人姓派肯斯达克。”小伙子谦逊地纠正道。

“——派肯斯达克先生，因为我想跟一个普普通通的人，一个没让可鄙的财富和所谓的社会优越感惯坏的人，谈那么一次话。唉！你可不知道我对这一切多么厌烦啊——金钱，金钱，金钱！还有那些在我周围的男人都是一个模子刻出来的，就像木偶那样舞来舞去。享乐啦，珠宝啦，旅游啦，社交啦，各式各样的奢华啦，都叫我腻味透了！”

“我倒总有个想法，”小伙子大胆而犹豫地说，“金钱肯定是好东西嘛！”

“适当的财富是人人都期望的，可你要是有成千上百万钱财时啊！”她做个绝望的手势，就此结束这句没说完的话。“叫人生厌的是那种单调乏味，”她接着说，“驾车啦，午餐啦，剧场啦，舞会啦，晚宴啦，处处都显示虚饰过剩的财富。有时我的香槟酒杯里冰块的叮当声都叫我快发疯了。”

派肯斯达克先生看来露出真正感兴趣的样儿。

他说：“我倒一向喜欢看到或听到阔绰而时髦的人士的生活方式。我大概有点市侩气，可我喜欢得到准确的信息。唔，我一直认为香槟酒是连瓶冰镇的，而不是把冰块放在酒杯里。”

姑娘一听这话感到挺有趣儿，发出一阵悦耳的笑声。

“你该知道，”她语调宽容地解释道，“我们这个没用的阶层就靠标新立异来消遣嘛。目前把冰块搁在香槟酒杯里是个时尚。这是由一位来访的鞑靼王子在沃尔多夫大饭店用餐时想出来的新招儿。过不了多久就又会有别的什么异想天开的事，正如这个星期在麦迪逊大道一家饭店举行的宴会上，每位客人的盘子旁都放了一只绿色小山羊皮手套，好让大家吃橄榄时戴上它。”

“哦，我明白了，”小伙子谦虚地承认道，“那个小圈子里的特殊花样普通老百姓是不熟悉的。”

“有时候，”姑娘微微欠下身，表示接受他的认错，又接着说，“我曾经想过我要是爱上一个人，那人可能会是个出身低微的人，是个工人而不是个寄生虫。不过嘛，毫无疑问，那种对等级和财富的企求也许会比我这种倾向更强烈。目前就有两个人在追求我。一个是日耳曼公国的大公爵，我想他有或者曾经有过一个妻子，让他的放纵残忍逼疯了。另一个是一位英国侯爵，此人极其冷漠自私。相比之下，我倒宁愿选择那个恶魔公爵哩。我怎么竟会把这些事都讲给你听呢，巴肯斯达克先生？”

“派肯斯达克，”小伙子喘口气，纠正道，“真格的，你对我这样开诚布公，使我深感荣幸。”

姑娘冷静而客观地注视着他，那种目光恰恰适合他俩之间那种身份地位的悬殊。

“你是干哪一行的，派肯斯达克先生？”

“低微得很的工作，可我希望能发奋向上。你刚才说你会爱上一个地位低微的男人，这话当真？”

“当然当真，可我说的是‘可能’。要知道，还有大公爵和侯爵呢。对，一个男人要是合我的心意，他干什么行当我都无所谓，都不会嫌他卑贱。”

“我是在一家餐馆里干活儿。”派肯斯达克宣布道。

姑娘微微一震。

“别是个跑堂儿的吧？”她带点央求的口吻说，“劳动是光荣的，可是——伺候别人，要知道——仆人什么的……”

“我倒不是个跑堂儿的，是个收银员。”——他俩正面对着公园外面的一条街，那里有一块耀眼灯光的“餐馆”招牌——“你看，就在对面那家餐馆里。”

姑娘看一眼手腕上一只镶在式样华丽的手镯上的小手表，急忙站起来，把那本书塞进一个吊在腰部的闪闪发光的手提网兜儿里，可那本书稍显大了点儿。

“你怎么没上班呢？”她问道。

“我上夜班，”小伙子答道，“还有一小时才是我上班时间。我可不可以跟你再见面啊？”

“我也不知道。也许吧——可我可能不再发这种奇想啦。我现在得赶紧走啦。我还要去参加一个晚宴，随后去剧场一个包厢看场戏——随后嘛，唉，还是那老一套！你来的时候也许注意到公园前头拐角那儿停着一辆轿车吧。一辆白色车身的。”

“还有红色车轮？”小伙子沉思地皱着眉头问道。

“对，我总乘那辆车前来。皮埃尔在车上等着我呐。他还以为我是到广场对面那家百货公司买东西呢！想想看，我们这种生活受到多么大的束缚，连自己的司机都得隐瞒。晚安！”

“现在天已经黑了，”派肯斯达克先生说，“公园里到处都有粗鲁的家伙。我可不可以送你走？……”

“你如果尊重我的意愿，”姑娘坚决地说，“我希望你等我离开后在这张长凳上坐十分钟再走，不是我不信任你，不过你也许知道汽车上一般都有主人姓氏的交织字母装饰。好了，再见！”

她在薄暮中迅速而端庄地走开了。小伙子望着她那优美的身影走到公园边上的人行道，转向路口停着那辆轿车的拐角。他毫不犹豫地偷偷借着公园里树木的掩护，沿着跟她平行的路线，一直紧紧盯牢她。

姑娘走到拐角，扭头瞥一眼那辆轿车，随即经过车旁边向对街走去。小伙子躲在一辆停着的马车后面，密切注视着她的行动。她走上公园对面的人行道，进入那家有耀眼灯光招牌的餐馆。那家餐馆是由白漆和玻璃装饰的，人们一无遮拦地在那里吃廉价饭菜哪。姑娘走进餐馆后身一个隐蔽处，在那里摘下她的帽子和面纱。

收银台在餐厅前面。一个红头发姑娘从高凳上下来，犀利地瞥一眼时钟。那位身穿灰衣服的姑娘登上她的工作岗位。

小伙子把双手往兜儿里一揣，沿着人行道慢慢走去。在拐角那儿，他踩到一本纸面平装书，就把它踢到路边的草皮上。从书皮上的彩色画面他认出那正是姑娘刚才看的那本书。他漫不经心地把它捡起来，一看书名是《新天方夜谭》，作者是史蒂文生①。他又把它掼到草皮上，迟疑地逗留片刻，随后他便跨进那辆等着的轿车，舒坦地往坐垫上一靠，简洁地吩咐那名司机：

“俱乐部，亨利！”

① 史蒂文生（1850—1894），英国作家，所著《新天方夜谭》是一部带有异国情调的惊险浪漫故事集。

一出好奇而围观的喜剧

屠珍◎译

不管爱打比方的人怎么说，您还是能希望避免吸入致命的见血封喉树①的气息；您如果运气特别好的话，还能打黑蛇怪②的眼睛；您甚至还可以躲过三头狗③和百眼巨人④的注意；可是没人，活着也罢，死了也罢，能逃脱掉爱看热闹的人的盯视。

纽约是个人们爱看热闹起哄的城市。那城里当然有不少人只知埋头赚钱，从不东张西望地关心别的事，但是也有那么一个分布广泛的部落，就像火星人一样，是只由眼睛和大腿奇妙构成的。

这些好奇心重的人一知有什么意外的事发生，就会像苍蝇那样蜂拥而至，奔向出事地点，喘着大气儿围挤成一圈。如果一个工人打开一个下水道检修孔啦，一辆汽车碾过一个来自北塔里敦的人啦，一个小男孩儿在从杂货铺回家的路上掉了一个鸡蛋在地上啦，两处临时住所塌陷进地铁啦，一位女士从棉线衣兜儿的窟窿里掉下一枚硬币啦，一名警察从易卜生学会阅读室里拖出一台电话机和一张赛

---

① 见血封喉树，爪哇产的桑科毒树，它的毒汁用作箭毒。

② 蛇怪，西方神话传说中的一瞪眼或一吐气就能置人于死地的爬虫。

③ 三头狗，希腊罗马神话中负责守护冥府入口的狗。

④ 百眼巨人，希腊神话中目光敏锐，警惕性高的巨人。

马赌注图表啦，迪皮尤参议员或查克·康纳斯先生走出去呼吸点新鲜空气啦——如果其中任何一件事或意外事故发生了，您就会看到那群无法阻挡的爱看热闹的人疯狂地急奔出事地点。

事件的重要与否倒无关紧要。他们会以同样的兴趣和关注盯视着一个合唱队女郎或一个绘制治肝丸广告的汉子。他们会团团围住一个足畸形的人，就跟围住一辆受阻的汽车一样。他们患了一种爱看热闹的狂热病。他们是视觉上贪得无厌的家伙，从自己同胞的不幸遭遇得到享受和充实。他们瞪着两只像河鲈鼓出的眼珠子，幸灾乐祸地注视或斜视着那以灾难为饵的钩子。看来丘比特爱神好像会发现这些视觉吸血鬼太过冷酷无情，因此使他那热情之箭不易射中，可我们不是甚至在原生动物中都还没发现一个不动情的吗？是啊，美丽的浪漫情怀也降临到这个部落当中的两个人身上，他俩就在挤着观看一个让酒厂卡车撞倒在地的人时相爱了。

威廉·普赖是头一个到达出事地点的。他是参加这种聚会的行家里手，脸上现出挺愉快的表情，站在意外事故受害人身前，像在听最美妙的音乐那样倾听他的呻吟。那群围观人堆挤成一个密密麻麻的圆圈儿，威廉发现对面人群中起了一阵骚乱。那些男人像九柱戏的木柱那样给推开，一个晃动的身躯宛如一阵旋风从他们中间穿过。薇奥莱特·西摩尔靠胳膊肘儿、伞把、便帽饰针、嘴巴和指甲相助，从那群看热闹的人当中硬挤到第一排去。那些能在清晨五点半那班哈莱姆快车上抢到座位的壮汉都会像小孩儿那样被她推搡得前俯后仰。两位曾经见过罗克斯公爵结婚场面而且经常在第二十七街上堵塞交通的女大块头也让她挤到第二排去了，连衬衫腰围处都给撕扯破了。威廉·普赖真是对她一见钟情。

救护车把那位扮演丘比特使者而失去知觉的受伤人拉走了。人群散开后，只剩下威廉和薇奥莱特，他俩才是真正爱看热闹的人。人群随着救护车离开事故现场也就散了，他们的脖颈上原本没有真正的胶。事件的情趣只有在回味中才能体会到——幸灾乐祸地在出事地点盯视啦，凝视着对面那些楼房啦，似入梦境地逗留在那里啦，那种快感比起吸鸦片后的心醉神迷还要强烈咧。威廉·普赖和薇奥莱特·西摩尔是观看伤亡事故的行家。他俩知道怎样从每一事件中得到充分的乐趣。

这当儿，他俩对望着。薇奥莱特脖子上有个五毛钱银币那样大的棕色胎痣，威廉两眼盯视着它。威廉·普赖长着一对罗圈腿，薇奥莱特的目光一动也不动地停留在那双腿上。他俩就这样面对面站了会儿，彼此对视。礼仪却不允许他俩交谈，但是在这个人们爱看热闹的城市里却允许大家毫无限制地盯视公园里的树木和同胞身上的生理缺陷。

他俩最后叹口气分了手，可是丘比特爱神却是那辆酒厂卡车的司机，那个轧断一个人一条腿的车轮却把两颗有情的心联结到一块儿了。

那对男女主人公第二次会面是在百老汇大街一个木板篱笆前。那天是个令人失望的日子。街头没人斗殴，孩子们都给看管得蛮好，没让车轮碾过，也没见到身穿睡衣的跛子和胖子；看来好像没人会被香蕉皮滑倒或心脏病发作而摔倒在地。连那位来自印第安纳州科科莫的赌徒，自称是前市长罗的表亲，一位从一辆出租车窗户往外扔过硬币的家伙，也没露面。真是没有什么可盯着瞧的。威廉·普赖开始感到无聊了。

就在这当儿，他看见一大群人在一块广告牌前兴奋地拥挤争夺，便赶紧连蹦带跳地冲过去，撞倒一个老太太和一个拿着牛奶瓶的小孩儿，真像个魔鬼那样挤进围观的人群。薇奥莱特·西摩尔早已挤进去，站在里圈，丢了一个衣袖和两颗镶补的金牙。那件紧身胸衣的一根钢条刺穿了出来，手腕也扭伤了，可她却兴高采烈地观赏哪。那儿有个汉子正往木板墙上涂写："吃砖块儿——打肿脸充胖子！"

薇奥莱特一见威廉·普赖，不由得脸红了。威廉朝一个身穿黑丝套袖大衣的女人腰眼儿上戳一下，往一个小孩儿的腿肚子上踢一脚，还给一个老头儿的左耳一个耳刮子，这才挤到薇奥莱特身旁。他俩站在那里观赏那个男人涂写文字约莫一个小时光景，随后威廉再也无法抑制自己心中的爱，便碰一下她的胳膊。

"跟我来！"他说，"我知道哪儿有个没长喉结的擦皮鞋的。"

她抬起脑袋羞答答地望着他，流露出来的那股明白无误的爱使她的面容变美了。

“是专门留给我去观赏的吗？”她声音发颤地问，微微现出初次受人爱的那种喜悦。

他俩就匆匆赶往那个擦皮鞋的小摊，观望着那个畸形小伙子约有一个小时光景。

一个擦窗户的清洁工从五层楼上跌到他俩旁边的人行道上。救护车叮叮当当地驶来，威廉兴奋地握紧她的手。“至少摔断了四条肋条骨，多处骨折！”他悄声说，“亲爱的，你遇见我不觉得遗憾吗？”

“我，”薇奥莱特说，使劲握一下他的手，“当然不，我可以整天站在这儿，我跟你一块儿看热闹。”

他俩之间的爱情高潮发生在几天之后。读者诸君也许还记得法院传唤黑女爱丽莎·简时全城的人都十分激动那件事吧。爱看热闹的部落便在现场安营扎寨。威廉·普赖亲自在爱丽莎·简住家对面大街上的两个啤酒桶上放好一块木板，他和薇奥莱特就在那里坐了三天三夜，等待着观望那激动人心的时刻到来。后来一名侦探想到打开那扇门，把传票递进去。他还派人去拿一台活动电影放映机来，放电影给围观人消遣，他还真的那么办了。

两个志趣如此相投的灵魂不可能长久分离。那天夜里，一名警察挥舞警棍驱散人群时，他俩盟誓永久相爱。爱情的种子已经播下，茁壮成长为一株——我们称之为如胶似漆的树吧。

威廉·普赖和薇奥莱特·西摩尔的婚礼定于六月十号举行。那座位于街区当中的大教堂布置得花团锦簇。世上众多爱看热闹的部落都对婚礼有股狂热喜爱的心情，可他们也是坐在教堂长凳上持悲观态度的人。他们是取笑新郎逗弄新娘的家伙。他们前来嘲笑你们的婚礼。你们如果骑在死神苍白的骏马背上逃离许门①的宝塔，他们就会坐在教堂里你们结婚时他们坐过的同一条长凳上参加你的葬礼，为你的好运哭泣。这种爱看热闹的人会绵延不断地存在。

---

① 许门，希腊神话中的婚姻之神。

教堂里灯火通明，一条罗缎地毯铺在柏油路上，一直伸展到人行道边上。伴娘们一边在相互摆弄领带，一边谈论新娘脸上的雀斑。马夫们在马鞭上扎起白缎带，一边喝酒，一边哀叹。牧师在琢磨自己能拿到多少酬金，计算一下那笔钱够不够给自己买一套绒面呢服装，再为他夫人买一张劳拉·简-利比的照片。是啊，丘比特爱神就在空中盘旋哪。

教堂外面，好家伙，我的兄弟们，爱看热闹的部落里的大队人马山呼海啸般地等在那里哪。他们分为两列，中间由罗缎地毯和手执警棍的警察隔开。他们像牲口那样相互推搡，相互挤撞，相互践踏，只是为了要看一眼一个可以在一个男人睡着时搜查他的衣服兜儿的、戴着面纱的姑娘。

然而，举行婚礼的时刻到了，又过了，新娘新郎却没到来。人们由不耐烦而转为惊恐，由惊恐而四处寻找，却没找到那对伉俪。随后两位身材高大的警察插手了，结果从愤怒的看热闹的人群中拖出一个给挤压踩扁得面目全非的男人，衣服兜儿里还揣着一枚结婚戒指呢；另外还揪出一个给挤到地毯边上，衣服给撕碎、浑身伤痕的歇斯底里的女人，嘴里还在嘟囔着什么哪。

威廉·普赖和薇奥莱特·西摩尔由于受习惯的驱使，也情不自禁地挤进了那群旁观者火热沸腾的游戏队伍，克制不住那种要观看他俩自己作为新郎新娘进入那座装饰着玫瑰香花的教堂的一腔愿望。

好奇而围观的心情终于暴露无遗。

一千块钱

屠珍◎译

“一千块钱，”托尔曼律师庄严地重复道，“钱就在这儿。”

吉廉小伙子用手指摸摸那薄薄一沓全是票面五十元的钞票，明明感到有趣而微微一笑。

“真是一笔让人觉得尴尬得要命的款子，”他和蔼地向律师解释道，“如果是一万块钱的话，那就可以放些烟花庆祝一番。哪怕是五千块，想必也会少些麻烦。”

“令叔的遗嘱你已经亲耳听到宣读，”托尔曼律师用他那本行干巴巴的口吻接着说，“我不知道你是否注意到那些细节，其中有一条我得提醒一下。遗嘱要求你一花完这笔款子之后得向我们做个书面汇报，说明你是怎样花掉这一千块钱的。这是遗嘱中规定的。我相信你会遵照你叔叔的意愿做到这一点。”

“这我肯定会做到的，”小伙子彬彬有礼地说，“尽管这会增加一笔额外开支。我没准儿得雇一名秘书，因为我压根儿就不会记账。”

吉廉去到他的俱乐部，在那儿找到一个他称之为布莱森老头的人。

布莱森老头四十来岁，是个沉稳而与世无争的家伙。他正在一个旮旯里看一本书，一见吉廉走过来便叹口气，放下手中的书，摘下眼镜。

“布莱森老头，醒醒，”吉廉说，“我要跟你说一件蛮有趣儿的事。”

“还是说给弹子房里的人听吧，”布莱森老头说，“你知道我一向多么讨厌你讲的事。”

“这事比以往讲的都要精彩，”吉廉一边卷支烟卷儿，一边说，“而且我也很乐意讲给你听。这事如果伴随着台球噼里啪啦的撞击声，那就太可叹太滑稽了。我刚从我那已故的叔叔委托的犹如海盗船只一般的律师事务所回来。他在遗嘱里留给我一千块钱整。现如今一个人用一千块钱能干点啥呢？”

“我认为已故塞普蒂默斯·吉廉至少拥有五十万财产咧。”布莱森老头说，显得对这件事就像蜜蜂对醋瓶那样感兴趣。

“就是嘛，”吉廉欣喜地附和道，“笑话就出在这里。他把他的全部家当都留给一种细菌，就是说，把一部分钱给一位制造一种新杆菌的家伙，剩下的钱建立一家医院又来消灭那种杆菌。此外还有一些小小的遗赠。他的管家和男仆各得一枚印章戒指和十块钱。他的侄儿只获得一千块钱。”

“你一向有大把大把钱可花啊。”布莱森老头说。

“成吨的，”吉廉说，“提起零用钱，叔叔可真是我的财神爷！”

“还有别位继承人吗？”布莱森老头问。

“没有了，”吉廉皱着眉头，望着烟卷儿，心神不安地踢一脚躺椅上的皮靠垫，“不过有位海顿小姐是我叔叔抚养大的，住在他家里。她是个文静的姑娘——有音乐天赋——她爹够倒霉的，做了我叔叔的朋友。噢，我忘记说了她也在那个印章戒指和十块钱遗赠的玩笑行列中。我要是也身列其中就好了，那我就可以买两瓶酒喝，再把那枚戒指当小费赏给服务员，事情就全解决了。别那么傲慢无礼，布莱森老头——告诉我一个人能用一千块钱干点啥？”

布莱森老头擦擦眼镜，微微一笑。每当布莱森老头一笑，吉廉就明白他会更加讨厌啦。

“一千块钱嘛，”他说，“可说是一笔大钱，也可说是一笔微不足道的小钱。有人可以用它安置一个幸福的家，连富豪洛克菲勒都会羡慕。另一个人可以用它把妻子送到南方去休养，拯救她的生命。一千块钱可以给一百个婴儿买六、七、八三个月的牛奶，从而救活五十个。你可以用这笔钱去赌场玩牌消磨几个小时。这笔钱也可以资助一个有抱负的青年完成教育。我听说昨天在拍卖场上用这笔钱可以买到法国画家柯罗①的真品。你可以迁到新罕布什尔州一个小城镇去，用这笔钱过两年蛮体面的日子。你也可以用这笔钱租下麦迪逊广场花园一个晚上，向你的听众，如果你能召集到的话，讲一讲假定继承人任人摆布这一话题。"

"你要是不这样说教的话，"吉廉用他那一向平静的语调说，"人们倒可能会喜欢你的。我是来向你讨教，我能用这一千块钱干些啥呢？"

"你吗？"布莱森微微一笑，说道，"怎么，博比·吉廉，你只能做一件合乎情理的事嘛。你可以用那笔钱给洛塔·劳里埃小姐买一条钻石项链，然后自己前往爱达荷州的一个牧场。我建议你去一家牧羊场，因为我特别讨厌羊。"

"谢谢，"吉廉起身说，"布莱森老头，我早就知道可以信赖你。你正说到点子上了。我要把这笔钱一下子全花掉，因为我还得报账，可我讨厌一笔一笔地记细账。"

吉廉打电话叫来一辆出租马车，对马夫说：

"哥伦宾剧场后台入口处。"

洛塔·劳里埃小姐正在用粉扑儿往脸上扑粉，差不多已经准备好登台演出日场，她的服装师这时通报说吉廉先生前来求见。

"让他进来吧，"劳里埃小姐说，"怎么了，博比？过两分钟我就得上场啦。"

"借用一下你的右耳，"吉廉有点不乐意地说，"这就好点。我用不了十分钟。送你一条项链，怎么样？我可以出三个零，前面加个一这样一笔款子。"

---

① 柯罗（1796—1875），法国画家，是使法国风景画从传统的历史风景画过渡到现实主义风景画的代表人物。

“哦，随你的便，”劳里埃小姐愉快地说，“我的右手套，亚当斯。听我说，博比，那天晚上，你看到黛拉·斯泰西戴的那条项链吗？花两千两百块钱在蒂法尼珠宝店买的。不过嘛，当然——把我的纱带朝左拽一拽，亚当斯。”

“开场合唱开始啦，劳里埃小姐请登场！”催场人在室外喊道。

吉廉慢慢溜到他那辆出租马车等着的地方。“你要是有一千块钱，拿它干些啥？”他问马夫。

“开一家酒馆呗，”马夫当即粗声粗气地答道，“我知道一处可以挣大钱的地方。那是在街头拐弯那儿的一栋四层楼砖房。我已经算计好了。二楼开中国杂碎馆，三楼开修指甲和外国美容院，四楼是弹子房。你如果想投……”

“哦，不，”吉廉说，“我只是出于好奇，随便问问。我按小时付给你钱，什么时候叫你停车，你就停。”

那辆出租马车沿着百老汇大街又驶过八个路口，吉廉用手杖指挥马车停下，他下了车。一个盲人正在路边人行道上坐在凳子上卖铅笔。吉廉走过去站在他面前。

“对不起，”他说，“你能不能告诉我，你如果有了一千块钱，会干点啥？”

“您是从那辆刚过来的马车上下来的，对不对？”盲人问道。

“对。”吉廉答道。

“您大白天乘坐一辆出租马车，我想，该不是个坏人，”卖铅笔的人说，“您可以看看这个。”

他从外衣兜儿里掏出一个小本子给他看。吉廉打开一看，原来是个银行存折，上面记着盲人的存款总额为一千七百八十五元整。

吉廉把存折还给盲人，又上了出租马车。

“我忘了点事儿，”他对马夫说，“回百老汇大街托尔曼和沙普律师事务所吧。”

托尔曼律师从金丝眼镜后面用不友好的目光望着吉廉。

“请原谅，”吉廉愉快地说，“我能问您一个问题吗？我希望这不是一个无礼的问题。海顿小姐在我叔叔的遗嘱中除去那枚戒指和十块钱，还有什么别的吗？”

“没有了。”托尔曼先生答道。

“非常感谢，先生。”吉廉说罢，出门又上了出租马车。他把已故叔叔家的地址交给马夫。

海顿小姐正在书房里写信。她身材瘦小，身穿一套黑衣服。不过你想必会注意到她那双眼睛。吉廉带着那种视人间无所谓的神情走进去。

“我刚从老托尔曼那里来，”他解释道，“他们一直在那里查验文件。他们发现了一份，”吉廉在脑中搜索一个法律名词——“一份遗嘱的修正文件或附录什么的。看来老头子好像经过进一步思考后有意慷慨解囊，又留给你一千块钱。我乘马车打这儿过，托尔曼律师嘱我把钱给你带过来。钱在这儿。你最好点一点，看看对不对。”吉廉把钱放在书桌上她的手旁边。

海顿小姐脸色变得苍白，口中接连喊了两声“噢”！

吉廉半转过身去，朝窗外望去。

“我想，”他低声说，“你当然知道我爱你。”

“对不起。”海顿小姐说，把钱拿起来。

“没有用吗？”吉廉近乎轻松地问道。

“对不起。”她又重复道。

“我能不能写张纸条？”吉廉微笑着说。他便在那张大写字台前坐下。她给他拿来笔和纸，又回到自己那张秘书小写字台前坐下。

吉廉写下他怎样花掉了那一千块钱的情况，内容如下：

“败家子罗伯特·吉廉，由于追求永久的幸福，现把老天爷恩赐给他的一千块钱送给这人世间最优秀最亲爱的女人。”

吉廉把那张写好的纸条放进一个信封，鞠一躬，便走出去。

那辆出租马车再次停在托尔曼和沙普律师事务所门前。

“我已经花光我那一千块钱，”他兴高采烈地对戴金丝边眼镜的托尔曼说，“我如约前来汇报支出账目，托尔曼先生，你不觉得如今已经有夏天的暖意了吗？”他把一个白信封朝律师那张书桌上一掼，“先生，信封里有一份我怎样花掉一千块钱的备忘录。”

托尔曼先生没碰那个信封，却走到门口喊他的搭档沙普进来。他俩一块儿翻腾那个大保险箱内部深处，就像获得一件战利品那样取出一个火漆封好的大信封。他们把它打开，两颗可敬的脑袋凑在一起看信中内容。随后，托尔曼开口发言。

“吉廉先生，”他正式宣布道，“这儿有一份令叔遗嘱的附录，是他私下委托我们保存的，并且指示我们在你提供了你那一千块钱的支出详细账目后才能把它打开。由于这一条件你已经履行，我和我的伙伴已经看了这个附录；我不想拿法律术语来影响你对这份附录的理解，可我还是要让你知道它的主要内容。

“如果你处理掉那一千块钱的办法能证明你够资格得到奖励，那你就会受益不浅。我和沙普先生被任命为裁判，我向你保证我们俩会按照公正原则严格履行我们的职责。吉廉先生，我们对你毫无偏见。现在咱们还是回到附录上去吧。你如果把那笔钱处理得很谨慎、明智或无私，我们就有权把那批由于这个原因而保管在我们手中的价值五万块钱的债券交给你。可是，万一你——正如我们的雇主、已故吉廉先生所明确规定那样——把那笔钱还是像以往那样花掉——让我们引用已故吉廉先生的原话吧——还是跟一些不三不四的家伙一块儿挥霍掉了——那么，这五万块钱便立刻付给已故吉廉先生抚养的米兰·海顿小姐。吉廉先生，现在沙普先生和我要检查一下你那一千块钱的支出账目。我相信你是用书面形式报上来的吧。希望你会信任我们的决定。”

托尔曼先生伸手去拿那个信封，吉廉却比他稍快一步。他从容不迫地把信封和里面连带的账目撕得粉碎，然后把碎片揣进自己的衣兜儿。

“没关系，”他笑着说，“没必要再为这事给二位添麻烦啦。反正你们大概也看不懂那上面记的琐琐碎碎的账目。我赌赛马，把那一千块钱全输光了。二位先生，再见！”

吉廉离开时，托尔曼和沙普面面相觑，悲哀地摇摇头，因为他们俩听见他在走廊里等电梯时兴高采烈地吹口哨哪。

厄运惊魂

屠珍◎译

在公园里，甚至在那些把公园当作自己家园的流浪汉当中，都有些精英人物存在。这一点瓦兰斯与其说知道，不如说早就体会到了；于是，他从上流社会的高雅环境一下子堕入困苦境界时，便径直去到麦迪逊广场。

五月初，微风冷峻得犹如旧式女学生，在发芽的树梢中清凉地拂过。瓦兰斯扣上衣服纽扣，点燃他的最后一支烟卷儿，在一条长凳上坐下来。方才那位骑自行车巡逻的警察扣了他的汽车，还罚了他拥有的最后一千块钱所剩下的最后一百块钱，他为这事稍感惋惜了三分钟光景，随后摸摸自己的每个兜儿，居然连一个镚子也没有了。当天早晨他退掉了住房，用家具抵了一笔债。除去他身上穿的，其他的衣服都给了他的男仆抵偿了拖欠的工资。他坐在那里，整个城市里没有他的一张床，一份烤龙虾，一张电车票的车费，一朵插在上衣领口的石竹花，除非他向朋友们求援，要么靠欺诈手段取得。因此，他只好选择了公园。

这一切都是因为叔叔剥夺了他的继承权，还把零用钱从随便花一下子降到一个镚子也不再给了。这都是因为这个侄儿在跟某一个姑娘的问题上没听从叔叔的意愿，那个姑娘在这个故事里并没出现——因此，凡是喜欢刨根问底的读者就不必再往下读啦。此外，另外一支的一个侄子当年一度曾大有希望成为财产继承人，后来却失去了体面或希望，很久以前便销声匿迹了。眼下那位叔叔正在四处打听他的下落，想恢复他的继承人的身份。所以，瓦兰斯就像魔鬼撒旦那样跌入深渊，参加到这个小公园里衣衫褴褛的幽灵行列。

他坐在那里，靠在硬邦邦的长凳上，对着矮矮的树枝喷云吐雾。他生活当中的一切束缚突然间都给割断，这倒给他带来了一种自由、激动而欢欣鼓舞的心情。他觉得就像气球驾驶员切断了降落伞，让气球任意飘去似的。

快夜里十点了。那些长凳上留下的人不多了。寄宿在公园里的流浪汉，尽管能顽强地抗拒秋凉，却在抵御冷飕飕的春寒袭击时显得不知所措。

一个坐在喷泉附近那张长凳上的人起身走过来，坐在瓦兰斯身旁。他既不老也不少，那种供宿夜铺位的廉价客栈使他身上散发着霉味儿，胡子和头发都欠修剪；他肯定酗酒成性，浑身酒气冲天。他来讨根火柴，这是公园里那些睡长凳的人之间的相识方法，然后便可交谈起来。

“你不是这儿的常客吧，”他对瓦兰斯说，“我一眼就看出你身上的衣服裁剪得很讲究，你一定是路过公园，在这儿休息一会儿吧。不介意我跟你聊会儿，对不对？我得跟那么一个人待在一起。我害怕——我害怕。我已经把这事跟那边的两三个懒汉说过。他们都以为我疯了。嗯——让我告诉你——我今天只吃了几个干麻花和一个苹果，可明天我就会排列在继承三百万遗产的队伍里；你看见那边那家四周都围满了汽车的饭馆了吧，可它对我来说将会是一家太寒酸的餐馆啦。你信不信？”

“绝对相信，”瓦兰斯笑着说，“我昨天在那儿吃的饭，可今天晚上连五分钱一杯的咖啡都买不起了。”

“你看上去不像我们这类人当中的一员嘛。不过，我想这种事是会发生的。我本人几年前也曾野心勃勃。你是怎么落魄到这步田地的？”

“我——哦，我失业了。”瓦兰斯答道。

“这座城市是地地道道的哈得斯①，”对方接着说，“你今天吃的是山珍海味，明天就只能在杂碎摊上混顿饭。我一直挺倒霉。五年来，我过的日子比一个叫花子好不了多少，可我从小到大一直过的都是奢侈生活，啥也不干。嗯——不瞒你说——我得找个人说说话，要知道，因为我害怕——我害怕。我叫埃德。你想不到老鲍尔丁，那位住在河沿大道的百万富翁，是我的叔叔，你信吗？可他真的是。我一度住在他家里，要多少钱就有多少钱。我说，你身上有没有买杯酒的钱——呃——你叫什么名字？”

“道森，”瓦兰斯说，“没有，很遗憾现在我身上一文不名。”

“我在迪维森大街一个煤窖里跟一个叫‘眨眼儿’莫里斯的无赖住了一个星期，”埃德接着说，“我没有别的地方可去了。今天我出门在外，有一个带着一些文件的家伙去那儿打听我。我闹不清他是不是一个便衣警察，所以我得等天黑后才敢回去。他在那里给我留了一封信。嗯——道森，是城里一名大律师米德写来的。我在安街上见过他的律师事务所的招牌。鲍尔丁想让我做浪子回头的侄儿——让我回去还当他的继承人，把他的钱挥霍一空。我得在明天上午十点钟去律师事务所，重新扮演我原来的那个角色——三百万块钱的继承人，道森，还有每年一万块钱的零花钱。可我害怕——我害怕。”

那位流浪汉跳起来，把两只发抖的胳膊举过头顶。他喘着大气儿，歇斯底里地呜咽。

瓦兰斯抓住他的胳膊，把他按回长凳上。

“安静些！”他带点像是厌恶的声调命令道，“人家还当你丢了而不是会得到一大笔财产哪。你究竟有什么可怕的？”

埃德哆里哆嗦地畏缩在长凳上。他抓住瓦兰斯的袖子；即使在百老汇大街昏暗的灯光下，这个最近给剥夺了继承权的人还是能看到对方由于有点奇怪的恐惧而在眉头上沁出的汗珠。

“我是怕在天亮之前会出事儿。我也闹不清会是什么事儿——反

① 哈得斯，希腊神话中主宰阴间的冥王，另有地狱之意。

正会有那么一件阻碍我得到那笔钱的事儿。我担心会有一棵树砸在我身上啦，一辆出租车把我轧死啦，一块石头从房顶上掉下来砸在我脑袋上啦，要么就是一桩我从来没害怕过的事儿会叫我胆战心惊。我已经有一百个夜晚像座石雕那样静静地坐在这个公园里，不知道次日的早餐会打哪儿来。可现在却大不一样了。我爱钱，道森——当初钱就像流水那样从我指缝中流出去，我高兴得像个神仙。人们向我鞠躬行礼，到处是音乐、鲜花和漂亮的衣服。既然我明白自己现在已经出局，那我也就不在乎了。我甚至坐在这儿，衣衫褴褛，饥肠辘辘，听着喷泉哗哗的喷水声，看着马车在大街上熙来攘往，也感到高兴。可现在我又唾手可得钱财——差不多已经得到——我简直没法忍受还得等十二个小时，道森——真叫我忍受不了。数不清的事可能在我身上发生——我可能瞎了两眼——可能心脏病突发——在我能拿到那笔遗产之前，世界末日可能已经来临。"

埃德又一次跳起来，尖叫一声。那些躺在别的凳子上的人都动晃了，望着他这边。瓦兰斯抓住他的胳膊。

"来，咱们蹓蹓，"他抚慰道，"尽量安静下来，没必要大惊小怪。不会发生什么事的。今天晚上跟往常一样。"

"对，"埃德说，"道森，跟我待在一起吧——你是个好人。陪我蹓蹓吧！我从来没有像现在这样垮了下来，我经受过多次沉重的打击了。你能不能想法弄到点吃的，老伙计？我担心自己已经没有精力再去乞讨啦。"

瓦兰斯把他的伙伴领到几乎没有什么人影儿的第五大街，然后又朝西沿着第三十大街去到百老汇大街。"你在这里稍等一会儿。"他说，把埃德留在一个僻静阴暗的旮旯里。他走进一家熟悉的酒店，像过去那样自信地走向酒吧。

"杰米，外边有个穷鬼，"他对酒吧间招待员说，"他说他饿了，看上去也确实是。你知道要是给他们钱，他们会去干什么。给他弄一两份三明治吧，我保证他不会扔掉。"

"当然可以，瓦兰斯先生，"招待员说，"他们也不都是骗子。我也不忍心看着人挨饿。"

他用纸巾包了一份免费食物，瓦兰斯便拿着去跟他那位伙伴会合。埃德抓住那包吃食，狼吞虎咽地吃起来。“我已经一年没吃过这么好的不花钱的饭了，”他说，“你怎么不吃点儿，道森？”

“我不饿——谢谢！”瓦兰斯说。

“咱们还是回广场去吧，”埃德说，“在那里，警察不会找咱们麻烦。我把这些剩下的火腿什么的包起来，明天好当咱们的早餐。我吃不下去了，再吃就要吐啦。要是今天夜里我犯胃痉挛什么的而死去，那就永远碰不着那笔钱啦！还得过十一个小时才去见那个律师。你别离开我，行吗，道森？我担心会出什么事。你也没有别的地方可去吧，是不是？”

“没有。”瓦兰斯答道，“今天晚上没有可去的地方。我就跟你待在一条长凳上吧。”

“你方才跟我说的如果都是实话，”埃德说，“你倒蛮冷静地接受了事实。一个人一天之内丢了好工作成了流浪汉，我原本认为他会悲伤得撕扯自己的头发呢。”

“我想我已经说过，”瓦兰斯笑着说，“一个人要是次日就会得到一笔财产的话，我想必会认为他会挺适意挺安静呢。”

“反正人们接受事物的方式方法真是千奇百怪，”埃德像哲学家那样思考着说，“这条长凳归你，道森，紧挨着我。在这里，灯光不会刺你的眼睛。嗯，道森，等我回到家里，我会让老头子写封推荐信给某人，给你谋个差事。今天晚上你帮了我不少忙。我要是今天晚上没遇到你，恐怕就挺不过来啦。”

“谢谢你，”瓦兰斯说，“你是坐着打盹呢，还是躺着睡？”

瓦兰斯一连好几个钟头几乎两眼眨都不眨地透过树梢凝视着天上的星星，两耳倾听着那些在柏油路上朝南行去的嗒嗒的马蹄声。他在转动脑筋，感觉却麻木了。种种感情似乎都已消失。他没感到后悔，并不惧怕，也不觉得痛苦或难受。连他想到那个姑娘时，她也像是他所凝视的遥远星星上的一名居民。他一想到他的伙伴那种荒谬古怪的行为，不由得轻声笑了，可他并不觉得高兴。没多会儿，清晨大队送牛奶的马车便在城内辘辘地行进，打破了寂静。瓦兰斯却在那张毫不舒适的长凳上睡着了。

次日十点钟，他俩站在安街米德律师事务所门前。

随着会面的时刻临近，埃德比先前更加焦虑不安，瓦兰斯没法决定让他独自去会见律师，唯恐他们担心的事真会在他身上发生。

他便也走进事务所，米德律师纳闷地望着他俩。律师跟瓦兰斯是老朋友，打过招呼后，便转向埃德，后者面临那种预料到的危机，不禁脸色苍白，四肢发颤。

“埃德先生，昨天晚上我往你的住处又送去一封信，”他说，“今天早晨我听说你昨夜没待在住处，因此没收到头一封信。那封信是通知你鲍尔丁先生又重新考虑了他的决定，要接你回家做继承人。可他后来又变卦，决定不那样做了，希望你能清楚他和你之间的那种不和的关系依然没变。”

埃德突然停止颤抖，脸色恢复正常，腰板也挺起来了。他撅撅下巴，两眼闪现光芒，一只手把头上那顶破帽子朝后一推，另一只五指并拢的手朝律师拂去。他深吸一口气，冷笑一声。

“告诉鲍尔丁老头儿，让他见鬼去吧！”他用清晰而洪亮的嗓音说，接着便转身踩着坚定而轻松的步伐走出律师事务所。

米德面带微笑，转向瓦兰斯。

“很高兴你来了，”他真诚地说，“令叔要你马上回家去。他对那种导致他先前做出仓促决定的事态已经想开了，一切都会像……”

“喂，亚当斯！”米德律师蓦地中断话语，大声呼叫他的秘书。“快拿杯水来——瓦兰斯先生晕倒了！”